Die tragischen Talente des Jan-Nicklas H.

PSYCHOTHRILLER

We
LOVE
stories

Impressum

1. Auflage November 2019

Dieses Buch ist auch als E-Book,
Hörbuch und in englischer Fassung erhältlich.

Erschienen bei welovestories Verlag,
Ludwigshafen am Rhein

Autor: www.lars-hackl.de
Buch-Design/Art Work: FireBelly Limited, London UK
Fotos: depositphotos.com
Lektorat: typo18, Bonn
Textsatz: Wayan-Design, Nürnberg
Textsatz: designbuero gebert, Nürnberg
Druck und Bindung: booksfactory, Stettin PL
Gedruckt in Polen

Englische Ausgabe:
The Tragic Talents of Jan-Nicklas H.

ISBN 978-3-948444-00-6

www.welovestories.de

Website: www.club-der-erwachsenen-grenzen.de

Lars Hackl

Die tragischen Talente des Jan-Nicklas H.

Psychothriller

Handelnde Personen

** das Alter bezieht sich auf 2008*

JAN-NICKLAS HERZOG

Protagonist, 24,5* Jahre, Tutor und Student der Mathematik, Sportler, liebt Nadja abgöttisch, ebenso wie harte Experimente, bestraft immer nur selbst

NADJA SAALMANN

Jan-Nicklas´ große Liebe, 21* Jahre, Studentin der Mathematik, liebt J. und 100%ige Ehrlichkeit

MANUELA

Mutter von J.´s Tochter Lisa, 8* Jahre

BENT CHRISTIAN

väterlicher Freund und Mentor, Verleger, 56* Jahre

CHRIS CHRISTIAN

Bents´ wunderschöne bosnische Frau, 36* Jahre

KATHARINA

Nadjas beste Freundin, Studentin der Germanistik und Romanistik, steht kurz vor dem Examen

ANNA

große unvollendete Jugendliebe von J.

PROF. DR. MEYER

Anwalt von Jan-Nicklas

PROF. DR. CEMEISER

Psychiater und Psychotherapeut von Jan-Nicklas

Inhalt

Widmung

Für

Bärbel, Sandra, Ute, Ramona, Tania, Simone, Marina, Daniela, Sarina, Nicole, Lisa, Jules, Murielle, Anja, Inge, Kathrin, Claudia, Elena, Anna, Angelika, Lena, Viola, Fabienne, Cornelia, Hildegard, Tonja, Heidi, Verena, Katie, Katharina, Paula, Tina, Nadine, Christine, Susi, und vielleicht auch für Ulrike aber niemals für GR.

Für

Ralf, Toni, Andrew, Tommy, Andreas, Rainer, Lutz, Patrick, Dierk, Carson, Markus, Dominik, Enzo, David, Manuel, Timon, Demian, Enzo, Jan, Reiner, Clément, Matthew, Frank, Jörg, Jürgen, Hubert, Daniel, Kevin, Markus und vielleicht sogar für Matthias aber niemals für den hässlichen Stefan K. und schon überhaupt niemals für CL.

Und tatsächlich nur für Gülay und Elina, die mein Glück sind.

„Niemand bestimmt je das Leben”

2001				
2002				
2003				
2004		**(2) 06.06.** Der Wettbewerb **14.07.** Jan-Nicklas Bettina D. Paul Frömmling Daniel Frey		
2005				**(5) 16.06.** **Nadja** **00.00.00** Jan-Nicklas Nadja
2006			**(3) 03.03.** Die geliehene Freundschaft **10.07.** Jan-Nicklas Katharina Nadja	**00.00.00**
2007				**00.00.00**
2008	**(1) 06.12.** **Der Wettbewerb** **14.07.** Jan-Nicklas Bettina D. Paul Frömmling Daniel Frey			**06.07.**
2009				

		2001 Geburt Lisa
(6) 31.12. **Begegnung**		**2002**
03.05. Jan-Nicklas Anna Lutz (Gärtner) Enzo	**(7) 16.06.** **Geheimbund der erwachsenen Grenzen** **00.00.00** Jan-Nicklas Martin von Fohlen (Besitzer Royal) Sabine (seine Frau) Stefan (ausgeschlossen)	**2003** Schuldirektor † Anna † Lara † Erbschaft
	00.00.00 Rainer (angehender Schönheitschirurg) Fridolin (Freund von Grüns) Maximilian Verena Sarah	**2004**
	00.00.00 Martina Alexandra	**2005** 1. Begegnung Nadja
	00.00.00	**2006**
	00.00.00	**2007**
	05.06.	**2008** Nadja †
		2009

Ein gutes Buch

Ein gutes Buch wird zum Freund, wird seine Geschichte lebendig erzählen, wird dich verstehen, erfreuen, traurig machen oder nachdenklich.
Wenn du am Leben teilnimmst, soll es dir Begleiter sein und Vertrauter. Wenn du die Augen schließt, wirst du es tief in dir spüren. Es erfüllt dich, macht dich süchtig nach mehr. Du verliebst dich in seine Zeilen, weil sie deine Gedanken erfassen, dich zum Erschauern bringen, weil sie Seiten freilegen, die verschüttet waren, Phantasien ermöglichen, die du vergessen hattest. Es macht dich nervös und bringt dich um Verstand und Schlaf, bis du es fertig gelesen hast.
Es regt dich an, neu zu denken, die Welt mit all ihren Seltsamkeiten zu erfassen. Du lernst Menschen kennen, die du nie oder immer schon kennenlernen wolltest, und oft wünschst du dir, mit ihnen zu lachen oder zu weinen und sie lebendig vor dir zu haben.
Aber sie sind nicht irreal, denn sie existieren irgendwo auf dieser Welt und leben genau so.

Kapitel 1:

Zu Hause?

*06.12.2008 / 24,5 Jahre**

Niemand versteht das Gefühl, kennt das Geräusch, wenn die Tür schließlich zufällt und du alleine bist. Keiner derjenigen, die immer alles verstehen und wissen, die meinen, sich in dich hineinversetzen zu können, ohne dass sie auch nur die geringste Vorstellung davon haben, wer du tatsächlich bist. Ich will euch nicht mehr sehen, euer triefendes Verstehen erstickt mein Leben. Es ist der 6. Dezember 2008, ein eiskalter, trockener und grauer Nachmittag. Ich sitze auf diesem Kasernenbett oben, weil es ein Doppelstockbett ist, und verstehe nicht, wie es so weit gekommen ist. Wenn du dich gerne bewegst, reichen vier Quadratmeter nicht aus, wenn die Türe von außen verschlossen bleibt. Wenn du bisher immer das tun konntest, was dir gerade in den Sinn kam, stirbst Du in diesem Loch. Kümmerlich. Halb totgeschlagen von den anderen oder von der Dunkelheit in dir, die kein Licht erwärmt oder erhellt.

** Jan-Nicklas Alter zu dem jeweiligen Datum*

Wie hat mich die Liebe nur hierhergebracht? Wie hat mich dieser Traum in die Tiefe gestoßen?
Halt. Ich sollte beginnen, ehrlich zu sein. Kein Traum stößt mich. Ich selbst habe es getan. Wie will ich das alles je verstehen, wenn ich immer noch glaube, ich sei gestoßen worden?
Lasst mich jetzt gnadenlos Bilanz ziehen, ehrlich sein zum allerersten Mal. Lasst mich alles verstehen, was ich getan habe, herausfinden, warum. Warum? Ich habe alles gefühlt, was man für einen anderen Menschen fühlen kann. Unerreicht euphorisch, verliebt, verträumt. Sie hat meine Seele gestreichelt und ich die ihre. Jeder, der je so geliebt hat, kann die Augen schließen und spürt sofort wieder dieses intensive Gefühl in sich. Wie es ist oder war oder manchmal auch für immer in uns bleiben wird.
Dieses unglaubliche Gefühl kriecht langsam wieder in mir hoch, erfüllt mich, zeigt mir, dass alles, was folgt, tragischen Sinn macht. Wenn ich die Augen schließe und nicht mehr spüren könnte, wie unser Gefühl war, wäre ich mehr umsonst hier, als ich es sowieso bin.
Zehneinhalb Jahre Zuchthaus habe ich bekommen dafür, dass ich sie totgeschlagen habe: Reicht die Zeit, die mir genommen wird, besser zu werden? Meine übriggebliebene Hode schmerzt und erinnert mich daran, wie es ist, auch noch unsinnig sterilisiert worden zu sein. Alles war bisher immer umsonst, und niemand hat mir jemals erklärt, dass der Tod das Leben kostet.
Manchmal kostet der Tod mehr als ein Leben. Nadjas Tod hat irgendwie sieben Leben gekostet, auch wenn sie daran nicht wirklich starben: das ihres versoffenen Vaters, ihrer Schwester, meiner Mutter, meines Vaters und Katharinas Leben, sie ist ihre beste Freundin, war kann ich nicht schreiben, weil man es bleibt, auch wenn der Körper der Freundin langsam unter der Erde zerfallen ist. Außerdem das ihres so geliebten Großvaters und nicht zuletzt meines. Vielleicht zähle ich lieber nur sechs Leben, ich hatte ja die Wahl, also zählen wir meines nicht. Sechs sind allemal deutlich zu viel.

Mein lieber Janni, Heidelberg, 19.11.2008

ich möchte Dir so direkt nach Deiner Verurteilung nur sagen, dass ich zu Dir halte. Vielleicht schaffst Du es ja, Dich mit einer Tat auseinanderzusetzen, und findest ehrliche Menschen, denen Du alles erzählen kannst und die Dir helfen (Anstaltsgeistliche, Psychologen oder andere).

Ich bin stolz darauf, dass Du die Wahrheit gesagt und nichts beschönigt hast. Du bleibst mein Freund, und wenn ich Dir helfen kann, sag es mir. Ich ziehe jetzt doch weg aus Heidelberg, lasse das Royal und unseren Bund zurück, gehe zum Studium nach Berlin und kann Dich deswegen nicht so oft besuchen.

Unsere Spielereien sind seitdem vorbei. Ich habe es immer noch nicht verstanden, wie gerade Euch beiden das alles passieren konnte.

Halte durch

Dein Freund Rainer

Es kann niemand verstehen, ihr bleibt frei, habt keine Schuld. Niemand von euch, weder meine Familie noch meine Freunde, kann verstehen, was passiert ist. Wie auch? Den Traum gelebt, die Kämpfe immer zusammen gekämpft. Wir gegen den Rest der Welt.

Lieber Papa, liebste Mutsch, *06.12.2008*

ich bitte Euch von ganzem Herzen um tiefste Verzeihung für das, was ich Euch angetan habe. Ihr werdet nie verstehen, was Euer Sohn, den Ihr zu kennen glaubtet, getan hat. Niemals werdet Ihr diesen Teil, die Tat und die Umstände, die dazu geführt haben, erfassen können.

Wann immer wir uns sehen würden, würde ich spüren, dass Euch ein Teil von mir fremd ist und Angst macht. Ich sehe in Euren Augen, dass Ihr mich nicht mehr kennt. Obschon Ihr Euch bemüht, es mir nicht zu zeigen. Ich weiß, dass Ihr mir verziehen habt, weil Ihr gut seid, und ich weiß, dass Ihr nicht versteht, warum in mir so viel Böses ist. Mein Leben habe ich mir nicht immer ausgesucht. Hätte ich das gekonnt, hätte ich mir manchen inneren Kampf und manche Qual gerne erspart.

Dass aus meinen Genen jetzt ich geworden bin, verantworte ich selbst. Ich habe mich aus mir gemacht. Ich hätte auch anders sein können. Zu oft bin ich gewarnt worden und habe gewusst, dass ich andere und das Leben selbst zwingen kann, genau so zu sein, wie ich es will. Jetzt hab ich das Leben von Nadja beendet.

Ich danke Euch für alles und habe beschlossen, dass ich Euch nie mehr sehen kann. Ich würde die Veränderung in Euren Gesichtern nicht ertragen. Ich werde mir nie verzeihen. Nie mehr möchte ich Euch sehen.

Euer Jannick

Wie wird es sein, wenn ich mit 34 Jahren wieder raus zu euch darf. Zu euch Treuebeschwörern. Moment, gute Führung, dafür bin ich auf alle Fälle gut, 29 also, da bleibt mir mein Leben ja offen.
Sicher halten sie mir die Tutorenstelle an der Uni frei. Von einem Mörder geht in Vorlesungen eine gewisse Faszination aus. Über die hinaus, die sie bei mir sowieso spüren werden. Angst potenziert Attraktivität, das habe ich gelernt und immer wieder erfahren. Die Schwachen ordnen sich unter, weil sie durch die Führung glauben, eigene Stärke in sich zu spüren.
Manchmal ist es für mich selbst schwierig, damit anzufangen, alles nachzuvollziehen. Wann hat das alles angefangen, wann hat es aufgehört? Schonungslos Bilanz zu ziehen, ist nicht einfach, weil in meinem Leben immer nur geschönte und gefälschte Bilanzen meines Lebenslaufs zählten.
Was ist tatsächlich wahr? Ich muss mich bemühen zu erkennen, wie es gewesen ist. Ich habe doch immer perfekt davon gelebt, mehr zu sein, als ich bin. Das einzige, was wirklich perfekt ist, ist der Schein. Die Lügen. Das Manipulieren. Die Fans. Die Unwichtigen. Die Applaudierer.
Den Schein zu perfektionieren bedeutet normalerweise eine Menge Arbeit, und Anstrengung. Mir fiel auch das immer von alleine zu. Wenn du dir dein Leben schön lebst, musst du dich an die Fakten halten: Knapp 24,5 Jahre alt. Geboren am 07.07.1984 in Heidelberg, Baden-Württemberg. 1,2 Abitur mit 17. Die Abi-Klausuren kannte ich vorher.

Lieber Jan-Nicklas, *17.11.2008*

Wir sind uns leider nie begegnet und deswegen habe ich Dir ein Bild von mir mitgeschickt. Alle sieben Verhandlungstage saß ich in der zweiten Reihe und habe gehofft, dass Du mich bemerkst. Ich muss Dir etwas sagen, was Dich erstaunen wird. Ich habe mich unsterblich und für immer in Dich verliebt.

Du bist so ehrlich gewesen, so süß mit Deinen strahlend blauen Augen und Deinen blonden Haaren. Niemals habe ich einen schöneren Mann gesehen.

Ich spüre tief in mir, dass Du gut bist. Es ist nie nur einer schuld. Bitte, bitte, bitte, schreibe mir zurück und schicke mir ein Bild. Ich habe Dir einen Plüschtiger mitgeschickt, der Dir helfen soll zu kämpfen

Deine Julia

1,92 m, 85 kg, blond gelockt, perfekt gemalte Figur. Sagen sie jedenfalls alle, und deshalb lassen wir es als Fakt gelten.
Als ich noch nicht verstanden habe, dass die Manipulation mein Spielzeug war und eine gewisse Lust am Quälen mein Handeln prägte, versuchte ich mir einzureden, dass doch nicht alle anderen verrückt sein können. Warum verehren sie mich, lieben mich bis zur Selbstaufgabe? Warum folgen sie mir, kleben an meinen Lippen, wollen mich zu ihrem Freund, Ehemann, Geliebten, Schwiegersohn oder Stipendiaten machen?
Weil ich ein Schauspieler bin, ein Gaukler und Zauberer, der ihnen vorspielt, was sie sehen wollen. Der die einzige Gabe, die in dieser Welt zählt, nämlich das Erfassen der heimlichen Wünsche, perfektioniert hat.

Der mit 23 Jahren 55-Jährige jung, Hässliche schön und Dumme schlau spielt. Der ihnen per Knopfdruck Trauer verpasst, Freude und Glück. Sie lieben, weinen, verzweifeln, zerbrechen und durch sein Handauflegen wiederauferstehen lässt.

Ich sagte mir zu dieser Zeit, dass sie das Dunkle verstehen, das Gute in mir erkennen und durchschauten, dass ich mich in meine seltsamen Spiele immer mehr verlor. Dass sie Eigenschaften in mir erkannten, die ich selbst nicht sah, und an mich glaubten, weil ich es wert war. Dass sie erkannten, wer ich wirklich war, dass ich ihnen guttat, sie förderte und ernst nahm. Dass es gute Gründe gab, mit mir glücklich und ohne mich – weil sie nun durch mich erkennen durften was möglich war – für immer unglücklich zu bleiben.

Ich war zu grün, um zu erkennen, wie berechtigt mein Hass auf mich selbst war.

Ich glaubte an mich, glaubte, dass sich das Gute in mir durchsetzen und meine tiefe Dunkelheit wie die Sonne den Morgennebel zuerst durchdringen und später dann auflösen würde. Welch irrsinnige und kranke Annahme!
Alle glaubten an mich, an meine Lügen und mein Spiel. Niemand wollte hinter der Fassade mein wirkliches Ich sehen.
Ich kannte nie Hindernisse, erkannte keine Autoritäten an und redete mir damals ein, ich sei ein liebevoller Rebell.
Es ist für mich heute fast unmöglich zu glauben und treibt mir Tränen in die Augen: Das vollendete Spiel überzeugte an erster Stelle den Schauspieler selbst.

Lieber Nicki, *18,5 Jahre alt* / 22.09.2002*

Deine Stimme noch mal am Telefon zu hören bedeutet mir alles. Obwohl ich so unsicher wirke, gibst Du mir alle Geborgenheit, und unser Baby sehe ich nie glücklicher, als wenn es Dich erblickt. Kinder spüren das Urvertrauen, und ich möchte immer, wenn Du da bist, den Lauf der Erde stoppen und den Augenblick mit Dir in Raum und Zeit stehen lassen.

Du bist die Perfektion, und ich verstehe, dass Du nicht nah bei uns sein kannst, auf Deinem Weg. Trotz dieser für Dich notwendigen Entfernung habe ich alles verstanden, und wenn auch meine Eltern nichts mehr verstehen, muss jedem klar sein, dass Du nicht anders handeln konntest.

Du hast mich zum Leben erweckt, mir Deine Tochter geschenkt und Deine Liebe geliehen. Ich weiß, dass Du in Gedanken immer bei uns bist und dass die anderen Dir nichts bedeuten. Ich habe verstanden, dass meine Schmerzen unnötig waren, und warum die Trennung von Körper und Seele so wichtig für uns ist.

Du hast Träume und Dein Leben und Deine Wünsche. Sie passen in unsere Liebe, aber nicht in unser Leben, und so ist es unser größter Liebesbeweis, uns in Liebe gehen zu lassen.

Ich bin so froh, dass Du mir diese Sichtweise nähergebracht hast, und bin traurig, dass meine Freunde und meine Familie so wenig an Dich glauben und an unseren Weg. Du weißt, dass sie mich nicht unterstützen, aber das tut mir nicht weh, weil ich doch manchmal Dich habe.

Du bist der erwachsenste 18-Jährige, den ich kenne und ich glaube, dass alle Menschen, denen Du begegnest, von Dir lernen (werden). Du hast mich ermutigt zum Durchhalten, zur Treue und zum Mut. Und wenn das außer uns niemals jemand versteht – ich werde es.

Danke für das, was Du für mich und Lisa bist.

Deine Dich immerverstehende tapfere

Manuela

Was passiert jetzt mit meiner schönen Wohnung, wohin mit den Möbeln, was geschieht mit meinem Geld? Eigentlich ließ mir das keine Ruhe und war mir doch völlig egal.

Kapitel 2:

Der Wettbewerb

*06.06.2004 / 19 Jahre**

Die Möbelpacker hatten alles perfekt eingeräumt. Am Morgen hatte ich ihnen die Schlüssel meiner alten Wohnung übergeben und mit ihnen verabredet, dass ich abends in meinem über den Dächern der Stadt liegenden großen Penthouse alles genauso eingeräumt wiederfinden wollte.
Ich bestand darauf, dass sie drei Tage vorher Fotos machten. Ich hatte ein fotografisches Gedächtnis, aber woher wusste ich, ob sie so exakt wieder hinbekommen würden?
Das Ergebnis war sauber, eins-zu-eins und perfekt. Ich setzte mich in meine neue graue Rosé-Ligne-Couch und fühlte mich wohl. Ruhe breitete sich in mir aus.
Plötzlich klingelte das Telefon. Bent Christian, Verleger, 51 Jahre, mein Mentor, der Einzige, dessen Meinung ich akzeptierte, rief an: „Ich will dir einen Vorschlag machen. Wollen wir zusammen essen gehen?"

Ich hatte in diesem Moment keine Lust, meine Ruhe zu verlassen, und fühlte mich in mir wohl.
„Mach´s nicht so geheimnisvoll, red´ mit mir, du weißt, dass ich nie warte."
Er ließ sich nicht locken.
„Hast du morgen Zeit, es ist mir ernst, es wird dir gefallen. Da hat ein neues Fischrestaurant in Mannheim aufgemacht, sagen wir um 20:00 Uhr?"
Ich wollte diese seltene Stille in mir weiter spüren, sie nicht verlieren, mich nicht ärgern und sagte dem Heimlichtuer ohne weitere Nachfragen zu.
Bent sah für sein Alter hervorragend aus, hatte graumelierte Haare, war immer perfekt gekleidet. Er hatte keine Kinder, war seit mehr als sechs Jahren in zweiter Ehe mit einer bildhübschen 32-Jährigen verheiratet. Sie liebten sich auf eine Art und Weise, auf die man neidisch sein konnte, aber solange er gut zu mir war, gönnte ich ihm sein Glück. Er hatte alles erreicht, konnte sich leisten, was ihm gefiel, war einflussreicher und erfolgreicher Verleger eines Lifestyle-Magazins und besaß einen gut gehenden Buchverlag.
Tief in seinem Inneren wünschte er, selbst gut schreiben zu können, und wäre gern in der Lage gewesen, Kinder zu zeugen. Ich war sein Ersatzkind, sein immer so sehr gewollter Sohn. Er „adoptierte" mich von meinem Vater. Lieh mich aus und projizierte seine unerfüllten Träume auf mich.
Nach unseren außergewöhnlichen Essen und Gesprächen fühlte er sich jünger. Versuchte mich jedes Mal zu überreden, von der Mathematik und vom Traum des Profisports abzulassen und seinen Verlag zu beleben.
Er saß mir gegenüber und ich sah wie so oft ein Gemisch aus Traurigkeit und Stolz in seinen Augen. Bent war nicht gerne so alt, wie er war, beneidete mich um meine Jugend, mein Aussehen und meinen Körper. Er trainierte viermal in der Woche und musste

trotzdem erkennen, dass er seinem Alter langsam Tribut zollen musste. Botox und die Faltenbehandlung mit Dermalfillern, die er glaubte verbergen zu können, nahmen ihm nicht die Gewissheit, dass auch er nichts aufhalten konnte.

Ich akzeptierte ihn. Seine Meinungen regten mich ab und zu – im Gegensatz zu den allermeisten anderen – zum Nachdenken an. Manchmal warf er Gedankenansätze in das Gespräch und eröffnete mir neue Wege, über Geschehnisse nachzudenken. Vielleicht existierte unsere Freundschaft deswegen, weil ich mich ihm gegenüber nicht immer überlegen fühlte. Weil er mich das eine oder andere Mal forderte. Öfter als all die anderen.

„Wir nehmen Sülze von Edelfischen mit Kerbelschaum, danach Carpaccio vom Steinbutt und Lachs mit Beluga-Mallosoll-Kaviar, danach Austern mit Champagnersoße überbacken, als Hauptgericht Taubenbrüste mit Hummermedaillons, und als Dessert Crêpe mit Rumkirschen und Vanilleschaum."

Er wollte etwas von mir, aber ließ mich zappeln. Beim Carpaccio schmeckte ich die Kombination des Steinbutt- und Lachsfilets, gepaart mit den 60 Gramm Kaviar, besonders intensiv auf meiner Zunge. Wenn so ein Carpaccio nicht mit Meersalz und echten Limonen gemacht wurde oder irgendein unwissender Koch das Sonnenblumenöl vergaß, schmeckte es nur halb so gut. Doch dieses war einfach perfekt!

„Ich habe eine Idee und will dich dabeihaben. Du weißt doch, dass ich mit dem Feuilleton-Chef der FAZ befreundet bin? Ich will einen mit 20.000,- Euro dotierten Wettbewerb hochdekorierter Jungschriftsteller veranstalten. Es wird für alle dieselben Regeln geben: gleiches Thema, gleiche Ausstattung, vier Stunden Zeit, keine elektronischen Hilfen und namhafte Juroren. Das beste Ergebnis werden wir veröffentlichen und über alle Kanäle vermarkten."

Ich sah Bent direkt in die Augen.

„Ich bin nicht hochdekoriert, warum willst du mich dabeihaben?"

„Weil du eine reelle Chance hast, weil du die Kunst der Worte beherrschst wie kein Zweiter. Weil das eine super Chance für dich ist, mehrere mühsame Stufen auf einmal zu überspringen."

Der Gedanke begann mich zu reizen.

„Wie willst du ihnen erklären, dass ich dabei bin, und: wer wird sonst noch dabei sein?"

Vorsichtig antwortete er: „Die jungen Wilden!"

Ich lächelte spöttisch, und Bent wusste, dass ich es wusste. Ich fühlte mich besser als sie, analysierte ihre unvollkommenen Werke, amüsierte mich über Aufbau, Personenkonstellationen und Charaktere. Manche Fehler waren zu offensichtlich, und so jung waren sie auch nicht mehr.

„Wie willst du ihnen erklären, dass ich dabei bin? Ich bin 19 Jahre alt. Gib mir eine Erklärung, die nicht nach Protektion klingt. Beschreib mich so, dass ich dir glaube, dass es dir um mich geht."

Er verstand, dass ich zugesagt hatte und da er kein Loblied auf mein vermeintliches Genie sang, um mich davon zu überzeugen, wollte ich es umso mehr. Auch wenn ich ihm das übelnahm und mich insgeheim darüber ärgerte.

„Deine prämierte Literaturklausur. So erklären wir´s", sagte Bent zu mir, während er weiteraß.

Nach dem Sieg bei der Mathematik-Olympiade war mir aufgrund meiner Abiturprüfung „Leistungskurs Deutsch" ein Stipendium des Landes Baden-Württemberg für die Fächer Literatur und Philosophie bzw. im Bereich der Naturwissenschaften angeboten worden. Es hatte Vorteile, die Mathe-Klausuren vorher gekannt zu haben. Nichts hasste ich mehr als den Zufall, egal ob das Wissen nun notwendig für meinen Erfolg war oder nicht. Jede Unwägbarkeit war immer im Vorhinein auszuschalten.

Ich lenkte geschickt auf das Essen ab.

„Das ist nur deshalb so perfekt, weil es Bressetauben sind."

Ich erklärte ihm, um ihm den Triumph nicht ganz zu überlassen, dass Bressetauben noch deliziöser schmeckten, wenn man die Taubenstelzen und die Brustknochen zerhackte und sie mit kleingeschnittenen Zwiebeln, Wurzeln und Sellerie anröstete, um sie dann mit Cognac zu flambieren und mit Gemüsebrühe aufzufüllen. Er war beeindruckt, und ich verstand, wieso exzellentes Essen und vollkommene Kochkunst auch eine Perfektion darstellte, die ich beherrschen wollte. Erstklassiges Essen war nicht nur der Sex des Alters. Wir beendeten unser Festmahl zwei Stunden später, ohne dass einer von uns noch einmal auf den Wettbewerb eingegangen war.

Am nächsten Morgen rief er mich an.

„Drei andere sind dabei. Paul Frömmling, Jugendliteratur-Preis 2007, Bettina Dahlmann, Ernst-Bloch-Preisträgerin von 2006, und Daniel Frey. Ich habe dir erzählt, dass sein Erstlingswerk eingeschlagen hat wie eine Bombe und ihn jeder haben will."

Ich erinnerte mich an das Buch, das mir Bent schon als Manuskript zu lesen gegeben hatte.

„Hat dieser Künstler nicht elf Jahre an seinem Buch geschrieben?"

Ich musste in mich hineinlächeln. Wie konnte ein Autor, Schauspieler, ein Musiker oder ein Maler sich als Künstler darstellen, von sich selbst behaupten: „Ich bin ein Künstler."

Alles war Kunst oder nichts: die Einrichtung meines neuen Appartements – Kunst oder nur Ausdruck des Gefühls für Zusammenstellung von Raum und Farben?

Das Elektrohandwerk: Handwerk oder Kunst, Strom in meine Maurerlampe, den B&O-Fernseher oder die versteckte Stereoanlage fließen zu lassen?

Die Schriftstellerei: Kunst oder nur die Fähigkeit, sich mit Worten gekonnt auszudrücken?

Ich hatte schon oft mit Bent darüber diskutiert, wie erstaunlich es war, dass mit der deutschen Sprache, die 26 Buchstaben umfasst, doch immer wieder Neues geschrieben und Ungesagtes erfunden werden konnte.

Wie viel von all dem war mathematische Redundanz, wie viel abgekupfert und wie vieles tatsächlich neu? Musste nicht jeder

Schreiber Angst davor haben, dass im selben Moment ein anderer aus der vorhandenen Anzahl von Buchstaben und Wörtern genau das Gleiche zusammensetzte?

Meine Theorie war, dass alles im Leben Mathematik war. Sprachen lernen glich für mich einem stochastischen Näherungsverfahren. Wenn man nicht mit einem besonderen Sprachgefühl gesegnet war, musste man nur verstehen, wie das System der Unterscheidung funktionierte. Musste mathematisch darangehen, Unterschiede und Systematiken zwischen den Sprachen herauszufinden. Übereinstimmungen und Abweichungen. Ursprünge und Veränderungen. Man konnte sich der Sprache durch die Überlegung nähern, wie die Vokabeln heißen mussten. Jede Sprache hat ihren Rhythmus, ihren eigenen Algorithmus. Irgendwann wollte ich ein mathematisch anwendbares Verfahren entwickeln, Sprachen einfach zu erlernen.

Bisher hatte ich nur deswegen davon abgesehen, weil ich davon ausgegangen war, dass die Wissenschaft schon bald in der Lage sein würde, Minichips mit allen Fremdsprachen so unter die Kopfhaut zu implantieren, dass man sie perfekt beherrschte. Nach meinen Berechnungen sollten 0,09 mm Dicke ausreichend sein. Die Verbindungen zwischen den in der linken Hirnhälfte liegenden Nervenzellen und NMDA-Rezeptoren würde schon bald kein Problem mehr darstellen. Und wer interessierte sich dann noch für ein mathematisches Verfahren zum Erlernen von Fremdsprachen? Aufgrund dieser Erkenntnis beschloss ich, mir keine weitere Sprache mehr anzueignen.

Neben der Implantierung dieses Chips war ich mir sicher, dass das Beamen von Menschen kurz bevorstand. Wer in der Lage war, mit zigfacher Lichtgeschwindigkeit zu schießen, also Lichtwellen so durch einen Tunnel zu jagen, dass sie ankamen, bevor man sie abgesandt hatte, würde schon bald beamen können. Endlich würden dann auch Raum, Ort und Zeit miteinander verschmelzen. Im Moment wollte ich aber nur bestimmten, mir unangenehmen Menschen empfehlen, sich solchen Experimenten hinzugeben.

Denn wer konnte sicher sein, ob die Wissenschaftler wirklich in der Lage waren, neben den 60% Wasser, den 20% Eiweißstoffen, dem Fett (bei mir 7,9%), den Mineralstoffen und dem Blut alles so wiederherzustellen, dass die Sinnesempfindungen und Gefühle, das einzigartige Gedächtnis eines Individuums danach wieder im Originalzustand wären? Ich selbst hatte zu große Sorge, es könnte, nachdem gebeamt worden wäre, nur eine zweite oder dritte reduzierte Ableitung Jan-Nicks herauskommen. Und wer wollte das schon?

Ich dachte oft darüber nach, wie es sich anfühlen würde, in das Leben, die Gefühle und die Fähigkeiten anderer Menschen hineinzuschlüpfen, ihnen für Minuten die eigenen Schmerzen zur Verfügung zu stellen oder ihre anzunehmen. So wären Menschen von mir viel schneller und einfacher zu verstehen.

Die von mir genutzten Methoden waren vielleicht subtiler, aber nicht minder wirkungsvoll, aber davon später mehr.

Es war also klar, dass Schauspielen, Malen oder Schreiben genauso wenig oder genauso viel Kunst war wie alles andere.

Es war die mathematische Aufgabe, aus den 26 Buchstaben Worte, Sätze und Gedanken zu formulieren. Es gab nur ca. 300 Worte, die Empfindungen ausdrückten, 170, die Manipulation bedeuteten, und ca. 450, die Zweifel, Angst oder Mutlosigkeit beschrieben, falls ich sie richtig gezählt hatte.

Das war, wie einen Fernseher zu konstruieren. Allen Ingenieuren standen die gleichen Bauelemente und Widerstände, Bildröhren und Chips, Farbfilter und Lochmasken zur Verfügung, und trotzdem erschuf der eine einen B&O-Fernseher und der andere ein Sharp-Billigteil. Abgesehen davon, dass vielen Menschen überhaupt nicht klar war, wie es eigentlich möglich war, dass samstagsabends der nette Herr Gottschalk zu ihnen nach Hause auf den Bildschirm kam.

Im Gegensatz zum Konstruieren von Fernsehern konnte fast jeder schreiben oder malen.

Bent hatte mich angefixt wie einen dieser kleinen Straßenstricher. Während ich die letzten Löffel des exquisiten Desserts mit dem sündhaft teuren Dessertwein in meiner Kehle zu einer symbiotischen Gaumenexplosion vereinte, gestaltete ich meinen Plan. Mein Freund Bent hätte es innerlich sicher gefröstelt, wenn ihm klar geworden wäre, welche Gedanken im Kopf seines Gegenübers kreisten, während er ihn warmherzig anlächelte.

17 Jahre* / 22.05.2001

Lieber Nicki,

heute habe ich nur wenig Zeit, aber ich will Dir ein paar Zeilen schreiben.

Lisa hat die Röteln und weint und weint, und ich weiß schon gar nicht mehr, was ich tun soll. Aber ich will Dich nicht langweilen oder Dir was vorjammern, ich weiß ja, was bei Dir alles los ist. Alles wäre vielleicht einfacher, wenn wir einfache Menschen wären. Wir würden uns dann aber auf Dinge beschränken, die den einfachen Menschen wichtig sind. Ich liebe es, so uneinfach zu sein, so eine uneinfache Liebe zu empfinden für einen so uneinfachen Mann.

Es ist nichts ohne Dich – mein uneinfacher Traum. Es wäre nicht mein Leben.

Lisa hätte sich gefreut, wenn Du zu ihrem ersten Geburtstag gekommen wärst. Meinst Du, dass Du mir Geld schicken kannst, wenigstens nächsten Monat?

Ich habe mein ganzes Geld für ein Geschenk von Dir an sie verbraucht.

Ich verzehre mich nach Dir.

Deine Manuela

Kapitel 1:
Zu Hause?

*06.12.2008 / 24,5 Jahre**

Liebster Nicki, *Heidelberg, 11.12.2008*

Deinen Brief will, werde und kann ich so nicht akzeptieren. Natürlich ist das alles für Dich ein kaum zu verstehendes Drama, aber ich versichere Dir, dass wir Dich genauso lieben wie vom ersten Tag an. Du bist unser Kind und daran wird sich nie etwas ändern.

Es tut mir unendlich leid, dass Du eingesperrt sein musst, gequält von Gedanken und Erinnerungen. Ich habe versucht, Nadjas Schwester zu erreichen, aber sie war nicht da. Ich habe ihr eine Nachricht hinterlassen. Es hat sich für uns nichts verändert, es wird sich nichts verändern. Wir lassen Dich nie im Stich. Wir haben mit Prof. Dr. Meier gesprochen und er meint, dass die Chancen gut stehen, Dich in eine Haftanstalt zu verlegen, die in der Regel nur Insassen beherbergt, die maximal 5 Jahre Strafe bekommen haben. Da hättest Du es dann einfacher.

Jeden Tag beten wir für Dich, dass Dir Gott Kraft gibt, nicht aufzugeben, weiter zu machen, es zu akzeptieren als Prüfung in Deinem Leben. Wir haben beschlossen, Deine Wohnung zu kaufen und sie so zu lassen wie sie ist, damit Du, wenn es eine Hafterleichterung gibt, alles so vorfindest, wie Du es kennst. Wir schränken uns ein bisschen ein, dann geht das schon.

Wenn wir für Dich die Revision vorbereiten sollen, sag es uns bitte. Du weißt, dass dafür nur 14 Tage Zeit sind und 8 sind schon vergangen.

Ich liebe Dich, bleib bei mir. Grüße von Paps.

Ich komme am Dienstag.

Deine Dich liebende Mutsch

P.S.: Soll ich Dir was mitbringen am Dienstag,
wenn ich zu Dir komme?

Konnte man Leben einfach miteinander aufrechnen? Ich überlegte, wie viele ich gerettet, lebenswert gemacht oder erweckt hatte.

Thorsten, gerettet, als er vom Kirchturm springen wollte, Freund gewesen, bis er wieder glücklich war. Dann Friedrich, als er im Suff am Erbrochenen erstickt wäre, hätte ich nicht helfend eingegriffen. Obwohl ich zugeben muss, dass ich einen kurzen Moment darüber nachdachte, diesem Sterben nur zuzuschauen. Und Sabine, wiederbelebt, nach ihrem Badeunfall.

Clara hatte ich aus dem brennenden Auto gezogen, das dann zwei Minuten später explodierte. Wenn ich alles zusammenzählte, stand meine Bilanz immer noch bei minus 3, aber das zählte nicht. Minus rechnet sich nie mit Plus auf.

Minus zählt in diesem Fall immer drei- oder vier- oder unendlichmal so viel.

Wenn du vier Kinder großziehst, sie behütest und beschützt, für sie da bist, und aus irgendeinem Grund stirbt dein kleinstes, dann steht es ja auch nicht 3 : 1. Die 3 wird für immer vergessen sein, wenn die 1 existiert.

Zu oft dachte ich, dass die Mathematik alles exakt abbilden würde, aber ich sah in diesem Fall, dass es nicht so war. Die 1 war nicht die 1, wog hundertfach schwerer. Schuldbelastete Zahlen lassen sich nicht mathematisch exakt abbilden. Es gibt einfach Multiplikatoren, die einer individuellen Berechnung unterliegen. Mutsch meint 1 bleibt 1. Katharina denkt 1 ist unendlich.

Alles konnte ich immer genau abbilden, alles war immer mathematisches Weltbild. Und schon scheiterte ich an der kleinsten, einfachen Gleichung: = 3 > 1 ?

Außerdem musste ich beim Bilanzziehen auch meine mittelbaren und unmittelbaren Opfer berücksichtigen, wie z.B. Schuldirektor Korn, der aufgrund einer kleinen Erpressung aus Scham Selbstmord verübt hatte, aber vielleicht war es doch ein Autounfall gewesen? Manchmal kam es eben vor, dass jemand auf schnurgerader Straße bei schönem, trockenem Wetter ohne Grund und Bremsspur gegen einen Baum fuhr.

Die Lebensversicherung hatte nach langem Hin und Her schließlich die Versicherungssumme an seine Frau ausbezahlt. Da es für die auszahlende Gesellschaft kein Selbstmord war, rechnete ich dieses in der Zwischenzeit beendete Leben ebenfalls nicht mir zu.

Im Laufe dieser Beichte werde ich nicht umhinkommen, einige gestorbene oder getötete Menschen mir direkt zuzuordnen, ich werde später darauf zurückkommen.

Kapitel 2:

Der Wettbewerb

*06.06.2004 / 19 Jahre**

Ich liebte es, an diesem Sonntag, dem 06. Juni 2004, genau 60 Minuten vor dem Termin mittags in mein Cabriolet zu steigen, um nach Frankfurt zu fahren. Hellerhofstraße. Mir war klar, dass die Zeit nicht ausreichte, um pünktlich zu sein. Ich würde mehr als eine halbe Stunde zu spät kommen, was Teil meines perfiden Plans war.

Der Fahrtwind eines strahlenden Sommertages machte mich zufrieden. Ich konnte die Natur einatmen und hatte beschlossen, durch den Odenwald nach Frankfurt zu fahren. Neben mathematischer Präzision brauchte ich ein besonderes Lebensgefühl, Freude und Frische, um perfekt zu sein.

Ich hatte bei Bent durchgesetzt, dass wir erst am Nachmittag beginnen, weil ich nicht früh aufstehen konnte. Vielleicht wäre ich dazu in der Lage gewesen, wenn mich jemand dazu hätte bringen können. Ich wollte nur können, was ich selbst können wollte.

Am Abend zuvor hatten wir gefeiert, viel getrunken, perfekt gegessen, und heute Morgen hatte ich eine Line gezogen. Nicht zu viel, aber genug und gut genug, dass sich Zuversicht und

Leistungsfähigkeit langsam in mir ausbreiteten. Dieses Zeug machte einen unsterblich und versah mich mit Energie für die nächsten 36 Stunden.
Ich wollte alle positiven Gedanken zulassen können, gelassen klar sein, Liebe zu mir selbst spüren und erregt sein. Das war es, was ich auf der Fahrt durch den Odenwald fühlen wollte.
Die Strategie war klar: Heute war Handwerk gefragt und keine Kunst. Es ging also nicht darum, wer von uns vier der beste Schriftsteller, sondern wer der beste Handwerker sein würde. Wer der beste Psychologe? Wessen Präsenz war die dominanteste?

Ich hatte meinen Vater gebeten, herauszufinden, wie das Thema des Autorenwettbewerbs lautete. Er ging für mich mit Bent, seinem besten Freund, essen, und obwohl es ihm zuwider war, versuchte er es ernsthaft, bekam aber nichts aus Bent heraus. Widerwilliges ist immer schlechtes Schauspiel, und so war das meines Vaters wahrscheinlich ein miserables.
Es blieb mir nichts anderes übrig, als es zu akzeptieren, obschon mir Bemühen ohne gewünschtes Ergebnis zuwider war. Aber es ging in diesem Fall um meinen Vater, dem ich nicht böse sein wollte. Trotzdem spürte ich leichte Verachtung. Ich änderte meinen Plan: Tue alles dafür, ein guter Handwerker zu sein, und beeinflusse das Handwerk der anderen negativ.
Mein Vorteil war, dass ich der einzige war, der sich bewusst machte, dass es um Handwerk ging.
Ich kam euphorisiert in Frankfurt an, aufgeputscht, siegesgewiss. Ich liebte jeden Vergleich und jeden noch so unsinnigen Wettkampf in meinem Leben, besonders an diesem sonnigen Tag.
Um 14:10 Uhr traf ich Bent an der vereinbarten Ecke, wo er mich schon nervös erwartete:
„Hättest du nicht wenigstens heute pünktlich sein können?", herrschte er mich gereizt an.

„Bent, ich bin vor 90 Minuten losgefahren und habe es nicht sofort gefunden. Es tut mir ja so leid, bitte entschuldige, ich bin fix und fertig, ich kann das alles nicht!"

Ich begann tränenlos zu weinen. Sofort bekam er seinen besorgten väterlichen Gesichtsausdruck:

„Mach dir keine Sorgen, ich bin bei dir, entspann dich, ich verspreche dir, dass alles klappt."

Innerlich musste ich grinsen. Der gute alte Bent glaubte mir und würde mich bei meiner Taktik, ohne es zu wollen, unterstützen.

„Komm jetzt, wir fahren ins Hotel, die anderen sind schon dort und warten auf uns."

Als wir im Kempinski ankamen, war es bereits Viertel vor drei. Bent führte mich durchs Foyer in den Fahrstuhl, fasste mich, um mich zu beruhigen, an meiner Schulter und drückte den Knopf zur dritten Etage.

Langsam stieg die Spannung, weil die Vorbereitung nicht so einfach und professionell gewesen war, wie ich es eigentlich mochte. Es war mir weder gelungen Eigenschaften meiner Konkurrenten in Erfahrung zu bringen, noch das zu bearbeitende Thema.

Die Tür des Konferenzraums öffnete sich, und ich sah alle an einem modernen Konferenztisch aus Holz und Glas auf weichen schwarzen Ledersesseln sitzen: Karasek, Reich-Ranicki, zu denen sich Bent gesellte, und die anderen drei.

Zuerst betrachtete ich Paul Frömmling. Rötliche Haare, 34, blass, Brillenträger. Nervös zupfte er an seinem Ohrläppchen, als ich mich vorstellte und ihm die Hand gab. Er roch leicht nach Alkohol, hatte einen dunkelgrünen Pullover und eine grünlich-braune abgewetzte Cordhose an, die mich sofort an den Witz erinnerte: „Du Mausi, der Arzt hat mir gesagt, ich soll eine Blut-, eine Urin-, eine Sperma- und eine Kotprobe abgeben."

„Tja, mein Schatz, dann nimm doch deine braune Cordhose..."
Er sah nach einem Niemand aus, war keiner, an den sich irgendjemand erinnern würde. Seine Hand zitterte leicht und er hatte einen kalten und leicht feuchten Händedruck, nach dem ich mich beherrschen musste, ihn nicht durch Abwischen an meiner Hose wieder loszuwerden.
„Entschuldigen Sie bitte, dass Sie alle warten mussten", sagte ich, so ehrlich es sein musste. Ich war zerknirscht, höflich und bescheiden.
„Obwohl ich so früh losgefahren bin, habe ich mich vor Aufregung verfahren. Wenn mein Zuspätkommen bedeutet, dass ich jetzt nicht mehr mitmachen darf, verstehe ich es. Bitte verzeihen Sie mir!"
Ich war 19 Jahre alt, leicht verzweifelt, fast traurig, gut aussehend und wirkte sehr, sehr ehrlich.
In Bettina Dahlmann erweckte es sofort den weiblichen Beschützerinstinkt.
„Kann jedem mal passieren, Kopf hoch, wir haben uns in der Zwischenzeit gut unterhalten."
Sie sah trotz ihrer Nickelbrille interessant aus. Mittellange braune Haare, unten glatt geschnitten. Ordentlich, etwas zu mollige, aber feste Figur, locker, aber stilsicher angezogen. Unangepasst, freundlich, aber nicht wachsam genug. Ich schenkte ihr mein wärmstes, unsicheres Lächeln und wartete, bis mich Karasek dazu aufforderte, Platz zu nehmen.
Daniel Frey saß links neben mir. Ihm sah man den überintellektuellen Linken an. Rebellisch, rotzig, frech, und schon seine Kleidung demonstrierte Widerstand. Er hatte mir nicht die Hand gegeben und ärgerte sich wahrscheinlich darüber, es selbst nicht gewagt zu haben, zu spät zu kommen. Er sah mich kalt an und sagte zynisch und laut:
„Der naive Benjamin hat das literarische Nest doch noch gefunden?"

Es war noch nicht der richtige Zeitpunkt, das psychologische Spiel zu eröffnen, aber mit jeder seiner unbedachten Bemerkungen würden sich die anderen mit mir solidarisieren. Ich schenkte ihm einen leicht verletzten ängstlichen Blick.
Er strahlte kalte Arroganz und Überheblichkeit aus, die von der Annahme getragen, intellektuell besser zu sein.
Außerdem zeigte mir sein Auftreten, dass er das Gefühl hatte, wichtige moralische Instanz zu sein und als einziger zu verstehen. Ich musste mich bemühen, meine Glücksgefühle nicht offen zu zeigen. Die Einschätzung der anderen „Versuchsteilnehmer" hatte ich mir wesentlich schwieriger vorgestellt.
Die Fähigkeit, Menschen in den ersten Augenblicken richtig einzuschätzen, hatte mir schon immer den entscheidenden Vorsprung gegenüber anderen verschafft. Frömmling würde sich von selbst erledigen. Keinerlei Nerven. Bettina würden Weiblichkeit und Faszination das Genick brechen, und Freys Wahn würde der intellektuelle Wettkampf um das vorgegebene Thema sein, den ich ihm anbieten, aber nicht wirklich annehmen wollte.
Für intellektuelle Betrachtungen, philosophische oder nie gedachte Gedanken und Konstruktionen brauchte jeder Autor Zeit und musste besondere Momente erleben, die niemals auf Knopfdruck kamen. Nicht einmal nach der dritten Linie, selten, fast nie.
Wie so oft kroch die Enttäuschung über die Leichtigkeit der Aufgabe in mir hoch. Ich suchte den gleichwertigen Wettkampf und war in allem von Schwächeren umgeben. Die, die doch einmal besser waren, verstanden das Spiel nicht, so dass ich sie trotzdem beherrschte. Die daraus entstehenden Triumphe stärkten seit nahezu zwei Jahrzehnten mit jedem Sieg mein Selbstbewusstsein. Jeden Tag lernte ich jedes Spiel besser. Oft erkannte ich in den ersten Minuten jeden Schritt meines Plans, so dass mich Langeweile und die Sicherheit zu gewinnen, meinen Sieg kaum auskosten ließen. Oft waren die Vorfreude und die Anspannung der wahre Genuss bei einem interessanten Wettkampf.

Die Frage, ob meinen Fähigkeiten ein ebenbürtiger Gegner gegenüberstehen würde, ob ich verlieren könnte und wie ich die Niederlage verkraften würde.
Normalerweise krochen kälteste Wut und unbeherrschter Zorn gegen alle, die mich besiegten, zerstörerisch in mir hoch. Jeden von ihnen wollte ich vernichten, sprach ihnen Zufall, glückliche Umstände oder partielle Spezialkenntnisse zu, die zu ihrem Sieg geführt haben mussten.
Niemals hatte ich wirkliche Sieger gesehen, in keinem einzigen Spiel. Ich vergaß keinen, der mich besiegt hatte, war der personifizierte Elefant im Nicht-Vergessen. Manchmal dauerte der beschlossene, härtere und unbarmherzige Kreislauf der Rache Jahre, und oft konnte man gar nicht erahnen, warum sie einen plötzlich traf.
Ich erinnerte mich plötzlich an den Hund von Florian. Florian war mein bester Freund, der sich mit mir in dem x-ten Wettkampf, in diesem Fall um die dunkelgelockte Sabine, für alle unfassbar siegreich duelliert hatte. Auch danach war ich sein Freund geblieben, hatte charmant seinen offen dargestellten und laut schreienden Triumph hingenommen.
Seinen Hund, der mich liebte, drei Jahre später anzulocken, anzuleinen, festzubinden und anschließend zu überfahren, gab mir alle Genugtuung, die ich für die erlittene Demütigung benötigte.
Menschen erzählen immer von der Intelligenz, den übernatürlichen Wahrnehmungen von Tieren. Aber Tiere hatten keinen besonderen Instinkt, starben schneller als Menschen.
Sein Hund war für Florian alles gewesen und ich musste ihn mehr als 3 Wochen lang fast Tag und Nacht trösten. Wir suchten mit Zeitungsanzeigen, in denen wir eine erhebliche Belohnung aussetzten, gemeinsam den Schuldigen, und oft hatte ich selbst das Gefühl, dieses Schwein zu suchen, obwohl ich es doch selbst mit Absicht getan hatte. Florian vertraute mir, und seine Trauer und Ohnmacht berührten mich fast sexuell. Ich litt mit ihm „wie ein Hund".

Ich gebe zu, dass der Anblick des toten Hundes, den ich nachher noch aufgeschlitzt hatte, um zu sehen, wie überfahrene Gedärme sich nach dem Überrollen entwickelten, kein schöner war. Ich vermutete, dass Florians Schock deswegen noch größer war, und ich war mir meiner Verantwortung bewusst, ihm beizustehen, um das Erlebte besser verarbeiten zu können.

Kapitel 3: Die geliehene Freundschaft

*30.03.2006 / 22 Jahre**

Es war einer dieser seltenen Abende im Frühling gewesen, ein perfekter Tag mit freundlichen Menschen und angenehmen Gedanken. Mit der inneren Balance und Ruhe, der Sicherheit und einem azurblauen Himmel mit warmen Temperaturen, die es mir ermöglichten, am Abend Rotwein, Filet, Gemüse und alles mögliche andere auf der Terrasse zu servieren.

Fast alle unsere wichtigen Freunde waren gekommen. Wir sprachen über vieles selten vertraut und ohne irgendwelche Hintergedanken und hatten uns alle lieb.

Nadja hatte ihre allerbeste Freundin Katharina von der Uni mitgebracht, die ich kaum kannte; sie war nicht unhübsch, interessant und interessiert. Am späteren Abend begann ich, mich ernsthaft mit ihr zu unterhalten. Nadja machte sich Sorgen, ob Katharina ihr Examen bestehen würde, und an diesem Abend wurden ihre Sorgen die meinen und ich erfühlte ihr Problem und wollte ihr wirklich helfen, um ihr eine ähnliche Harmonie wie uns

allen zu ermöglichen. Damit verband ich zunächst überhaupt keinen Plan, dafür war ich zu chillig an diesem wundervollen Abend. Je länger wir sprachen, desto mehr nistete sich aber der Anflug eines Gedankens in mir ein, ob ich das nicht doch mit einem interessanten Experiment verbinden konnte.
Stunden zuvor hatte sich Nadja leicht auf die Zehenspitzen gestellt, mich geküsst und gebeten, Katharina zuzuhören und ihre Ängste ernst zu nehmen.
„Ich leihe dir meine Freundschaft für die nächsten drei Monate und du wirst kein Problem mehr haben", sagte ich am Ende unseres Gesprächs und blickte Katharina dabei ehrlich und tief in die Augen.
„Niemand kann Freundschaft je verleihen, höchstens für eine Zeit empfinden, mitfühlen oder erfahren", entgegnete sie, während sie mich leicht verwirrt anblickte.
„Ich liebe meine Freunde, tue alles für sie, erlaube ihnen fast alles, gebe mich selbst auf, um sie glücklich und sorgenfrei zu sehen. Ich leihe dir diese Liebe unter Freunden, löse deine Probleme und gehe aus deinem Leben, als hätte ich es niemals betreten!"
Sie war leicht verärgert, weil sie das Gefühl hatte, nicht ernst genommen zu werden. Ohne auf ihre Verärgerung einzugehen, sprach ich weiter:
„Deine Angst blockiert deine Phantasie, lässt das Bestehen deines Examen in Gefahr geraten und deine ganze Zukunft. Du weißt und kannst alles und wirst trotzdem scheitern, wenn du dir nicht helfen lässt von mir. Du bist wertvoll, es ist doch toll, wenn einem plötzlich jemand hilft, den man gar nicht auf dem Schirm hatte, während andere, von denen man es sich gewünscht hätte, fernbleiben.
Ich würde, wenn du zustimmst, alles für dich tun, ich würde dich unterstützen und mich tief in die Materie einarbeiten. Ich wäre dein Freund, würde für dich schreiben und recherchieren, dir zuhören und dir helfen, dein Examen zu meistern. Du kannst doch alles. Ich möchte dir deine Sorgen nehmen und dich glücklich

sehen. Drei Monate und danach kennst du mich und ich dich nicht mehr. Das wäre unser Deal."

In diesem Fall half mir ihre verzweifelte Angst, dass all ihre eingesetzte Zeit, das erworbene Wissen an der Universität, die Erwartungen ihrer Eltern und Freunde und nicht zuletzt ihre eigenen umsonst gewesen sein könnten. Diese Angst passte nicht zu ihrem offenen, frechen und angenehmen Wesen. Sie hatte zwar, wie sie sagte, schon immer Prüfungsangst gehabt, aber niemals war irgendetwas tatsächlich schiefgegangen. Niemand nahm sie ernst in ihrer Angst, mit Ausnahme von Nadja.

Warum versagte jemand, der alles wusste? Katharina hatte ein interessantes Gesicht, große blaue Augen, die einen neugierig anschauten, Sommersprossen, war offen, hatte gebräunte Haut und eine exzellent durchtrainierte weibliche Figur.

Sie war auch an mir interessiert, wusste es aber noch nicht.

Die Prüfungen Germanistik und Romanistik waren lächerlich. Alle Studentinnen gingen vor den schriftlichen Examensprüfungen zu ihrem zuständigen Professor, um ihre schriftliche Prüfung und das darin zu behandelnde Thema abzusprechen.

Dann bereiteten sie sich darauf wochenlang vor und hatten eine ebenfalls vorbereitete und abgesprochene mündliche Prüfung vor sich – damit war alles erledigt. Als ich das hörte, glaubte ich es kaum. Wie einfach konnte man denn dieses Studium abschließen?

Die für mich interessante Überlegung bei diesem Experiment war, einem Menschen in solch einer Situation „das Leben zu retten", alles für sie zu sein. Sie zu lieben wie einen Freund und dann aus all diesen Gefühlen der Dankbarkeit und aus dem Schweiß, mit dem der Aufwand und der Erfolg bezahlt wurde, kühl auszusteigen und nie mehr einen Gedanken und ein Gefühl daran zu verschwenden.

Ich wollte die Gewissheit haben, Gefühle erzeugen, verleihen und abschalten zu können. Alles für jemanden zu sein und für einen abgesprochenen Zeitraum zu tun.

Was würde ein dankbarer Mensch mit diesen Gefühlen, dieser Scham und der Wut auf sich selbst tun, wenn man danach nie mehr die Gelegenheit der Begegnung und des Ausgleiches zulassen würde?
Das Wertvollste, was ich in all meinen Perversionen und meiner Egozentrik, der Spielsucht und der Berechnung in klaren Momenten zu verschenken hatte, war meine Freundschaft.
Dieses ehrbare, nie selbstlose Gut auf diese Weise zu verleihen und mit dem vereinbarten Bruch die Reaktionen darauf zu studieren, war Ziel meines Angebotes. Und ich wollte Nadja einen Gefallen tun, weil es ihr wichtig war.
Manche Experimente musste ich – auch wenn mir ihr Ergebnis immer vorschwebte – in die Realität umsetzen. Manche meiner Erkenntnisse durften nicht nur aus meinen eigenen Gedanken kommen. Manche meiner Vorstellungen benötigten die Rechtfertigung durch das Leben. Es war wie eine Jagd, die nur dann vollendet war, wenn das tote Wild am Stock hing.
Ich hatte nach ihrem zögerlichen und zaghaften Nicken viel zu tun, denn es waren nur noch wenige Wochen bis zu den Prüfungen. Insofern war eine klare Strategie notwendig.
Drei Professoren musste ich kennenlernen, und die Universität in Freiburg, bot eine ideale Experimentumgebung. Nachdem ich die Homepages der Professoren und ihre Veröffentlichungen gesehen und jeweils eine ihre Vorlesungen besucht hatte, sprach ich bei ihnen persönlich vor, mit dem vorgeheuchelten Interesse, bei ihnen studieren zu wollen. So verstand ich sehr schnell, wer da vor mir saß und wie sie in ihrer Eitelkeit zu knacken waren.
Die Professoren spürten die Abhängigkeit ihrer Studentinnen und das wurde oft von den hübschen und willigen Mädchen verstärkt, indem sie ihnen Fragen stellten wie z.B.:
„Können Sie mir einen Einblick in ihre besondere Interpretation des Werkes „Christiane und Goethe“ von Sigrid Damm geben...?”
Und das mit so gespielter Ernsthaftigkeit, dass die Professoren

wirklich dachten, sie seien daran interessiert. Oftmals kam es dann zum Tausch wie auf einem Basar: etwas Zärtlichkeit, etwas leidenschaftlich gespielter Sex gegen angemessene Bezahlung in Form von guten Noten oder vorab überreichten Klausurthemen.

Sie besprachen also präzise das Prüfungsthema (ein zweites wurde als mögliche Variante später in die Examensklausur aufgenommen; die Studentinnen hätten es aber nie bearbeiten können, da es ja nicht vorher abgesprochen worden war) und wussten somit zu 100%, auf was sie sich vorzubereiten hatten.

Im Übrigen fand ich während meiner Recherchen heraus, dass nur vier männliche Studenten existierten, wovon drei allerdings weiblicher waren als ihre Kommilitoninnen. Vor dem Prüfungstermin war also eigentlich alles klar. Aber ihrer eigenen Wichtigkeit entsprechend taten diese Hühner und die wenigen Hähne so aufgeregt, als ob sie alle Werke der Literatur aus den unterschiedlichsten Kulturkreisen auswendig lernen müssten. Sie redeten sich gegenseitig die Möglichkeit des Durchfallens so lange ein, bis manche nur noch durch Medikamente halbwegs ruhigzustellen waren.

Der Gipfel von allem war, dass es sogar einige gab, die aufgrund ihrer Hysterie, dem Geschwafel der anderen, ihren Medikamenten und dem Vergessen, dass überhaupt nichts passieren konnte, tatsächlich durchfielen. Das war sogar den Professoren suspekt, zeigte ihnen aber, mit welcher Berechtigung sie an dieser renommierten Universität lehrten.

Höhepunkt dieser skurrilen Absprache war die Abschlussfeier, auf der sich die Germanistik- und die Romanistikprotagonisten hübsch zu machen versuchten und feierlich ihr abgesprochenes Examen vor Eltern und Freunden entgegennahmen. Amen.

Im Endeffekt waren es vier Aufsätze, die man absprach, schrieb, auswendig lernte oder auf die Innenseite des Rockes auf die mehr oder weniger zarten Oberschenkel kleinkopierte.

Und darum machten diese hysterischen Studentinnen einen Hype, als ob sie die Wissenschaften in ihren Grundfesten neu erfinden und alle alten in- und auswendig kennen müssten.
Während meiner Einarbeitungszeit überlegte ich mir, ob ich nach dem Examen Katharina zusätzlich schnell promovieren lassen sollte. Entweder kaufte man die Promotionsarbeit, oder man war in der Lage, über ein ausgeklügeltes System aus Inhaltsverzeichnis, Struktur, Literaturangaben, der Zusammenfassung und der Fähigkeit, sinnvoll zu verbinden und abzuleiten, diese Promotion selbst zu erstellen. Drei Wochen, maximal. Ich verwarf diesen Gedanken, weil mir der Aufwand zu groß erschien zur Verifikation des Experimentes.
Das war es also, was ich nach einer Woche Zeitaufwand verstanden hatte. Ich kannte die vier Professoren, wusste um ihre unterschiedlichen Vorlieben für Dekolletés, Freizeitbeschäftigungen, persönliche Eitelkeiten und die Interpretation der von ihnen gelehrten Literatur. Schnell stellte sich heraus, für welches Lob sie empfänglich waren, und außerdem wurde mir klar, welches Thema für wen sinnvoll war.
Bei zwei Professoren musste ich ihre Homepages nach meinem Besuch nochmals analysieren, die angegebenen Links und ihre Veröffentlichungen genauer studieren.
Die anderen beiden waren so unbedeutend und trottelig, dass ich mir weitere Recherchen ersparen konnte.
Die abgegebene Prüfungsarbeit musste für sie interessant, aber nicht zu nah an ihren eigenen Fähigkeiten sein. Man durfte sie nicht auf ihrem Gebiet schlagen, denn dann riskierte man die angestrebte gute Note wegen ihrer Eitelkeit.
Manchmal stellte ich mir vor, wie es wäre, noch nicht gedachte Gedanken oder neue Ansätze in den Spezialgebieten der Professoren in Katharinas Klausur einzubringen. Sie würden ihre Arbeit schlechter bewerten oder müssten zumindest in der mündlichen Prüfung ihre intellektuelle Überlegenheit unter Beweis stellen.

Also war dieser Gedanke nicht hilfreich, um Katharina ein Examen mit Auszeichnung zu verschaffen. Deswegen verwarf ich diese intellektuelle Herausforderung, bevor ich sie fertig gedacht hatte.
Die Abschlussklausur musste eine intelligente Zusammenfassung und Interpretation ihrer Veröffentlichungen sein. Thema und Umsetzung der Klausur mussten brillant getroffen sein. Nicht mehr.
Die Professoren wollten verstanden, klug interpretiert und gelobpreist werden, nicht aber vorgeführt. Ihr eigener Charakter und ihre Erkenntnisse mussten sich in der jeweiligen Arbeit wiederfinden.
Die viel schwierigere Aufgabe bestand darin, innerhalb kürzester Zeit Katharina zur Freundin zu gewinnen.
Ich kroch in sie, versuchte sie als Mensch zu erfassen und zu verstehen. Ich erkannte ihre Sehnsüchte, wann sie traurig und wann sie für kurze Zeit glücklich war. Ich versuchte, ihre Gedanken im Voraus zu erahnen.
Manchmal dauerte es nur wenige Stunden, bis ich einen Menschen erfasst hatte und ihn in seiner ganzen mehrschichtigen Komplexität verstand.
Katharina war liebenswürdig und intelligent, versuchte mit ihren Augen in einen zu dringen.
Sie war nicht angepasst, hatte in unterschiedlichen Ausprägungen eigene Vorstellungen, die sich in manchem widersprachen. Sie war nicht leicht zu beeinflussen, aber mittels durchdacht vorgebrachter Argumente dennoch bereit, ihre Meinung zu überdenken. Wenn sie denn wollte.
Sie war offen, trug selten Unterwäsche, ohne anlocken zu wollen. Selbstbewusst und weiblich. Die Hilfe bei ihrer Prüfung alleine reichte nicht aus, um sie für mich zu gewinnen.
Der Schlüssel zu ihr war die Kombination scheinbarer Ehrlichkeit und dem Zeigen eigener Verletzlichkeit, ergänzt durch zur Schau gestellter Stärke, Sensibilität und Zuverlässigkeit.
Eigentlich war sie nicht bereit, meine Arbeiten für ihre Diplomarbeit zu nutzen, bis ich ihr glaubhaft erklärte, dass ich aus ihren

optimalen Vorlagen nur die richtigen Formulierungen zusammenfassen würde.
Sie nannte mich spöttisch und zärtlich „Ghasi", was sie als Ehrentitel eines Kriegers im heiligen Krieg der Romanistik und Germanistik betrachtete.
Aus den Bereichen der Kinder- und Jugendliteratur entschied ich mich für das Thema:
„Mädchenliteratur im Nationalsozialismus".
Ansonsten setzte ich auf die alte Madame Bovary und den spanischen Autor Camilo José Cela aus der Franco-Diktatur.
Das letzte Prüfungsthema musste ich dem allzeit ausgewrungenen „Faust" widmen, den einer der Professoren liebte, augenscheinlich deswegen, weil er ebenfalls seit dieser Zeit zu leben schien.
Zuerst kopierte ich die Zusammenfassungen und Interpretationen der Werke aus dem Literaturlexikon. Dann verband ich sie mit dem besonderen Wissen der jeweiligen Professoren und ließ viel Stoff über die damalige Zeit einfließen. Auch die Biografie der Autoren war Teil meiner Ausführungen.
Außerdem beschäftigte ich mich bei den Werken kurz mit deren Aufbau, den Personenkonstellationen und den sachlichen Gegebenheiten, analysierte Sprache, Stil und historische Einordnung.
Für die komplette Diplomklausur benötigte ich insgesamt einen Tag. Pro Klausur schrieb ich zwischen 14 und 18 Seiten und versah die Arbeiten mit einem Inhaltsverzeichnis, damit sich meine Professoren auch zurechtfinden konnten. Nicht jeder wollte schließlich die ganze Arbeit lesen.
Eingeschränkt wurde der Umfang dieser Klausuren nicht durch meine Phantasie oder das Thema, sondern lediglich durch die Zeit, die Katharina für das Abschreiben benötigen würde.
Auswendig lernen konnte sie nicht und ich war mir im Klaren, dass meine sprachlichen und poetischen Besonderheiten die Qualität der Note maßgeblich beeinflussen würden.

Und sie war zusätzlich nicht in der Lage, zu 100% zu reproduzieren. Das entsprach nicht ihrem Charakter.
Nachdem ich mit ihr immer wieder die Texte durchgesprochen hatte (um ihr das Gefühl zu geben, es sei ihre Arbeit – es ging nicht ein einziger ihrer eigenen Sätze tatsächlich in die Klausur ein) – überredete ich sie abzuschreiben und kleinzukopieren. So selbstbewusst und frech sie auch war, war mir sofort klar gewesen, dass Katharina nicht die abgeklärte Abschreiberin war. Wir begannen, das Abschreiben einzuüben. Immer wieder. Ein Aspekt, warum ich das Abschreiben vom Oberschenkel vorschlug, war, dass sie keinen Slip trug.
Ich sah Katharina mehr und mehr als meine Hilfskraft, die für mich die Prüfung schreiben würde, vermittelte ihr aber das genaue Gegenteil. Ich würde dann einen Magister in Germanistik und Romanistik haben, ohne jemals bei einer Vorlesung gewesen zu sein, ohne einen Tag die Fächer studiert und die Vorlesungen besucht zu haben.
Auch die mündlichen Prüfungen in Französisch und Spanisch wären für mich kein Problem gewesen. Die wechselnden Aufenthalte in Valencia und Monaco bei Freunden meiner Mutter hatten meine Sprachkenntnisse perfektioniert. Ich sprach fließend Französisch und Spanisch. Deswegen hatte ich auch einen spanischen Autor und von ihm „La Colmena", einen Klassiker, gewählt.
Während der zwei Monate, die wir benötigten, um alles vorzubereiten und die Prüfungen zu schreiben, erspürte ich Katharina immer mehr. Es war mir wichtig, alle Gefühle, zu denen ich als Freund fähig war, zu investieren.
Wir gingen ins Kino, lachten und kochten zusammen und erzählten uns melancholische und sentimentale Geheimnisse aus unserer Schulzeit, die in meinem Fall nicht oft der Wahrheit entsprachen, aber das Gefühl, das sie für mich zu entwickeln begann, verstärkten.
Manches, was meiner Phantasie entsprang, durchlebte ich buchstäblich, während ich ihr die Geschichten erzählte. Mich erfassten

die Gefühle, die in den vermeintlichen Geheimnissen steckten, mit einer solchen Intensität, dass ich Fiktion und Realität selbst kaum noch unterscheiden konnte.
Katharina mochte meine scheinbare Ehrlichkeit, meine Visionen und meine Geheimnisse und öffnete sich mir nach und nach immer mehr. Sie war aufrichtig und vertrauenswürdig und begann immer tiefer zu fühlen.
Ihre Augen leuchteten, während sie erstaunt meinen zutiefst ehrlichen Lügen zuhörte und mir ihr Vertrauen schenkte.
Sie betrachtete mich als einzigartig offen, faszinierend intelligent und vieles andere mehr.
Katharina war als Mensch besonders loyal, und ein Teil der Intensität ihrer freundschaftlichen Gefühle erfüllte sie, weil sich seelenerfüllte Anziehung mit der Gewissheit und Klarheit verband, dass die große Liebe ihrer Freundin tabu war.
So waren wir auch in der Lage, erotische Phantasien auszutauschen und über Details zu diskutieren, was Intensität von mir voraussetzte und ihre Gefühle immer mehr verstärkte.
Ich wusste, dass sie sich manchmal zarte Frauenberührungen vorstellen konnte, ohne das bisher getan zu haben.
Dass sie unkonventionellste sexuelle Gedankenexperimente erregten, die sie mir in kleinen Briefen beschrieb und ausmalte.
Ich wusste durch welche zärtlichen Spiele sie schnell kam, was „Mann" definitiv tun musste, was sie langweilte und schnell erkalten ließ.
Ich lernte, sie blind zu verstehen, was bei Katharina kein einfaches Spiel war, sondern intensives Interesse ohne Nebengedanken voraussetzte. Alles, was ich geplant hatte, begann Schritt für Schritt Realität zu werden. Katharina wurde Teil meines Spiels, das sie nie spielen wollte und nicht gewinnen konnte.

Persönliches:
Ablagesystem

Für die an mich geschriebenen, wertvollen, mich exzellent beschreibenden Briefe hatte ich ein Ablagesystem entwickelt, das sowohl nach den mir zugeschriebenen Eigenschaften (wie zum Beispiel zärtlich, romantisch, intelligent, gut im Bett etc.) als auch nach den Briefeschreiberinnen sortiert war.

Manche Briefe mussten, weil sie in mehreren Kategorien gehörten, kopiert und zugeordnet werden. Nur die besten fanden Eingang in dieses Ablagesystem, wobei das alles allmählich eine Dimension annahm, die meine Aufbewahrungsmöglichkeiten fast sprengte.

Am Anfang übergab ich die Aufgabe meinen jeweils aktuellen Gespielinnen. Da sie jedoch immer schneller wechselten, brachten sie beim Ablegen der Briefe Unordnung in mein geniales System, so dass ich nach drei Jahren Archiv nur noch mich selbst dafür vorsah, es in Ordnung zu halten.

An besonderen Tagen veranstalteten meine männlichen Freunde und ich statt Tupper- Vorlesepartys, was so funktionierte, dass derjenige, der bei einem Spiel –meistens Poker gewann, entweder eine Eigenschaft oder einen Namen auswählen und sich unter den vielen Stichworten einen Brief oder Briefausschnitt aussuchen konnte, den dann der Verlierer des vorangegangenen Spiels vorlesen musste. Das Besondere war, dass nahezu alle abgelegten Briefeschreiberinnen den Anwesenden persönlich bekannt waren, was den Reiz erheblich verstärkte. Zusätzlich gab es auch eine Handvoll Briefeschreiber, die Einzug in mein System gefunden hatten.

Nicht alle fanden dieses Spiel komisch, manche widerte es wahrscheinlich sogar an, aber sie wollten nicht als Spielverderber

gelten. Ihre unterdrückte Abscheu verstärkte mein Glücksgefühl. Da die Verlierer der Pokerpartie entweder koksten, kifften oder soffen und der Inhalt laut und pointiert vorgelesen werden musste, schieden nach und nach diejenigen aus den Runden aus, die ihre Fähigkeit verloren hatten, verständlich vorzulesen.
Der Spaß bestand zum einen darin, den Inhalt zu bestaunen und die Verfasserinnen bloßzustellen, aber ebenso, die Vorleser auszulachen. Es war ein so großes Archiv, dass wir nie einen Brief zweimal vorlesen mussten. Aber es gab Protagonistinnen, die immer wieder gewählt wurden, manche auch deswegen, weil sie Fotos beigelegt hatten, die man, drückte man es vorsichtig aus, als „sehr privat" bezeichnen konnte.
Das Archiv hatte aber noch einen weiteren Sinn: Fühlte ich mich an einem Tag hässlich oder nicht begehrenswert oder traf mich vermeintlich unberechtigte Kritik, konnte ich Referenzbriefe, die den vermeintlichen Mangel in besonderer Art und Weise positiv beschrieben, lesen und fühlte mich sofort besser. Manche Traurigkeit in mir konnten diese Briefe zwar nicht verhindern, Selbstzweifel eliminierten sie jedoch fast immer.
Exzellente Briefe zu schreiben war eine Kunst. Brillante Briefe zu schreiben, die mich außerdem in besonderer Art herausstellten und würdigten, war große Kunst.
Die bereits abgelegten Briefe zu toppen war nicht einfach, aber ich musste zugeben, dass sich nahezu alle Damen wirklich anstrengten.
Jede forderte ich auf, mir Briefe zu schreiben, um Material zu sammeln, das mich zutreffend beschrieb. Diejenigen, die miserabel schrieben oder einfach nicht in der Lage waren, mich passend zu würdigen, forderte ich zu keinen weiteren Briefen mehr auf. Ich lehnte ohne Erklärung weitere Treffen mit ihnen ab.

Kapitel 3:

Die geliehene Freundschaft

*30.03.2006 / 22 Jahre**

Mein liebster Retter Janni, *22. Juni 2006*

der heutige Abend zeigt mir, wie wichtig Du mir in nur kurzer Zeit geworden bist.

Du machst Dir solche Sorgen um mich, nimmst und verstehst mich, wie es nur ein lang gekannter bester Freund kann. Mein Anspruch an mich ist, auch Dir zu helfen. Deine Ängste und Deine traurige Vergangenheit aufzulösen. Auch für Dich Ufer zu sein; dass Du zu mir kommst, wenn es um Dich herum stürmt.

Ich möchte noch besser Deine Wünsche erkennen, Dich auch einmal so erretten, wie Du es mit mir tust.

Ich möchte Dir das Vertrauen und die Gefühle zurückgeben, die Du mir in den letzten Wochen geschenkt hast.

Du und unsere Freundschaft bedeuten mir sehr viel, eigentlich alles. So viele kleine und große (freundschaftliche) Gefühle binden mich an Dich.

Es ist wahr, wirkliche Freunde liebe ich – ohne sexuelle Komponente – und ich liebe Dich als Freund.

Niemals hat mich ein Freund tiefer berührt, mehr in mir zutage gefördert als Du. Wenn ich neben Dir auf der Couch liege und nach unserer schwierigen Arbeit an Deinem Atem merke, wie Du langsam einschläfst, und Du halb schlafend murmelst: „... bist du noch da, Süße", spüre ich ein tief warmes, wohliges und geborgenes Gefühl für Dich und in mir.

Du bist ein Wortkünstler, erfasst alles, Romane und Stilrichtungen, mit einer solch traumwandlerischen Sicherheit, dass ich Dein Genie kaum erfassen kann.

Wer hat so viel Liebe in Dich investiert, dass Du so offen und selbstlos einem Menschen wie mir für die Prüfung 3 Monate Deiner Zeit opferst und Deine Freundschaft?

Wenn ich nachts wach werde, in die Wärme meiner Decke gewickelt, danke ich meiner süßen Nadja und Dir für alles und fühle mich wohl und sicher. Tage mit Euch sind immer wunderschön und sonnenwarm und hinterlassen in mir die Sehnsucht mehr solche Freunde bei mir zu haben.

Wenn Du, während Du etwas liest oder formulierst, Deine Stirn in diese kleinen Fältchen legst und die Hände an die Wangen nimmst, spüre ich die Intensität, mit der Du Gehörtes, Gelesenes oder Geschehenes verarbeitest.

Du hörst aufmerksam zu und fragst intelligent nach. Ich muss Dir niemals Dinge erklären, die besondere Menschen von alleine erfassen können. Wo hast Du das gelernt?

Selbst wenn Du Dein Lächeln nach einer frech-süßen Bemerkung verstecken willst und mich fordernd von der Seite anschaust, finde ich das anregend und einzigartig. Nichts zu tun mit Dir, ist genauso angenehm, wie Deine perfekte Organisiertheit zu spüren.

Ich kenne keinen Mann, mit dem ich mich über französische Literatur fließend in Spanisch unterhalten kann. Wer bist Du nur, dass Du so perfekt sein kannst?

Immer mehr greifen kleine Rädchen, die Du mir erklärst, in mir geräuschlos ineinander und verdrängen altes Gerümpel, das ich nie aufräumen konnte. Du räumst mich auf und erstaunst mich.

Manchmal stoßen Deine Intensität und Deine Energie an meine Grenzen. Aber das wird wohl allen Menschen so gehen, denen Du Dich schenkst. Du denkst für mich mit. Wenn ich mich freue oder Angst habe, empfindest Du mit mir, still oder laut, wie es meinem Gefühl entspricht.

Du durchlebst meine eigenen Gefühle. Du kennst meine Geheimnisse.

Gestern musste ich auf einmal joggen gehen, ansonsten wäre ich erfüllt von unserem freundschaftlichen Glück wahrscheinlich geplatzt.

Janni, Du bist der einzige Mensch, der versteht, dass ich nicht nur intelligente Rationalistin, sondern auch romantische Träumerin bin.

Der erste, zweite und fünfundzwanzigste Blick der anderen reicht nur für das offensichtlich Sichtbare und kommt meinem Kern nicht annähernd nahe. Du bist zu einem Standbein für mich geworden, auf das ich mich stützen darf, ein Netz, in das ich falle, und ein Halt, der fest steht wie der Fels in der Brandung.

Danke, Du Retter. Danke mein Zauberer.

Fordere mich, fördere mich. Sei bitte weiter mein Lehrer.

Danke an wen auch immer, dass das Leben Dich mir als Freund geschenkt hat. Danke, Nadja.

Danke. Danke. Danke.

Deine Katharina

Das Ziel war erreicht. Meine Fähigkeit, Sachverhalte punktgenau zu erfassen, zu verdichten und wiederzugeben, unter Beweis gestellt. Alle freundschaftlichen Gefühle ausgelöst. Ich war für sie nun Gesprächstherapeut, Freund, Geheimnisträger und schien Projektionsfläche aller möglichen (evtl. freundschaftlichen) Liebesgefühle zu sein.

Es war der Abend vor ihrer letzten schriftlichen Prüfung.

Wir hatten letztmalig noch zweimal das Abschreiben vom Oberschenkel eingeübt, was mir tiefe Einblicke in ihr zartes, von weichen Härchen umgebenes, nacktes und wunderschön weibliches Geschlecht ermöglicht hatte. Ich war sehr nahe daran, mit meiner Zunge diese Stelle zu streicheln und sie zu „beschreiben", aber meine Disziplin gegenüber dem Experiment und meine Liebe zu Nadja waren größer. Katharina wäre mit ungezügelter Intensität gekommen und hätte sich niemals gewehrt. So viel war sicher. Schlechtes Gewissen und Verbotenes potenzierten ihre körperliche Lust.

Mit den Jahren war meine Fähigkeit nahezu bei 100% angelangt, die für viele Menschen so interessante Zeit einer beginnenden Beziehung, das Werben um ein Treffen, die Unsicherheit über die Gefühle des anderen, die Zeit bis hin zum ersten Kuss zu überspringen. Meistens wusste ich nach den ersten Sekunden, dem ersten Augen-Blick bereits, ob und wie sehr ich diese Frau haben konnte. Es lag für mich keinerlei Spannung mehr in dieser Zeit, und meistens übersprang ich das ganze Vorgeplänkel.

Manchmal begann ich schon in der ersten Sekunde mit dem Küssen, was etwas an Spannung zurückbrachte, weil die Konvention ein solches Verhalten nicht vorsah. Das Erstaunliche war, dass Frauen das Unkonventionelle am meisten anzog. Zweimal hatte ich auch direkt mit Sex begonnen. Wer denkt, dass interessierte Frauen komisch reagieren, wenn man als erste Handlung ihren Nacken küsst und ihre Brustwarzen erkundet, versteht nicht, worum es tatsächlich geht.

Mir war also nach diesen Wochen klar, dass ich eine hingebungsvoll erfüllende sexuelle Nacht mit Katharina verschenkte. Mir war auch klar, dass sie, nachdem ich auf uns verzichtete, Stein und Bein geschworen hätte, es niemals soweit hätte kommen zu lassen. Ich hatte sie besser erfasst als sie sich selbst.
Die erste Klausur endete fast in einem Fiasko, weil Katharina trotz ihrer Selbstsicherheit so aufgeregt war, dass es ihr in den vier Stunden nur gelang, gerade einmal 4/5 des Stoffes abzuschreiben. Die Aufsicht passte nicht einmal ernsthaft auf, aber Katie war so nervös, dass allen anderen neben ihr auffiel, was da gerade geschah. Gott sei Dank hatte keiner der Aufpasser Interesse daran, etwas zu bemerken. Sie waren in ihre Lektüre vertieft und beachteten die Prüflinge nicht. Ab dem dritten Mal stellte sich bei Katharina Routine ein, so dass ich die vierte und wichtigste Klausur auf 24 Seiten erweiterte und die stilistische Einordnung ausdehnte. Das Experiment war nun beinahe zu Ende. Ich fühlte mich wohl zu Hause und spürte die letzten Sonnenstrahlen eines traumhaften Spätsommertages. Selten gab es wirkliche Experimente mit so viel Aufwand und über eine so lange Zeitspanne. Die aufgewendete Zeit hatte große Auswirkungen auf die von mir später empfundene Lust und Befriedigung. Je länger und härter der Weg gewesen war, desto brutaler, befriedigender und kompromissloser quälte ich. Katharina zappelte in der Falle. In mir nannte ich sie „Proband Roman" und war erregt gespannt, sie mit meinem zerstörerischen Trieb zu zerbrechen.

Kapitel 4:

Erster April 2001

*April 2001 / 17,5 Jahre**

J.,

zu viel Zeit vergangen mit
nicht gelebten Träumen,
Wünschen, die nie in Erfüllung gingen,
Gelegenheiten, die nie ergriffen wurden,
Nächten, die meistens durchweint waren.

Das Leben ist zu kurz,
um meiner verpassten Chance
nachzutrauern,
die ich nie wirklich hatte.
Endgültig vorbei.
„Hätt ich dat bloß paar Daach fröher jewoss!" (BAP)

C.

Hallo Nicki, Heidelberg, 3. April 2001

die Würfel sind gefallen. Du hast Dich nicht gemeldet (wie zuvor) und ich habe mich endgültig entschieden. Ich werde den Kontakt zu Dir abbrechen und mein eigenes Leben leben. In Deinem werde ich als Spielfigur missbraucht, die entweder bei Langeweile oder Einsamkeit hervorgeholt wird, um Deiner Eitelkeit oder Deinem Forschungsgeist zu dienen. Meine Liebe ist zu wertvoll, als dass sie von Dir mit Füßen getreten werden darf. Deine Worte wirken mittlerweile abgenutzt wie in einem schlechten Fortsetzungsroman. Sie sind beliebig. Ich habe das Gefühl, dass alles, was Du so vehement vertrittst, um so unwahrer und wertloser wird, je öfter Du es sagst oder tust. Du gibst vor, wahre Liebe für einen anderen Menschen zu kennen, aber ich habe das Gefühl, die wahre Liebe gilt nur Dir selbst und lässt alles anderen im Keim ersticken. Ich habe hinter Worthülsen und Statussymbolen Dein Ich gesucht. Gefunden habe ich einen kleinen Jungen, der in einem dunklen Wald sitzt, aus dem er nicht mehr herausfindet, dabei zieht er aus, um mit seinen abhängigen Waldmitbewohnern Abenteuer zu suchen.

Im Wald wohnend ist er stolz auf seinen Triumph und erbärmlich ängstlich vor der Niederlage, den falschen Rückweg einzuschlagen oder in die veränderte Welt zurückzukehren. Eine Welt, von der er vorgibt zu träumen, die er aber nicht wirklich sehen will, damit er nicht enttäuscht werden kann. Was bleibt, ist Inkonsequenz und Schein. Obwohl Du weißt, dass die Gründe, warum Du in den Wald gegangen bist, sich aufgelöst haben, haben sie sich in Deinen Augen immer weiter potenziert und verhindern Deine Umkehr.

Du bleibst in Deinem dunklen bösen Wald, weil es immer wieder Wanderer gibt, die Deinen Weg kreuzen. Dir vom Leben außerhalb erzählen, Licht in Dein Dunkel bringen, aber nicht ausreichend. Immer wieder findest Du einen Grund, sie nur ein Stück des Weges zu begleiten und dann auf einer Lichtung Adieu zu sagen, da Du denkst, Du hättest etwas Besseres gefunden als das Ende des Waldes. Ich wollte Dir die Hand reichen und mit Dir das Licht am Ende des Waldes suchen. Ich wäre auch immer wieder ein Stück weit mit Dir umgekehrt, um Dir die Sicherheit zu geben, dass der Weg richtig ist.

Du hast mich gefragt, warum ich gestern gegangen bin: weil sich Deine Berührungen nicht wie die eines Liebenden anfühlten und ich nicht benutzt werden wollte. Heute frage ich Dich: Warum fühlten sich Deine Berührungen noch vor vier Wochen an wie die eines Liebenden? Der Preis für Deine Berührungen ist mir zu hoch. Ich bin nicht mehr Dein Versuchsobjekt und auch nicht Dein Pausenfüller. Worte und Taten müssen beständig sein. Ich trete aus der Reihe der Mädchen aus, die Dir nachweinen, weil sie denken, Melancholie, Tränen und Traurigkeit gehörten zur Liebe wie die Luft zum Atmen.

Eine Beziehung, die den Namen Liebesbeziehung verdient, braucht eine nehmende und eine gebende Seite, und das zu gleichen Teilen. Unsere Beziehung ist zu einer schlechten Geschäftsbeziehung geworden. Du bist vertragsbrüchig, und ich muss, um mein Unternehmen vor größerem Schaden zu beschützen, den schlechten Vertrag lösen.

Vielleicht öffnet Dir dieser Brief Augen und Türen.

Die Würfel sind gefallen,
unsere Wege trennen sich unwiderruflich.

Adieu

Sabine

Mon Cheri, *Tübingen 04.04.2001*

ich weiß zwar nicht

wie,

wieso

und warum,

aber Du machst einfach alles genau richtig!

So ist es Dir gerade gelungen, mich mit Deiner sanften Stimme

und Tränen in den Augen in eine wunderschöne duftende

grüne Wiese zu setzen.

Danke !

In Liebe, die von Dir verzauberte

Anja

Deinen Körper bete ich fast an. Wie Du mit ihm auf mir spielen kannst.

Hola mi guapo,

07.04.´01

wenn ich Dir schon nicht so nahe sein kann, wie es mir am liebsten wäre, schreibe ich Dir wenigstens. Ich schicke Dir kilometerweise verliebte Wünsche, die wir realisieren, wenn Du zurück bist.

Du bist außergewöhnlich

schön

intelligent

einzigartig

sanft

ehrlich.

Du sollst mich haben. Genieße es.

Alle meine Zärtlichkeiten nur für Dich.

In Liebe

Immer Deine Alexandra

Lieber Nicki, 5. April 2001

sicherlich wunderst Du Dich über meine Postflut. Die Postkarten hab´ich nach unserem Telefonat am Montag geschrieben. Ich hätte Dich sooo wahnsinnig gerne noch gesehen. So habe ich lose irgendwelche Gedanken aufgeschrieben.

Außerdem ist hier noch der Brief von vor dem Urlaub. Ich wollte ihn Dir nicht dort geben, weil ich es so wunderschön fand und diesen Zustand durch nichts verlieren wollte. Die Essenz kennst Du ja schon: Ich verstehe Dich. Und das Übrige kannst Du lesen oder auch nicht. Wie Du magst. Ich wollte nur, dass Du ihn bekommst, weil ich ihn ja auch geschrieben habe.

Liebster, ich umarme Dich und sende Dir meine Wärme und die unserer Tochter

Deine Manuela

Kapitel 2:
Der Wettbewerb

*06.06.2004 / 19 Jahre**

Für neue und noch nicht gedachte Gedanken benötigte ich Bewusstseinsveränderndes: Alkohol, Speed, Koks, dreckigen Sex mit mehr als einer/einem. Für Handwerk benötigte ich nur wenig Zeit. Ich hatte mich vor der Fahrt deshalb leicht stimuliert. Die Fahrt durch den Odenwald und die gelungene Ouvertüre in Frankfurt euphorisierten mich, obwohl ich äußerlich noch immer leicht verwirrt, hilfesuchend und äußerst beschützenswert wirkte.

Karasek sprach einige einleitende Worte, erklärte die Regeln, wünschte uns allen Glück, Inspiration und Mut und übergab uns die Aufgabe:

„Wir haben für beide Themen dieselbe Form der Behandlung gewählt: den Brief. Es existieren für sie in den nächsten 4 Stunden keine Medien wie Telefon, TV oder Internet und es gibt kein Kontakt zur Außenwelt. Sie können sich untereinander unterhalten, dürfen aber niemanden stören. Sollte jemand diese Regeln brechen, schließen wir ihn oder sie vom Wettbewerb aus."

Er lächelte uns aus seinem großväterlichen faltigen Gesicht an und übergab uns die Unterlagen.
Ich öffnete den Umschlag. Er enthielt eine kurze Erklärung, dass wir das Thema handschriftlich, leserlich und mit Füllfederhalter zu behandeln hatten, was wir durften und was nicht. Dann wurden die zwei Aufgaben beschrieben.

Erste Aufgabe:
Verfassen Sie einen Liebesbrief (maximal eine Seite), der romantisch die ersten Tage/den ersten Tag einer beginnenden Beziehung (amour fou) zu einem Partner beschreibt, der/die etwas ängstlich ist. Er sollte mit zwei kleinen Gedichten (maximal eine Seite) enden. Versmaße sind völlig offen und ihnen überlassen. Es sollte klar werden, was die beiden in den ersten Tagen wo erlebt haben. Außerdem soll er beschreibend die geliebte Frau erfassen.

Zweite Aufgabe:

Verfassen Sie einen dreieinhalbseitigen Brief. Er soll von einem befreundeten Autor geschrieben sein. Der Briefeschreiber soll das Buch des anderen Autors (das im erzkonservativen Mittelalter spielt) lobend, euphorisch, leicht devot, aber sehr allgemein beschreiben. Außerdem soll daraus hervorgehen, warum der Briefeschreiber trotz der eindrucksvollen Beschreibung des Mittelalters lieber heutzutage lebt.
Entwickeln Sie aus dieser kurzen Buchkritik heraus allgemeinphilosophische Betrachtungen des Briefschreibers bezüglich seiner eigenen Wünsche sowie seiner Vorstellungen, wie er sein Leben und seine Träume idealerweise leben und realisieren würde und was er dafür zu investieren bereit wäre.

Lächerlich. Die fünfeinhalb handschriftlichen Seiten sollte ich in 45 Minuten schreiben können, um dann die anderen davon abzuhalten, ihre Chance zu haben. Verstört schaute ich Bettina an.
„Jetzt, meine Damen und meine Herren, ist es 15:20 Uhr, sagen wir, bis Sie in Ihrem Hotelzimmer sind, 15:30 Uhr. Um 19:30 Uhr bitte ich Sie um Ihre Zeilen. Noch mal: Jeder Versuch zu betrügen führt zum Ausschluss aus diesem Wettbewerb. Immerhin sind wir gegenüber den Sponsoren verantwortlich."
Die Sicherheitsbeamten tasteten uns ab, wobei Daniel Frey lautstark protestierte und zornesrot anlief. Ich flüsterte Bettina verzweifelt zu:
„Bitte, bitte, darf ich in einer Stunde zu dir kommen...?"
Sie nickte mir beruhigend zu und hielt ihren Zimmerschlüssel hoch, um mir die Zimmernummer zu zeigen.
Alle Suiten lagen auf einem Stockwerk. Als ich meine aufschloss, sah ich den Schreibtisch, das schöne Papier und den Montblanc-Füllfederhalter„Meisterstück".

Ich setzte mich hin und begann mit dem Liebesbrief:

Aufgabe I

Hallo meine (?!) Prinzessin,

es ist 05:30 Uhr am Morgen. Wenn ich aus dem Fester schaue, sehe ich den klaren Sternenhimmel. Am offenen Fenster ist es einfacher zu träumen und Dir zu schreiben. Ich atme unsere Nacht, Dein Duft begleitet mich, wohin ich gehe. Ich habe ihn adoptiert.

Die letzten Tage waren für mich Klarheit, Wahrheit, Sicherheit, Liebe, Sehnsucht, Zärtlichkeit, gespürte Intensität, nie da gewesenes Gefühl, eine nie gekannte Geschwindigkeit aus uns selbst heraus, Abendessen, Telefon, Treffen, Frühstück, Schloss, Friedhof, Schloss, Burggraben und das sanfteste, zärtlichste, schönste aller möglichen Restaurants, in das ich je einen Menschen begleiten durfte.

Du bist für mich bezaubernde Weiblichkeit. Du bist authentisch, und verrückt, anders, ehrlich, offen, verletzlich, sorgend, hingebungsvoll, weich, erregend, klar, verständnisvoll, verstehend, Sehnsucht und Verlangen zugleich.

Du verzauberst mich, lässt mich ahnen, wie es werden könnte, wie es bereits ist. Manchmal glaube ich, wir fühlen und handeln in dieser Geschwindigkeit, in dieser Tiefe und Intensität, weil wir so lange auf uns warten und so viele Tage ohne einander verbringen mussten. Wir haben es nicht eilig. Wir haben alle Zeit der Welt.

Heute spazieren meine Gefühle über Wolken und ein wohliges Gefühl breitet sich tief in mir aus. Ich (ver)traue Dir. Trotz Deiner Schönheit, Deinem Begehrtsein bei anderen und Deiner Angst. Ich werde Dir deine Sorgen langsam und beharrlich wegküssen, bis Du sie nur noch als Vergangenes betrachten kannst, weil Du meine Geborgenheit verinnerlicht hast.

Wir können unser Nest sein. Lass uns zu Hause ankommen. Du bist so seelensanft.

Ich werde für Dich verletzlich sein, jedes Gefühl zulassen, weil ich weiß, dass Du damit vorsichtig und sorgsam umgehen wirst. Ich werde Sorge tragen für Dich. Ich weiß es und habe wie Du verstanden.

So etwas ist nicht möglich. Danke für diese unfassbare Unmöglichkeit. Danke.

Für immer Dein

Gedicht I

Du

Wenn ich

meine Augen

schließe

spüre ich

Deine Hände

bei mir

Deine Lippen

auf mir

Deinen Körper

an mir.

Meine Seele

füllt sich

mit Tränen.

Ich glaube

ich sterbe

sollte ich

irgendwann

sein müssen

ohne Dich.

Gedicht II

Zaubertag

Der Tag
begonnen
wie all
die anderen
sich nicht
zu erkennen
gegeben
als einer
dieser
wunderschön
unerwarteten.
Versteckt
im Nebel
des Alltäglichen
bevor er
vorsichtig
sich öffnend
zauberhafte
Einzigartigkeit
entfaltete,
alleine
für uns.

Aufgabe II

Lieber Peter,

leichte melancholische Sehnsucht und traurige Einsamkeit erleichtern es mir, Dir zu schreiben. Seit ich dein Buch fertig gelesen habe, fühle ich mich als poetischer Wurm, als kreatives Nichts. Dein Gefühl für Sprache, für Bilder, die Du mit ihnen malst, und Dein sensibler, diplomatischer und doch klarer Umgang mit ihnen machen mich demütig.

Meine Demut dir gegenüber gefällt mir allerdings besser als die damals notwendige Devotheit die Du beschreibst, und ebenso erschreckend und fremd ist mir der Gedanke, dass während dieser Zeit alleine die Herkunft ausreichte, einen zu verachten oder gar zu vernichten. Dein Genie als Autor finde ich überall; die Egozentrik, das Verdrängen und die Ich-Bezogenheit Deines Helden mögen vielleicht seiner Kreativität dienlich, dem Menschsein aber abträglich gewesen sein. So will ich nie sein oder werden, obschon ich literarisch würdigen möchte, wie nuanciert du ihn darstellst.

Die heutige Gegenwart mit ihrer Klarheit, Freiheit und Selbstbestimmung ermöglichen ehrliche Auseinandersetzungen; sie lässt aber sprachliches Geschick vermissen und verliert sich oft überall in der Alltagssprache. Die (deutsche) Sprache wird nicht mehr ernst genommen, sprachliches oder schriftliches Ausdrucksvermögen nicht mehr verehrt; wer weiß denn heute noch, wann Goethe gelebt, dass er mit Schiller innerlich zutiefst verbunden war? Mit wem lässt es sich noch vortrefflich über Linguistik oder Semantik, Grammatik oder Sprachgefühl diskutieren? Über Rhythmus, Geschwindigkeit, Metaphern oder Sprachkunst? Ich liebe den spielerischen Umgang, die Variation unterschiedlicher Möglichkeiten und Stilmittel. Es regieren der Instinkt, das Gefühl, die Irritation, nicht das Wissen.

Ich bleibe ein Nichts! Wenn ich mich mit Dir vergleichen muss!

Danke für das Buch, die Gedanken, die ich denken muss, die Gefühle und Sehnsüchte, die es in mir weckt. Die Aufmerksamkeit, zu der es mich zwingt, die Liebe zum Detail.

Danke für diese Liebesgeschichte. Ich muss bald einmal wieder das literarische Weimar besuchen, es inspiriert mich immer verlässlich. Ich kann und will mich nicht vergleichen, niemand ist besser, das Privileg ist, zu wissen, anders und damit einzigartig zu sein. Nicht mehr, nicht weniger.

Mir ist klar, dass wir im Werden, Sein oder Vergehen sind, wie alles auf dieser Welt. Ob der Zustand eines Menschen, einer Pflanze, eines Projektes, eines Geschäfts, einer Beziehung, einer Freundschaft oder eines finanziellen Zustands, eines Gegenstandes, eines Urlaubs, eines Kleidungsstückes, eines Hauses, einfach alles wird davon bestimmt. Aber sind wir im gerade im Werden begriffen? Im Sein? Im Vergehen? Erhalten wir das Werden, schaffen wir das Sein? Durchbrechen wir das Vergehen? Niemand bricht die Regeln der Natur. Wir sind im Rad der Entstehungsgeschichte so unbedeutend und meinen doch, die alleine Wichtigen zu sein. Wen interessiert´s, wenn wir vergangen sind, die genetische Vorbestimmung versuchen zu verändern oder alle Kraft für ein Ziel verwenden? Es bleibt der verzweifelte Versuch, die Gesetze zu brechen, die über allem liegen. Die Geschwindigkeit der Veränderung hat sich in den letzten zwei Jahrhunderten erhöht. Ja potenziert. Obwohl 200 Jahre nur ein atomisiertes Staubkorn im monumentalen Gebäude der Zeit ist.

Was wird kommen? Was wird sein im Vergleich zu allem, was jemals war? Wie lange währt die Entstehungsgeschichte? Wie viele zig Millionen Jahre? In 50 Jahren interessiert niemanden mehr, ob Du gelebt hast oder ich geschrieben habe. Aber auchdie Erde, unser Planet, ist im ganzen Universum so unbedeutend wie wir selbst. Wir müssen uns lösen von der Bedeutung, die wir glauben zu haben. Das gibt uns die Möglichkeit, Glück zu (er)leben, beruhigter Situationen zu betrachten, sich auf das Wesentliche zu beschränken.

Was ist der Traum, das Leben, was sind die Wünsche? Worin besteht die Einzigartigkeit, das Anderssein, das Besondere? Der schnelle Traum ist meine finanzielle Unabhängigkeit, die mir geistige Unabhängigkeit sichert, die Möglichkeit, mein Leben zu leben, es zu erkennen, herauszufinden, worum es geht. Ich möchte unabhängig von Notwendigkeiten, von Arbeit, Orten und Menschen leben; ich möchte mit und durch andere leben und lieben. Ich möchte Platz haben und Nähe brauchen. Das totale Verstehen, das Voneinander-Lernen, das Miteinander-Lieben, das Anderssein des anderen lieben, die Bedingungslosigkeit, das gemeinsame Entwickeln und Verändern einer Liebe; die Freiheit, die Vertrauen voraussetzt, notwendige, gewinnbringende Diskussionen, ein lässiger Umgang mit dem „partiell vorhandenen Schwachsinn" der anderen (oder sind wir die Verrückten?); schreiben, weil ich etwas zu sagen habe; lieben, weil ich lebe; Kinder haben, weil ich zu lieben wünsche und die Bildung von Eigenschaften, Vertrauen und Liebe zur Förderung eines Menschen schenken möchte; Entwicklung meiner selbst, weil ich gut werden/sein möchte; nachdenken, weil ich wissen und verstehen möchte; lernen, weil ich eintauchen möchte in die Persönlichkeit, Ängste verstehen und abbauen will bei denjenigen, die ich liebe; tiefes Gefühl lebbar machen; meine Gewissheit, dass dies funktionieren kann, bestätigt finden; meine Hobbys leben dürfen, mein Selbst finden können, aufpassen und vorsichtig sein mit den anderen und sich selbst; dasein – für die, die ich liebe; Freundschaften pflegen und auch dort Anderssein akzeptieren, es als Vielfalt begreifen, die man zum Nachdenken und Lernen nutzen kann.

Anderen Freude bereiten, großzügig sein, nicht Materiellem zu verfallen; aufstehen, wenn man hinfällt, und Menschen haben, die einem beim Aufstehen liebevoll helfen oder denen ich liebevoll helfen kann.

Menschen, denen kein Glück zuteil wird, nie vergessen, sich das Gefühl für andere erhalten, zurück finden zu Werten, die das Leben oder den Sinn des Lebens bedeuten können/ müssen. Lernen und wissen, das Leben verstehen lernen, das Verstandene weitergeben, lehren und lernen. Lesen und Schreiben. Liberal sein, ohne die klare Meinung zu verlieren.

Ich bin offener zu Dir als jemals zuvor. Ich will Dir ehrlich sagen, wie ich bin. Wir gehen einen langen Weg. Du, Freund, sollst meine Wahrheit kennen. Ich möchte, dass Du weißt, wer ich bin. Und ich möchte verstehen, wer Du bist. Ich will Spuren hinterlassen in den Seelen von Menschen, will das Ungesagte sagen, das Ungeschriebene schreiben und das Ungeliebte lieben.

Authentizität wird das Maß sein, an dem ich mich messen lasse. Vielleicht wird es dann doch Menschen geben, die sich meiner erinnern, mein Freund.

L.

Ich benötigte exakt 31 Minuten. Keine besondere Kunst, aber gutes Handwerk.
Als ich mein Zimmer betreten hatte, hatte ich über die ausgiebig gefüllte Minibar lächeln müssen. Paul Frömmling würden die reichlichen Alkoholvorräte töten. Wenn jemand so exzessiv soff, depressiv war und so elend lange für sein krankes Erstlingswerk brauchte, war er niemals in der Lage, in kürzester Zeit etwas Sinnvolles zu Papier zu bringen. Ihn für diesen Wettbewerb auszuwählen, war gewollte Folter gewesen. Es hätte mich interessiert, wer auf diese dämliche Idee gekommen war. Also blieben nur Daniel und Bettina übrig. Es war gegen 16:05 Uhr, als ich mein Zimmer verließ und ohne anzuklopfen Daniel Freys Zimmer betrat. Er saß auf dem Sofa, vor sich ein Glas Rotwein, und dachte nach. Er rauchte eine selbstgedrehte Zigarette und war in sich versunken.
Diese ungefilterte Momentaufnahme hatte ich benötigt. Er herrschte mich sofort an:
„Was willst du hier, Arschloch?"
Ich schaute ihn völlig ruhig und überlegen an, bevor ich ihm nach langen Sekunden kalt lächelnd antwortete.
„Ich will mir anschauen, wie ein geistig minderbemittelter Idiot versucht, intellektuell einen Liebesbrief zu schreiben, ohne jemals geliebt zu haben. Wer selbst nach elf Jahren Korrektur kein schlüssiges Werk hinbekommt, sollte sich nicht im Fast-Writing versuchen. Ich würde Dir ja erklären, wie es ist, wenn eine Frau von dir abhängig ist, wenn sie jeden Tag um dich bettelt. Du würdest es aber weder verstehen noch intellektuell verarbeiten können. Bonne chance, Wichtigtuer."
Ohne ein weiteres Wort abzuwarten, verließ ich seine Juniorsuite, machte die Tür zu dem Jurorenzimmer auf und sagte in völlig verängstigtem Ton zu Bent:
„Daniel Frey versucht, mich fertigzumachen. Bitte sagt ihm, er soll mich in Ruhe arbeiten lassen."

Als ich auf den Flur ging, kam mir Frey entgegen und packte mich am Hemd, stieß mich hart gegen die Wand und brüllte mich wie von Sinnen an. Was er genau sagte, war aufgrund der Lautstärke nicht zu verstehen. Bent kam mit Karasek aus der Tür und Karasek sagte zu Frey:
„Noch eine einzige solche Aktion, ein Ton, ein Versuch und sie sind draußen, Herr Frey. Gehen Sie auf Ihr Zimmer! Sofort!"
Die Tür neben mir öffnete sich und Bettina blickte verstört auf das Geschehen. Weinen zu können, ohne einen Anlass dazu zu haben, ist eine Fähigkeit, die nicht nur Frauen beherrschen sollten. Und sie funktionierte wie immer tadellos.

Kapitel 5:
Nadja

*01.11.2005 / 21,5 Jahre**

Es war ein kalter Tag im November 2005. Die Uni war relativ leer, wie immer, wenn in der Mitte der Woche ein Feiertag war. Dienstags war Allerheiligen und mittwochs Allerseelen, so dass die meisten aller Studenten- und Professorenseelen und die anderen Heiligen durch Abwesenheit glänzten.
Ich wollte zum Lehrstuhl für angewandte Geometrie und diskrete Mathematik, um einen Termin mit Prof. Meymann wahrzunehmen, der mit mir über das laufzeitgesteuerte Platzieren und in diesem Zusammenhang über das Minimieren des längsten Pfades in der Layoutsynthese sprechen wollte. Mathematik interessierte mich wirklich und das aus unterschiedlichen Gründen.
Wir hatten interessante Ansatzpunkte gefunden, die eine Forschungsarbeit rechtfertigten, und wollten gemeinsam einen einreichbaren Antrag formulieren. Ich war vierzehn Tage krank gewesen und musste meinen exzentrischen, aber genialen Mathematikmentor mehrmals vertrösten. Wir freuten uns auf eine anregende Diskussion.

Als ich die Treppe zu seinem Sprechzimmer hinaufging und nach dem Anklopfen die Tür zum Vorzimmer öffnete, sah ich eine junge Frau, die gerade im Begriff war, den Raum zu verlassen.
„Darf ich Ihnen unseren wissenschaftlichen Mitarbeiter, Studenten und Tutor Jan-Nicklas Herzog vorstellen? Er kann Ihnen bei Ihren Fragen zum Grundstudium in Mathematik kompetent Auskunft geben. Jan, darf ich dir Nadja Saalmann vorstellen?"
Aus ganz großer Entfernung, wie durch Nebel entrückt, drehte sich Nadja zu mir um und gab mir freundlich die Hand, bevor sie mich direkt anschaute. Mein Mund blieb offen, es war außerhalb jeder Möglichkeit, einen Ton von mir zu geben. Wir standen uns gegenüber, fassungslos, still, blickten uns in die Augen, ließen unsere zur Begrüßung ausgestreckten Hände nicht mehr los und verharrten so nahezu eine halbe Minute.
Sie war das zauberhafteste Wesen, das mir jemals begegnet war. Sie war eine Königinnengeborene. Eine Fee. Die natürlichste Schönheit, die mir jemals zu Gesicht gekommen war. Niemals zuvor stand mir wegen einer Frau der Mund offen.
Nachdem ich wieder zu klarem Denken fähig war, schätzte ich sie auf 1,75 m, sie war unbeschreibbar schön, hatte eine schwarze Tuchhose an, die ihren süßen festen Po wunderbar betonte. Sie war schlank, feminin, von natürlicher, ungeschminkter Schönheit. Der schwarze, elegante Rollkragenpulli unterstrich ihre sehr weibliche, feste Brust mehr, als es ein Bikini-Oberteil hätte jemals tun können. Ihre Brüste waren perfekt. Groß genug, um jeden Mann sofort in den Bann zu ziehen, jeglicher Schwerkraft trotzend. Selbst durch den Rolli sah man feste Brustwarzen, die leichte Bereitschaft zu signalisieren schienen.
Wie oft hatte ich braune Locken und stahlblaue Augen zusammen gesehen? Eigentlich nie. Ihr Gesicht war offen, ehrlich und aufmerksam und freundlich, und jetzt sah und verstand ich, was Menschen unter einer leicht gebräunten Pfirsichhaut verstanden. Ihre Lippen waren voll, nicht zu voll, sondern wie geschaffen für

weichste Küsse, die schmale Lippen niemals erreichen können. Ihre Zähne waren gerade, gesund und perlweiß. Sie hatte einen schlanken Hals und wohlgeformte Ohren. Nadja war das unglaublichste Gesamtkunstwerk, das ich je gesehen hatte. Sie konnte eigentlich nicht wirklich existieren. Eine Ausstrahlung, die es auf dieser Erde kein zweites Mal geben konnte. Niemand hatte das Recht, so perfekt zu sein.

Ihr gelang es zuerst, die Fassung wiederzugewinnen. Sie lächelte mich an, während sie mir bis in meine Seele schaute, und sagte: „Das ist eine gute Idee. Ruf mich gerne an, oder ich ruf dich an", schenkte mir ihr natürlichstes, warmes Lächeln und verließ das Zimmer.

Alles, was ich immer und jemals gesucht hatte, obwohl ich mir überhaupt nicht bewusst gewesen war, dass ich auf der Suche war, ging durch diese Tür. Ich hatte keinen Ton von mir gegeben, meine Sinnesempfindungen hatten ihren Geist aufgegeben wie meine Beine, so dass ich nicht in der Lage war, mich zu rühren.

Melanie Mehlert, die Sekretärin, hatte von der Szene nichts mitbekommen, sie hatte gerade einen externen Anruf entgegengenommen:

„Jan, ist dir nicht gut, was ist los, du bist ja völlig blass im Gesicht?"

Als ich wieder zu mir kam, stammelte ich etwas von einem verdammten Magen- und Darmvirus, entschuldigte mich, stürmte die Treppe runter, rannte aus dem Gebäude, durch den nächsten Vorlesungssaal und die anderen Räume, die Mensa, das Audimax, die Cafeteria, die Tutorenräume, doch Nadja war weit und breit nicht mehr zu erblicken.

Ich hatte vergessen oder nicht wahrgenommen, mit welchem Nachnamen sie mir vorgestellt wurde. Ich setzte mich völlig entgeistert in die Cafeteria.

„Bleib ruhig, Jannick, nur ruhig, ruhig, ruhig!!!"

Keinen klaren Gedanken konnte ich mehr fassen.

Langsam ging ich zum Sprechzimmer von Prof. Meymann zurück. In mir breitete sich ein tiefes Glücksgefühl aus, gemischt mit einem schmerzhaften Hauch Traurigkeit. Warum konnte Glück nie beständig und von längerer Dauer sein? Warum war ich nie nur glücklich oder nur traurig? Vielleicht hatte es mit der Gewissheit zu tun, dass Glücksmomente vergänglich waren wie Orgasmen. In demselben Augenblick, in dem ich Glück empfand, war in mir sofort die Klarheit, dass dieser Moment vergehen würde, vielleicht im Moment des Empfindens schon vergangen war. Glück war immer flüchtig.

Ich erinnerte mich an das Finale des Basketballturniers bei „Jugend trainiert für Olympia" in Berlin. Einer dieser Momente, die ich benötigte, um Höchstleistungen in mir abzurufen. Es gab eine Auszeit sechs Sekunden vor Schluss, mit einem Einwurf für uns und einem Rückstand von zwei Punkten. Maximilian hatte den Ball zu mir gepasst. Ich wartete regungslos genau vier Sekunden und warf ihn dann zwölf Meter von dem Korb entfernt.

Fast ohne den Ring zu berühren, ploppte der Ball ins Netz.

3000 Schüler jubelten mir zu und ich war trotz des Ausstoßes meiner glücksbringenden Endorphine zuerst der glücklichste, dann aber, in der selben Sekunde, der traurigste und einsamste Spieler und Mensch, den es jemals gegeben hatte.

Wir feierten, jubelten, ich wurde in die Luft geworfen, doch dieses traurige Gefühl fiel den ganzen Abend nicht mehr von mir ab, während meine Hülle strahlte, schäkerte und glücklich war und zum Schluss sogar gefühlvollen Sex hatte.

Ich konnte mich in solchen Momenten wie von außen beobachten, den glücklichen Jannick und das traurige Gefühl in ihm. Meine besten Freunde erkannten nie, wie es wirklich in mir aussah.

Das Gefühl, als ich Nadja in der Uni nicht mehr fand, war umgekehrt. Ich war traurig, sie nicht mehr zu sehen, und gleichzeitig voller Glück und Dankbarkeit, diesen Moment und seine Intensität gespürt zu haben.

Ich war zu solchen Gefühlen fähig. Sie fehlte mir, schon bevor ich sie kennenlernte. 1+1=1. Es war diese gemeinsame 1. Nicht eine herbeigeredete, erarbeitete, erdachte, erschummelte, unehrliche 1 voller Zweifel.

Diese Zahl war von Anfang an klar, einfach, leise, sicher, beruhigend – Nadja war mein Zuhause, bevor wir nur einen Satz miteinander gesprochen hatten.

Sie würde für mich Gewissheit und Geborgenheit, Verstehen und Insel sein. Nach etwa einer halben Stunde betrat ich erneut das Sekretariat.

„Professor Meymann ist erstaunt. Was ist denn nur los mit dir?"

Meine charmante Hülle funktionierte leidend und ich erklärte, dass ich mich immer noch oft übergeben müsse, aber wegen dieses wichtigen Termins den Versuch gewagt hätte, das Bett oder die Toilette zu verlassen.

Professor Meymann trat aus der Tür, er hatte die letzten Sätze verstanden.

„Wären Sie eine Frau, würde ich mich nicht mehr mit Ihnen verabreden. Dreimal hat mich noch keine versetzt."

Obwohl er keine klassische Schönheit war, war Meymann ein Womanizer allererster Güte. Seine Prominenz, seine Umgangsformen und seine markante Männlichkeit ermöglichten ihm Eroberungen intelligenter, hübscher und junger Frauen. Es war sicher in diesem Zusammenhang auch kein Nachteil für ihn, alle Diplomarbeiten des Fachbereichs zu betreuen. Trotzdem blieb er in seiner Beurteilung jedes Mal objektiv, was ich ihm hoch anrechnete.

Gequält lächelnd erwiderte ich:

„Wenn Sie mit ihr Minimierungspfade auf hohem Niveau diskutieren könnten, während Sie eine hartnäckige Salmonellenvergiftung quälen würde, gäben Sie ihr eine vierte Chance. Das wäre bei einer Frau vielleicht sogar erstmals eine interessante Herausforderung für Sie, nachdem Sie ansonsten niemals Körbe bekommen."

Die rein intellektuellen, wissenschaftlich theoretischen Fähigkeiten

von Menschen faszinierten mich prinzipiell nur, wenn sie sich mit einem pragmatischen Verständnis für das wirkliche Leben vereinten. Niemals faszinierte mich Intelligenz oder Wissen alleine.
Ich hasste diese neurotischen superintellektuellen Professoren, die mir zwar die fünfte Dimension mathematisch sinnvoll erklären konnten, für die aber die Eltern trotz eigenen Lehrstuhls mit nahezu 40 Jahren noch die Überweisungen ausfüllen mussten. Die über keinerlei soziale Intelligenz, Lebensgier oder Interdisziplinarität verfügten. Die mit ihrer monströsen Fachidiotie keinerlei Zusammenhang darstellen und im Leben nie bestehen konnten. Die sich fett fraßen und ihre unförmigen Körper nur auf der Tatstatur ihres Computers exzellent und anmutig bewegen konnten, aber ansonsten begnadete Amotoriker waren.
Die außerdem in der Lage waren, Schicksale anderer Menschen negativ wie positiv zu beeinflussen, die aufgrund ihrer Fähigkeiten die Wissenschaft viel weiter hätten bringen können. Die nie mit dieser Macht umgehen konnten, da sie sich ihrer Beschränktheit bewusst waren und all jene glühend beneideten, die beides in sich vereinten. Die sie deshalb auf ihrem Weg bewusst aufhielten, damit sie ihnen nicht gefährlich werden konnten.
Wirklich glühen – wenn überhaupt – konnte ich nur für jene Menschen, die beides hatten: extreme intellektuelle und lebenskluge Erkenntnisse und die Fähigkeit, sie in das tägliche Leben umzusetzen. Prof. Meymann nutzte seine mathematischen Kenntnisse beispielsweise dazu, besondere Fähigkeiten von Insekten, die Menschen nützlich sein konnten, mathematisch zu erfassen. Das ist, was ich unter einem interessanten Theorietransfer in die Wirklichkeit verstehe. Vielleicht würden wir bald wie Spiderman an Hochhäusern hochklettern können, als Ergebnis eines interessanten Projekts, das wir zusammen mit Biologen begonnen hatten, die mathematisch nicht abbilden konnten, was sie praktisch verstanden. Für Voyeure würde die Fähigkeit des Fassadenkletterns ganz neue Perspektiven bieten…!

„Gehen Sie nach Hause. Sie sehen ja fürchterlich aus. Widerlich, diese Keime bei einem so jungen Menschen sehen zu müssen." Er schüttelte sich, drehte sich zu seiner Sekretärin um und sagte: „Geben Sie diesem hübschen Jungen mit seinen brauchbaren Ansätzen zur Optimierungstheorie einen letzten Termin. Wer ihn absagt, muss zu Giovanni nach Mannheim einladen. Mit Barolo Pajana 1990." Der Professor lächelte und schloss die Tür zu seinem Arbeitszimmer hinter sich zu. Sofort schoss es aus mir unkontrolliert heraus:

„Was wollte dieses Mädchen, dem ich helfen sollte, eigentlich genau und wer ist sie?", fragte ich Melanie mit meinem charmantesten Lächeln, das noch genug Leid enthielt, um sofort eine Antwort zu bekommen:

„Das war eine Abiturientin, die eine Studienberatung für das Fach Mathematik brauchte und eine Vorlesung besuchen wollte. Ich habe sie an Sie verwiesen".

„Welche Schule, haben Sie die Telefonnummer, oder will sie sich nochmals melden?", fragte ich so teilnahmslos wie möglich. Sie schaute mich prüfend an.

„Weiß ich nicht, legen Sie sich jetzt endlich ins Bett. Sie wollte noch mal vorbeikommen, ich muss mich jetzt um anderes kümmern."

Obwohl in mir langsam und unaufhaltsam eine ohnmächtige Wut nach oben stieg – sie begann wirklich aus den Beinen allmählich bis oberhalb des Bauchnabels zu steigen, immer schneller den oberen Brustbereich zuzuschnüren und mein Gehirn auf Zerstörung zu programmieren – gelang es mir mit aller Beherrschung zurückzulächeln. Warum?

1.) Sie würde die Anlaufstelle für Nadja sein.
2.) Sie war wichtigste Ratgeberin von Prof. Meymann.
3.) Sie würde auf meine Liste der langsamen späten Rache kommen, was ergiebiger war als unkontrolliert – wie früher – zu explodieren, zu zerstören oder zu quälen, so dass jeder sofort erkennen konnte, wer gut und wer böse war.

Ich hatte gelernt, dass Angst bzw. das Nichterkennen des Bösen das Leiden umso mehr verstärkte, weil sich auf das Nicht-Fassbare Angst viel schneller projizierte und diese deswegen kaum auflösbar war. Sie war nicht eingrenzbar, konnte von jedem kommen und potenzierte somit die Bedrohung.
Es gab erstaunlich viele Menschen, die in den vergangenen Jahren auf meiner Liste zusammengekommen waren, die ich – allerdings nur in meinem Kopf – priorisierte. Es war eine Top-30-Liste, die Böses von mir verdient hatten. Und bei denen ich die Schwere und Demütigung dessen, was sie mir angetan hatten, einfließen ließ in das, was sie erwartete.
Niemand hatte es von sich aus geschafft, dieser Liste unbestraft zu entkommen, manche blieben sogar noch nach der durchgeführten Rache darauf, weil sie zu wenig erlitten hatten. Manche strich ich von der Liste, weil immer wieder Menschen nachdrängten, die um Aufnahme bettelten.
Mein Vater hatte versucht, mir beizubringen, dass sein Leben deswegen so ausgeglichen und harmonisch verlief, weil er allen Menschen verzieh, die ihm Böses angetan hatten. Weil er im Laufe des Lebens gemeint hatte zu verstehen, dass Menschen, die sich besonders böse oder auch nur mit Ellenbogen vorwärts bewegten, durch das Leben selbst gerichtet würden.
Ich glaubte das von dem Zeitpunkt an nicht mehr, als ich gesehen hatte, wie mein Freund André in einem, wie er dachte, unbeobachteten Augenblick meine Schildkröte immer wieder auf

die Straße setzte, bis sie schließlich überfahren wurde. Beim ersten Mal streifte der Reifen sie nur, aber beim zweiten Mal war sie platt, zerbrochen und tot. Nicht, dass ich meine Schildkröte besonders geliebt hätte oder dass mich das Schauspiel nicht fasziniert hätte. Ich kann auch nicht sagen, dass ich nicht aufgeregt gewesen wäre, weil ich wissen wollte, ob sie sich nach dem zweiten Mal nicht doch noch bewegen würde. Aber der Vertrauensbruch, von einem guten Freund so hintergangen worden zu sein, ließ mich vor Wut auf meine Lippen beißen, bis ich aus drei kleineren Wunden fließendes Blut in meinem Mund schmeckte.
Ich war neun Jahre alt und beschloss, dem Leben vier Wochen Zeit zu geben, André zu strafen, wie es mir mein Vater versichert hatte, aber nichts geschah. Im Gegenteil: Es ging ihm immer besser. Das Leben richtete nicht, obwohl ich darauf verzichtet hatte, selbst zu richten. Daraus zog ich nach Ablauf der von mir gesetzten Frist meine Lehre und entschied, die Bestrafung selbst vorzunehmen.
Wir wohnten oben auf einem Berg und fuhren oft gemeinsam Fahrrad, deshalb forderte ich André zu einer Mutprobe heraus, die darin bestand, so schnell wir konnten den Berg hinunterzufahren und erst im letzten Moment vor der querenden Straße zu bremsen.
Der Kick dabei war: wer zuerst bremste, hatte verloren. Bei unseren Rädern (MTBs) gab es nur eine Rücktrittbremse, ich musste also nur ein Glied an seiner Kette aufbrechen, so dass sie einige Male hielt, aber irgendwann zersprang. Sie hielt genau viermal, zweimal gewann ich, und zweimal ließ ich ihn gewinnen. Ich wartete gespannt, ruhig und interessiert. Es war, glaube ich, nach den toten Vögeln, Katzen und anderen Tieren mein erstes Menschenexperiment. Beim fünften Mal riss die Kette und André fuhr mit ungefähr 30 Stundenkilometern ungebremst in die Straße ein. Ich selbst hatte rechtzeitig angehalten und beobachtete nun alles ganz genau: über die erste Straßenseite

kam er wie durch ein Wunder, ohne von einem Fahrzeug berührt worden zu sein, aber auf der anderen erwischte ein hellblaues Auto seinen Hinterreifen. Blaulicht, lautes Geschrei, Ohnmacht, Krankenwagen – ich genoss seine blutige Regungslosigkeit von meinem Beobachtungsposten aus, während ich mich weinend von einer Frau trösten ließ.

Dreifacher Ellenbogenbruch links, Schädelbeinbruch, Jochbein und Gesichtsfeld gebrochen. Die Haut auf seinem Rücken war eine einzige Wunde. Nachdem André aus dem künstlichen Koma aufgeweckt worden war, besuchte ich ihn jeden Tag, war traurig über seine Schmerzen, spielte mit ihm, las ihm vor und brachte oft Freunde mit.

Seine Mutter war sehr böse mit ihm und mir. „Ihr dürft nie mehr so etwas Gefährliches machen. Ein gerissenes Kettenglied, er hätte tot sein können." Das Leben hatte versagt. Es hatte nicht gerichtet. ICH hatte gerichtet. Es war ein befriedigendes und aufgrund meines jungen Alters sehr einprägsames Gefühl, das ich von diesem Tag an in mein Handeln integrierte.

Das Leben hatte alle Zeit der Welt gehabt. Vier lange Wochen. Komischerweise dachte ich nicht mehr an meine Schildkröte. Irgendwie waren wir quitt. Außerdem hatte ich gelernt, dass ausgleichende Gerechtigkeiten wie diese nie nur die gerichteten Menschen selbst trafen, sondern viele andere auch.

Die Mutter, die ihre Arbeitsstelle als Verkäuferin verlor, weil sie vier Wochen Tag und Nacht an Andrés Bett wachte. Die Schwester, die ab jetzt Angst hatte, Fahrrad zu fahren. Die Freunde, die ihre Freizeit nicht mit André verbringen konnten, und andere mehr.

Auch diese Lektion verinnerlichte ich nach meinem Entschluss, von nun an nie mehr aufs Leben zu warten:

„Das Leben richtet das..." Wenn mir von nun an Menschen Böses antun würden, wollte ich das Leben sein, das richtete.

Melanie Mehlert rutschte am heutigen Tag in das engere Blickfeld meiner Top 30-Liste.

Kapitel 1:

Zu Hause?

*16.11.2008 / 24,5 Jahre**

Mit dem Geschmack von Blut im Mund, höllischem Druck in den Nieren, grobflächigen Verletzungen an den Rippen und nicht zu beschreibenden stechenden Schmerzen in meinem Analbereich lag ich in meiner Zelle, musste an die Worte des ehemaligen französischen Justizministers Robert Badinter denken und begann still schluchzend zu weinen:
„Im kollektiven Bewusstsein muss das Gefängnis ein Ort des Leidens sein. Das gilt besonders für jene Länder, um nur von Europa zu sprechen, in denen der Einfluss der katholischen Kirche stark ist. Das Gefängnis als Ort der Reue muss ein Ort des Leidens sein. Dann gibt es einen anderen bedeutenden Aspekt: In einer Demokratie erträgt es die öffentliche Meinung nicht, dass Gefangene besser leben könnten als die Ärmsten unter denen, die in Freiheit sind."
Innerhalb des Gefängnisses hat nur der von der Gruppe Geschützte oder der physisch Brutale, die Möglichkeit in Ruhe zu leben. Jedem am Gefängnissystem in irgendeiner Weise Beteiligten war klar, dass die Gefängnisse viel zu voll waren und dass brutalster sexueller Missbrauch von Stärkeren an Schwächeren

genauso existierte wie Prügel- und Gewaltorgien. In unserem Stockwerk gab es 86 Gefangene, obschon nur 60 vorgesehen waren, und drei Duschen. Es war nicht nur so, dass die mafiosen Capos Schlüssel für alle Zellen hatten und somit Zutritt wann immer und wo immer sie wollten, nein, die Schließer waren eingeweiht und schauten immer dann weg, wenn die Torturen vollzogen wurden.

Jeder lernte das vom ersten Tag an, und niemals brach jemand das System, aber das System brach immer die Neuankömmlinge. Mit Ausnahme derer, die sich aufgrund ihrer körperlichen Kraft und Brutalität wehren konnten.

Es gab unterschiedliche Gruppierungen und am brutalsten und stärksten organisiert waren die Russlanddeutschen. Untereinander war alles möglich. Ihr Boss hielt sich zwei männliche Prostituierte, die schon mehrmals von sechs oder sieben Gruppenmitgliedern vergewaltigt und fast totgeschlagen worden waren. Diese beiden, Vitali und Sascha, waren gleichzeitig die Drogenkuriere, die die anderen Häftlinge mit Drogen, Pornoheften und Zigaretten versorgten.

Ich hatte am ersten Tag im Knast aus einem alten Reflex heraus Koks geordert. Aber das Geld, das mir Manuela in den Knast geschmuggelt hatte, war entdeckt und konfisziert worden. Das bedeutete, dass ich nicht zahlen konnte. Da ich das Koks noch nicht konsumiert hatte, bot ich dem russischen Boss an, es wieder zurückzugeben. Er nahm es zwar an, verlangte aber trotzdem seine Bezahlung, und der Betrag, den ich ihm schuldete, nahm von Tag zu Tag aufgrund horrender Zinsen zu.

Sie passten mich dann in der Dusche ab, zwei, die aktiv beteiligt waren, und vier Gorillas, die die Dusche vor anderen Häftlingen sicherten. Es gab dem Anführer alles, was er sich vorgenommen hatte.

Sie schlossen die Tür, die vier bauten sich um mich herum auf, ihr Boss stand mir gegenüber mit einem selbstgebastelten Messer

und einem verdickten Besenstiel, den er mir ohne Ankündigung in die Rippen rammte.
Bevor ich zu Boden gehen konnte, stieß der andere mir sein Knie in die Nase, die sofort brach. Das Blut schoss aus der Wunde und es begann eine zweistündige Gewaltorgie, die dem Bandenboss perverses Vergnügen bereitete: Fäuste und einmal auch das Messer, blutiges, aufgerissenes Fleisch, in den Hintern gerammte Besenstiele, nackte Schwänze.
Am Schluss urinierten alle in mein Gesicht. Einer hielt mir die Nase zu, so dass ich fast erstickte.
„36 Stunden, oder das nächste Mal stirbst du. Ein Wort zu irgendjemandem, und du stirbst auch."
Er trat mir in die Rippen und ich erbrach mich. Zwei der Gorillas brachten mich als blutiges, gebrochenes Bündel Fleisch zurück in meine Zelle.
In der Woche darauf, nachdem ich die Krankenstation verlassen durfte, besuchte mich überraschend mein Anwalt in der Zelle:
„Wir haben ein Ermittlungsverfahren gegen dich auf dem Tisch liegen wegen Mordes an Anna Zimmermann. Sie wollen das Verfahren gegen dich eröffnen, schon bald. Kannst du dir das erklären?"
Bevor er seine Frage ausgesprochen hatte, erbrach ich mich auf seine Unterlagen.

Kapitel 6:
Begegnung

*31.12.2002 / 18 Jahre**

Es war eine Silvesternacht, klar, kalt und angenehm. Wir hatten uns in Heidelberg in der Altstadt mitten auf der Hauptstraße die altenglische Kneipe „Queens Pub" gemietet, die mit bordeauxroten Ledersesseln, altenglischen Stühlen und grünen Lampen eine stilvolle Kulisse für unsere Silvesterfeier bot.
Nach kurzem Überlegen hatte ich die Mutter meiner Tochter, Manuela, mit zu der Fete genommen, ohne es wirklich zu wollen. Ich wollte nicht alleine zu der Party gehen, weil die meisten meiner Bekannten ihre Freundinnen eingeladen hatten. Da ich Manuela ein Treffen lange versprochen hatte, schaffte ich es auf diese Weise, zwei Dinge miteinander zu verbinden.
An seltenen Tagen konnte ich zu solchen Feiern nicht ohne Begleitung gehen, und ich brauchte ein Mädchen, das mein Selbstbewusstsein stärkte, indem sie ihre Bewunderung für mich auf mich übertrug. Trotzdem hatte ich eigentlich keine Lust auf meine Begleitung und hatte sie nur deswegen ausgewählt, weil

ich wusste, dass sie bereits um 23:00 Uhr nach Hause musste, um ihr überängstliches Gör vor den Silvesterknallern zu bewahren. Und mir war bewusst, dass sie das dann für eine lange Weile zu Hause halten würde.

Ich hasste zu diesem Zeitpunkt Tiere und Kinder abgrundtief, und was mich am meisten erstaunte, war, dass sie meine charmante, immer sonnige Hülle trotzdem verehrten.

Alle erklärten mir immer, vor allem Kinder seien klare Indikatoren dafür, ob es jemand ehrlich meinte oder nicht. Und dass Hunde, Katzen und andere Tiere einen besonderen Instinkt hätten für Geheucheltes.

Nichts davon war der Fall. Kinder aller Alterskategorien tapsten in jede meiner bösen Fallen, sofern ich sie nicht zu offensichtlich legte. Babys hatten sich meinen Zorn zugezogen, indem sie rülpsten, in die Windeln schissen, schrien und 100 % der anwesenden Aufmerksamkeit auf sich zogen.

Ich war gewohnt, Mittelpunkt jeder Begegnung zu sein, aber wenn ein kleines Baby anwesend war, interessierte sich niemand mehr für das, was sie sonst so an mir faszinierte. Diese kleinen Fratzen nahmen mir die mir zustehende Aufmerksamkeit.

Und wenn es trotz allem magische Momente in diesen Begegnungen gab, wurden sie immer – von allen entschuldigt – gestört durch unaufhörliches Geschrei, Gefresse oder das Warten auf den richtigen Rülps nach der Nahrungsaufnahme.

Die Dummheit und naive Unbedarftheit von Babys und Kindern erkannte ich daran, dass ich nur immer und immer wieder einen einzigen Trick einsetzen musste, damit sie von mir fasziniert waren. Ich war in der Lage, meine beiden Augen, was anatomisch so gut wie unmöglich war, in entgegengesetzte Richtungen zu rollen, so dass sie im Takt schielten. Gleichzeitig konnte ich dazu mit beiden Ohren wackeln. Das reichte immer, um sie zum Lächeln zu bringen, ihr Schreien zu unterbrechen oder sie einschlafen zu lassen, also mich zu mögen.

Wäre der Instinkt bei diesen Würmern wirklich so gut ausgebildet gewesen, hätten sie meinen Hass und den Wunsch, ihr Schreien durch Brutalität sofort und endgültig zu beenden, spüren müssen. Bei kleinen Babys hatte ich spezielle Griffe gefunden, um sie zum Schweigen zu bringen, allerdings sah ich keine Schmerzen in ihren Augen oder in ihrer Gestik und fand deshalb kein Gefallen an dieser Form der Qual.

Ich hatte seit Jahren den Ruf, der sich von alleine weiterverbreitete, Kinder würden mich über alles lieben und sich sofort geborgen fühlen bei mir. Was zusätzlich ein Bild über Elterninstinkte zeichnete.

Es schien so, als hätten die Babies einen Restinstinkt, der ihnen befahl, dem Schmerz auszuweichen und von allein aufzuhören zu quäken, wenn ich mich ihnen näherte.

Das war ein Grund, mich niemals mit Müttern einzulassen, wenn ich wusste, dass sie gerade Babies geboren hatten. Kinder rochen widerlich, versauten sich permanent und konnten einen zu Tode fragen. Und zwar mit absolut dummen Fragen, die sich von alleine beantworteten.

Mutsch sagte immer, ich hätte nie einen Menschen irgendetwas gefragt, und als ich mit drei Jahren angefangen hatte zu lesen, musste ich dann auch nicht mehr fragen.

Manchmal stellte ich mir vor, wie viel einfacher das Leben wäre, wenn ich dumm geboren und geblieben wäre. Wenn ich mir nicht mehr intelligente Gedanken würde machen müssen um Kompliziertes, darum, etwas durchdenken und verstehen zu wollen, was niemand vorher je verstanden hatte.

Weder Überlegungen zum Kleidungsstil, zum Essen, zu Einrichtung, Schönheit oder den Verfall der Welt noch über die Philosophie, über neue Worte, Vokale oder komplexe mathematische Formeln. Es würde dann wahrscheinlich nur noch um die Befriedigung von Grundbedürfnissen gehen.

Als ich in Südamerika gewesen war, hatte mich die Subkultur der

Städte, vor allen Dingen der Hafenstädte, magisch angezogen. Geh in eine verdreckte Tango-Bar in Buenos Aires nahe der Favelas und du siehst nur vier wirklich wichtige Dinge: Saufen, Fressen, Vögeln und Glück.

Das Glück der Menschen, die ich dort sah, egal ob sie Arbeit, Vermögen oder Perspektive hatten, wurde durch die oben genannten Determinanten bestimmt. Und was für traumschöne Frauen und Männer hier diese einfache animalische Art des Glücks lebten. Manchmal kam es mir fast so vor, als ob Dummheit und Armut vom lieben Gott durch Schönheit kompensiert würden.

Während meines dreimonatigen Aufenthaltes zogen mich solche Kneipen fast jeden Abend magisch an, weil sie mich zutiefst traurig und insofern ebenso brutal glücklich machten.

Garniert wurde dieses Glück der Menschen mit leidenschaftlicher Musik und mit Tanz. Die meisten konnten weder lesen noch schreiben, aber wenn ich eine Argentinierin beim Tanzen sah, verstand ich sofort, dass sie sich mit ihren aufreizenden und hingebungsvollen Bewegungen nuancierter ausdrücken konnte, als es in Europa manch (ehrlich) Promovierter verbal vermochte.

Es war nicht so, dass die Rollen immer einheitlich oder eindeutig verteilt waren. Die feurigen Mädchen waren in der einen Sekunde mächtig und dominant und in der anderen hingebungsvoll unterwürfig.

Mir selbst brachten die zwanzig oder dreißig Abende tiefe Einblicke in das einfache, aber vielschichtige Innere weiblicher Seelen. In ihnen war oft größere Belastbarkeit, Durchhaltevermögen und Sicherheit, als ich es je bei Männern sah. Männer definierten sich aggressiver über ihre Kraft, ihr zur Schau getragenes Selbstbewusstsein, ihre Eitelkeit und ihr härteres Durchsetzungsvermögen.

Mir wurde in dieser Zeit auch oft vor Augen geführt, dass es in Südamerika viel häufiger zu physischen Auseinandersetzungen kam. Männer verstehen prinzipiell nicht, dass sie von Frauen Geführte

waren, dass ihre oft monothematischen Ansichten und ihr ein- oder maximal zweidimensionales Sein nicht für wirkliche Größe ausreichen.
Ich lernte früh, mir weibliche Eigenschaften zuzulegen und in sie einzutauchen. Die Komplexität weiblicher Eigenschaften war höher, und sie waren schwieriger zu erlernen, weil sie zusätzlich männlich dominante Eigenschaften ausgleichen mussten.
Weibliche Eigenschaften setzte ich trotzdem nicht grundsätzlich mit Intelligenz gleich. Mit ihren Fähigkeiten hätten die Frauen längst Vorherrschaft und Präsenz in der Welt beweisen müssen. Stattdessen versteckten sie sich oft genug hinter ihrer Weiblichkeit oder der Aufgabe, sich fortzupflanzen, und gingen unendlich viele schlechte Kompromisse ein, die sie zu willigen Opfern machten.
Andererseits bemühten sich viele Männer nur am Anfang wirklich um die Belange ihrer Eroberten. Versuchten herauszufinden, wer die Angebetete war und was ihr guttat. Welcher Mann war über die engagierte Werbungsphase hinaus noch in der Lage, ein annähernd vergleichbares Niveau innerhalb der Beziehung beizubehalten? Ich kannte keinen. Nicht einmal Bent, obwohl der sich ehrlich darum bemühte. Mit unreflektierten Kompensationshandlungen, die er seiner Angetrauten und anderen als Liebesbeweise verkaufte. War es bei Chris, seiner Frau, wirklich der Porsche, der Brillantring, das Exklusiv-Wochenende, was sie beglückte? Im Grunde wollte sie nur Loyalität, nichts anderes, aber sie nahm das ihr Angebotene gerne an, und sie lebte davon, dass er mit allem, was ihn ausmachte, zu ihr stand und sie nie verriet. Bent liebte sie abgöttisch und verstand trotzdem nicht das Geringste.
Das war nicht mein Problem, aber vielleicht irgendwann meine Chance. Es gab keinen auf dieser Welt, auch nicht von denen die ich mochte, der nicht von mir auf mögliche Schwachpunkte abgeklopft wurde, um sicherzugehen, ihn irgendwann besiegen zu können, sollte das einmal notwendig werden.

Wir kamen an dem letzten Tag des Jahres im Queens Pub an, und die Gastgeberin Diana begrüßte alle Neuankömmlinge mit zwei auf die Wangen gehauchten Küssen. Eine der typisch weiblichen Eigenschaften, die Männer nicht beherrschten, war, einen Raum und die darin befindlichen Menschen in Sekundenbruchteilen zu kategorisieren, zu analysieren, wer zu wem gehörte, und sie so quasi zu screenen. Mir ging es anders. Innerhalb von Sekunden erkannte ich, wer von den Anwesenden interessant war, wer wie wirkte und mit welcher Motivation er auf dieses Fest gekommen war.
Ich begrüßte gerade zwei alte Freunde, Florian und Dominik, als mich plötzlich hinter der Tür eine Stimme elektrisierte:
„Jannick, du Süßer, sag deiner alten Freundin Anna hallo."
Ich drehte mich um und entdeckte eine meiner wenigen noch unerreichten Traumfrauen. Manchmal gab es in meinem Leben Situationen, in denen ich nicht zu 100% versuchte, eine bestimmte Frau zu erobern, weil manches kein Spiel sein durfte. Es gab nur zwei Gründe, das alte Spiel zu unterlassen: Wenn ich mir die Illusion erhalten wollte, dass es die romantische ehrliche Liebe zwischen Menschen tatsächlich gab, oder ich das besondere Glück eines Paares als Referenz des Möglichen nicht zerstören wollte. Auch ich benötigte Träume.
Anna arbeitete, als ich sie kennenlernte, bei meiner Hausbank als Auszubildende, zu der Zeit, in der ich meine allerersten Aktiengeschäfte tätigte. Für diese Art der Geschäfte brauchte ich damals noch die Unterschrift meiner Eltern, als ich ihr das erste Mal in der Sparkasse auf dem Boxberg begegnete.
Sie war eine stilvolle klassische rotblonde Schönheit mit wundervollen braunen Augen und einer perfekten Figur. Anna war nicht leicht zu haben, war noch nie von einem Mann besessen worden. Sie war sehr jung und hatte Stil; sie war kühl, aber gut aufeinander abgestimmt gekleidet, schenkte allen Menschen freundliche Aufmerksamkeit und besaß natürliche Distanz. Und das mit 16!

Ich verstand beim ersten Anblick, dass sie sich zu einer vollendeten Frau entwickeln würde, und ich die Möglichkeit bekommen würde, als erster in ihr zu sein und sie damit zu formen. Jeden Tag ging ich zur Bank, um mir die Aktienkurse persönlich von ihr abzuholen, obwohl ich das Handelsblatt abonniert hatte.
Ich wusste, wann sie in der Berufsschule war, wartete geduldig in der Bank, bis sie Zeit für mich hatte, egal wie viele andere Angestellte der Bank in der Zwischenzeit für eine Auskunft frei gewesen wäre. Von der ersten Sekunde an knisterte es zwischen uns so offensichtlich, dass allen Anwesenden klar war, dass es nicht um die ausgetauschten Informationen ging, sondern unsere Begegnung Ziel meines von ihr so sehnsüchtig erwarteten Bankbesuchs waren.
Ich verehrte sie wie eine vollendete Statue, die ich zum Leben erwecken wollte. Ich wollte aber nichts überstürzen, wollte nichts kaputtmachen, es war Teil unseres gemeinsamen Werbens. Jeden Tag – über Wochen und Monate, einen ganzen Sommer lang – genossen wir unsere Vorfreude, die uns langsam in einer täglich wachsenden Steigerung zum Ziel führen würde. Wir wussten es beide.

In den Sommerferien musste sie für sechs Wochen zur Bankakademie und mich traf in dieser Zeit auf der Straße eine leidenschaftliche, aber letztendlich doch nur kurze Blitz-Liebe. Ich war in der Fußgängerzone in Heidelberg unterwegs gewesen, hatte in meiner Tasche etwas gesucht. Als ich aufblickte, sah ich in traumhaft schöne blaue Augen, die zu einem unfassbar schönen, zauberhaften blonden Mädchen gehörten. Sie lief an mir vorbei, bevor ich etwas sagen konnte. Ich drehte mich um, sie auch, und ich fragte sie, wo und wann wir uns sehen könnten. Sie lächelte unsicher und antwortete:

"Ich weiß nicht so genau..."

Am selben Tag hatten wir guten Sex in der Tiefgarage, und sie verwöhnte mich danach mit ihrem Mund so intensiv, dass ich mich zum zweiten Mal innerhalb von zwei Minuten so in ihr ergoss, dass sie Mühe hatte, alles bei sich zu behalten.

Nach den Sommerferien ging ich nicht mehr in die Bank – denn ich quälte zu diesem Zeitpunkt zwar schon mit einer gewissen Skrupellosigkeit, aber nicht meine angebetete Bankangestellte Anna.

In den Kontoauszügen, die ich per Post erhielt, fand ich schließlich zwei Wochen später ihre handschriftlichen Zeilen:

Lieber Jan-Nicklas,

ich gestehe Dir, was Du längst weißt. Nie habe ich so geliebt vorher, habe gewartet auf Dich. Danke für die zarten Monate, die mir Freude und Sicherheit gegeben haben, dass Du es ernst meinst. Danke für Dein Nichtkommen nach den Sommerferien und dem damit verbundenen Hinweis, mir alle notwendige Zeit zu geben. Obwohl ich es weiß und wusste seit der ersten Sekunde.

Oft habe ich mich gefragt, auf was ich warte und jetzt weiß ich es. Wir haben keine hundert Sätze gewechselt, aber ich weiß so vieles von Dir und Du von mir.

Wir haben lange genug auf uns gewartet.

Ich will es jetzt, bin bereit für Dich.

Ruf mich an und lass es geschehen.

Deine Anna

Trotz meiner Blitz-Liebe kämpfte ich mit mir, aber ich ging nicht mehr zur Bank. Nie mehr. Und mir war immer klar, dass ich keine Zeile und keinen Anruf mehr von Anna bekommen würde. Das war sie sich schuldig und sie blieb sich treu.
Nach der Beendigung meiner Kurzbeziehung – Anna war in der Zwischenzeit in die Hauptstelle versetzt worden – besuchte ich sie auch dort nicht, weil ich wusste, sie würde sich selbst treu bleiben. Wir sahen uns ab und zu einmal in der Stadt, immer mit diesem Gefühl in den Augen, wenn wir uns anschauten. In all den Jahren gingen wir das eine oder andere Mal gemeinsam essen. Später fand sie einen Freund, dem sie immer loyal zur Seite stand.

Wenn ich ehrlich war, war er niemand, den ich mir für Anna gewünscht hätte; er trank manchmal zu viel, war etwas zu klein für sie, obwohl er nicht schlecht aussah.
Sie stand felsenfest zu ihm und ich hatte das Gefühl, dieses Glück als meine Referenz definieren zu können, und unternahm deshalb nie mehr einen Versuch, sie doch noch für mich zu gewinnen.
Aber verstehen konnte ich es nicht wirklich. So eine Klasse-Frau und so ein Mann. Sie ging ab und zu mit mir aus, erzählte mir aber auch dann immer von ihrem Thomas.
Nie mehr wieder hatten wir über unser damaliges Werben gesprochen, als ob es das nie gegeben hätte oder als ob wir es nicht verstanden hätten. Niemals hatte sich bei ihr oder bei mir das grundsätzliche Interesse und Gefühl verändert, wir wussten es beide.
Nach zwei Jahren heirateten die beiden und ihr Glück war perfekt. Anna fuhr ihn nach Hause, wenn er immer wieder traurig zu viel trank. Ich verstand seine Traurigkeit nicht. Er liebte sie wie sein Leben und sie ihn. Warum nur war er dann traurig? Ich sollte es bald sehen, ohne dass ich es wissentlich anstrebte.
Vor diesem Silvesterabend hatten wir uns mindestens 1,5 Jahre nicht gesehen. Sie küsste mich auf den Mund, umarmte mich etwas zu lange und innig und strahlte mich an. Ich löste mich etwas verwirrt aus ihrer festen Umarmung, stellte uns alle gegenseitig vor, natürlich ohne zu erwähnen, dass es sich bei Manuela um die Mutter meiner Tochter handelte. Das wusste aus meinem Umfeld niemand.
Thomas mochte mich nicht besonders leiden, bemühte sich aber, nett zu sein. Er konnte mich glaube ich deswegen nicht leiden, weil er durch meine Sicherheit Gewissheit bekam, was er bei sich vermisste und suchte.
Anna schaute mir tief in die Augen, während sie meinen Arm berührte.
„Wir müssen uns unterhalten, wir haben uns so lange schon nicht

mehr gesehen. Nachher, ja? Schenkst du mir gleich mal eine Viertelstunde?" Sie lächelte mich sonderbar erregt an und beachtete niemanden anderen.

Da uns alle Freunde anstarrten, war mir die Situation fremd und unangenehm, aber sie erfüllte mich trotzdem. Ich wandte mich meinen Freunden und den anderen zu.

Definierte Zeitsprünge wie den Jahreswechsel mochte ich gerne, genauso wie den Beginn des Frühlings, des Sommers oder des Herbstes. Obwohl ich wusste, dass in den Sekunden des Jahreswechsels die Uhren weder schneller noch langsamer tickten, ermöglichten mir solche Tage das Gefühl eines abgeschlossenen Abschnitts und ließ mir die Hoffnung eines nachfolgenden besseren. Insofern freute ich mich jedes Jahr auf den 31.12.

Es waren erstaunlich viele hübsche Mädchen im Queens Pub in dieser Nacht. Viele meiner Freunde gesellten sich zu Thomas und Anna. Obwohl es noch früh war, trank Thomas ein Glas nach dem anderen und das in einer erschreckenden Geschwindigkeit.

Anna suchte die zärtliche Nähe zu mir, wollte das Gespräch, gab die gewohnte Distanz auf, was mich erstaunte. Immer wieder verließ ich die Bar, um zu tanzen oder mich mit anderen zu unterhalten, hatte bis 23:00 Uhr die Entschuldigung, Manuela versorgen zu müssen.

Sobald ich Anna alleine ließ, drehte sie sich um, küsste und umarmte Thomas, lachte mit ihren Freunden und wartete darauf, dass ich zurückkam.

Es war seit sehr langer Zeit das erste Mal, dass ich eine Situation überhaupt nicht verstand.

Anna strahlte auf mich einen unglaublichen Reiz aus. Sie besaß eine Anziehungskraft, der ich mich kaum entziehen konnte. Auf der anderen Seite wollte ich auf keinen Fall Stress; meine besten Freunde hätten einen ernsten Flirt mit Anna niemals toleriert und außerdem wollte ich mir mein Ideal des glücklichen Paares erhalten.

Um 23:50 Uhr verließ ich mit einer besonders hübschen, blonden Jurastudentin den Queens Pub, um das Feuerwerk von der Altstadt aus zu betrachten. Ich nahm sie bei der Hand und verließ den Pub so, dass Anna uns zusammen sah. Wir nahmen eine Flasche Moët Champagner Jahrgang 1990 mit, samt zwei Gläsern, und schauten uns von der historischen Brücke aus das beeindruckende Feuerwerk an.

Ich hatte Manuela versprochen, sie nach Mitternacht anzurufen und spätestens um 01:30 Uhr zu ihr zu fahren. Um 24:00 Uhr küsste ich die blonde Jura-Schönheit leidenschaftlich, begann mich mit ihrem Körper zu beschäftigen, um sie schließlich doch auf der Brücke alleine zu lassen, weil sie mich langweilte und zum Pub zurückzukehren.

Es war ca. 00:20 Uhr, als ich die Kneipe erreichte, wo Anna alleine an der Bar auf mich wartete.

„Wo ist dein Ehegatte?", fragte ich sie scherzhaft.

„An der alten Brücke."

Sie kam auf mich zu, zwei Ramazotti in der Hand, küsste mich zärtlich und langsam mitten auf den Mund, fasste mich ohne Scham direkt an meinem Geschlecht an und sagte:

„Es soll unser bestes Jahr werden..." Ich war völlig verwirrt, ein Zustand, den ich nur selten kannte. Was war dies für ein seltsames Spiel. Ich geriet, ohne es zu wollen, zwischen die Fronten.

Die Tür ging auf, Thomas, Florian und alle anderen kehrten in den Queens Pub zurück.

„Hi, meine süße Anni, die besten Wünsche für das neue Jahr", lallte ihr Mann. Er umarmte und küsste sie. Ihre Freunde wünschten uns ebenfalls alles Gute.

Ich nahm Florian beiseite, erklärte ihm, dass ich gehen müsse, ohne dass es die anderen merken sollten, weil ich es Manuela versprochen hatte.

Ich bat ihn, meine Cohiba-Zigarren und das Tischfeuerzeug, die ich hinter die Bar gelegt hatte sicherzustellen und meine Jacke

mit nach Hause zu nehmen, damit ich mich nicht nochmal in diese Situation begeben musste.
Annas Anziehung war unglaublich. Während sie ihren Mann leidenschaftlich küsste – vielleicht küsste auch nur er sie leidenschaftlich – schaute sie mich durch die Tür hindurch unentwegt und gierig an.
„Ich gehe kurz zur Toilette", sagte ich und ging aus dem Raum, wartete, um dann den Queens Pub anschließend durch den Hinterausgang zu verlassen. Ich setzte mich in mein Auto und fuhr quer durch die Stadt, durch das immer noch nicht beendete Feuerwerk und zwischen besoffenen Pöblern zu meinem Appartement.
Zu Hause konnte ich lange nicht einschlafen. Am nächsten Nachmittag rief mich Florian an:
„Was hast du nur mit diesem Mädchen gemacht? Sie hat sich bitterlich bei mir ausgeweint, wie stillos das gewesen sei, wie du nur gehen konntest usw. usw."
Er lachte. Ich erklärte ihm, sie hätte wohl etwas zu viel getrunken, mich ein klein wenig angebaggert und belästigt, ich hätte in keinen Konflikt geraten wollen, und legte völlig verwirrt auf.

Liebste Anna, *20:00 Uhr 01.01. am Tag danach*

zuerst mal möchte ich mich bei Dir für mein Gehen wirklich entschuldigen; ich habe es aus verschiedenen Gründen getan:

Auf der einen Seite hätte ich Deinem Zauber nicht widerstehen können und wäre nur deswegen geblieben. Zum anderen wollte ich nicht, dass die Menschen, die ich mag, durch unser Verhalten in Mitleidenschaft gezogen werden. Das war keine Feigheit, sondern Mut. Trotz alledem war das nicht Gentleman-like und ich bitte Dich von ganzem Herzen, meine Entschuldigung anzunehmen.

Ich möchte mich bei Dir für den zauberhaftesten Abend bedanken, den ich seit sehr langer Zeit erleben durfte.

Die Wahrheiten, die Du mir gesagt hast, waren genauso wichtig und hilfreich wie das Glück, das ich empfunden und eingeatmet habe.

Manchmal habe ich nur die Augen zugemacht und still genossen, so wunderschön war das. Vielleicht denkst du jetzt, dass ich nicht begriffen hätte, was für eine Frau Du bist, welche Partnerschaft Dich mit Thomas verbindet. Ich habe es verstanden und ich respektiere Euch zu 100 %.

Trotzdem ist es mir nie passiert, dass ich in so kurzer Zeit wieder eine so vertraute Nähe fühle und mich eine Unterhaltung so konstruktiv nachdenklich stimmt. Du hast Recht. Ich werde daran arbeiten müssen, noch bescheidener aufzutreten. Vielleicht liegt es daran, dass ich im allerletzten Winkel meines Seins doch Angst davor habe, dass das, was ich bin, nicht ausreichen könnte. Aber das weiß keiner meiner Freunde und ich will auch nicht, dass jemand diese tiefe Unsicherheit von mir kennt. Dir vertraue ich jedoch alles an. Wichtig ist, dass mir materielle Dinge in letzter Konsequenz völlig egal sind und dass ich, ohne zu zögern, mein letztes Hemd für jeden meiner Freunde opfern würde.

Geistige Freiheit, Glück, Freunde, Gefühle, die Liebe zu Menschen und viele andere immaterielle Werte könnte ich nie aufgeben. Jeden Gegenstand, den ich besitze, auf alle Fälle.

Liebste Anna, weder idealisiere ich Dich noch verkläre ich, was war , aber vieles von dem, was wir gestern durchlebt haben, haben wir lange gewusst, und ich bin trotzdem oder gerade deshalb sehr dankbar, dass wir die Chance hatten, miteinander zu sprechen, unseren Duft einzuatmen und uns zu spüren.

Wir haben wirklich miteinander gesprochen, kein Seifenblasengeblubbere, sondern auf den Punkt gebrachte Themen, die besonders offen und ehrlich auch deshalb waren, weil uns beiden bewusst war, dass wir keine Zeit verschwenden wollten für Belangloses.

Ich hätte stundenlang weiter zuhören, reden, fühlen und diskutieren können. Du hättest mich nie zum Bleiben, sondern irgendwann zum Gehen auffordern müssen. Freiwillig hätte ich nie mehr aufgehört, keine Minute darauf verzichtet.

Weißt Du, die wunderschönsten Augenblicke im Leben passieren plötzlich und unerwartet. Sie sind für mich so kostbar, weil selten. Wer hätte gedacht, dass wir uns treffen? Wer hätte Besseres für den Start ins neue Jahr inszenieren können?

Manchmal – sehr selten – beginne ich in solchen Momenten im Reinen mit mir und der Welt zu sein, das hast Du Traumfrau gestern erreicht.

Ich begehre Dich so sehr, dass ich noch jetzt davon feucht werde, wenn ich nur an diesen Abend denke. Ich danke Dir für die gefühlvolle Intensität, mit der wir gesprochen haben, für die Übereinstimmungen und für die Gegensätze.

Wenn ich ein Buch lese oder mir einen Film anschaue, ist es schon der kleinste neue Gedankenansätze, der mich glücklich machen.

Nicht viele Abende regen so zum Nachdenken an.

Dir und Thomas einen wunderschönen Start in das neue Jahr und eine weiterhin so glückliche Partnerschaft.

Wenn ich zu irgendeinem Zeitpunkt irgendetwas für Dich tun kann, lass es mich wissen.

Dein Jannick

P.S. I: Kein aufwändiger Blumenstrauß! Ich lerne.

P.S.II: Du bist diese perfekte Kombination der starken, schönen und selbstbewussten Frau, die einen wesentlichen Teil ihres Glücks darin findet, ihren Partner und ihre Freunde glücklich zu machen. Ich habe dich so sehr verstanden!

Dein Jannick

Jan-Nicklas, 07:00 Uhr, 3 Monate danach, April

ich danke Dir für Deinen gefühlvollen Brief. Es freut mich, dass Du mit all Deiner lächerlichen Intelligenz und Deiner Einfühlsamkeit so wunderbar verstehst. Ich wollte einfach nur wissen, ob ich an einem Abend das, was Du mir damals in Monaten für mein Leben zerstörst hast, als falsches Gefühl bei Dir wiederherstellen kann. Meinen Mann habe ich verlassen. Für einen SAP-Manager, der mir alles bietet. „Die Chance meines Lebens", so habe ich es Thomas erklärt.

Wir haben uns durch Zufall getroffen aber ich hätte Großes aus diesem Abend gemacht, was bist Du nur für ein dümmlicher Idiot, der glaubt zu verstehe, und dass es etwas mit Dir zu tun haben könnte . Es war auch für mich der geilste Abend meines Lebens. Schade, dass Du so früh geflüchtet bist. Ich hätte Euch beide schon noch aufeinandergehetzt. Es war ein Traum, Dich winselnd, bemüht und verwirrt zu sehen. Wie seitdem schon immer, wünsche ich Dir alles erdenklich Schlechte, du aufgeblasenes und selbstverliebtes Arschloch.

Anna

Ich war drei Tage lang außerstande zu essen. Jeden, der mir zu nahe kam, bestrafte ich unerbittlich. Tiefste Verletzungen, Wunden und Schmerzen spürte ich durch Annas Brief. Alles, was ich war, stellte sie durch ihr Handeln in Frage.
Warum hatte ich das nicht verstanden? War eine solche Strategie über vier Jahre hinweg möglich?
Und was das Allerdreckigste war: Sie hatte meinen Brief samt ihrer Antwort kopiert und sie an alle ihre Freundinnen und meine Bekannten, Freunde und Feinde weitergegeben. An alle, die in Frage kamen. Was musste das für ein immenser Aufwand gewesen sein, all diese Adressen herauszufinden!
Alles, was ich in ihr gesehen hatte, stimmte nicht. War völlig falsch interpretierter Unsinn. Mein damaliges Verhalten hatte ihre lange Rache ausgelöst.
Ich war unansprechbar, innerlich löste ich mich langsam und unerbittlich auf. War voller kaltem Zorn, Wut und Hass. Mich zu täuschen war schon unverzeihlich, das Schlimmere aber war, mich vor aller Welt lächerlich zu machen. Florian, dem ich erzählte, wie sehr mich Anna bedrängt hatte, schüttelte über den wahren Sachverhalt und über meine Rolle dabei nur noch den Kopf und lachte mich aus.
Er reagierte wie alle anderen reagieren würden. Ich war der Lüge überführt und dem Spott meiner Freunde und allen anderen preisgegeben. Zumindest empfand ich es so. Objektiv war es aber eher so, dass Annas Verhalten ihre Familie und ihre engsten Freunde bestürzte und entsetzte.
Alle hatten großes Mitleid, und Mutsch sagte mir, wie großmütig und schön alle meinen Brief gefunden hätten. Wenn selbst Mutsch ihn bekommen und gelesen hatte, hatten das alle anderen auch getan. Ihr Trostversuch löste die allerschlimmste Schmerzwelle in mir aus.

Es war der ehrlichste Brief gewesen, den ich jemals geschrieben hatte. Er war voll meiner besten Eigenschaften.
Und das war nun das Ergebnis. Ich kam nicht mehr zu mir, betäubte mich mit allem, was ich in die Finger bekam. Ich nahm sogar LSD, was ich noch nie getan hatte. Der Schlange in meinem Terrarium gab ich eine weiße Maus, die ich immer und immer wieder lebendig und halberwürgt, aus ihrem Maul zog, was beide fast umbrachte. Das Kaninchen meiner kleinen Cousine starb langsam, die Katze meiner alten lieben Nachbarin überließ ich einem Wiesel, und ich überlegte sogar, das zweite Baby meiner Tante neben die große Würgeschlange zu setzen.
Ich musste Kreaturen sterben sehen. Möglichst viele. Möglichst langsam. Ihre Angst sollte meine Schmerzen lindern, ihre Qual zu meiner Heilung beitragen. Es war mir nahezu unmöglich, mich zu verstellen. Meine äußere Hülle verwandelte sich fast in das Böse. Es quälte mich immer wieder der Gedanke, wie es möglich gewesen war, warum ich es nicht bemerkt hatte. Es musste mit dem Gefühl zu tun haben, das ich Anna entgegengebracht hatte. Und allmählich kristallisierte es sich in aller Klarheit heraus. Es gab nur ein mögliches Urteil: Anna musste sterben. Ich hatte es beschlossen. Der Richter hatte gerichtet. Das Leben ließ ich außen vor in seiner unberechenbaren Langsamkeit. Somit richtete ich das erste Menschenleben ohne besondere Emotion, in einer schnellen inneren Verhandlung.
Es gab nicht die klassischen Protagonisten einer Gerichtsverhandlung, aber die wichtigsten Personen waren anwesend. Ankläger und Richter und in Gedanken auch Anna. Die Verhandlung war kurz, benötigte keine einzige Verhandlungspause, und das Urteil war klar und präzise. Die Ausführung des Urteils war die einzige Unbekannte, es war nur klar, dass es schnell gehen musste.
Und es duldete keinen Aufschub. Anna war nicht irgendeine Zahl auf meiner Rache-Liste, sie schwebte über allen anderen.

Weder wollte noch konnte ich warten. Ich wollte es selbst tun, denn mir war klar, dass nur ihr finales Leiden das meine beenden konnte.
Zufälle gibt es keine, und so half mir in diesem Fall das Leben erstaunlicherweise und zudem schneller, als ich gedacht hatte, mein Urteil vollstrecken zu können.

Kapitel 7:
Geheimbund der erwachsenen Grenzen

*16.06.2003 / 19 Jahre**

Es gab zwei Besonderheiten, die unseren „Erlauchten Kreis” exklusiv machten. Die eine waren unsere Aufnahmekriterien, die andere unser Alter und unsere Ziele.
Ich hatte mit gerade 17 Jahren mit glänzendem Abitur und allen Auszeichnungen des Landes, des Bundes und meiner eigenen Schule das Gymnasium von Dr. Korn verlassen und fand danach durch Bent Einlass in eine interessante Gesellschaftsschicht. Es gab immer wieder modische und hippe Veranstaltungen im Umfeld des Lifestyle-Magazins, bei denen er mich als seinen Sohn vorstellte, vielleicht auch deswegen, weil er hoffte, ich würde zusammen mit ihm irgendwann den Verlag leiten.
Jedes gesellschaftliche Event nutzte er dafür, wohlwissend, dass ich empfänglich für Schönes und schnell Erreichbares war. Diese

Veranstaltungen versammelten in der Regel illustre Mischungen aus Models, Spitzensportlern, Reichen und Exzessiven, die mich diese Welt voller Gier spüren ließ und mehr und mehr faszinierte. Aufgrund der Eintrittseinschränkung traf man über die Jahre immer dieselben Menschen, so dass das Vertrauen zu ihnen nach und nach wuchs. Fast alle studierten, waren Söhne oder Töchter höhergestellter Eltern, hatten eine gesellschaftliche Akzeptanz, sahen glänzend aus und waren von vielen Neidern und schleimenden Schmarotzern umgeben.
Wirklich interessiert waren wir jedoch nur an unseresgleichen, weil man dann nie klären musste, ob es um uns selbst oder unser Geld und unseren Ruhm ging. Außerdem benötigte man eine gewisse Dekadenz, die man entweder von den Eltern mit der Muttermilch eingeflößt bekommen oder sich mit Erfolg und Reichtum selbst erschaffen hatte. Es genügte nicht, nur schön zu sein. Fast alle entwickelten auf dem Weg nach oben dieses arrogante Selbstbewusstsein, ein Gefühl der Macht und Gier.
Geld blieb trotz allem ein ebenso wesentlicher Faktor. Man musste es in gewissem Maße haben, wollte man dazugehören. Wir waren alle an Experimenten interessiert, wahrscheinlich niemand so exzessiv wie ich, aber alle waren vom Leben und vom Überfluss ebenso gelangweilt und benötigte dringend neue Ideen.
Das Alter dieser Interessierten lag zwischen 17 und 25, und schon an diesem Umstand ließ sich erkennen, dass die meisten durch Geburt in diesen Kreis gekommen waren oder –wie ich- durch außerordentliche Fähigkeiten gepaart mit blendendem Aussehen.
Das Alter war auch insofern interessant, weil eine gewisse Charakterbildung dazugehörte, wenn man schon in jungen Jahren nicht nach vorgegebenen Idealen lebte und z.B. nichts dabei fand, die Freundin eines anderen in einer schwarzen Messe gemeinsam zu benutzen oder sich selbst in einer solchen benutzen zu lassen.
Es gab einen innersten Zirkel, der sich immer mehr herauskristallisiert hatte und aus zwölf Personen bestand: sechs Frauen, sechs

Männer. Fast alle waren unglaublich attraktiv, sehr intelligent und reich. Wenn wir wieder einmal einen kurzen Abstecher nach Monaco machen wollten oder sonstige verrückte Dinge taten, waren aus diesem Kreis alle dabei, die immer und ohne jede Ausnahme alles mitmachten. Alles bedeutete ALLES.

In den zwei Jahren war nie ein Wort über das, was wir taten, nach außen gedrungen, egal was geschehen war oder wer wofür verdächtigt wurde. Ohne irgendetwas auszuplaudern, hatten vier von uns schon wegen diverser Delikte vor Gericht gestanden. Wir waren ein innerster Kreis des Vertrauens.

Eines Abends saßen wir in der VIP-Lounge des Royal Clubs zusammen, schauten von der Empore den zuckenden Bewegungen der Tanzenden zu, als das Abendessen serviert wurde.

Wer in der Lounge saß, konnte durch ein halbrundes vollverglastes Rondell alles sehen, während er selbst unsichtbar blieb. Der Zugang war so gesichert, dass keiner, nicht einmal ein Clubmitarbeiter, auf die Empore kommen konnte, wenn wir ihm von innen nicht den Zugangscode freigaben.

Das „Royal" gehörte Martin von Fröhnheim, der mit seiner 22-jährigen Frau Sabine vor zwei Jahren den Kreis der heute Anwesenden zusammengeführt hatte und zusammenhielt.

Der Kreis war bei den ersten, eher unbedeutenden Spielen zunächst größer gewesen, in vielen Extremsituationen aber bildete sich nach und nach ein Kreis wirklich Auserwählter heraus. An vielen Abenden hatten wir diskutiert, wie Grenzen angetestet werden konnten und wo unsere persönlichen Grenzen waren. Zuerst hatte uns die Diskussion angeregt, oder besser erregt, aber das ließ nach, da keine Theorie auf Dauer die Wirklichkeit ersetzen kann.

Wir redeten also nicht mehr über Kinderkram. Den hatten wir alle hinter uns. Wir waren bereits mit 351km/h-Autos in sämtlichen europäischen Ländern herumgefahren inklusive der Schweiz, hatten uns mit 270km/h auf frisierten Motorrädern ohne Nummernschilder mit der Polizei Rennen geliefert und diese gefilmt und veröffentlicht, waren auf der S-Bahn gesurft, hatten auf sexuellem Gebiet alle nur denkbaren Tabus gebrochen und hatten öffentliche Gebäude kunstvoll bemalt. Ein Gemälde im Wert von über vier Millionen Euro, gestohlen aus einem bekannten Museum, lagerte in den Kellerräumen des Royals und beschäftigte drei Versicherungsgesellschaften.

Wir trafen uns an diesem Abend im Mai im inneren Kreis des Vertrauens, im Zirkel der Sicherheit nur deshalb, um den *„Geheimbund der erwachsenen Grenzen"* zu gründen.

Zuerst führten wir ein schwarzes Ritual des Schweigens durch, das von nun an bei jedem Treffen zu Beginn fester Bestandteil sein würde. Dabei schworen wir uns gegenseitig, immer Teil des Ganzen zu bleiben. Wir hatten nicht genau festgelegt, was wir tun würden, aber die Zusammensetzung war mit der Gründung fest zementiert und wir legten fest, dass sterben müsse, wer ihn verlassen würde.

Dies nannten wir „für immer schweigen", legten aber fest, dass nach einem klar durchgeführten Ritual und einer auf einer Dreiviertel-Mehrheit basierenden Abstimmung auch einzelnen Personen in Ausnahmefällen erlaubt werden konnte, diesen Bund – für immer schweigend- mit unserer Erlaubnis und nach einem besonderen, vorher von der Gemeinschaft festgelegten Opfer zu verlassen.

Ein wesentlicher Bestandteil unserer Entscheidungen war, dass sich alle der Dreiviertel-Mehrheit immer und bei jedem Beschluss beugen mussten. Was bedeutete, dass jedes beschlossene Experiment, jede verkündete Bestrafung und sämtliche getroffenen Beschlüsse von uns allen mit aller Konsequenz getragen werden mussten.

Außerdem hatten wir in der mit unser aller Blut unterschriebenen Satzung festgelegt, dass dies auch Menschenleben kosten konnte.

Nach dem Schweige- und Beschlussritual suchten wir völlig relaxt und zufrieden ein dem Anlass angemessenes Aufnahmeritual. Es waren noch zwei Vorschläge der im Raum Stehenden übriggeblieben. Einer war von mir, der andere von Maximilian.
Sein Vorschlag war das gemeinschaftliche Einnehmen eines fast oder manchmal sogar wirklich todbringenden Drogencocktails, meiner, dem Bund ein Gliedmaß zu opfern. Ob dies Finger, Zehe oder was auch immer sein würde, durfte jeder selbst entscheiden. Es gab einen angehenden Arzt, Rainer, in unserer Runde, dessen Vater die bekannteste Schönheitsklinik Süddeutschlands besaß, wo wir diese Operationen durchführen konnten.
Rainers Vater hatte seinem Sohn in einem stillgelegten Trakt der Klinik ein Labor mit Kühlboxen und einen OP-Raum eingerichtet, weil er ihm immer wieder illegal günstig eingekaufte Leichen beschaffte, die er sezieren und anhand derer er die Organe plastisch kennenlernen durfte. Meist waren es anonym zu beseitigende Obdachlose, bei denen niemandem auffiel, wenn sie nicht tatsächlich verbrannt wurden, und durch deren Verkauf die beiden Leichenbestatter ihr Salär aufbesserten.
Wir beschlossen einen Kompromiss, der auch mir gefiel. Heute würde jedem Mitglied Heroin gespritzt, mit Ausnahme von Martin, der als einziger dieses Aufnahmeritual erst beim nächsten Mal durchführen sollte, da einer besser bei Bewusstsein blieb, für unvorhergesehene Zwischenfälle. Am nächsten Freitag, sollten die Gliedmaßenamputationen in der Klinik von Rainers Vater erfolgen.
Es gab bei zwölf Stimmen keine Gegenstimme, so dass wir zügig im nächsten Beschlusspunkt zwei erste Experimente festlegen konnten, die wir in den nächsten vierundzwanzig Monaten umsetzen wollten. Es gab eine Menge wirklich interessanter und völlig abgefahrener Ideen und es zeigte sich, dass jeder einzelne sich ernsthaft Gedanken über unseren Geheimbund gemacht hatte.

Wir wollten im Abstand von 12-24 Monaten jeweils ein großes Experiment durchführen und uns alle sechs Wochen freitags zum gleichen Zeitpunkt treffen. Jeder musste zu den Treffen kommen und nur ein Krankenhausaufenthalt galt als Entschuldigung. Nichts anderes.

Die jährliche Gebühr der Mitglieder des Geheimbundes sollte 45.000 Euro betragen. Der Geheimbund würde mit diesem Jahresbudget für alle Ausgaben der Experimente aufkommen. Martin wurde zum Primus inter pares bestimmt.

Wir beschlossen nach ausführlichem intelligenten Für und Wider fürs erste zwei Experimente:

1.) Durchführung eines Überfalls in Deutschland mit einer Mindestbeute von 500.000,- Euro
2.) Jemand von uns musste dafür sorgen Vermögen zu erben, das zur Hälfte in das Vermögen des Geheimbundes einfließen sollte.

Als die beiden Vorschläge einstimmig beschlossen worden waren, schritten wir zum ersten Teil unseres Aufnahmerituals. Wir wussten, dass man Heroin schnüffeln, rauchen oder spritzen konnte. Injizieren war die riskanteste Methode, deswegen entschieden wir uns in der Beschlussfindung dafür. Dadurch, dass Martin hundertprozentig reines Heroin besaß, war es notwendig, die Menge für jeden genau zu berechnen, um die Gefahr der Überdosierung zu reduzieren.

Martin und Rainer taten dies gemäß den Vorgaben der Mitglieder (Körpergewicht, Größe, Drogenerfahrung, Nahrungsaufnahme etc.). Sie hatten sich aus der Clubküche Alufolie, elf kleine Flaschen Wasser sowie elf Löffel und elf Feuerzeuge besorgt. Die Ascorbinsäure und das Heroin holte Martin aus dem Tresor und notierte aus buchhalterischen Geheimbund-Gründen die benötigte Heroinmenge.

Wie in der Schule standen elf Schüler und Schülerinnen um den Heroin-Lehrer Martin von Fröhnheim, der auch sogleich anfing zu dozieren:
„Ich zeige euch jetzt, wie wir das Heroin zu uns nehmen."
Heroin konnte sich das erste Mal fast niemand alleine spritzen, deswegen hatten wir uns darauf geeinigt, dass der angehende Arzt das übernehmen sollte. Danach würde er von Martin gespritzt werden.
Für mich war das kein extremes Experiment, ich hatte zwar immer die Finger von Heroin, aber nie von Koks und Gras gelassen. Insofern war die nervöse, aber freudige Anspannung doch mehr bei den anderen zu spüren, die wenig bis keine Drogenerfahrungen über den Alkohol hinaus hatten.
„Ihr werdet jeweils die Einwegspritzen öffnen und sie aus der Verpackung herausholen. Ungefähr so."
Martin hielt die ausgepackte Spritze bereit.
„Dann werde ich bei jedem von euch das Heroin mit Wasser und Ascorbinsäure mischen, während ihr gleichzeitig mit dem Feuerzeug den Löffel erhitzt."
Nachdem er die Mischung auf unsere Löffel geträufelt hatte, sah die erhitzte Flüssigkeit immer mehr hässlich braun aus. Bei manchen zitterten die Hände schon jetzt erheblich, was mein Glücksgefühl befeuerte. Ich war weniger an meinem Erleben als an dem der anderen interessiert.
„Rainer wird euch jetzt den Arm abbinden und den reinen Stoff direkt in die Vene spritzen."
Verena meldete sich zu Wort:
„Bei mir findet der Arzt niemals eine Vene, wenn er mir Blut abnehmen will."
„Sonst jemand die gleichen Probleme?" fragte Martin, und als alle den Kopf schüttelten, antwortete er Verena direkt:
„Ok, Verena bekommt es direkt in den Pomuskel gespritzt, damit wir auch wieder einmal die Freude haben, diesen viel

bewunderten und von uns allen schon genossenen in natura zu sehen“.

Zustimmendes leicht hysterisches Lachen unterstrich seine Aussage, nicht nur von männlicher Seite.

„Nimmt jemand von euch irgendwelche Medikamente?”

Niemand meldete sich.

„Irgendwelche Fragen?” Als auch hier keiner zu hören war, begann er das Ritual. Zuerst bei Verena, die sich bereits Hose und Slip ausgezogen hatte. Nachdem das Heroin erhitzt war, zog Rainer die Flüssigkeit in die Spritze und injizierte es in Verenas Hintern.

Unser wirkliches Erwachsenen-Spiel hatte mit diesem Moment begonnen und sollte für jeden von uns ernste Konsequenzen haben.

Persönliches:

Die Erbschaft

*29.07.2003 / 19 Jahre alt**

Manchmal spielte ich Golf, wenn ich Ruhe suchte oder wenn mir der Geruch von nassem Gras in meiner Nase wichtig war, aber auch wenn ich eine Kombination von Anspannung, Konzentration und Entspannung brauchte. Mein Vorteil war, dass ich ein außerordentliches Bewegungsgedächtnis hatte.

Bei den meisten Menschen benötigt jeder Muskel, um optimal ausgebildet zu werden, alle drei, spätestens vier Tage einen Erinnerungsreflex. Das bedeutet, dass nur dann spezifische Muskulatur gebildet und erhalten werden, wenn diese Muskulatur immer und immer wieder trainiert werden. Diese Notwendigkeit war bei mir seltsamerweise nicht vorhanden. Nach diversen Tests an der Sporthochschule in Köln galt ich als medizinisches und sportliches Phänomen. Meine Muskulatur hatte um ein Vielfaches länger Bestand, wenn ich sie nur einmal richtig trainiert und aufgebaut hatte. Einzige Bedingung für deren Erhalt: genug und das Richtige zu essen.

Nicht nur, dass ich diese Erinnerungsreflexe zur Ausbildung meiner Muskulatur nicht brauchte, es kam auch hinzu, dass die Kontraktionsfähigkeit meiner Muskeln doppelt so schnell war wie alle bisher jemals gemessenen Werte. Diese Geschwindigkeit war praktisch untrainierbar, man hatte sie von Geburt an oder eben nicht. Meine Mutter war eine überragende Leichtathletin, mein Vater ein hochdekorierter Turner und Schwimmer, und irgendwer hatte, als ich gemischt wurde, beschlossen, dass ich Fähigkeiten aus diesem Mix bekam, die kein anderer hatte.

Kombiniert wurde das mit einer weiteren interessanten sportlichen Fähigkeit. Ich war in der Lage, optimale Bewegungen in meinem Bewegungsgedächtnis abzuspeichern und sie bei Bedarf jederzeit und in genau derselben Qualität wieder abzurufen.
Jeder, der Golf spielte, kannte das: ein optimaler Schlag mit einem traumhaften Ergebnis. Gelang einem Golfer ein solcher Schlag, spielte ein Loch oder gar eine Runde perfekt, bekam er das Gefühl, das wiederholen zu können, oder er strebte es zumindest an. Spielten Golfer eine optimale Runde, so nannten sie das Flow oder sie waren „in the zone", was einen Zustand beschrieb, bei dem einfach alles gelang.
Da normalerweise eine stabile Technik Voraussetzung für phantastische Schläge oder tolle Runden war, jeder aber trotzdem manchmal Ergebnisse erzielen konnte, die weit über dem eigenen Niveau lagen, konnten nur diejenigen das Besondere wiederholen, die regelmäßig und fleißig mit einem Trainer an ihrer Technik feilten. Alle anderen liefen einem zufällig aufgetauchten einmaligen Phantom hinterher. Nämlich eine perfekte rund gespielt zu haben ohne zu verstehen warum das der Fall war und es nicht auf Abruf wiederholen zu können.
Ich selbst lernte jede Sportart in atemberaubender Geschwindigkeit. Ob es Kite-Surfen, Segeln, Golf oder Volleyball, Fußball oder Basketball, Snowboarden oder Reiten war. Alles gelang mir in allerkürzester Zeit.
Beispielsweise trainierte ich mit einem Golftrainer, der mir alle Basics an drei Tagen erklärte. Wir arbeiteten videounterstützt, und immer dann, wenn eine Bewegung perfekt und optimal getroffen war, das Ergebnis wie gewünscht, der Schwungrhythmus nicht zu schnell und nicht zu langsam, sagte er beispielsweise:
„Perfektes Eisen 5", und ich speicherte genau diese Bewegung in meinem Bewegungsgedächtnis unter Eisen 5 ab.
Immer dann, wenn Mark danach von mir verlangte, ein Eisen 5 zu spielen, aktivierte ich dieses „perfekte Eisen 5" und konnte den

Schlag genau so reproduzieren wie abgespeichert. Niemals hatte er so etwas vorher erlebt, und er bat mich, dieses Phänomen zu Schulungszwecken aufnehmen zu dürfen. Da er hierfür sein Stundenhonorar reduzierte, war ich damit einverstanden.

Ich verdiente zwar über den Sport, mit Werbespots und durch meine Eltern, viel Geld, hatte aber einen aufwendigen Lebensstil, der mein Budget regelmäßig sprengte. Meine Mutter glich das mit viel eigenem Geld immer wieder gutmütig aus.

Für das Golfspielen bedeutete das, dass ich nach drei Tagen, ohne die Schläge in Zukunft wieder trainieren zu müssen, technisch schön und sehr erfolgreich spielte. Mark schätzte mich nach zwei gemeinsamen Runden bei Handicap -5 ein, das bedeutete, dass ich schon exzellentes Amateurgolf spielte.

An einem Tag im Juli 2003, es war ungefähr 11.00 Uhr am Morgen, spielte ich eine entspannte Runde auf dem traumhaften Golfplatz in der Pfalz in Neustadt. Es war angenehm sonnig, und vor mir spielte eine sehr alte Frau, die kaum mehr gehen konnte. Sehr selten rührten mich ältere Menschen, und diese Frau beeindruckte mich aus mehreren Gründen. Sie war kaum in der Lage zu laufen, war schätzungsweise älter als 80 Jahre, aber sah für ihr Alter sehr gepflegt aus, hatte stilvolle Kleidung an und Schmuck, den ich auf mehrere zehntausend Euro schätzte.

Sie stellte sich als Hannah Withelm vor und fragte mich, ob sie mich durchspielen lassen solle. Ich bat sie darum, mit ihr spielen zu dürfen. Als wir begannen,

in langsamem Tempo zu spielen, gab ich ihr einige Tipps, wurde selbst langsam und schlug die Bälle nicht allzu weit. Sie fand mehr und mehr Spaß daran und spielte immer besser und besser. Am Ende der Runde hatte ich von ihr erfahren, dass sie unter schlimmem Krebs litt, ihr verstorbener Mann Architekt gewesen war, sie weder Kinder noch Familie hatte und sich sehr einsam fühlte. Seit ca. 17 Jahren wurde sie täglich liebevoll von einem Ehepaar betreut, das sie bei ihren täglichen Kirchenbesuchen kennengelernt hatte. Sie gab mir eine handgeschöpfte Visitenkarte mit eingeprägtem Familienwappen und lud mich am nächsten Tag zum Tee zu sich nach Hause ein.

Das Anwesen in der traumhaften Oststadt Mannheims war herrschaftlich. Ich hatte ein solches Haus niemals zuvor gesehen. Als ich das Haus betrat, wurde ich nicht besonders freundlich von einer Dame begrüßt, die mich anherrschte, die Schuhe auszuziehen, sie habe gerade geputzt. Ich verstand sofort, dass sie meine Konkurrenz war.

Ich setzte mein wärmstes Lächeln auf, packte die belgischen Trüffel aus, die jede einzeln verpackt und in eine edle Holzkiste gelegt worden waren, und die alte Dame und ich begannen zu reden. Stundenlang erzählte sie mir aus ihrer Vergangenheit, zeigte mir Fotoalben, legte Tanzmusik aus den 60ern auf und schwärmte von dieser Zeit. Sie konnte kaum glauben, dass ich erst 19 Jahre alt war. Ich erzählte ihr von meiner angeblich furchtbaren Kindheit, von erfundenen Prügeln und der Alkoholsucht meines Vaters und der Tablettenabhängigkeit meiner Mutter. Ich erklärte ihr, dass ich schon mit 13 Jahren die Verantwortung für meine Familie übernehmen musste und mich selbst aus dem Dreck gezogen habe.

Sie war außerordentlich beeindruckt, und ich versprach ihr – um das Gesagte zu belegen und ihr Vertrauen zu stärken – am nächsten Tag mit Abiturzeugnis, Urkunden und meiner Stipendiumzusage wiederzukommen.

Mein Zeugnis trieb ihr am darauffolgenden Tag Tränen der Achtung in die Augen und sie nahm mich in ihre Arme.

„Nun muss ich 86 Jahre alt werden, um ein solches Zeugnis zu sehen", sagte sie voller Stolz.

„Erwin war immer ein Mann, der Selbstdisziplin und Kampfkraft geliebt und gefördert hat. Was du, mein lieber Junge, hier geschafft hast, ist einmalig. Und trotz des Umfeldes ist aus dir ein so guter Mensch geworden, der mit einer alten Frau Golf spielt und ihr Gesellschaft leistet. Ich hatte keinen glücklicheren Tag, seitdem Erwin tot ist." Melancholisch, aber nicht unglücklich schwieg sie und schaute mich mit ihren gütigen Augen an, während ich ihre Hand hielt.

Ich hatte bis zum Beginn des Semesters frei und so besuchte ich sie immer öfter, übernachtete im Gästezimmer, führte sie zum Essen aus und tanzte an besonderen Abenden mit ihr langsamen Walzer. Von Woche zu Woche ging es ihr gesundheitlich schlechter. Ich sagte ihr, dass ich mir immer genau so eine Großmutter gewünscht hätte. Ich bestand darauf, für sie zu kochen. Als ihre Pflegedame wieder einmal mit mir einen hässlichen Streit vom Zaun brach, weinte ich bitterlich, so dass sie ihr und ihrer Familie ab diesem Tag das Haus verbot. Es war genau die Situation, die ich benötigt hatte und sie zu nutzen war Teil des Ganzen.

Nur sechs Wochen, nachdem wir uns kennengelernt hatten, sagte sie mir:

„Junge, wir müssen das Testament ändern." Ich tat erstaunt.

„Welches Testament?"

„Meines."

Ich tat völlig empört:

„Ich will dein Geld nicht. Spende es der Kirche oder gib es den Menschen, die in den letzten Jahren bei dir waren, ich will das nicht, und noch weniger will ich über deinen Tod nachdenken, jetzt wo ich dich endlich gefunden habe."

Ich weinte in ihren Armen, sie tröstete mich und ich konnte mich kaum beruhigen.

„Lieber, lieber Jan, ich war doch bei Dr. Steinhöfel. Er hat mir gesagt, dass es bald schlimmer wird, dass ich rundum Pflege benötige", seufzte sie.

„Dann ziehe ich hier ein, zu Hause halte ich es sowieso kaum mehr aus und kümmere mich um dich. Wenn die Uni anfängt, kann ja zusätzlich jemand einmal am Tag vorbeikommen, oder ich setze ein Semester einfach aus."

Meine tolle, von meinen Eltern bezahlte und von mir eingerichtete Wohnung begann ich schon jetzt extrem zu vermissen. Meine Freunde wunderten sich bereits, dass ich kaum mehr Zeit für sie fand, aber ich hatte ein lohnenderes Objekt gefunden. Und die einzusetzende Zeit war natürlich begrenzt.

Am Montag darauf zog ich bei ihr ein. An dem Tag fand sie einen Rechtsanwaltsbrief in der Post, in dem ein Antrag auf ein Entmündigungsverfahren von der Familie Johnt, die sie im Haus unterstützt und mit mir gestritten hatte. Dem Brief lag eine Rechnung der Familie über alle geleisteten Dienste der letzten Jahre bei.

Die Empörung bei meiner „Großmutter" war so groß, dass sie prompt reagierte. Sie vereinbarte einen Termin in einer psychiatrischen Fachklinik in Bad Homburg, zu dem ich sie fuhr, und ließ sich von einem der renommiertesten Professoren der Psychiatrie vollste Zurechnungsfähigkeit, geistige Klarheit und Geschäftsfähigkeit in einem ausführlichen Gutachten attestieren.

Sie überwies ohne Konsultation ihres Familienanwaltes und Notars die volle von der Familie Johnt geforderte Summe und vereinbarte für den darauffolgenden Mittwoch einen Notartermin.

„Sie hätten auf alle Fälle das Mietshaus bekommen, den Familienschmuck und einen Teil des Bargeldes. Aber das ändere ich heute alles zu deinen Gunsten." Mich ärgerte das umsonst gezahlte Geld aber als Mathematiker wusste ich, dass es viel weniger war, als für die vorgesehen gewesen war.

Nach langen Diskussionen, nach gutem Zureden ihrerseits und nach dem Versprechen, sie bis zu ihrem Ende pflegen zu dürfen, stimmte ich der Erbschaft schließlich mit vorgetäuschtem schweren Herzens zu, weil es ihr ausdrücklicher Wunsch zu sein schien. Wir vereinbarten danach mündlich, dass ich das Vermögen zum Aufbau einer Stiftung nutzen durfte, die die Ausbildung benachteiligter Kinder aus sozial schwachen Familien fördern sollte, und dass ich das Haus behalten müsse und darin wohnen würde. Ich selbst wollte nichts von dem Geld für mich behalten. Sagte ich ihr jedenfalls.

Der Notar machte sie bei unserem Termin mit meiner Unterstützung mehrmals darauf aufmerksam, dass mit der Überschreibung der Immobilien auf mich ein unumkehrbarer Akt geschaffen war. Er beharrte auf umständlicher Aufklärung, bis sie ihm das Gutachten zeigte, ihn aufforderte, es in das Testament aufzunehmen, und sich jede weitere Einmischung von seiner Seite aus verbat. Es waren Vermögenswerte von ungefähr zehn Millionen Euro, was nach Abzug der Erbschaftssteuer und allen anderen Abgaben immer noch mindestens 6-7 Mio. Euro für mich bedeutete.
Zusätzlich übergab sie mir den gesamten Familienschmuck, das Bargeld (unglaubliche 750.000,- Euro) und wertvolle, aber hässliche Gemälde, die aber einen immensen Wert darstellte. Heimlich hatte ich schon mit einem entfernteren Freund, Dieter Kleinhenz, einem Mannheimer Auktionator Kontakt aufgenommen und damit begonnen, die Bilder zu katalogisieren und zu bewerten.
Zwei Wochen später kam ich mittags aus der Uni und fand sie leise röchelnd unten an der Treppe liegend. Sie musste am Morgen die Treppe heruntergestürzt sein und konnte sich nicht mehr bewegen. Das Bein war mehrfach offen gebrochen und sie blutete stark aus zwei Kopfwunden. „Jan", flüsterte sie heiser „Jan, Jannick, Krankenwagen", bevor sie wieder das Bewusstsein verlor. Ich dachte nur kurz nach, verließ das Haus, ging zu einem Professor, mit dem ich Studientechnisches und eine Hausarbeit besprach, traf mich mit drei Kommilitonen und kehrte erst spät abends in das Haus zurück.
Ich fühlte keinen Puls mehr und rief völlig hysterisch den Notruf 110 an. Der Krankenwagen war sieben Minuten später da. Dem Notarzt gelang es sogar, sie zu reanimieren, aber drei Tage später verstarb sie, ohne nochmals das Bewusstsein erlangt zu haben.
Nach ihrer Beerdigung, die ziemlich trostlos war, kam es zur Testamentseröffnung, bei der ich alleine zugegen war. Ich vernahm trauriger Miene mir gut Bekanntes. Ich fragte den Notar, ohne dass

ich es ernst meinte, ob er mir behilflich sein würde, eine Stiftung zu gründen, was ihn mir gegenüber freundlich stimmte, und bat ihn, weiterhin die Vermögensverwaltung und den Papierkram treuhänderisch für mich zu erledigen, ebenso das Haus und die anderen Mietshäuser so schnell wie möglich zu verkaufen, samt der im Haus befindlichen Kunst. Des Weiteren vereinbarten wir, dass er sich ein Kunstwerk aussuchen könne. Wir verabredeten uns für den nächsten Tag im Haus.

Zwei Wochen später musste ich für eine Vernehmung aufs Polizeipräsidium, und man eröffnete mir, es liege wegen des Todes von Hannah Withelm eine Anzeige gegen mich vor.

Sie war von dem Cousin von der Verstorbenen und der Familie Johnt gemeinsam erstattet worden. Ich holte den vorbereiteten Brief von meinen Anwälten heraus und führte aus, zum Zeitpunkt ihres Sturzes weder in der Nacht noch tagsüber im Hause von Frau Withelm gewesen zu sein. Ich übergab Name und Adresse derjenigen, die das bezeugen konnten, und ging. Zwei Wochen später erhielt ich die Mitteilung, das Verfahren gegen mich sei nicht eröffnet und somit eingestellt worden.

Ohne dass es irgendjemand wusste, war ich von diesem Tag an, mit gerade einmal 19 Jahren, steinreich. Das Leben hielt doch immer wieder ein Strauß voller Überraschungen bereit. Und Omi hatte bessere Wochen gehabt als jemals zuvor. Vielleicht wäre sie ja sowieso gestorben an jenem Tag, spätestens jedoch zwölf Monate später aufgrund ihrer schlimmen Krankheit. Ich hatte ihr so viel Leid und Schmerzen erspart.

Mein lieber Jan-Nicklas, 12.09.2003

nur wenige Zeilen heute für Dich, weil ich erschöpft bin, habe nicht geschlafen seit zwei Tagen.

Ich habe Sorgen, weil ich diesen Monat nicht weiß, wie ich Strom, Wasser und Essen bezahlen soll.

Ich will nicht betteln, Liebster, aber kannst Du mir nicht etwas schicken? Ich weiß, wie knapp Du selbst bist. Wenn es geht: Bitte. Bitte.

Deine Dich liebenden Manuela und Lisa

P.S: Es waren Polizisten da. Ich habe ihnen gesagt, was wir abgesprochen haben. Hoffentlich hast Du keinen Stress, mein Stern.

Ich steckte 250 Euro in einen Umschlag und sandte ihn per Einschreiben an Manuela. Er würde ihr sicher über das Gröbste in den nächsten ein bis zwei Monaten hinweghelfen.
Dann schaute ich mir die gelieferten Prospekte unterschiedlicher exklusiver Autohersteller an. Das Auto musste etwas Besonderes sein und sollte exzellent zu mir passen.

Kapitel 2:

Der Wettbewerb

*06.06.2004 / 19 Jahre**

Völlig aufgelöst betrat ich Bettina Dahlmanns Zimmer, weinte herzzerreißend und fragte sie schluchzend, was ich denn getan hätte. Sie nahm mich wortlos in ihre Arme und tröstete mich. Ich lag wimmernd und immer wieder schluchzend bei ihr, sie streichelte mich und küsste mich zärtlich auf die Stirn, bis ich mich langsam beruhigte.

Irgendwann begann ich ihre Umarmung zart zu erwidern, küsste vorsichtig ihre Finger, ihre inneren Handflächen, ihre Halsbeuge, dann ihre Lippen. Sie öffnete sich mir, war sanft und vorsichtig angesichts meiner Verletztheit. Wir waren langsam, ich, weil es Zeit beanspruchen sollte, sie aus dem Rennen zu nehmen, und sie, weil sie meine ganze Situation sensibel mit einbezog.

Nach intensivstem 50-minütigen Streicheln und gegenseitigem Erforschen mit der Zunge (sie war äußerst erfahren für eine Jungschriftstellerin) liebten wir uns sanft und vorsichtig. Wir bewegten uns so langsam in uns, dass ich begann, mich zutiefst wohl zu fühlen.

Langsamkeit und Geschwindigkeit fanden ihren gemeinsamen Rhythmus. Ich umfasste ihren wunderschönen Po, streichelte ihn überall und konnte sie da spüren, wo sie und ich es gerne hatten. Sie tat im Übrigen das Gleiche, was meinen Neigungen, offen für alles Mögliche zu sein, sehr entgegenkam und meine Lust enorm verstärkte.
Nach nahezu zwei Stunden kam sie so laut, dass ich es ihr gleichtat und sie überschwemmte, während ihre Finger immer noch in meinem Po waren. Was für eine exzellente Vorstellung fürs erste Mal! Hätte ich mehr Zeit gehabt, wären noch ganz andere Dinge mit ihr möglich gewesen.
Ich lag für Minuten in ihren Armen, streichelte sie und spürte von neuem aufkommende Erregung bei ihr und bei mir.
„Geh jetzt bitte, wir haben noch zu arbeiten, wahrscheinlich haben wir die Juroren wachgeschrien und außerdem bleiben nur noch 34 Minuten. Hast Du schon begonnen?"
„Nein", log ich verstört „nein, und ich weiß auch nicht, wie ich nach diesem Traum hier schreiben soll."
Fünfzehn Minuten später verließ ich ihr Zimmer und nahm in dem meinen ein Bad. Es klopfte an meiner Tür und Bent trat ein, bevor ich ihn dazu aufgefordert hatte.
„Na, schon fertig, mein Liebster?"
„Nein, ich telepathiere aus der Badewanne auf das Papier", antwortete ich gereizt. „Meinst du, für eine so lächerliche Aufgabe benötige ich mehr als eine Stunde?"
Er war leicht verärgert, fühlte sich nicht dort abgeholt, wo er gerade war, und auch nicht von mir beachtet.
„Geh jetzt, geh bitte sofort, bitte Bent, tu mir den Gefallen, ich bin sehr müde."
Manchmal konnte ich sein Getriefe nicht ertragen, wollte seine Defizite nicht ausgleichen. Ich musste mich entspannen, mich schön machen, strahlen bei meinem Sieg. Er sah mich ungläubig an, wollte etwas sagen, blickte mich noch einmal lange und

trotzdem wie immer freundlich und warm an und verließ aber dann doch ohne Kommentar mein Hotelzimmer.

Gegenüber der Badewanne war eine Spiegelwand vor der zwei Designerwaschbecken hingen.

Als ich aus der Badewanne aufstand, sah ich mich in meiner vollen Pracht, blickte mich im Spiegel von oben bis unten an und sah einige rote Striemen, mit denen Bettina mich gezeichnet hatte. Ich stieg aus der Wanne und begann mich abzutrocknen, spürte die Nachsüße unserer Orgasmen und rubbelte besonders sanft meinen Po, den Penis, die Beine und lächelte mir äußerst zufrieden im Spiegel zu.

Auf einmal hörte ich auf dem Hotelflur lautes Stimmenwirrwarr, verstand aber nichts, und war auch aufgrund meiner Nacktheit nicht in der Lage, die Tür zu öffnen. Aber Daniel Freys Stimme hörte ich heraus, weil er so laut brüllte.

Die Tür meines Hotelzimmers öffnete sich und Bent und Karasek kamen herein. Ich stand ihnen in völliger Nacktheit gegenüber und hatte auch kein Handtuch griffbereit, um mich zu bedecken.

„Daniel Frey hat uns übelst beschimpft und bedroht und hat das Hotel verlassen. Würden Sie bitte so freundlich sein, sich etwas überzuziehen und uns Ihre Arbeit zu übergeben?", sagte ein leicht irritierter Karasek. Ich händigte ihm still meine Blätter aus und übte mich in Demut, um mir meinen Triumph nicht anmerken zu lassen.

Nachdem sie mein Hotelzimmer verlassen hatten, cremte ich mich mit Öl aus brasilianischen Paranüssen ein, das sowohl meine wunden Stellen pflegte als auch meine Haut beruhigte. Ich hatte es aufgewärmt und in einem Behälter warm gehalten. Es war die teuerste Art, den Körper geschmeidig zu halten. Dann träufelte ich einige Tropfen Eukalyptus- und Jasminöl auf meine Stirn und zog einen elastischen, engen, weißen Dolce-&-Gabbana Slip an, der sich durch meine weiße Hose abzeichnete.

Der Spiegel umschmeichelte das Ergebnis meiner Bemühungen und in mir breitete sich ein wohliges Gefühl innerer Überlegenheit und Ruhe aus.
Ich hatte noch zwei Stunden Zeit bis zur Preisverleihung, die von der FAZ, der ARD und der Bunten journalistisch begleitet und in der Presse platziert werden sollte. Alle Arbeiten mussten bereits abgegeben worden sein.
Als ich 1,75 Stunden später mein Zimmer verließ, hatte ich eine weitere Line gezogen und eine halbe Flasche Rotwein Château Pétrus aus dem Pomerol in Bordeaux getrunken. Dieser Rotwein kostete mehrere Tausend Euro, wobei Bent nicht wusste, dass er in seinem Keller fehlte. Er hatte in den vergangenen Jahren bereits zweimal Personal entlassen müssen, das ihn zu bestehlen schien. Wir hatten gemeinsam Kameras installiert, um die Diebstähle aufzuklären, aber es war wie verhext. Nichts passierte. Es war äußerst nett von ihm, mir schon vor langer Zeit einen Schlüssel zu seinem Traumhaus gegeben und mir seine Weine vorgeführt zu haben.
Siege, die durch mein Können und strategisches Geschick geplant und errungen wurden, entwickelten eine besondere Atmosphäre und lösten tiefe Gefühle in mir aus. Das des Sieges und das der Überlegenheit.
Ich war beschwingt, gelöst, fühlte mich attraktiv und entspannt und ging durch die Halle an der Rezeption vorbei, wo ich schon Bettina sah, die es auch geschafft hatte, sich hübsch zu machen, und die mir wissend und geborgen zulächelte.
Vor der Tür stand eine Kamera des regionalen Fernsehens, sonst hätte ich ihre warmen weichen Lippen kurz genossen. Sie war genauso entspannt wie ich, völlig unaufgeregt. Sie wirkte zutiefst befriedigt und mich freute ihre offensichtliche Relaxtheit.
„Na, schon aufgeregt, du Süßeste?", fragte ich und kam ihr ein Stück zu nahe.

„Warum sollte ich das sein nach einem solchen Vormittag und wegen eines solchen Wettbewerbs?“, flüsterten ihre weichen Lippen. Sie sah mich völlig ruhig an, öffnete die Tür und trat ein.
Es waren deutlich mehr Journalisten und Kameras anwesend, als ich vermutet hatte, zwischen zwanzig und dreißig. Vorne auf einem erhöhten Podest stand ein länglicher Tisch mit unseren Namensschildern, ohne das von Daniel Frey. Karasek, Bent und Reich-Ranicki saßen schon oben, und Bent lächelte mir zufrieden und aufmunternd zu. Der Saal war randvoll gefüllt mit einem erwartungsvollen Publikum.
„Kommen Sie doch bitte zu uns”, rief uns Karasek mit seiner Fistelstimme zu und erhob sich von seinem Stuhl. Die Kameras surrten und die vielen Blitzlichter gaben den Raum für einen Moment eine unnatürliche, grelle Atmosphäre.
Niemand erkannte, wie sehr ich diese Augenblicke genoss.
Plötzlich erblickte ich den purpurroten Frömmling. Er wirkte deprimiert, verstört und war allem Anschein nach an weitere Rotweinreserven gekommen, zusätzlich zu den zwei Flaschen, die ich ihm vor dem Tumult um Frey vor die Tür gestellt hatte. Minibar und Rotweinreserven plus was weiß ich auch immer zusätzlich hatten ihm den ultimativen Rest gegeben. Ich war mir sicher, dass er nicht in der Lage gewesen war, auch nur eine sinnvolle Zeile aufs Papier zu bringen.
Karasek erhob sich und augenblicklich herrschte völlige Ruhe.

„Meine sehr verehrten Damen und Herren. Ich bin in der glücklichen Lage, Ihnen einen berühmten und in diesem Rahmen perfekt passenden Autor anzukündigen, der nicht in der Jury saß, aber die Laudatio auf unseren Preisträger halten wird. Seinem Rang als großer europäischer Unterhaltungsliterat wird er jederzeit gerecht und er wurde selbst mit vielen Auszeichnungen überhäuft. Als Beispiel möchte ich hier nur den französischen Literaturpreis, den deutschen Krimipreis und im Jahre 2007 den Friedrich-Glauser-Preis nennen. Meine Damen und Herren, begrüßen Sie mit mir Martin Suter, Autor des Diogenes Verlages."
Ein wohlwollender Applaus empfing Suter. Er trug ein schwarzes Sakko mit dunkelgrauem Hemd, ohne Krawatte. Hätte ich ihn beschreiben müssen, wäre mir das Wort „sympathisch" nicht als erstes eingefallen, weil er irgendwie nicht authentisch wirkte. Warum konnte ich nicht genau sagen.
Er hatte ein offenes Gesicht, man sah ihm an, dass er in sonnigen Gefilden und gern lebte, er hatte sein braunes, leicht gefärbtes Haar nach hinten gegelt, was ihn etwas jünger erscheinen ließ.
„Guten Abend, meine sehr verehrten Damen und Herren. Ich danke Ihnen sehr für Ihren warmen Empfang und möchte Ihnen mitteilen, dass es mir immer eine Ehre ist, selbst Teil einer Zeremonie zu sein, die andere auszeichnet. Wie Sie wissen, habe ich nicht immer auf Ibiza oder in Guatemala gelebt. Nein, begonnen habe ich meine berufliche Laufbahn als Werbetexter, wo es meine Aufgabe war, möglichst schnell exzellente Ideen zu Papier zu bringen und vor allen Dingen immer wieder neue oder zumindest neu verpackte."
Ich schmunzelte leicht in mich hinein. Mir gefiel der Gedanke, das immer wieder Gleiche ewig neu zu verpacken, außerordentlich.
„Umso mehr war es für mich eine Selbstverständlichkeit, die Laudatio auf die Preisträger dieses, wie ich finde, sehr interessanten Wettbewerbes halten zu dürfen. Als ich von der grundsätzlichen Idee hörte, war ich fast ein wenig neidisch, mein

besonderes Talent nicht auch in den Wettbewerb einbringen zu dürfen. Die Bedingung „junge Wilde” hat mich dann nach intensiver Betrachtung des Geburtsdatums in meinem Pass davon überzeugt, die Veranstalter nicht zu einer Teilnahme von mir zu überreden.”

Er hatte den Saal mit seiner Präsenz und seinem Witz sofort auf seine Seite gezogen. Innerlich verbeugte ich mich kurz. Es war eine angenehme Vorstellung und prickelnde Erwartung in mir, wie er mich gleich bei der Preisverleihung beschreiben würde.

„Außerdem muss ich neidlos anerkennen, dass ich selbst die exzellenten Beiträge wohl kaum in der vorgegebenen kurzen Zeit erreicht hätte. Auf alle Fälle hätte sich jeder etablierte Autor in hohem Maße anstrengen müssen, eine solche Qualität, die ich hier lesen durfte, zu erreichen. Lassen Sie mich noch kurz zu dem Prozedere der Preisfindung kommen. Wir haben ein einstimmiges und eindeutiges Votum der Jury. Trotz der guten Beiträge der anderen Autoren hat sich diese eine Lösung der gestellten Aufgaben aufgrund der sprachlichen Brillanz, des Wortwitzes und der Intensität so abgesetzt, dass die Jury – und im Übrigen auch ich – sich einig war.

Es ist erstaunlich, wie viel Lebensphilosophie, Weisheit, Wärme und Intelligenz in einem so besonders jungen Menschen gefunden werden kann.
Sollte außerhalb des Autorendaseins doch einmal ein Job in der Werbeindustrie angestrebt werden, so kann ich meine Kontakte als ehemaliger Creativ-Director jederzeit gerne für Sie nutzen." Er lächelte mir freundlich zu.
Ich schmunzelte in mich hinein, weil Werbung niemals auch nur ansatzweise ein interessantes Betätigungsfeld für mich sein konnte und weil mir andererseits die von Suter geschlagene Brücke gefiel.
Der Verkauf von Produkten durch die Beschreibung nicht vorhandene Eigenschaften und emotionalisierender Bilder wäre zu nahe an dem gewesen, was ich im Leben praktizierte. Der eigene Verrat wäre irgendwann unumgänglich gewesen.
„Bei völliger Uneinigkeit hätte mir die Jury die endgültige Entscheidung überlassen, den Preisträger persönlich auszuwählen. Seien wir froh, dass wir alle der gleichen Meinung sind. Ich habe aufgrund der außerordentlichen Leistung des Preisträgers mit der ARD gesprochen. Wir werden eine von mir moderierte Reihe interessanter Jungautoren auf einem attraktiven Sendeplatz bringen und mit dem heutigen Preisträger noch in diesem Monat beginnen. Journalistisch wird diese Sendereihe von der FAZ begleitet. Der prämierte Beitrag wird im Feuilleton der FAZ komplett abgedruckt und von Herrn Reich-Ranicki kommentiert."
Dies bedeutete für mich die wirklich große Bühne und verlangte intensives sofortiges Nachdenken über meine berufliche Zukunft. In Sekundenschnelle traf ich die Entscheidung: Ja, ich würde ab sofort mein schriftstellerisches Talent zu meiner Haupteinnahmequelle machen. Schriftstellerisch Großes zu schreiben, gepaart mit meiner Eloquenz und gutem Aussehen: Was war das für eine unschlagbare Kombination. Meine Fähigkeit, andere in wenigen Minuten zu faszinieren und für mich zu gewinnen, würde mich in

eine von keinem anderen Autor bisher besetzte Position bringen. In mir breitete sich wohlige Wärme aus. So, wie ich sie selbst selten kannte. Meine vorbereiteten Sätze für meine Rede formulierte ich in Gedanken um und ergänzte sie. Es war der erste jungfräuliche Augenblick in meiner Autorenkarriere, der mir die Möglichkeit bot, alle Anwesenden in meinen Bann zu ziehen.
Ich spürte das nervöse Rennpferdsyndrom in mir. Diesen Begriff hatte ich für meine Fähigkeit erfunden, mich in wenigen Sekunden auf ein hohes Erregungsniveau zu befördern, das dem der Rennpferde vor dem Start entsprach. Diese positiv kreative Erregung ermöglichte mir, mehrere Dinge gleichzeitig auf höchstem Niveau zu tun, ohne auch nur einen einzigen Aspekt außer Acht zu lassen. Ich arbeitete dann auf einem Perfektionslevel, der Fehlerfreiheit garantierte und Resultate bescherte, die auch mit wesentlich längerem Zeitaufwand und langem Nachdenken nicht besser geworden wären.
Allerdings waren ein paar Zutaten für das nervöse Rennpferdsyndrom notwendig: Zumindest etwas Koks intus, gute körperliche Entspannung und besondere Belohnungen, die als Ergebnis meiner Arbeit auf mich wartete, der Willen Besonderes leisten zu wollen.
Eine meiner Fähigkeiten war, ein solches Szenario in wenigen Augenblicken in mir abbilden zu können, was ich in diesem Fall ausführlich tat und was die Nervosität steigerte.
Ich war niemals in der Lage, Glück dauerhaft bei mir zu halten. Umso mehr genoss ich die seltenen Augenblicke, die, während ich das Glück empfand, schon wieder vergingen. Es war wie beim Sex: Das Glücksgefühl kündigte sich an, es strebte dem Höhepunkt zu, und verging, wenige Sekunden nachdem ich gekommen war. Meine Glücksgefühle in diesem Wettbewerb konnten durch Suters Laudatio, durch das, was kommen würde, und durch meine Dankesrede zwar verlängert werden, aber ich spürte, dass mein Glücksgefühl bald ejakulieren würde.

Ich schaute kurz zu Frömmling, der nervös an seinen Fingernägeln knabberte. Er fühlte wahrscheinlich auch ein Erregungsniveau, aber ein destruktives. Wenn ich daran dachte, dass er Stunden zuvor übel riechende Flüssigkeit über seine Fingernägel geschüttet haben musste, um das Knabbern zu unterlassen, so hatte es auf alle Fälle gerochen, wusste ich, welch exquisiter Geschmack sich jetzt in seinem Mund befand. Auf alle Fälle nicht den Nachgeschmack des Pomerols von Bent.
„Wir werden nach dem ersten Platz keine weiteren Abstufungen mehr vornehmen, weil das dem Geleisteten nicht gerecht wäre."
Das fand ich sehr klug. Ich sah aus den Augenwinkeln, dass Frömmling nach diesem Satz aufhörte, an seinen verseuchten Fingern zu knabbern und deutlich erleichtert wirkte. Für nicht Geschriebenes konnte selbst die Jury, bei allem guten Willen den ich ihr unterstellte, keinen dritten Platz vergeben. Es tat mir nur leid für Tina.
„Meine Damen und Herren, verbeugen Sie sich mit mir zusammen vor dem Gewinner des ersten Platzes dieses Wettbewerbs. Beglückwünschen Sie und applaudieren Sie so laut sie können der Preisträgerin: Bettina Dahlmann."
Um mich herum begann sich die Welt deutlich langsamer zu drehen als normal, und wie durch ein dickes Milchglas sah ich verschwommen vor mir die Bühne.
Applaus kam nur verzögert in Zeitlupe in meinem Hirn an. Ich war nicht in der Lage, irgendeine Maske aufzusetzen.
Hätte nicht jeder seinen Blick auf Bettina gerichtet, wären meine fratzenhaft verzerrten Gesichtszüge und mein verlangsamtes Entgleisen sofort aufgefallen.
Ich hatte für einen langen Moment keinerlei Kontrolle über meine Körperfunktionen, hatte Angst, mich übergeben und/oder entleeren zu müssen, konnte mich nicht mehr rühren. Ich war gefangen in einer vollkommenen Bewegungslosigkeit.
Als sich der Zustand löste, wäre ich fast auf die Bühne gegangen,

um meine in Gedanken vorformulierte Rede zu halten. Bent sah es und hielt mich mit einem Blick zurück und erweckte mich damit aus meiner Erstarrung.

Ich sah in seinen Augen ein schuldvolles, aber fast belehrendes Lächeln, obwohl er versuchte, es hinter einer ehrlich besorgten Miene zu verbergen. In dieser einen Sekunde wurde mir alles klar.

Kapitel 5: Nadja

*01.11.2005 / 21,5 Jahre alt**

Ich nahm den Termin mit Prof. Meymann zwei Tage später wahr. Es war mir außerordentlich wichtig, seine Unterstützung zu haben, und es war der Versuch, so oft wie möglich am Lehrstuhl zu sein, falls Nadja die Universität ein weiteres Mal besuchen sollte.
Ich bereitete mich pedantisch auf den Termin mit Meymann vor, brillierte im Gespräch so sehr, dass ich sicher wusste, er würde meine Stelle ausbauen. Da er gleichzeitig Dekan war, war die Bewilligung für ihn einfach, und er gab sie unverzüglich nach unserer Diskussion. Er hatte mein außerordentliches Talent immer geliebt, aber ich sah in seinen Augen, dass ihn der Eifer, mit dem ich die neue Aufgabe anging, etwas erstaunte. Nichtsdestotrotz freute er sich darüber.
Ich war so erfüllt von der kurzen Begegnung mit Nadja, dass ich mit sämtlichen Mathematiklehrern aller Schulen der Stadt Kontakt aufnahm, mich als Tutor der Uni persönlich vorstellte und jede/n nach Nadja fragte, mit der Begründung, ich hätte ihre

Telefonnummer verschlampt und machte mir Sorgen, dass mein Professor mich dafür würde büßen lassen.
Am liebsten hätte ich jeden, der „nein, kenne ich nicht" sagte, auf meine Racheliste genommen, aber es gab in mir fest definierte Aufnahmekriterien. Nach zwei Wochen war ich der Verzweiflung nah. Ich trank nicht, kokste nicht, ging nicht mehr aus und war liebeskrank. Ein nie gekanntes Gefühl voll von süßestem Schmerz und voller Ungewissheit. Ich und Ungewissheit. Es war zum Verzweifeln – und machte mich glücklich.
Um 18:30 Uhr, exakt zwei Wochen nach unserer ersten Begegnung, klingelte mein Handy. Ich hätte ihre Stimme, auch wenn sie jemand verzerrt und technisch verändert hätte, in jedem Fall sofort wiedererkannt:
„Hallo, hier ist endlich Nadja, wie sieht es denn bei dir heute Abend aus?", fragte sie, ohne irgendeine normale Eröffnung zu wählen.
Ich antwortete ihr klar, ohne den Hauch irgendeiner Arroganz.
„Du weißt, dass ich seit unserer Begegnung jeden Abend für dich freigehalten habe. Warum rufst du erst heute an, und woher hast du meine Telefonnummer? Ich habe deine in allen Schulen der Stadt gesucht."
Sie lachte leise.
„Da ich 250km entfernt zur Schule gegangen bin, wird sich dein Radius noch nicht so weit ausgedehnt haben, was mich wirklich enttäuscht. Ich habe meine Telefonnummer eurer Sekretärin gegeben und sie hat mir auch deine gegeben. Ich war mir sicher, dass du mich schnell anrufst, aber mein Limit waren vierzehn Tage. Warum mehr als zwei Wochen weniger glücklich sein?"
Melanie Mehlert erklomm mit dieser Aussage die Top-Platzierung auf meiner Racheliste. Niemals zuvor hatte jemand schneller diesen Platz erreicht. Super Leistung, du Sekretariatsschlampe!
„Sie hat mir deine Telefonnummer leider nicht gegeben, sonst hätte ich dich in derselben Sekunde angerufen. Wollen wir in einem Drei-Sterne-Restaurant essen? Ich kann auch in meinem

Loft für dich kochen oder wir beginnen in der Print Media Lounge, von wo aus ich dir unsere Stadt zeigen werde. Vielleicht wird sie ja die unsrige?"

Sie überging meine letzte Bemerkung:

„Hm, such einen Italiener aus, der unser Lieblingsitaliener werden kann, allerdings ohne Stern. Bemüh dich, ich will dorthin öfter zu Fuß gehen. Er sollte nicht zu weit weg sein von deiner Wohnung. Falls es unser Italiener wird, sollten wir nicht zu weit fahren oder laufen müssen, wenn wir ab und zu hinwollen."

Mir verschlug es den Atem. Ich fühlte leichten Schwindel aufsteigen und fragte sie:

„Wo darf ich dich abholen, liebe Nadja, Nadja, Nadja? Nicht mehr nur die Hoffnung. Nadja. Wo, bitte, darf ich dich abholen?"

Nie vorher hatte ich in mir ein solch zärtliches und warmes Gefühl verspürt, nie war selbstverständlicher gewesen, was kommen würde, nie waren sich zwei Menschen zum selben Zeitpunkt auf diese Art einig, bevor sie sich das erste Mal gegenübergesessen hatten und zeigten das dem anderen sofort ohne irgendwelche Spielchen zu spielen.

„ICH hole dich ab. Um 20:00 Uhr. Zieh etwas Warmes an, ich will mir unseren Weg zum Italiener gleich einprägen."

Ich stammelte: „Woher weißt du, wo ich wohne?"

„Ich habe mich im Gegensatz zu dir mehr angestrengt, aber ich fühle, dass es auch bei dir besser wird."

Wieder lachte sie leise und warm und legte auf.

Ich hatte am Tag unserer ersten Begegnung eine CD mit dem Song „Nadja" gekauft, obwohl der russische Sänger darauf nicht zu den von mir präferierten Interpreten gehörte. Es war wie eine Intuition gewesen.

Welchen Italiener ich auswählen würde, war mir klar, bevor wir zu Ende gesprochen hatten. Er hatte eine überragende Küche aus der Region Emilia-Romagna, Mutter und Großmutter kochten selbst und es gab interessante Weine.

Die Zeit bis zum Abend waren die glücklichsten, längsten und wärmsten eineinhalb Stunden, die ich jemals in meinem Leben verbracht hatte. Ich verließ um 20.00 Uhr mein Penthouse.
Sie wartete bereits vor der Tür auf mich und ihr Anblick verschlug mir den Atem. Trotz des kalten Novemberabends hatte sie nur einen leichten Mantel an, schwarz, und einen nicht zu dunklen anthrazitfarbenen Kaschmirschal. Sie trug elegante, anregende Stiefel mit 8 cm hohen Absätzen, die ihre wunderschönen schlanken Beine besonders zur Geltung brachten sowie ihren perfekten Po.
Mit ihren Stiefeln war sie nur noch zehn Zentimeter kleiner als ich, so dass sie sich nicht auf die Zehenspitzen stellen musste, um mich zur Begrüßung auf die Wange zu küssen, wie ich dachte. Sie küsste mich jedoch zart auf den Mund, und so spürte ich für den wenige Sekunden ihre warmen Lippen auf den meinen.
Sie war nur leicht, aber sehr natürlich und mädchenhaft geschminkt, was den Kontrast zu ihrem sinnlichen Outfit erhöhte. Ich nahm bei dem Kuss ihre beiden Wangen sanft in meine Hände und spürte ihre zarte, warme Haut zwischen meinen Fingern.
Sie nahm meinen Arm und fragte mich: „Noch weit zu unserem Lieblingsitaliener?" und lachte ihr einzigartiges Lachen, und ich verliebte mich sofort auch in dieses.
„Zehn Minuten zu Fuß, drei mit dem Auto. Wenn du irgendwann Wert darauf legen wirst, auch zwei", antwortete ich charmant und sah ihr so tief in die Augen, dass ich mich in ihnen auf der Stelle verlor.
Das Besondere an diesem Spaziergang war die innere Ruhe und Wärme, die sich in uns ausbreitete, dass wir alles wussten, ohne sprechen zu müssen, dass die ruhige Vorfreude auf das Kommende nur noch übertroffen wurde von dem, was wir gerade erlebten. Das außergewöhnlich Schöne war, dass wir beide sofort verstanden, wie besonders dieser Moment für uns war.
Ich hatte mir unsere erste Begegnung hundertfach ausgemalt.

Aber wie hätte ich mir diese Perfektion, diesen nie zu wiederholenden besonderen und einzigartigen Lebensmoment realistisch vorstellen können? Die Wirklichkeit schlug meine Vorstellungskraft um Dimensionen, obwohl ich mir alles vor meinem inneren Augen vorgestellt hatte, aber die tatsächlichen Gefühle konnte nur diese perfekte Realität auslösen, und genau das passierte bei diesem ersten Spaziergang durch die Novembernacht.

Wie kann ich die innere Ruhe, das Glück, die Gelassenheit und das süße Herzgefühl nur beschreiben? Schon diese ersten zehn Minuten bis zur Trattoria Mamma waren für mich erfüllter als alle kurzen Glücksgefühle meines Lebens zuvor. Es war mir zum ersten Mal möglich, länger und ohne die geringsten Abbrüche Glück zu empfinden.

Und das, obwohl ich sie kaum berührt hatte. Und ohne etwas genommen oder getrunken zu haben. Es war mir klar gewesen, dass ich Nadja pur und ohne Stimulanzien erleben wollte.

Als wir im Restaurant ankamen, öffnete ich ihr die Tür und half ihr aus dem Mantel.

„Ciao bello, comme stai? Und das erste Mal nicht alleine heute? Mit einer so wunderschönen Frau."

Enzo lächelte Nadja mit seinem gegelten Charme und dem unwiderstehlichen Lächeln an. Er wusste natürlich, dass ich immer wieder in unterschiedlicher Besetzung und niemals zweimal mit derselben Schönheit hierhergekommen war, aber er spielte das Spiel perfekt. Trotzdem war es mir unangenehm, dass er nicht in der Lage war zu erkennen, dass es dieses Mal etwas ganz anderes war.

„Danke, dass du uns ein Restaurant ausgesucht hast, in dem du mit keinem Mädchen vorher warst", sagte Nadja zu mir und lächelte mich warm an. „Ich muss mal für kleine Mädchen. Willst du mitkommen?", und sie zwinkerte mir lächelnd zu.

„Deine ausführliche Beschreibung dessen, was du dort erlebst, wird mir nachher besonderen Genuss bereiten, deswegen komme

ich dieses Mal nicht mit", antwortete ich und lächelte zurück.
„So machen wir das", flüsterte sie mir zu und schritt langsam und selbstsicher zu der Treppe, die zur Damentoilette führte.
„Häng sofort das Bild von unserer letzten Promifeier ab", herrschte ich Enzo an.
Er verstand nicht gleich, so dass ich selbst zu dem Platz hetzte und das Bild von der Bilderwand nahm. Darauf war zu sehen, wie ich zwei Schönheiten im Arm hatte, die eine küsste mich und die andere küsste ich. Und zwar auf ihre linke Brust!
Enzo war gekränkt und begriff nicht, warum ich nicht mehr an seiner Wand hängen wollte. Zumal auf diesem Bild Beppo Inzhagi im Hintergrund zu sehen war, was seine italienische Seele enorm wärmte. Der Fußballer vom AC Milan hatte auch noch „für meinen Freund Enzo" auf Italienisch auf das Bild gekritzelt, was dazu führte, dass er es jedem neuen Gast zeigte, wenn dieser zum ersten Mal sein Ristorante betrat.
„Wenn du bist weg, isch hänge Bild sssurück, bello", sagte er und ging immer noch sichtbar gekränkt wieder zu seiner Mutter in die Küche.
Das war gerade so geschafft, und noch bevor sich meine Ruhe wiedereinstellte, kam Nadja an den Tisch zurück.
„Du siehst etwas unentspannt aus, ist das die Erwartung meiner Toiletten-Erzählung, oder ist etwas passiert?"
Sie blickte mich aufmerksam an.
„Es ist mein Wunsch, alles perfekt für dich zu machen, und ich habe gerade erfahren, dass heute kein neuer Parmaschinken aus Italien per Flugzeug gekommen ist, und das ärgert mich sehr."
„Jannick, ich möchte dir etwas sagen, was du eigentlich wissen müsstest. Ich möchte dich bitten, dass du mir zuhörst, dass du das, was ich dir sage, sehr ernst nimmst." Sie blickte mich herausfordernd an.
Ich nickte und strahlte die Ernsthaftigkeit aus, die ich in mir spürte, was sie zu beruhigen schien. Wie gerne hätte ich sie jetzt berührt.

„Wir beide haben auf eine solche Begegnung lange gewartet. Immer schon wusste ich, dass ich das genau so will und haben werde, ein Augenblick, an dem beide in derselben Sekunde genau das Gleiche fühlen.
Ein Moment, in dem der Himmel einbricht und die Zeit stillsteht und uns der Atem wegbleibt. Wir müssen nicht so tun, als ob es anders wäre, es wäre unserer Begegnung nicht angemessen."
Sie machte eine kleine nachdenkliche Pause, aber bevor ich etwas sagen konnte, zeigte sie mir ohne Worte an, dass sie noch nicht fertig war.
„Wenn du wie ich verstanden hast, was uns passiert ist, und das spüre ich in deiner Energie und sehe es auch in deinen Augen, dann lass mich einiges klarstellen. Parmaschinken aus dem Flieger langweilt mich ebenso wie Luxus-Penthäuser. Sie sind kein Bestandteil meiner Phantasie, nicht Ziel meiner Wünsche. Zu viel von allem macht mir immer den Eindruck, du oder ich könnten nicht ausreichen, und diesen Eindruck will ich nie bekommen.
Ich benötige keine Perfektion, nichts Menschliches ist mir fremd, keine noch so schrecklich anmutende Schwäche. Was aber für mich überlebensnotwendig ist, ist vollkommene und dauerhafte Aufrichtigkeit und Respekt zwischen uns.
Ich kann damit leben, dass ich nicht ausreiche oder dass du Schwächen hast, die du selbst nicht verstehst oder sogar hasst. Womit ich aber niemals auch nur eine Sekunde leben werde, auch wenn ich mir mein Herz bei lebendigem Leib ausreißen muss, sind Lügen. Wenn ich nicht die Wahrheit wert bin. Damit verliert mich ein Mann, auch wenn er mein wahr gewordener Traum ist. Ich will dir sagen, dass ich ein solch intensives gutes Gespür für Energie habe, dass ich Unehrlichkeit sofort bemerke.
Ich bin intelligent und will, dass du diese Intelligenz immer respektierst. Ich will niemals in eine Situation kommen, in der ich gegen mein Gefühl handeln muss. Wir fangen genau so an, weil wir wissen was kommen wird, weil wir genau wissen, dass unser

Treffen unser Leben für immer verändern wird. Ich mag es, ohne jegliche Konvention sein zu dürfen in dieser Minute. Es nimmt unserem Treffen nicht den Zauber. Der Zauber streichelt, seit ich dich gesehen habe, meine Seele und vielleicht auch deine und bringt all das Gute hervor, das in uns ist.

Jannick, bitte merk dir, was ich eben gesagt habe, es ist das einzig Elementare, das ich für uns nie verlassen werde, weil ich mich sonst selbst verleugnen würde. Und niemand darf sich selbst verleugnen, weil er sonst nicht mehr ist. Amen. Jetzt würde ich gerne deine Zunge in mir spüren."

Ich war gebannt, fassungslos, sprachlos und benötigte einige Sekunden, um das Gesagte zu verarbeiten.

Als ich ansetzte, um ihr eine Antwort zu geben, sagte sie:

„Es ist besser, du denkst genau darüber nach und überlegst, ob ich dir dieses Opfer wert bin. Niemand ist gerne immer ehrlich. Niemand will sich komplett offen zeigen und damit verletzbar machen. Denke nach, Jannick, bevor du mir etwas dazu sagst. Wir beide dürfen nie miteinander spielen."

Ich benötigte einige Momente: „Du bist die zauberhafteste, hübscheste und sinnlichste Frau, die mir jemals über den Weg gelaufen ist. Unsere Begegnung hat mich so sehr verwirrt, dass ich zwei Wochen in Trance gelebt habe. In glücklicher Trance. Immer habe ich mich gefragt, ob ich je imstande sein werde, Glück dauerhaft zu empfinden, oder ob es bei mir immer schnell vergänglich ist. Trotz meiner Sorge, dich aus den Augen verloren zu haben, war es das dankbarste Gefühl, das ich je in mir gespürt habe. Schon unsere erste Begegnung hätte mir die Gewissheit gegeben, für immer glücklich sein zu können. Auch wenn wir uns nie mehr gesehen hätten, was mich aber wahrscheinlich umgebracht hätte.

Nadja, du vom Universum geschicktes Zauberwesen, du intelligente, ungekrönte Königin. Ich verspreche dir, und nur dir, immer offen und ehrlich zu sein, egal wie sehr ich mich schäme und klein fühle. Ich werde nur dir von meinen Ängsten erzählen, von meinen Träumen, von meinen Lügen und meiner Welt. Ich weiß schon heute, dass du damit umgehen kannst, aber ich werde lernen müssen, dass ich trotzdem für dich wertvoll bleibe. Vielleicht löst sich dann allmählich die Traurigkeit in mir auf, vielleicht lerne ich dann zu verstehen und helfe auch dir mit allem, was mich ausmacht."

Während sie mich anlächelte, schaute sie mich prüfend und offen an.

Persönliches:
Bents Absturz

[17.07.2008]

Mein lieber Jan,

nun scheint das Leben für uns beide vorbei. Für Dich, weil Du Nadja getötet hast, für mich, weil meine Frau gegangen ist und ich bis heute nicht verstanden habe, warum. Warum? WARUM?

Ich habe meine Frau mehr geliebt als mein Leben, wir verstanden uns blind und waren glücklichst verheiratet. Jetzt lebt sie mit einem Rotary-Kollegen zusammen, hat ein Kind von ihm bekommen, und ich bleibe hier zurück, alt und alleine.

Sie hat mit mir nach dieser Sache nie mehr auch nur ein Wort gesprochen, war bei der Scheidung nicht persönlich anwesend und hat mich für immer aus ihrem Leben gestrichen. Ich zerbreche nicht nur am dass sondern am wie.

Habe mich auch einmal an einem Gedicht versucht:

Warmes Licht

Einsam

verzweifelt

traurig

alleine

beschämt

verloren

zermürbt

verletzt

entwurzelt

müde

alt

ohne Atem

verweint

beschmutzt.

Kämpf um dein Leben.

Das wird für einen Poeten vor dem Herrn, wie Du einer bist, nicht sonderlich interessant sein, aber der Alkohol und die Mittelchen, die Du mir nach der Trennung zum Einschlafen und aktiven Aufwachen gebracht hast, helfen immer nur punktuell. Die Dosis erhöhe ich gerade.

Liebster Jan, was ist nur mit uns passiert? Entschuldige die Schmierereien, aber mir laufen die Tränen auf den Brief und ich habe keine Kraft mehr, ihn nochmals zu schreiben.

Ich war schon zwei Wochen nicht mehr im Verlag, aber das wird Dich in Deiner jetzigen Situation auch nicht interessieren.

Besuchen kann ich Dich in meiner momentanen Verfassung nicht, ich gehe nicht mehr aus dem Haus.

Pass auf Dich auf.

Dein Bent

Kapitel 7: Geheimbund der erwachsenen Grenzen

*16.06.2003 / 19 Jahre**

Bevor Rainer bei mir die Heroinspritze ansetzte, hatte ich vermutet, dass ich einen brutalen Flash bekommen würde, dass etwas ganz und gar Unglaubliches geschähe. Zum einen war das Heroin rein, und zum anderen war das eine komplett andere Liga als die, in der ich üblicherweise spielte.

Einige Minuten passierte überhaupt nichts. Auf einmal und völlig unangekündigt waren die Schmerzen der offenen Kniewunde, die ich mir beim Basketballspielen zugezogen und die mir enorme Probleme bereitet hatte, wie weggeblasen. Während sich in meinem Körper langsam ein tiefes Glücksgefühl ausbreitete, hatte ich zum ersten Mal in meinem Leben für wenige Sekunden einen Körperorgasmus, ohne gekommen zu sein, als ob mein ganzer Körper vor Glück explodieren würde.

Der Unterschied zum Koks war, dass alles, was störte und mich beschäftigt hatte, wie in einen Wattebausch gepackt von mir wegflog. Ich lächelte glücklich vor mich hin und sah, dass sich Martina übergab, während ihr Freund Rainer glücklich lächelnd abwesend war. Lara hustete schwer und ging zur Toilette, weil sie dringend musste.
Ich musste lächeln über mein Gefühl, noch nie spürte ich mich mehr in mir, nichts konnte mir mehr etwas anhaben, ich war völlig verliebt in diese heimelige schaumstoffgepolsterte Wohlfühlatmosphäre. Völlig unvermittelt brach auf einmal Hektik aus. Stefan, ein etwas dicklicher Zigarillo-Raucher, solariumsgebräunt und mit wenigen kurzen Haaren, nicht allzu groß, brach während einer anregenden Diskussion zusammen. Martin, der einzige Nüchterne unter uns wurde nervös und versuchte immer wieder, Rainer davon zu überzeugen, Stefan zu stabilisieren, was diesem jedoch aufgrund seines eigenen Heroinerlebnisses völlig egal war. Er war vielmehr daran interessiert, Ines davon zu überzeugen, dass seine Standfestigkeit eine Qualität hatte, der keine jemals widerstehen konnte. Ines lächelte zu diesem Vortrag selig vor sich hin.
Währenddessen legte Martin Stefan in die stabile Seitenlage und versuchte immer noch, Rainer zur Hilfe zu überreden. Um seinem Ansinnen Nachdruck zu verleihen, drückte er ihm den Arztkoffer in die Hände, den Rainer entrüstet ablehnte:
„Die wirklich großen Ärzte heilen nur mit ihren Händen", philosophierte er und ging zu Stefan, um ihm seine Hände auf die Stirn zu legen. Martin tastete nach seinem Puls, schrie, er könne nichts fühlen, und rannte zum Telefon. Einige Minuten später holte die Security Stefan ab, und Martin befahl ihnen, ihn telefonisch auf dem Laufenden zu halten. Währenddessen erbrach sich auch Alexandra auf den Tisch, und Martin hatte alle Hände voll zu tun, die Situation unter Kontrolle zu halten. Marc und Sarah verschwanden zusammen auf die Toilette, was in Ordnung

gewesen wäre, hätten sie zusammengehört. Ihren jeweiligen Partnern schien das aber genauso egal zu sein wie der vollgekotzte Tisch.
Nach ungefähr zwei Stunden verließ das Glücksgefühl meinen Körper, und ich war wieder in der Lage, klare Gedanken zu fassen.
„Was ist mit Stefan?"
Martin antwortete, er habe einen schweren Kreislaufkollaps erlitten und sei von einem anwesenden Arzt unten in den Personalräumen versorgt worden. Er hatte sich stabilisiert, aber ich konnte noch immer die Sorge in Martins Gesicht erkennen.
Nach weiteren zweieinhalb Stunden waren fast alle wieder in der Realität angekommen, froh, das Experiment überstanden zu haben.
„Welch krasses Zeug, welch geiler Kick“, sagte Fridolin.
„Sind wir alle da?" und alle krähten: „Jaaaaaaaa!"
Darauf folgte eine leise Frage: „Wo ist Lara?", aber niemand gab Antwort. Diejenigen, die komplett klar waren, gingen sie suchen.
Plötzlich schrie Ines schrill und durchdringend.
„Toilette! Sie ist in der Toilette!"
Alle rannten in die Waschräume. Rainer kontrollierte sofort ihren Puls und begann verzweifelt mit der Reanimation. Abwechselnd führte er eine Herzdruckmassage und eine Beatmung durch.
Nach zwanzig Minuten schüttelte er den Kopf.
„Sie ist tot. Einfach tot", und er begann zu weinen. Alle waren völlig geschockt – bis auf mich. Ich war vielmehr an ihrem Tod und was damit zusammenhing interessiert. Noch immer war ich durch die Droge auf besondere Weise sensibilisiert. Mir war nach hartem Sex.
Plötzlich ertönte die Einlassklingel, und Stefan, Laras kollabierter Freund, stand vor der Tür. Er strahlte übers ganze Gesicht und sagte:
„Da haben doch einige gehofft, dass ich nicht wiederkomme, hm?"

Er sah uns an, dass etwas passiert sein musste, und fragte: „Wo ist Lara?"
Niemand war in der Lage, ihm die Wahrheit zu sagen. Rainer nahm in an die Hand und führte ihn in die Damentoilette.
Stefan bekam einen Schreikrampf. Martin musste ihn dreißig Minuten in den Armen halten. Plötzlich griff Stefan ihn unvermittelt an:
„Was hast du uns nur für ein Scheißzeug gegeben! Ich wäre fast krepiert, meine Lara ist verreckt!"

Es konnten ihn nur drei der Anwesenden gemeinsam davon abhalten, auf Martin einzuprügeln.

„Was machen wir jetzt mit ihr?", fragte Alexandra. „Wohin bringen wir sie?"

Es war in der Zwischenzeit 3:25 Uhr und alle waren wieder hellwach.

„Wir legen sie in die öffentliche Toilette am Stadtrand, da findet sie irgendwann jemand."

Stefan war immer noch kaum zu beruhigen, aber Rainer konnte ihm wegen des gespritzten Heroins nichts geben. Wir beschlossen, Sarah bei ihm zu lassen während Martin, Rainer und ich Lara in die öffentliche Toilette bringen wollten. Martin holte eine riesige Getränkewanne, in die wir die zierliche Lara legten. Darüber breiteten wir zwei Decken und trugen die Wanne nach unten, verstauten sie in Martins Luxuskombi und fuhren aus der Tiefgarage. An der zweiten Kreuzung, die wir passierten, stand neben uns an der Ampel ein Polizeiwagen. Der Polizist und die Polizistin beäugten uns kritisch, aber bogen, ohne uns zu kontrollieren, zur Wache ab. Sie hätten dreimal Heroin und eine Tote gefunden. So auf die Schnelle wäre mir keine gute Erklärung eingefallen, aber ich war ja auch nicht der Fahrzeughalter.

Die Toilette am Stadtrand lag in einer stockdunklen Straße, an der nur Industriegebäude standen. Wir luden Lara aus und drapierten sie so in der Toilette, dass es echt aussah. Neben sie legten wir eine abgebrochene Spritze, an der ihre Fingerabdrücke waren. Wir hatten unser Möglichstes getan. Als wir zurückkamen, sagte Alexandra:

„Wir haben in Laras Tasche ein halb geleertes Röhrchen Valium gefunden."

Vielleicht war beides zusammen zu viel.

Rainer erklärte:

„Heroin und Barbiturate führen zusammen fast immer zum tödlichen Atemstillstand. Wir hätten ihr nur helfen können, wenn wir sie gleich gefunden hätten."

Ich überlegte leicht in mich grinsend, ob Rainers Handauflegen in dieser Situation so hilfreich gewesen war.
„Warum hat sie nichts gesagt, als ihr sie nach Medikamenteneinnahme gefragt habt?"
„Wahrscheinlich war sie so aufgeregt vor dem Treffen, dass sie sich beruhigen wollte. Vielleicht hat sie sich auch ein bisschen geschämt."
„Wir haben beide eine genommen", sagte der unter Schock stehende Stefan.
„Das habe ich nicht gewollt und gewusst. Und dass sie später so viel mehr davon genommen hat... Es tut mir so leid!"
Er ging zu Martin, der ihn wieder in den Arm nahm, und sie hielten sich gegenseitig fest. Für meine Begriffe war richtig gut was los im „Geheimbund der erwachsenen Grenzen. Es war Zeit, die Ernsthaftigkeit der Teilnehmer ein bisschen zu testen.
„Wann treffen wir uns am Freitag bei Rainer in der Klinik?"
Sofort herrschte betretenes Schweigen, bis Stefan schließlich sagte:
„Ich glaube wir haben 20:30 Uhr ausgemacht." Und alle nickten betreten.
„Wir müssen dort dann gemeinsam Gericht halten über die Bestrafung für diesen Vorfall. Wir haben uns in der Satzung mit unserem Blut geschworen, niemals zu lügen. Und Stefan hat uns nicht gesagt, dass Lara was genommen hat. "
Stefan schaute Martin nachdenklich und tieftraurig an und nickte abermals: „Das solltet ihr tun."
Das Gericht trat am darauffolgenden Freitag zusammen. Es bestand aus fünf Frauen und fünf Männern. Stefan war nicht zugelassen. Es gab bei einer Ablehnung neun Zustimmungen und das Urteil war gefällt. Stefan würde es nach den Amputationen in einer Zeremonie am nächsten Tag um 12:00 Uhr mitgeteilt werden. Lara war mittwochs gefunden worden, montags hatte Stefan Vermisstenanzeige gestellt, Sarah hatte der Polizei erklärt, mit

Lara im Royal gewesen zu sein und es mit ihr zusammen verlassen zu haben, an Laras Auto hätten sich ihre Wege dann getrennt. Niemandem war irgendetwas nachzuweisen, auch deswegen nicht, weil Stefan ein felsenfestes Alibi von vier Saufkollegen hatte. Der Fall wurde als „goldener Schuss" in der Drogenstatistik erfasst und als erledigt abgeheftet.

Die Woche schritt voran und allen war klar, dass der Freitag ihr Leben unwiderruflich verändern würde.

Jeder hatte Rainer im Vorhinein mitgeteilt, was an seinem Körper wegoperiert werden sollte. Die skurrilsten Entscheidungen betrafen die Zungenspitze, die große Zehe und ein halbes Ohr, am häufigsten wurde die Hälfte des kleinen linken Fingers gewählt. Von den männlichen Mitgliedern wählte nur Stefan außergewöhnlich, nämlich das letzte Drittel seiner Zunge. Ich hatte das Gefühl, er wollte etwas gut machen gegenüber der Gemeinschaft.

Rainer hatte aufgrund der Vorkommnisse am letzten Freitag jeden ausführlich über seinen Gesundheitszustand, seine Medikamente und Allergien befragt. Er klärte jeden einzeln über die Risiken der Operation auf, wies auf seine fehlende Erfahrung und die daraus möglicherweise resultierenden Gefahren hin und klärte alle auf, dass er keine Vollnarkose verabreichen würde, da er auf dem Gebiet der Anästhesie kein Spezialist war.

Er entfernte vor der Operation Piercings, Intimschmuck und wusch Körperöle und Nagellack ab, Sarah musste sich ihre Zahnspange für diesen Tag herausnehmen lassen.

Wir alle konnten hinter einer Scheibe jede Operation beobachten, was den Kitzel für uns verstärkte.

Rainer gab jedem Patienten eine Lokalanästhesie, verbunden mit einer intravenösen Gabe starker Beruhigungsmittel, die die Probanden in tiefen Dämmerschlaf versetzte. Ihm assistierte eine srilankische Krankenschwester, die während der Operationen keinen Ton von sich gab, aber blitzschnell Rainer die Instrumente reichte, bevor er sie dazu auffordern konnte.

Er operierte zuerst Sarah die halbe Ohrmuschel weg, danach Alexandra die große Zehe, Stefan ein gutes Drittel seiner Zunge, Maximilian den mittleren rechten Finger (ich hoffte sehr, dass er das bei der nächsten Beschimpfung eines anderen Autofahrers nicht bereuen würde), mir die Hälfte des Ringfingers der linken Hand (das war der Finger, den ich für das Basketballspiel am wenigsten brauchte), Ines die kleine rechte Zehe und allen anderen den halben kleinen Finger der linken Hand. Es war ein blutiges Spektakel und einige derjenigen, die zuschauten, mussten nach dem zweiten Patienten abbrechen. Mir tat mein wunder Finger am nächsten Morgen höllisch weh, so sehr, dass ich nicht in der Lage war, mein Frühstück zu mir zu nehmen. Um 12:00 Uhr stellten wir uns alle im Kreis auf, flüsterten unseren geheimen Schwur, und Martin verlas das Urteil: „Der Geheimbund hat das Urteil gefällt. Getragen durch die demokratisch legitimierte Mehrheit schließen wir dich, Stefan, aus dem Geheimbund aus. Das besondere Opfer, das du für den Bund neben dem ewigen Schweigen vollbringen musstest, ist vollbracht. Es war die Opfergabe deiner Zungenspitze. Zahlst du deinen für dieses Jahr fälligen Jahresbeitrag bis morgen in bar, schenkt dir die Gemeinschaft dein Leben. Schweig auch gegenüber uns, als ob du uns nie gekannt hättest. Das Urteil ist vollzogen."
Die murmelnd vorgetragene Zustimmung der Gemeinschaft besiegelte das Urteil.
Stefan entfernte sich schweigend. Am nächsten Tag brachte er Martin den Beitrag, der mit ihm kein Wort mehr wechselte.
Elf wäre eine ungerade Zahl und nicht durch zwei teilbar gewesen, auch deswegen hatte er gehen müssen. Mir gefiel der Gedanke, welch besondere Opfer Stefan in die Gemeinschaft eingebracht hatte. Seine Freundin Lara, einen Teil seiner Zunge und 45.000,- Euro. Wenn es in dieser Geschwindigkeit weiterging, mussten wir bald auf neue Mitgliedersuche gehen oder die Mitglieder auf Gliedersuche.

Der „Geheimbund der erwachsenen Grenzen“ hatte für mich seine äußerst gelungene Premiere gefeiert. Wir verabredeten uns noch am selben Tag zu unserem nächsten Treffen.

Kapitel 6:

Begegnung

*31.12.2002 / 18 Jahre**

Das Urteil über Anna war gesprochen. Qualvoller Tod, verbunden mit dem Wissen, wer dafür verantwortlich war. Dabei sein, um durch ihr Sterben mein Leiden zu lindern. Leben aus ihrem Leib herausweichen sehen, um meines zurückzugewinnen. Unerträgliche Schmerzen zuzufügen, um die meinen loszuwerden.

Das war das Urteil und Ergebnis meiner inneren Verhandlung das Verhalten Annas betreffend.

Zufälle gab es nicht im Leben und so traf ich einen alten Bekannten, Lutz, der eine der angesagtesten Landschaftsgärtnereien der Region besaß. Er war mit mir in die Schule gegangen, hatte mit mir in der Basketballmannschaft gespielt, und viele glaubten dass wir Zwillinge waren, da wir uns ähnlicher sahen als Brüder. Er war allerdings drei oder vier Zentimeter kleiner als ich. Lutz hatte die Schule nach der neunten Klasse verlassen, Landschaftsgärtner gelernt und dann die gutgehende Gärtnerei seines verstorbenen Vaters übernommen und schnell ausgebaut.

Er gestaltete Gärten mit Natursteinen, Dachterrassen und exklusive Poollandschaften. Außerdem hatte er sich auf das Anlegen natürlicher Kräutergärten spezialisiert und fügte sie exakt ins vorhandene Gelände ein.
Als ich ihn traf, lud er mich zu einem Bier ein, was ich aus mehreren Gründen im Normalfall abgelehnt hätte, aber er war einer der wenigen, die keine Post von Anna bekommen hatten, weil er nicht mehr zu meinem engeren Bekanntenkreis gehörte. Er hatte immer wieder zu verstehen gegeben, dass er gerne mehr Zeit mit mir verbringen würde, aber ich wollte aufgrund seiner fehlenden intellektuellen Ausbildung unsere ehemalige Freundschaft nicht fortführen. Ich war an jenem Tag, als ich Lutz traf, noch immer im selben Zustand wie an dem Tag, als ich realisiert hatte, was Anna mir angetan hatte. Bevor ich ziellos in der Stadt herumgeirrt war, hatte ich wieder LSD genommen, war ziemlich zugedröhnt und konnte trotzdem den tiefen Schmerz und die Demütigungen der offenen Wunde in mir fühlen, als ob ich bei klarem Verstand gewesen wäre.
Er kam mir also gerade recht, um mich weiter zu betäuben.
„Was machst du denn gerade?", fragte ich ihn höflich, aber eigentlich uninteressiert, als wir auf unser erstes Bier warteten.
„Ich lege einen Kräuter- und Pilzgarten über zwei Plateaus im Garten einer traumhaften Villa an. Er Manager, sie Bankleiterin."
„Und wo?"
„Am Waldrand 18, letztes Haus, direkt am Wald, kennst du vielleicht".
In der selben Sekunde war ich hellwach und wie elektrisiert. Diese Adresse würde ich zeitlebens nicht mehr aus meinem Hirn verbannen können.
Sie war eingebrannt in alle meine biologischen Speicher, verankert in Herz und Hirn, festgezurrt im täglichen tödlichen Denken meiner Rache. Es war das Haus von Anna und ihrem SAP-Manager. Von hier aus waren die Briefe versandt worden.

„Wann wirst du fertig sein?", fragte ich so beiläufig wie möglich.
„Wie du vielleicht weißt, ist das Anlegen eines Pilzbiotops, das automatisch gewässert und beleuchtet werden muss, sowie das exakte Bepflanzen von Kräutern eine Wissenschaft für sich. Mit Gewächshaus, Kalkböden und Feuchtgebiet wird der Spaß diesen Neureichen über 90.000,- Euro kosten, aber mein Problem soll das nicht sein.
Die fahren jetzt erst einmal vier Wochen in Urlaub, am Montag bin ich fertig und zwei Wochen nach ihrem Urlaub wird feierliche Eröffnung in großer Gesellschaft sein. Ein Essen, einzig und allein mit Lebensmitteln aus dem Garten. Zwei Wochen vorher wird vorgekocht. Sie haben Beete, ein Spargel- und ein Salatfeld angelegt.
Mich hat ja diese Anna früher extrem interessiert, ich war hinter ihr her. Aber keine Chance, schon vergeben. Da habe ich mir ein ums andere Mal eine blutige Nase geholt. Bis ich von ihr loskam, hatte ich ziemlich zu knabbern, und jetzt lege ich ihr eine Gartenlandschaft an. Was meinst du, wie die sich anstellte, als sie sah, dass mir der Laden gehört. Aber es gibt hier niemanden weit und breit, der kann, was ich kann. Deswegen musste sie mich nehmen. So konnte ich gleich ein bisschen Schmerzensgeld für damals miteinberechnen."
Ich lachte laut und wissend und er nahm an, dass ich ihm beipflichtete.
„Was pflanzt du denn in einem solchen Garten alles an?"
„Im Kräutergarten pflanze ich Beinwell, Brennessel, Meerrettich, Thymian, Bärlauch, Rainfarn, Ringelblumen, Salbei, schwarzen Hollunder, Wacholder, Wermut, Beifuß und Petersilie, Dost und Zimt, Schafgarbe, Knoblauch, Zwiebeln, Kamille, Majoran, Basilikum, Anis, Baldrian und Pfefferminze."
„Und welche Pilze?"
„Wir legen einen wilden befeuchteten und beschatteten Bereich an, außerdem ein Gewächshaus. Das mache ich mit großen

Pilzkulturen: Wiesenchampignons, Parasol, Shiitake, Steinpilze, Stockschwämmchen, Reishi, Toskanapilze, Spargelpilze und Maitakepilze."

Manchmal wollte ich mir die Füße küssen für meine ultraschnelle Fähigkeit zu denken und Lösungen zu sehen, wo andere noch nicht einmal ein Problem erkannten. Die Würfel fielen genau in diesem Moment.

Die Entscheidung wurde getroffen, der Ablauf war mir sofort klar. Aber mein Plan benötigte präzise Vorbereitung.

Ich lenkte das Gespräch in eine andere Richtung, befragte ihn zu einem kleinen Kräutergarten, den ich auf meinem Balkon anlegen könnte, brachte uns vom Kräuterthema schnell wieder ab und verbrachte weitere zwei Stunden mit ganz und gar anderen Gesprächsthemen, um ihn nicht darauf aufmerksam werden zu lassen, wie sehr mich das Thema interessierte.

Ein 100% exakter Plan war notwendig, um den Verdacht nicht auf mich zu lenken. Prinzipiell kosteten Opfer manchmal weitere Opfer, die ich zwar nicht anstrebte, aber billigend in Kauf nahm. Sie waren mir schlichtweg egal.

Um den Verdacht von vorneherein von mir abzulenken, war es das Sinnvollste, ihn auf einen anderen zu lenken und zwar so, dass es eindeutig war. Deshalb hatte ich, als Lutz die Toilette aufsuchte, seine Tasche verschwinden lassen und wollte sie hier so deponieren, dass ich sie später unauffällig aus der Kneipe abholen konnte.

Bevor wir bezahlten, ging ich kurz zur Toilette und quetschte die Tasche in einen Spülkasten, auf dem ein Schild „defekt" klebte. Als wir bezahlen wollten, bemerkte er, dass seine Tasche nicht da war, und fragte mich, ob ich für dieses Mal bezahlen könne, da er sie wohl im Schuppen seiner Gärtnerei vergessen habe. Ich machte das gerne, bedankte mich für den interessanten Abend, freute mich mit ihm über die wiedergefundene Freundschaft und ging zu Fuß durch die Nacht. Zehn Minuten später war ich zurück in der hässlichen Pinte, ging zur Toilette, nahm die Tasche, versteckte sie unter meiner Jacke und fuhr zu meiner Wohnung. Niemand hatte mich gesehen.

Der Inhalt der gestohlenen Tasche, den ich mit Gummihandschuhen inspizierte, war nicht spektakulär, aber ausreichend. Streichhölzer, Taschentücher, 75 , Handcreme und Asthmaspray. Eine für mich nahezu optimale Ausbeute, weil weder Geldbeutel noch Ausweise in der Tasche waren, was Lutz´ Bemühen vergrößert hätte, seine Tasche schnell wiederzubekommen. Ich nahm mit Gummihandschuhen die Streichhölzer und das Asthmaspray heraus und fuhr bis ca. 500m vor die Gärtnerei, wo ich in einer belebten Straße parkte. Ich lief zur Gärtnerei und gelangte unbemerkt auf das Gelände. Der Schuppen war offen, und ich legte die Tasche unter einen kleinen Tisch, auffindbar, aber nicht gleich zu sehen.

Die Auswahl der auszutauschenden Pflanzen war für mich relativ einfach. Meine Wahl fiel auf Bärlauch und Wiesenchampignons.

Es war wichtig, dass es eine ausreichende Menge war und dass niemand die hochtoxischen Pflanzen gleich identifizieren und sie von den essbaren unterscheiden konnte. Der höchst giftige weiße Knollenblätterpilz sah fast so aus wie der Wiesenchampignon und er sah auch dem Parasol ähnlich. Der Wirkstoff des Knollenblätterpilzes war Amanitin, eines der gefährlichsten natürlichen Gifte, die auf diesem Planeten existieren. Natürlich war ein zusätzlicher Vorteil dieses Pilzes zusätzlich, dass seine Vergiftungssymptome frühestens vier Stunden nach Verzehr zu spüren waren, was bedeutete, dass er den Magen lange zuvor durchquert und seine tödliche Wirkung bereits entfaltet hatte und somit nahezu unaufhaltbar war.

Für den Kräutergarten hatte ich mir die Herbstzeitlose und die hochgiftigen Maiglöckchen ausgesucht, die dem Bärlauch zum Verwechseln ähnlich sahen.

Die Ausführung des Planes war mit mehr Schwierigkeiten

verbunden, als ich geahnt hatte. Ich wartete ab, bis Lutz mit dem Garten fertig war und Anna und ihr SAP-Manager in den Urlaub aufbrachen.

Zuvor hatte ich mich schlau gemacht, woher ich Knollenblätterpilze und Kulturen ausgewachsener Herbstzeitloser und Maiglöckchen bekommen konnte. Ich hatte sie aber nicht besorgt, da ich die Größe der von Lutz eingepflanzten Pilze und des Bärlauchs erst kennen und dann Ersatzpflanzen in exakt derselben Größe der besorgen musste.

Es war auch deswegen problematischer als erwartet, da Lutz die Kulturen erst bei sich bis zu sechs Monate hatte wachsen lassen, bevor er sie bei Anna eingepflanzt hatte.

Ein Vorteil des Grundstückes war, dass es durch blickdichte Hecken von außen nahezu uneinsehbar war. Am selben Tag, an dem das mit Anna mit „der Chance ihres Lebens" in den Urlaub aufbrach, suchte ich mir eine Stelle, an der ich mich mühelos durch die Hecke zwängen und so ungesehen in den Garten gelangen konnte.

Das Areal war außerordentlich beeindruckend. In das hügelige Gelände hatte Lutz ein traumhaftes, natürlich anmutendes Gewächshaus gestellt, ein wunderschönes schattiges Feuchtbiotop angelegt und einen mit vielen Natursteinen abgegrenzten Kräutergarten. Es war sehr harmonisch und exzellent gelungen.

Das Bärlauchfeld nahm den größten Bereich im Kräutergarten ein, was die Aufgabe gleichzeitig außerordentlich erschwerte aber auch erleichterte.

Erschwerte, weil so viele Ersatzpflanzen zu besorgen waren, und erleichterte, weil ich die Pflanzen einfach ausreißen konnte. Ich musste allerdings ungefähr die Hälfte der Bärlauchpflanzen im Garten belassen, damit der typische Geruch erhalten blieb.

Schwieriger in meiner Planung waren die Pilze. Innerhalb einer kleinen Parzelle existierte ein großes Feld mit natürlich überdachten und mit Kompostmist gedüngten Wiesenchampignons,

eingepflanzt und nahezu erntereif. Es würde für jemanden wie mich, der viel Wert auf Ästhetik und ebenso auf guten Geruch legte, viel Überwindung und Arbeit bedeuten, sie durch den weißen Knollenblätterpilz zu ersetzen.
Ich benötigte Gartenwerkzeug, Kleidung, Erde, Mist, Abfallsäcke und eine Vorher-Nachher-Fotografie, da ich aus vielen Begegnungen mit Anna wusste, welch gutes Gedächtnis sie besaß, und ich deswegen sicherstellen musste, dass es nachher nahezu identisch so aussah wie heute.
Es half mir sicherlich, dass vier Wochen Zeit vergehen würde, bis sie ihren Garten wiedersah, allerdings mussten dann die von ihr erwarteten Änderungen eingetreten und die Umpflanzungen ohne ersichtliches Abweichen vom Restgarten vorangeschritten sein. Ich errechnete mit einer von mir schnell programmierten Pflanzensoftware (für unterschiedliches Wachstum, Bewässerung und Düngung), dass nach spätestens einer Woche die Herbstzeitlosen und die Maiglöckchen den Bärlauch und spätestens nach zwei Wochen die giftigen weißen Knollenblätterpilze die Wiesenchampignons ersetzt haben mussten.

Meine Zeit für die Bepflanzung war genau kalkuliert und sah folgenden Ablauf vor:

Tag 1
Abfotografieren der Pflanzen und Auswählen der Größe entsprechend des Pflanzenwachstums, um ein gleiches Bild zu erlangen.

Tag 2-4
Beschaffung der ausgewachsenen Pilzkulturen und Grünpflanzen

Tag 4-7
Auspflanzung drei Viertel des Bärlauchs und Einpflanzung der hochgiftigen Ersatzpflanzen.

Tag 7-9
Auspflanzen der Wiesenchampignons und Sicherstellen des Mistes (ich hatte bei aller Kreativität keine Idee, wo ich genau den gleichen Mist finden konnte, den Lutz benutzt hatte; auch in seiner Gärtnerei hatte ich nächtens danach gesucht, war aber nicht fündig geworden). Ich beschloss daher, den vorhandenen Mist vorsichtig abzutragen, zu wässern und wieder zu nutzen.

Tag 9-12
Einpflanzen der Pilzkulturen.

Tag 12-14
Düngung des Geländes.

Tag 12-24
Kontrolle der Wässerung und des Wuchses.

Tag 24-28
Durchführung von Blickkontrollen, um den Rest der Natur zu überlassen.

Als ich den Garten durch die Hecke betrat, nahm ich erleichtert wahr, dass auf allen Beeten und in allen überdeckten Gewächshäusern und Grünbereichen ein vollautomatisches, uhrzeitgesteuertes Bewässerungssystem installiert worden war. Hätten die beiden so etwas nicht installieren lassen, so hätte wohl bei dieser Witterung und ob der geplanten Festivität täglich jemand zum Gießen kommen müssen und meine Pläne damit nahezu unmöglich gemacht.
Am ersten Tag nach dem Studium der Fotos und dem Durchlauf meines Pflanzenprogramms fand ich heraus, dass die Maiglöckchen und Herbstzeitlose zwischen 15,5 und 17,7 cm groß sein mussten. Die Maiglöckchen musste ich einzeln vor ihrem Einpflanzen von ihren weißen Blüten befreien.
Die Pilzkulturen brauchten eine Größe zwischen 4,2 und 5,1 cm, gerechnet ab dem ebenerdigen Boden, was bedeutete, dass die Kultur mindestens 2 cm größer sein musste. Das war nicht so einfach, da die Kulturen normalerweise klein versandt wurden und niemand fertige, groß gewachsene Pilze verkaufte.
Ich teilte die Beschaffung in Etappen ein. Zuerst einmal besorgte ich mir eine E-Mailadresse: *profi-pilzeinkauf@web.de*.
Ich legte diese E-Mailadresse von einem anonymen Internetcafé aus an, das weder videoüberwacht noch sonstwie gesichert war. Dann versandte ich an alle großen Pilzkulturenanbieter in Europa eine E-Mail, jeweils in der Landessprache, mit folgendem Inhalt:

Sehr geehrte Damen und Herren,

ich benötige innerhalb von 6 Tagen eine ausgewachsene Pilzkultur weißer Knollenblätterpilze, die 6,2 bis 7,1 cm groß und zum schnellen Anpflanzen in einem Garten geeignet sind. Sie müssen innerhalb von 3 Wochen in einem guten Biotop anwachsen.

Ich bezahle bar per Express im Voraus. Der Preis für die Kultur, die mindestens 120 Pilze umfassen sollte, ist nebensächlich. Als Qualität erwarten wir 1a Ware. Der Preis spielt weniger eine Rolle als die Qualität und noch mehr die Geschwindigkeit.

Da ich mir eine nicht registrierte Prepaid-Karte gekauft hatte, mit einem Guthaben von mehr als einhundert Euro, schrieb ich weiter.

Sie erreichen mich unter der

Telefonnummer: 0049/170 060664.

Mit der Bitte um schnellstmögliche Antwort

verbleibe ich

mit freundlichen Grüßen

Andreas Kurtz
Pilzeinkaufs GmbH – Geschäftsführer

Herbstzeitlose und Maiglöckchen wollte ich mir selbst besorgen. Deshalb überlegte ich, an welchen Stellen ich sie möglichst ungestört sammeln konnte.

Das erste tödliche Urteil meiner inneren Gerichtsverhandlung war auf dem Weg zur Vollstreckung. Es gab mir ein Gefühl tiefster Zufriedenheit. Zum ersten Mal, seit ich Annas Brief bekommen hatte, verringerte sich mein innerer Schmerz.

Kapitel 3: Die geliehene Freundschaft

*30.03.2006 / 22 Jahre**

Auf einem großen gelben Post-it-Zettel schrieb mir Katharina in ihrer kindlich weichen Schrift:

Du hast es mir beigebracht: Wettschulden sind Ehrenschulden. Und da ich unsere Examensklausuren alle – wie von Dir

vorausgesagt – mit Auszeichnung bestanden habe, werde ich tun, was mir so schwer fällt. In meine Phantasie eintauchen und Grenzen austesten. In diesem Fall werde ich Dir, meinem wahren Freund, einen erotischen Liebesbrief schreiben. Das war der Preis, den ich gerne bezahlen werde, weil er zwischen uns ausgemacht war. Auch wenn ich verstehe, dass ich dafür Grenzen sprengen muss, um Zugang zu meinen tieferen Ebenen und Gefühlen zu finden, ist dies ein Liebesbeweis unter Freunden. Aber es fällt mir extrem schwer. Ich traue mich und Dir!

Deine Katharina

Mein vergöttert-bewundert-begehrter Jannick,

nach all Deinen aufopferungsvollen Mühen, Deiner Nähe und Wärme, die Du mir gegeben hast, nach durchwachten Nächten, eingeübten Texten und glänzend bestandenem Examen, lass mich Dich lieben, wie Du es verdienst, lass uns unser blindes Verständnis füreinander spüren. Lass erotischste Träume, die in mir sind, Wirklichkeit werden.

Schenke mir diese einzigartige Dimension, die nur das körperliche Sich-Hingeben, Sich-im-Vertrauen-komplett-Aufgeben erreichen kann.

Ich weiß, wie sehr mich unsere intellektuelle Beziehung und meine Gier auf Deinen Astralleib zucken ließe. Ich könnte Dir die perfekte Vereinigung des Geistigen und Körperlichen bieten, zu der niemand anderes fähig wäre.

Ich würde mich Dir in Fesseln ausliefern und Du dürftest jede Grenze bestimmen. Der Schmerz heißen Kerzenwachses wäre die Ouvertüre meines Ausgeliefertseins. Du dürftest mich ohne alle Grenzen benutzen, Dein erarbeitetes Vertrauen nutzen und durch meine lustvolle Erniedrigung zur Vollendung kommen.

Du dürftest mein Meister sein, der verdient hätte, über mich zu herrschen. Deine Bestimmung würde mein Weg sein. Schau endlich einmal hin, wie wahre Liebe sein kann.

Liebe mich. Erkenn die Möglichkeiten. Meine Devotheit ist die wahre Macht.

Unterwürfigst, wenn Du willst

Für immer Deine Katharina

Ich antwortete nur noch zerstreut auf Nadjas Fragen, war nachdenklich und ungeschickt. Etwas schien in mir zu arbeiten und am zweiten Tag wollte Nadja wissen:
„Mein Süßer, Jannick, was ist mit dir los, kann ich dir helfen?"
Ich schrak auf und antwortete müde:
„Nadja, Liebste, nichts ist, mich beschäftigt mathematisch Unsinniges." „Dann lass es uns diskutieren, das hilft
dir doch sonst immer."
Ihr Blick war wissend und herausfordernd.
„Ich kann dieses Mal wirklich nicht, Liebste, es geht nicht. Es hat nichts mit uns zu tun."
„Alles muss gehen, das war der Deal, der einzige!" Ich saß in der Falle. In der Falle, in die ich mich in den letzten zwei Tagen durch mein Verhalten ganz bewusst hineinmanövriert hatte. Sie ließ mich erwartet hineintappen.
„Du vertraust mir immer, Liebling", flüsterte ich traurig. „Kann das nicht bitte einmal ausreichen?"
„Ganz oder gar nicht", antwortete sie ein wenig versöhnlicher.
„Ich kann nicht. Es geht nicht. Bitte, verlang das nicht von mir."
„Ganz oder gar nicht, Mann oder Maus." Das klang ernster und bedrohlicher. Ihre vollen Lippen wurden schmaler und ihr Blick war klar und fest.
„Bitte, bitte, vertrau mir, bitte, Liebes."
„Ich sag dir das kein drittes Mal. Egal, was es ist, wir kriegen das hin, wenn du dazu stehst."
„Versprich mir bei unserer Liebe, dass du mit niemandem darüber sprichst, schwör es."
Sie nickte zustimmend, aber leicht erstaunt.
Ich war todtraurig, hatte feuchte Augen und gab ihr Katharinas Brief. Den gelben Post-it-Zettel hatte ich zuvor in mein Brief-Ablagesystem geklebt.
Niemals zuvor sah ich einen Menschen, dessen Gesichtsfarbe innerhalb einer Sekunde von gesund auf kalkweiß wechselte,

begleitet von einem kalten, nassen Schweißausbruch auf dem gesamten Körper.
Nachdem sie den Brief komplett gelesen hatte, sackte sie zusammen und wurde ohnmächtig. Ich erschrak zu Tode, hob sie sofort auf und trug sie rennend die Treppe hinauf. Sie erwachte und schrie:
"Ich sehe nichts mehr, Jannick, ich kann nichts mehr sehen."
Sie fühlte sich eiskalt an. Ich war der tiefsten Verzweiflung nahe, legte sie auf das Bett und deckte sie zu. Sie fing an zu zittern, und ich fragte sie zutiefst geschockt:
„Darf ich bitte den Krankenwagen holen, oder soll ich dir einen gesüßten Tee kochen oder dir wenigstens Kreislauftropfen geben?"
Nach den Kreislauftropfen eroberte das Leben Nadja langsam Stück für Stück zurück. Sie war immer noch leichenblass, konnte aber allmählich wieder sehen und bat mich um den gesüßten Tee. In ihren Augen sah ich eine abgrundtiefe melancholische Traurigkeit, die deutlich sichtbar ihre offenliegende und weidwunde Seele abbildete. Es war, als ob sie nicht einfach nur traurigere, sondern um viele Grade weniger lebendige Augen bekommen hätte. Ihre Augen schienen mit diesem Brief fast abgestorben zu sein.
Es war das erste Mal, dass ich mich für ein Experiment in Grund und Boden schämte und wäre ich mit dieser Erkenntnis nur mutiger oder zumindest weniger feige gewesen und hätte es ihr gestanden, hätte die Tragödie genau an dieser Stelle eine Wendung erfahren und ihr Leben bewahren können. Ich glaubte einfach nicht daran, dass mich eine Frau mit all dem, was ich von mir wusste, wirklich jemals würde lieben können.

Persönliches:
Mut und Feigheit

Bekannte

Die Feigheit

ist mir

eine gute alte Bekannte.

Sie wohnt in mir

beherbergt

versorgt mich

wie eine ehrliche Freundin.

Ich schaue sie mir schön

betrachte sie

mit zusammengekniffenen Augen

finde sie

so sinnvoll

so hilfreich

will sie nie

wirklich erkennen.

Den Mut

habe ich zu oft

getreten

geprügelt

verleugnet

das Schöne

an ihm

nicht erkennen wollen

zornig oft erklärt

warum ich ihn

nicht in mir wohnen lasse.

In mir wohnen zu viele

dieser seltsamen Bekannten.

Kapitel 3:

Die geliehene Freundschaft

*30.03.2006 / 22 Jahre**

Nadja war völlig apathisch in den darauffolgenden Tagen, wollte niemanden sehen, trauerte um ihre beste Freundin. Ohne ihr Versprechen mir gegenüber, Katharina nicht zu sagen, dass sie alles wusste, wäre die Aufarbeitung dessen, was passiert war, sicher machbarer gewesen, aber durch die fehlende Reaktion, das fehlende Gespräch, warum Katharina ihr so etwas angetan hatte, drehte sie sich alleine innerhalb ihres Unverständnisses und innerhalb dieses für sie existentiellen Verrats im Kreis.

Als sie Tage später anfing, mit mir darüber zu sprechen, sagte sie: „Weißt du, warum ich dir damals das Versprechen abnahm, immer ehrlich zu mir zu sein?" Ich schüttelte meinen Kopf, stumm vor Traurigkeit.

„Meine Mutter war Schauspielerin am Theater, extrovertiert, eifersüchtig, unberechenbar. Sie liebte, als ich klein war – wenn überhaupt-, nur sich selbst, keinen anderen. Mich schon gar

nicht. Was sich später aber geändert hat, als sie die Schauspielerei aufgab. Mein Vater war und ist ein Säufer."
Sie schwieg für einen kurzen Moment.
„Manchmal fragen wir uns doch, warum diese ganzen Seltsamkeiten in uns sind, warum wir unseren partiellen Schwachsinn, selbst wenn wir ihn verstanden haben, nicht einfach auflösen können. Aus psychologischer Sicht ist das relativ einfach zu verstehen. Unser innerster Kern ist fixiert, und das ist auch deswegen notwendig, damit wir verlässlich für uns und für andere sein können. Wir haben Innen- und Außenbeziehungen, und würden wir, nachdem wir etwas als unsinnig identifiziert haben, diese Charaktereigenschaft von einer auf die andere Sekunde ändern, wären wir nicht mehr berechenbar, weder für uns noch für andere. Es würde bedeuten, dass wir an einem Tag so und am anderen so wären und wir selbst und die anderen müssten sich darauf permanent einstellen. Wir wären für uns selbst und für andere nicht mehr einzuordnen. Deswegen und nur deswegen, glaube ich, gibt es einen zeitlichen Ablauf für tiefgreifende Veränderungen. Erst begreift es der Verstand, das Organ, das einem normal intelligenten Mitteleuropäer wie uns relativ einfach zugänglich ist. Dann aber dauert es sehr lange, bis es unser Gefühl erreicht, und erst das Gefühl verändert Millimeter für Millimeter unser Verhalten. In einer für alle nachvollziehbaren Langsamkeit.
Ich wurde in meiner Kindheit durch Verschiedenes brutal sozialisiert. Physisch wie psychisch. Ich habe mit 14 Jahren aus eigener Kraft und mit eigenem Geld, das mir meine Großmutter vor ihrem Tod gegeben hatte – ich durfte es keinem sagen – zwei Jahre lang alles Ansozialisierte mit einer analytischen Psychologin und Psychotherapeutin aufgearbeitet. Ich ruhe seither zutiefst in mir selbst.
Was mir aus meiner beschissenen Kindheit geblieben ist, ist ein Überlebensinstinkt. Eine Dimension, die nicht viele haben, ich

glaube, du bist der einzige, den ich kenne, der sie auch hat."
Sie schaute mich fragend an und ich nickte ihr zu.
„Habe ich."
„Dieser Instinkt ist mein Lebenskompass, er hat mich nie im Stich gelassen, es ist ein Gefühl für Energie, ein besonderes Gefühl für Menschen und deren Gefühle und Ausrichtung. Ich konnte mich immer zu 100% darauf verlassen, weil ich es trainiert habe. Es hat mich als Kind leben lassen. Es war für mich überlebensnotwendig, nicht das Gesagte sondern das Gemeinte zu erkennen, den Charakter von Menschen zu durchschauen, damit sie mir nie mehr Leid antun konnten.
Das hat mir ermöglicht, die Guten herauszufiltern oder zumindest diejenigen, die alles Gute in sich trugen, und mit ihnen meinen Deal der Ehrlichkeit zu vereinbaren. Ich habe ihn im Leben nicht vielen angeboten, aber niemandem außer dir habe ich ihn lieber angeboten als meiner besten Freundin Katharina. Keiner, dem ich ihn angeboten habe, hat mich je enttäuscht, weil ich alle verstanden und erkannt habe. Manchmal haben sich Wege von Menschen, mit denen ich eine solche Freundschaft hatte, getrennt, aber niemals hat mich irgendjemand getäuscht. Das ging auch gar nicht, weil es die wichtigste Eigenschaft war, die ich jemals hatte, eine vierte Gefühlsdimension, die Sicherheit, Menschen intuitiv zu 100% einschätzen zu können. Diejenigen, bei denen es ein Restrisiko gab –mit Ausnahme von dir-, habe ich niemals an mich herangelassen.
Von meinem Ich stirbt deswegen gerade ein großes Stück, weil ich nicht weiß, warum ich mich nicht mehr auf meinen inneren Kompass verlassen kann, warum ich das nicht gesehen habe. Katharina und ich haben in der letzten Woche völlig ausgelassen und in tiefster Freundschaft und Liebe euer Examen und unsere Freundschaft gefeiert und ich habe nichts gemerkt. Nicht das Geringste. Neben unseren Abenden war dieser einer der schönsten und offensten der letzten Zeit. Und nun das."

Sie schaute mich völlig leer, mit verweinten Augen und traurig an. Mir brach fast das Herz, weil ich in mit all meinen Strategieüberlegungen nicht ausreichend bedacht hatte, was ich Nadja damit antat.

Mein Experiment war gerade dabei das lebensspendende Navigationssystem meiner Liebsten zu zerstören.

Ich hatte sie unlebbarer gemacht, und das einzige, was im Leben für mich tiefste Bedeutung hatte, war Nadja und ihr Glück. Nadjas Glück war mir im Grunde mehr wert als mein eigenes und ich liebte sie auch dafür zutiefst, dass ich dieses Gefühl haben durfte. Sie hatte es mich von der ersten Sekunde unserer Begegnung gelehrt.

Ich war ein widerlicher Egomane, aber Nadja täuschte sich nicht in mir, denn alles Gefühl für sie war ehrlich, weil ich immer voller Liebe für sie war und voller Sehnsucht, wenn sie nicht anwesend war. Ich verspürte manchmal sogar Sehnsucht, obwohl sie neben mir lag, weil ich wusste, dass ich gehen musste. Oder vielleicht auch, weil ich gelernt hatte, dass mein Glück vergänglich war. Oft hatte ich das Gefühl, mein Glück sei nur geliehen, es würde mir genau dann weggenommen werden, wenn ich komplett darin eingetaucht war und mich ohne Netz und doppelten Boden darauf eingelassen hatte.

Ich ahnte noch nicht, dass das Leben präziser war, genau entschied, wann ein Mensch am besten zu brechen war, oder besser, wann die zu lernende Lektion so schmerzhaft sein würde, dass der Lerneffekt sicher war. Hatte man oft und lange genug weggehört, konnte das Leben erbarmungslos sein.

Die meisten Menschen verstanden nicht, dass nichts Erlebtes umsonst war, dass jede Krankheit und jedes persönliche Drama die Möglichkeit oder sogar Notwendigkeit zur Entwicklung bot. Löste man die vom Leben gestellten Aufgaben nicht, so stellte sie das Leben erneut. Vielleicht in anderer Form, vielleicht härter, um das Verstehen zu fördern, aber keine einzige Aufgabe wurde ohne

Ziel gestellt. Die eine Möglichkeit war, mit seinem Schicksal zu hadern, die andere, zu überlegen, worin die persönliche Aufgabe lag in dem, was einem passiert war.
Ich schob solche traurigen Gefühle oft schnell beiseite, auch deswegen, weil Nadja – sprach ich sie darauf an – mir zärtlich meine Sorgen wegküsste. Sie lachte, tröstete mich und verwies jedes Mal auf unsere Vereinbarung des ersten Abends.
Ich versuchte Nadja abzulenken, verbrachte mit ihr ein Wochenende in München, wir logierten im Design-Hotel, speisten in Strümpfen im weiß belederten Liegerestaurant, gingen in ein traumhaftes Soul-Konzert, spielten Golf in Eichenried. Aber der Teil ihrer Augen, der gestorben war, und die Fragen in ihnen blieben.
Wir vereinbarten, Katharina keine Projektionsfläche mehr zu bieten, keinerlei Kontakt mehr zuzulassen, kein einziges Wort mehr mit ihr zu wechseln. Das war gleichzeitig meine Lebensversicherung. Wir schrieben ihr gemeinsam einen Brief ohne Erklärung, in dem stand, dass wir nie mehr einen wie auch immer gearteten Kontakt mit ihr haben wollten. Wir unterschrieben den Brief beide, und als ihn mir Nadja zum Versenden gab, ergänzte ich auf dem Computer, ohne dass es Nadja sah: „Geliehene Freundschaft bedeutet beendete Freundschaft. Geh Deines Weges, Du Nutzlose.“ Die Unterschriften hatte ich wohlweislich weit genug nach unten gesetzt, um diese letzte Zeile einfügen zu können. Ich hasste Katharina dafür, Nadja so traurig gemacht zu haben, ohne in diesem Moment zu realisieren, dass ich alles selbst initiiert hatte.
Wochenlang kamen bettelnde Anrufe, wütende, dann wieder schmeichelnde Ansagen und übelste Beschimpfungen. Sie wurden weniger, als wir eine Geheimnummer beantragten. Ihre Briefe sandten wir ungeöffnet an sie zurück.
Dass dieses Experiment der Anfang vom Ende war, verstanden weder Nadja noch ich.

Dass es sie veränderte, unsicherer und misstrauischer gegenüber anderen machte, und dass sie sich öfter Rat holte und mit mir zusammen Einschätzungen, die sie früher alleine getroffen hätte, überprüfte, zeigte wie sehr sie sich verändert hatte. Ich bat sie oft, auf ihr Gefühl zu vertrauen, und obwohl ich mit meinen Einschätzungen niemals anders lag als sie, wich sie von nun an nicht mehr von dieser Praxis ab, meinen Rat auch für die unwichtigsten Entscheidungen einzubeziehen. Sie hatte den wesentlichsten Teil ihrer Sicherheit verloren.

Mein Problem war nicht, dass ich nicht bereit gewesen wäre, alles nur Erdenkliche zu tun, um ihr zu helfen, ihr Vertrauen wiederzufinden. Aber ich drang in dieser Hinsicht nicht mehr zu ihr durch. Wirklich helfen konnte nur die Wahrheit, aber die hätte den Tod unserer Beziehung bedeutet. Ein Teil von mir starb mit ihr zusammen.

Weil sie meine Gedichte so sehr liebte, schrieb ich ihr ein neues:

Für Dich

fühle Dich geblumenstraußt

fühle zärtlichstDichbeschrieben

fühle Dich innigstzuhausegeschaut

fühle Dich umliebevollstgearmt

fühle dich weichestbeküsst

fühle Dich vorsichtigstwoDuesDirwünschst

fühle Dich verwöhntestgeurlaubt

fühle Dich beträumtestverstanden

fühle Dich entspanntestsowohl

fühle Dich geborgtestindieArmegeträumt

fühle Dich glücklichsterfühlt

fühle bestens Dich innigstverstandengeliebt

Sie lächelte leise, es war aber nicht das Lächeln, das ich kannte.

Kapitel 2:

Der Wettbewerb

*06.06.2004 / 19 Jahre**

Es war nicht zu beschreiben, was sich in diesen Augenblicken, die sich durch meine zeitlupenhaft ablaufende Beobachtung verzerrten, in mir tatsächlich abspielte.

Zahlreiche Gedankenfetzen schossen mir unkontrolliert durch den Kopf. Ich war nicht in der Lage, nur irgendeine Grundordnung in sie hineinzubekommen, als ob Koks und Rotwein chaotisch die Führung meines neuronalen Netzes übernommen hätten.

Bettina lächelte mir sanft zu und ging zum Rednerpult:

„Liebe Kollegen, hochgeschätzter Martin Suter, meine sehr verehrten Damen und Herren, liebe Juroren. Ich habe heute besondere Erfahrungen auf den unterschiedlichsten Ebenen gemacht."

Sie blickte mich kurz intensiv und liebevoll an. Wieder war ich nah am Erbrechen.

„Dieser Tag mit dieser Preisverleihung ist einer der beiden schönsten Tage, die ich in meinem bisherigen Leben erleben durfte."

Es folgte eine kleine Kunstpause.

„Zuerst einmal möchte ich mich bei Paul Frömmling, Jan-Nicklas Herzog und Daniel Frey bedanken, die diesen Wettbewerb ermöglicht und in fairem Miteinander gestaltet haben. Ich mag euch alle wirklich."

Freundlicher Applaus erreichte mich aus dem Publikum wie in einer geschlossenen Wolke. Das, was sie sagte, die Reihenfolge der Namen und die Lüge brachten mich nun wieder dem Entleeren näher.

„Ich bin überzeugt, dass es außerordentlich schwierig war, eine Reihenfolge festzulegen, aber nichtsdestotrotz bin ich überglücklich, dass mich die Juroren auserwählt haben und ich meine Werke in einer Sendereihe und in der FAZ vorstellen darf. Es ist mir eine besondere Ehre, hier den Sponsoren danken zu dürfen. Jungautoren, auch wenn sie landläufig zu den „jungen Wilden" gehören, haben kaum Geld, und deswegen bringen mir diese 20.000,- Euro eineinhalb Jahre schriftstellerische Unabhängigkeit. Dass diesen Preis einer meiner Lieblingsautoren überreicht, lässt tiefe Befriedigung in mir aufkommen. Nochmals danke, danke, danke an alle."

Durch alle schmerztiefen Nebelfetzen hindurch brannte sich mir das erste Bild der gar nicht überraschten Bettina ein, die mich lächelnd ansah, nachdem sie als Preisträgerin verkündet worden war.

Auf dem Gruppenbild für die FAZ sah ich so unentspannt aus, dass es wiederholt werden musste und ich körperliche Schmerzen empfand, dabeisein zu müssen. Bent konnte mir kein einziges Mal in die Augen schauen, während er professionell in die Kameras lächelte.

Karasek und Reich-Ranicki lachten ebenso um die Wette, und mein Gehirn begann ganz langsam die Arbeit wiederaufzunehmen. Was war hier passiert? Wie konnte das nur so in die Hose gehen? Bettina hatte weniger als eine Stunde Zeit gehabt. Die 31 Minuten, die ich selbst benötigte und 32 Minuten minus Baden und Schönmachen, nachdem ich ihr

Hotelzimmer verlassen hatte. Das bedeutete im Endeffekt eine Dreiviertelstunde.
Ich hatte zwei ihrer Bücher gelesen. Eines davon absoluter Frauen-Müll, das andere witzige Frauen-Unterhaltung ohne jeden Tiefgang. Wie war Bettina in der Lage, sechs Seiten tief Philosophisches, Hochsensibles und Liebevolles in dieser kurzen Zeit zu Papier zu bringen? Die Preisverleihung musste verschoben worden sein. Es gab keine andere Erklärung.
Ich nahm Bent beiseite.
„Erklär´s mir."
Er sah mich seltsam an und sagte:
„Ich wollte dir im Hotelzimmer Bescheid sagen, dass Bettina schon zwanzig Minuten früher abgegeben hatte, aber du schienst nicht sehr interessiert."
Am liebsten hätte ich ihn vor allen Leuten geohrfeigt. Ich rechnete neu: Sie hatte maximal 11 Minuten für ihren literarischen Erguss gehabt.
„Wie war es?", fragte ich ihn kalt.
„Deines war absolut brillant. Ihres war außerirdisch gut und damit einen Tick besser. Frömmling hat nicht eine Zeile abgegeben."
Das war VÖLLIG unmöglich. Völlig, völlig, völlig.
„Hast du schon mal ihre sonstige frauenliterarische Scheiße gelesen?"
„Ihr Vater hat das Buch von Reich-Ranicki aufgelegt. Irgendwoher kann sie schreiben."
Ich hörte auf zu atmen. Am liebsten hätte ich dies wie ein Apnoe-Taucher für 15 Minuten getan. Dieses abgewichste Arschloch von einem Freund hatte diese Information vorher gehabt, dass es eine Verbindung zwischen einem der Wettbewerbsteilnehmer und einem der Juroren gab. Er hatte mich wissend oder dumm in diese offensichtliche Falle tappen lassen. Unwissenheit und Dummheit schützten nie vor vernichtender Strafe.
Nun war alles klar. Diese elende und von mir auf wunderbarste

Weise durchgevögelte Literaturschlampe, dieses personifizierte unfaire Stück Scheiße hatte die Aufgabe vorher gekannt und ihr war es durch diese Indiskretion gelungen, ein optimales Ergebnis abzuliefern, was ihren Marktwert enorm erhöhen würde, uns andere abwertete und ihr das Kleingeld von 20.000,- Euro eingebracht hatte.
„Mit wem ist sie denn zusammen. Wer ist ihr Freund?", fragte ich Bent.
„Mit Sonja Sielmann. Das weiß allerdings niemand außer mir und ich nur durch Zufall. Du kennst Bettinas Vater. Steinreich und erzkonservativ. Eine lesbische Tochter würde der auf seinem konservativen Scheiterhaufen verbrennen und ihre Asche enterben. Sie ist sein einziges Kind und soll irgendwann die Nachkommen garantieren. Die beiden Mädels lieben sich sehr."
Sonja Sielmann war die einzige Frau, die ich jemals als Topautorin wahrgenommen hatte. Tiefschürfend, witzig, wissend stand sie mit ihren 42 Jahren mitten im Leben.
„Trag es mit Würde, Jan. Dein Beitrag wurde extrem positiv von den Juroren bewertet."
Am liebsten hätte ich ihm das Auge ausgestochen für diesen Satz. Was half mir eine positive Bewertung der Juroren, denn letztendlich würde außer ihnen keiner je meinen Beitrag sehen. Ich lächelte gequält:
„Da wird mir wohl nichts anderes übrigbleiben."
„Und vergiss heute Abend nicht die Gala nach der Preisverleihung", legte er seine schmutzigen Finger in meine offene Wunde.
„Besorg mir doch bitte den Beitrag von Bettina, bevor es jemand anderes liest, damit ich ein bisschen was lernen kann", grinste ich ihn mit aller Beherrschung, die noch in mir war, an.
Froh, dass es nicht schlimmer gekommen war, nickte er mir zu:
„Du hast ihn in fünf Minuten auf dem Hotelzimmer" Dann wandte er sich Reich-Ranicki zu, der in seinem unverkennbaren und belehrenden Singsang Anekdoten von sich gab. Bent lachte laut

mit ihm. Er sollte das tun, solange ich es ihm noch gestattete.
Das Schlimmste war, dass mich diese Lesbenmücke benutzt hatte. Wie einen Schuljungen. Dass sie mich deswegen über sich gelassen hatte, um mich aus dem Wettbewerb zu nehmen. Und dass ihr das alles auch noch ausnehmend gut gefallen hatte. Mit den zusätzlichen zwei Stunden hätte ich auch ihren vorbereiteten Text sicher schlagen können.
Wie konnte ein solches Miststück diesen Triumph auskosten? Ich hörte sie laut lachen und sah, dass sie gerade von der ARD interviewt wurde. Keiner achtete auf mich, deswegen konnte ich nach oben in mein Hotelzimmer gehen, aus dem mir Bent bereits entgegenkam.
„Liegt auf dem Tisch, vor der Minibar."
„Vielen Dank, Bent, wir sehen uns dann um 21:30 Uhr in der Lobby", antwortete ich ihm freundlich beherrscht und hatte doch das imaginäre Messer für ihn bereits in meinen Händen.
Ich legte mich in mein Bett und deckte mich zu, denn ich hatte angefangen zu frieren. Sorgsam las ich Satz um Satz den ersten Brief, die sich brillant reimenden Gedichte und anschließend die Buchbeschreibung. Hätte ich mein Werk mit der Schulnote 2+ bewertet, wäre dies eine 1-2. Es war etwas runder, ich fand ein wenig Humor im Geschriebenen und jede Menge Wortwitz. Interessantes Historisches war geschickt eingeflochten.
Plötzlich fiel mir etwas auf. Blitzartig. Ich zog meine Jacke an, fuhr mit einem vor dem Hotel wartenden Taxi zu meinem Auto, holte meinen Laptop und ließ mich wieder bis zweihundert Meter vors Hotel fahren. Ich achtete darauf, dass mich niemand sah und huschte in mein Hotelzimmer zurück.
Der Internet-Zugang funktionierte, ich benötigte ungefähr zehn Minuten, bis ich fand, was ich suchte. Es war ein Geschenk des Himmels, ein so exzellentes Gedächtnis zu haben. Und es war ein unglaublich dilettantischer Anfängerfehler, den Bettina begangen hatte.

Nach wenigen Minuten verließ ich mein Hotelzimmer im Smoking, und traf sie im Treppenhaus. Lächelnd küsste ich sie auf die Wange und gratulierte ihr ausführlich zu ihrem Triumph, was sie etwas zu irritieren schien.

„Vielleicht können wir ja heute Abend fortsetzen, was wir am Morgen begonnen haben?"

„Ja, vielleicht. Bist du nicht traurig, dass du nicht gewonnen hast?"

„Wenn du in der Lage bist, in einer Stunde besser zu schreiben als ich, Schöne, dann Chapeau. Lass es uns gemeinsam feiern heute Nacht. Bitte!"

Unsicher lächelte sie mich an:

„Gerne, wenn du meinst, gerne, Süßer.", und sie küsste mich vor dem Öffnen des Fahrstuhls auf den Mund, was mir einen brennenden Schmerz bereitete, und war dann von Blitzlichtgewitter umgeben. Bettina würde ich so einfach vernichten wie eine Fliege an der Wand, und der zuvor ausgekostete Triumph und all die gegebenen Interviews würden ihre Scham vervielfältigen. Sie würde keine Spiele mehr spielen, die sie nicht gewinnen konnte. Sie hatte die falsche Liga gewählt. In der Champions League wurden anfängerhafte Kreisligafehler eben unerbittlich bestraft. Als wir unser Gepäck für die Übernachtung bei der Rezeption abholen durften, das dort während des Schreibwettbewerbs hinterlegt worden war damit niemand etwas einschmuggeln konnte, war die Videokamera von mir schon angebracht. Ich hatte die aktuelle FAZ so drapiert, dass man sie gut im Bild erkennen würde. Ich hatte außerdem die persönliche Email-Adresse von Sonja Sielmann geknackt. Nicht die von Verlagsseite offiziell für Fans herausgegebene, sondern ihre persönliche. Als Kennwort sollte man nie den Namen der Lebens- oder besser Lesbenliebe in Verbindung mit eigenen Geburtsdaten nutzen. Das Video war direkt an den Laptop angeschlossen und an die vorbereitete E-Mail würde das Video automatisch angehängt werden.

Da ich mich von meiner besten Seite zeigen musste, durfte ich bis morgen früh nicht an Bent denken. Ich musste ihn ausblenden, weil ein solch elementarer Freundes-Verrat sichtbaren Hass in mein Gesicht zeichnete.
Ich ging in den Saal, sah Reich-Ranicki, der mich anschnarrte: „Guuuttärr Beitrag, jongerr Mannn." Ich bedankte mich ausführlich und spielte mit allem Charme formvollendet den großzügigen Verlierer.
Plötzlich kam ein Redakteur der ARD auf uns zu, der mit allen dreien ein Interview machen wollte. Wir waren einverstanden, wobei wir uns alle einig waren, dass o-Zeilen-Frömmling (der allerdings für die Öffentlichkeit nicht besser oder schlechter dastand als ich) in seinem Zustand besser nichts sagen sollte. Das Licht der Kamera blendete ein wenig, aber ich hatte mich schnell daran gewöhnt.
„Herr Herzog, was sagen sie zu diesem Wettbewerb? Wie war es, dabei gewesen zu sein?"
„Zuallererst gratuliere ich natürlich Bettina Dahlmann. Wenn diese illustre Schar der Juroren plus Martin Suter, den ich sehr verehre, entscheiden, dass dies der beste Beitrag war, so müssen und wollen Paul und ich gerne zurücktreten, und wir verbeugen uns vor ihrem schriftstellerischen Genie."
Ich lächelte sie warmherzig und lange an.
„Des Weiteren möchte ich betonen, wie viel Spaß es mir gemacht hat, an einem solch hochwertigen Wettbewerb teilzunehmen. Ich bin froh, dass es mir gelungen ist, die verlangten sechs Seiten in vier Stunden zu produzieren, es war eine tolle und besondere Erfahrung. Außerdem genießen wir jetzt alle den wunderschönen Galaabend und ich hoffe, dass die Preisträgerin mir einen gemeinsamen Tanz zugesteht."
Frömmling stierte wortlos vor sich hin, und das Interview war beendet.
Nach diesem Muster ließ ich mich den ganzen Abend herumreichen, huldigte der Preisträgerin und zeigte mich in allerbestem

Licht. Bent war außerordentlich stolz auf mich und das verstärkte in mir die Wut und erhöhte die Härte dessen, was für ihn kommen würde.
Unschön war, dass Frömmling um ca. 00:30 Uhr sturzbetrunken in eine Glasvitrine stürzte und sich sein in der Zwischenzeit vom Alkohol eher blaues Gesicht komplett blutig aufschnitt. Ich hatte niemals zuvor eine so gebrochene Nase und ein fast völlig gehäutetes und zerschnittenes Gesicht gesehen. Durch Hunderte von Glassplittern sah er aus wie ein blutiger Igel.
Betrunken wie Frömmling war, hatte er seinen natürlichen Abwehrreflex verloren, so dass er nicht mehr in der Lage gewesen war, sein Gesicht beim Fallen durch seine Hände zu schützen. Vielleicht erkannte er in diesem Moment auch nur die einmalige Chance, ein neues anstelle seines hässlichen alten zu bekommen. Für chirurgisch wenig Geübte war es nur ein blutiges und unschönes Spektakel, mich interessierte dagegen, was an seinem Gesicht noch zu retten war. Der Chirurg würde bei der Reparatur seines Ursprung-Gesichts (ich hoffte für Frömmling nur, dass er nicht versuchte, es wiederherzustellen) zwei Vorteile haben: 1. schlimmer ging's nimmer und 2. er brauchte sich nicht um eine Anästhesie zu kümmern, denn Frömmling hatte den ganzen Tag über selbst für seine Betäubung gesorgt.
Für ein paar Gäste, die noch auf der Feier waren, war dies der traurige, für andere der schaurige Höhepunkt des Abends.
Eine Stunde später tanzte ich innig mit Bettina, küsste sie zart und spürte durch ihre Bluse, wie ihre Erregung allmählich zunahm. Also doch keine eindimensionale Superlesbe, dachte ich und vergaß im selben Augenblick, dass auch ich für homoerotische Spielereien immer offen war.
Wir gingen langsam, uns immer wieder küssend, die Treppe nach oben. Ich öffnete mein Hotelzimmer und legte Bettina vorsichtig aufs Bett.

Es war eine Kunst, sie im Beischlaf gekonnt zu befriedigen, gleichzeitig darauf zu achten, mein eigenes Gesicht zu verbergen, während die Gevögelte, mit meinem Geschlechtsteil und dem ganzen Gestöhne nachher immer brauchbar auf dem Display zu sehen und zu hören waren.
Außerdem war die aktuelle Ausgabe der FAZ im Bild zu sehen. Immer dann, wenn ich daran dachte und dabei war, meine Konzentration zu verlieren, erinnerte ich mich an den Betrug, und meine Erregung kehrte sofort in dem dafür notwendigen Körperteil zurück.
Da wir beide nicht darauf achten mussten, für den Wettbewerbsvorteil Zeit zu schinden, und ein langer aufregender Tag hinter uns sowie ein ebenso aufregender vor uns lag, kam Bettina nach ca. 15 Minuten ebenso laut wie gewaltig.
Ich war mir sicher, dass mir die Stellen mit ihren Sätzen „Schenk mir bitte deinen großen Schwanz“, „Nie bin ich besser geritten worden“ und „Es kommt mir wie noch nie” am besten im Video gefallen würden. Sie und ihr anhaltendes Gestöhne würden eine Nachvertonung des Videos überflüssig machen.
„Willst du etwas trinken, Liebste?”, fragte ich sie danach.
„Ich will auf die Toilette und mich dann kurz abduschen”, antwortete sie. „Danach ein Glas Rotwein zum Nachvibrieren. Was bist du nur für ein Künstler. Und das mit 19. So einen Orgasmus habe ich noch niemals erlebt.”
Sie lachte leise, und das hatte wiederum zwei interessante Aspekte. Zum einen, dass es für lange Zeit ihr letztes Lachen sein würde, und zum anderen, dass auch diese Szene frontal auf dem Video zu sehen war.
Während sie auf die Toilette ging und es leise vor sich hin plätscherte, speicherte ich den Film im Internet auf meiner
E-Mailadresse, sandte ihn als Anhang mit der vorbereiteten E-Mail an den persönlichen Account ihrer wirklich ausschließlich lesbischen Freundin Sonja und wartete auf Bettina.

Nachdem sie fertig geduscht hatte, kam sie entspannt aus dem Badezimmer. Ich schenkte ihr ein Glas Rotwein ein und sie legte sich aufs Bett.
„Ich möchte dir was zeigen, komm leg dich zu mir."
Sie kuschelte sich zärtlich an mich. Ich öffnete die E-Book-Ausgabe des Buches von Sonja Sielmann und dort die Sammlung „Gedankliche Ausflüge ins philosophische Mittelalter".
Bettina wollte aufspringen, ich hielt sie jedoch mit meinem halb auf und halb hinter ihr liegenden Körper brutal fest und fuhr sie an:
„Wag es nicht, auch nur einen Mucks zu sagen! Ich reiß dich in der Mitte auseinander."
Die Vorstellung begann mich zu erregen und sie spürte meine Erektion an ihrem süßen Po. Sie fing an zu wimmern und zu winseln.
„Halt die Fresse, Lesbe. Ich werde dich dort schon nicht nehmen. Wir hatten genug voneinander, aber reiz mich nicht, oder ich überleg es mir anders.
„Wie saudumm muss man denn sein, einen ganzen Absatz aus einem alten Buch seiner lesbischen Freundin *[es war eine unbedeutende Erstausgabe Sielmanns von 1984 gewesen]* herauszukopieren, wenn man so eine lange Vorbereitungszeit hat, du miese Betrügerin, du asoziales Geschöpf, du Lügnerin und Verräterin."
Mir schossen angesichts ihres Betrugs die Tränen in die Augen. Was für eine Intrigantin, welch infamer Versuch! Wie konnte jemand nur so sein einen seriösen Wettbewerb so zu missbrauchen?
„Weiß sie, dass du´s benutzt hast?" Schluchzend schüttelte sie den Kopf. „Ich wollte es als Beweis für meine große Liebe."
Meine ohnmächtige Wut war nahe daran, sie direkt zu zerfetzen.

Kapitel 7:

Geheimbund der erwachsenen Grenzen

*16.06.2003 / 19 Jahre**

Eine gute Idee ohne genaue Vorstellung ihrer Umsetzung zu haben ist das eine, sie zu realisieren etwas ganz anderes.
Wir hatten zwar besprochen, alle Mitglieder in die Vorbereitungen eines Experiments miteinzubeziehen, wollten sie allerdings abwechselnd durchführen. Das hatte den Vorteil, dass bei einem Scheitern nicht alle verurteilt werden konnten, außerdem minimierte es die Wahrscheinlichkeit, erwischt zu werden. Die restlichen Mitglieder konnten dann gegebenenfalls Alibigeber sein, um heikle Situationen aufzulösen.
Am vereinbarten Freitag sechs Wochen nach unserer Selbstverstümmelungsorgie trafen wir uns, um zunächst über das Vergangene zu sprechen. Es hatte zwei Komplikationen gegeben, eine davon betraf Stefan, die andere Alexandra.
Maximilian berichtete, er wisse von einem Freund, dass Stefan Sprechstörungen habe und keinen Geschmackssinn mehr auf der Zunge besitze. Auf Martins Frage, wie er denn seine Verletzung

seinem Freund erklärt habe, habe Stefan gesagt, er sei vom Fahrrad gefallen und habe sich dabei die Zungenspitze abgebissen. Das zog keine tödliche Bestrafung durch die Gemeinschaft nach sich, weil es dem entsprach, was wir besprochen hatten.

Jeder und jede einzelne hatte eine plausible Erklärung bekommen, wie und warum welches Körperteil verloren gegangen war. Diese sollte bei Bedarf Angehörigen oder Ärzten gegenüber geäußert werden.

Stefan betraf uns nicht länger, weil er aufgehört hatte, Mitglied unseres Geheimbundes zu sein. Bei dem, was er normalerweise so alles aß, fand ich es für ihn sogar vorteilhaft, nichts mehr davon zu schmecken. Bei manchem Oralverkehr hätte ich mir das auch schon gewünscht.

Bei Alexandra war die Sachlage anders. Sie hatte zwei elementare Fehler begangen: Sie hatte nicht – wie von Rainer vorgegeben – zehn Tage völlig ruhig gelegen, und außerdem hatte sie aus Eitelkeit am dritten Tag ihre Haare gewaschen, zwar mit dem von Rainer angelegten Verband, aber es war etwas Shampoo in die Ohrwunde gekommen und der Ohrknorpel hatte sich so entzündet, dass eine intraoperative Blutstillung notwendig geworden war.

Bei dieser Operation musste ein weiteres Teil ihres Ohres abgenommen werden. Eine angebotene plastische Wiederherstellung lehnte Alexandra entrüstet ab. Lieber wollte sie ihr Stummelorgan spazieren tragen.

Sie war vor der Operation wirklich eine makellose Schönheit gewesen. Jetzt war sie eine abstoßende Schönheit. Das Ohr, das sie uns leider ohne Verband an unserem Treffen präsentierte, hatte nur noch ein Drittel seiner ursprünglichen Größe. An der Schnittstelle gab es hässliche Narbenwucherungen, die aussahen wie lauter kleine Knorpel und die an längst vergangene Krankheitsbilder oder einen zu klein geratenen Blumenkohl erinnerten.

Ich schaute schnell auf ihre nach wie vor wunderschönen Brüste, um mein ästhetisches Empfinden für einen Moment lang wieder zu stabilisieren.
Die Verfärbungen der Narbenwucherungen reichten von blau bis schwarz, was das Hinsehen nicht angenehmer machte. Ich hoffte wirklich, dass nichts abfaulen würde, das hätte diese Stelle aber sicher auch nicht hässlicher gemacht. Sie trug ihr verstümmeltes Ohr tatsächlich wie eine Trophäe, und Marc, ihr Freund, küsste sie sogar auf die ausgefransten Reste des Ohres, was wirklich unappetitlich und ekelerregend war.
Dieses Mal wollte ich von dem Hinweis auf Bestrafung für Alexandra wegen ihres Verhaltens nach der Operation absehen, aus zwei Gründen: Wenn wir weiterhin mit dieser Geschwindigkeit bestraften, hatten wir bald entweder gar keine Mitglieder mehr oder immer hässlichere, zweitens war Alexandra in meinen Augen schon gestraft genug. Dass kein anderer anfing, über das Thema Verfehlung zu sprechen, hatte vermutlich ähnliche Beweggründe.
Deshalb fingen wir sofort an, den Überfall zu besprechen. Alle hatten ausgearbeitete Vorschläge mitgebracht. Weil die Summe 500.000,- Euro betragen sollte, die wir dem Vereinsvermögen zuführen wollten, schieden einige der vorgestellten Vorschläge mangels Masse von vornherein aus. Das stimmte mich nicht zufrieden.
Einige der Planungsüberlegungen waren aber meines Erachtens für den ausgewählten Überfall nutzbar. Am Ende unserer Diskussion blieben vier Vorschläge übrig: Piraterie, Entführung, ein Banküberfall oder das Ausrauben eines Juweliergeschäftes.
Piraterie war ein durchaus interessantes Projekt: Man konnte die reichen Passagiere berauben und außerdem Lösegeld von der Reederei erpressen. Es sprachen aber auch einige Gründe dagegen wie z.B., dass dies schwer in Deutschland zu realisieren war, moderne Ortungsmöglichkeiten, zu viele Unwägbarkeiten etc.

Den Banküberfall eliminierten wir aufgrund der komplexen Sicherheitstechnik, fehlender Kontakte, des nicht vorhandenen Insiderwissens und der Tatsache, dass immer weniger Bargeld in den Banken zur Verfügung stand. Und ein längerer zeitlicher Aufenthalt in einer Bank würde die Wahrscheinlichkeit erhöhen, geschnappt zu werden.

Also blieben das Ausrauben eines Juweliers und die Entführung. Bei ersterem hatten wir sämtliche Insiderinformationen, die notwendig waren, denn Sarah kam aus einer Schmuckdynastie und kannte jede Menge Diamantenhändler, Juweliergeschäfte und deren Sicherheitsvorkehrungen. Theoretisch hätten wir auch eines der Geschäfte ihrer Eltern ausrauben können, das war jedoch nicht Sinn unseres Experiments. Ebenso gut hätten wir alle zusammenlegen und die 500.000,- Euro in das Geheimbundvermögen einlegen können, aber dafür hätten wir auch keinen Geheimbund erwachsener Spiele benötigt.

Das Diamantengeschäft, das in unserer Region nahezu ausschließlich von geschickt agierenden jüdischen Geschäftsleuten kontrolliert wurde, hatte ebenso wie das Ausrauben anderer Schmuckgeschäfte einen großen Nachteil. Wir mussten die gestohlene Ware zu Geld machen und hier kamen plötzlich Dritte ins Spiel, die wir nicht sicher im Griff hatten.

Die beste Möglichkeit, direkt und schnell an Bargeld zu kommen, bot also die Entführung. Fast wäre dieser Plan an der Sorge gescheitert, wie wir das wahrscheinlich registrierte Geld aus der Entführung ins System bringen konnten. Aber Martin konnte sie uns nehmen.

„Ich habe Kontakte zur Russenmafia. Wenn wir denen 50% abgeben, waschen sie uns das Geld. Das sind Freunde von mir. Ich bürge in einem solchen Fall bei Verlust mit meinem eigenen Vermögen."

Also beschlossen wir einstimmig die Entführung, wobei wir gleichzeitig vereinbarten, das Lösegeld auf eine Million Euro festzulegen.

Im weiteren Verlauf der Diskussion bekam jeder eine Hausaufgabe, die er bis zum nächsten Treffen erledigen sollte. Wer kam als Entführungsopfer in Frage, was sprach genau für ihn?
Wir vertagten diese Beschlussfindung auf unser nächstes Treffen in sechs Wochen, und legten nun fest, das folgende gemeinsame Essen nackt zu uns zu nehmen. Ich war äußerst erleichtert, weil mich das sicher von Alexandras Ohr hin zu anderem ablenken konnte. Wir wollten uns das Essen servieren lassen, um das Personal ein wenig zu irritieren. Alexandra wurde bestimmt, das Essen nackt beim Küchenchef zu bestellen. Hierfür musste sie durch den gut gefüllten Club in die Personalräume.
Wir hätten das Ganze natürlich auch telefonisch regeln können, aber die überall, auch in den Toiletten, heimlich installierten Kameras würden uns Alexandras Weg verfolgen lassen und uns Spaß bereiten. Im Übrigen hatte Alexandra große Scheu, sich in ihrer perfekten Nacktheit zu zeigen, aber das steigerte unsere Freude nur.
Die Blicke der Besucher, als Alexandra ihre Tour durch den Club machte, waren eine Mischung aus Erstaunen, Voyeurismus, Anerkennung und Entsetzen.

Da Martin mit den unterschiedlichen Kameras auf einzelne Gesichter zoomen konnte, sah man, wie die Männerblicke zwischen ihrem Hintern, den wippenden Brüsten und den Schamhaaren hin und her wanderten, während die Frauen eher am Gesichtsausdruck interessiert waren, nachdem sie die primären Geschlechtsorgane prüfend gemustert hatten.
Alexandras Gang sah man ihre Unsicherheit nicht an. Stolz lehnte sie die angebotene Decke des Küchenchefs ab, murmelte etwas von einer verlorenen Wette und schritt zu uns zurück, wo sie warmer Applaus empfing. Wir hatten uns in der Zwischenzeit selber alle entkleidet.
Sechs Wochen später trafen wir uns wieder, und jeder stellte seinen Kandidaten für die Entführung vor und begründete seine Wahl.
Es waren nur Männer bzw. männliche Babys, die vorgeschlagen wurden, was mich erstaunte. Frauen konnten doch viel subtiler in Panik versetzt werden, aber das entsprach wahrscheinlich nur meinem zusätzlichen Spieltrieb.
Wir entschieden uns für Peter, das drei Monate alte Baby des Schraubenherstellers Arnhelm Grün, der den gutgehenden Schraubengroßhandel seines Vaters geerbt und ihn dann zu einem exzellent funktionierenden Produktionsbetrieb ausgebaut hatte. Vor zwei Jahren hatte er das Unternehmen dann an eine amerikanische Investmentbank verkauft und war seitdem ausschließlich Privatier.
Er war 68 Jahre alt. Seine 42-jährige Frau Maria, eine Italienerin, hatte nach sechs Jahren erfolgloser Zeugungsversuche vor drei Monaten nach einer Hormonbehandlung endlich einen gesunden Jungen zur Welt gebracht. Bei der Geburt musste sie eine dramatische Notfalloperation über sich ergehen lassen, die zur Folge hatte, dass sie nie wieder schwanger werden konnte. Es war auch das einzige Kind des fast greisen Vaters. Der Junge war der ganze Stolz des Ehepaars Grün und diese waren sehr gut mit

Fridolins Eltern befreundet. Fridolin und seine Eltern gingen wie alle Freunde der Grüns in dem Anwesen ein und aus und deshalb kannte er jede Sicherheitsvorkehrung. Es waren nicht viele.

Die Grüns lebten in einem schmucken Bungalow und verzichteten angesichts ihres späten Glücks gänzlich auf eine Nanny. Wenn sie sich auf gesellschaftlichem Parkett bewegten, passte Arnhelms Schwester auf Peter auf. Jeden Mittag vor dem Mittagsschlaf machte die Mutter einen großen Spaziergang und ging immer exakt die gleiche Runde.

Arnhelm Grün war ein umsichtiger, ruhiger Mann, der nur ein aufwendiges Hobby hatte: Er sammelte Fabergé-Eier der russischen Zaren und hatte es zu einer beachtlichen Sammlung gebracht, die er in Wechselausstellungen an unterschiedlichen Orten der Welt gerne präsentierte. Die Juweleneier kaufte er auch aus undurchsichtigen Quellen, hierfür hatte er in einem Tresor zu Hause immer mehrere hunderttausend Euros bereitliegen.

Dies war der zweite Grund unserer Wahl gewesen. Neben der abgöttischen Liebe zu ihrem Kind garantierte das vorhandene Bargeld eine schnelle Übergabe, ohne die Fragen eines neugierigen Bankers riskieren zu müssen.

Den Plan, das Baby auf der Straße zu entführen, ließen wir fallen, weil die Panik der Mutter nicht zu kontrollieren gewesen wäre.

Der gänzliche Verzicht auf Bodyguards und der technisch niedrige Ausbau der Alarmanlage würden uns einen Überfall im Haus erleichtern.

Fridolin wusste exakt, welche Sammlerobjekte Herrn Grün besonders interessierten. Wir suchten deshalb ein Ei aus, das zwar registriert war, aber nicht offiziell auf dem Markt, keines aus einer der berühmten Sammlungen, aber ein sehr hochwertiges. Es war ein Fabergé-Osterei aus der Mettmann-Kollektion, aus der die Familie nach dem Tod ihrs Gründers einzelne Stücke nach und nach bei Christie´s versteigerte oder Sammlern mit einer notariellen Expertise vorab verkaufte.

Arnhelm Grün hatte schon mehrmals bei Privatvorführungen von seinem Traum erzählt, ein solches Ei zu erwerben. Es sollte das Highlight seiner Ausstellung werden, am liebsten wäre ihm eines mit einer goldenen Kutsche innen gewesen. Er hatte in diesem Jahr bereits bei der Auktion von Sotheby´s um das 1913 produzierte Winterei mitzubieten versucht, war allerdings bei 4,7 Mio Dollar entnervt ausgestiegen. Versteigert wurde es schließlich für 9,6 Mio. Er hatte sich danach lange mit Kunstexperten über seine Strategie unterhalten und alle waren gemeinsam zu dem Entschluss gekommen, nicht mehr an solch großen, offiziellen Auktionen teilzunehmen.
Vielmehr gab es immer wieder Gelegenheiten, Fabergé-Eier, die von anerkannten Kunstexperten geprüft und für echt befunden worden waren, von Privatsammlern, die schnell Geld brauchten, zu erwerben.
Wir riefen ihn von einer Telefonzelle aus an. Es war gut, dass wir wussten, dass er über keinerlei technische Möglichkeiten verfügte, Telefonanrufe aufzuzeichnen.
„Guten Tag, Herr Grün. Ich bin der offizielle Agent der Mettmann-Kollektion, Orson Simon. Wir haben uns in New York getroffen und Sie gaben mir ihre Visitenkarte."
Grün hatte nach der gescheiterten Sotheby´s Auktion auf irgendeiner Veranstaltung verkündet, diesen Kontakt getätigt zu haben.
„Sie sagten mir damals, dass Sie an kurzfristigen Verkäufen hochwertiger Fabergé-Eier interessiert wären, bevor sie in die Auktion kommen. Habe ich das so richtig verstanden?"
„Zu sinnvollen Preisen ja", antwortete Grün vorsichtig und versuchte, sich seine Freude nicht anmerken zu lassen.
„Um was geht es?"
„Sie wissen, dass Herr Mettmann einen Bruder hat, den er in bar und mit einigen Eiern aus seiner Sammlung ausbezahlt hat. Dieser möchte eines seiner drei Eier, die von Sotheby`s und von Christie´s ein Zertifikat haben, verkaufen.

Das tut er unter vier Bedingungen:

1.) Diskretion
2.) Abwicklung innerhalb einer Woche
3.) zum gemittelten Schätzpreis + 40% und
4.) das Ei darf vor 2007 in keiner Ausstellung gezeigt werden. Sind Sie an dem, was ich Ihnen gesagt habe, interessiert?"

„Um welche Eier handelt es sich genau und von welcher Größenordnung sprechen wir?"

Grün war außerordentlich interessiert, weil die Eier bei Auktionen oft 300-400% des Schätzpreises erzielten.

„Die Eier mit den Expertisen stelle ich Ihnen und einem Kunstsachverständigen, für dessen Diskretion Sie bürgen, im Düsseldorfer Avidon Airport Hotel morgen um 12:00 Uhr vor. Sie würden je nach Ei zwischen 2,6 und 3,9 Mio Euro kosten. Das Geld würde auf das Treuhandkonto einer großen Gesellschaft eingezahlt, nach notarieller Unterzeichnung des Vertrages. Den Notar könnten Sie wählen, ich würde Ihnen den Vertrag vorab zukommen lassen."

„Einverstanden, wir sehen uns dann morgen um 12.00 in der Lobby des Airport Hotel. Ich freue mich sehr."

„Sie werden zufrieden sein. Sorgen Sie dafür, dass das Geld schnell zur Verfügung steht. Es ist für mich auch ein Test, ob es gut ist, mit Ihnen Geschäfte zu machen."

Vielleicht wäre es auch möglich gewesen, so zu viel mehr Geld zu kommen, aber wir hatten uns anders entschieden. Von den Mitgliedern waren Fridolin, Sarah, Rainer und ich selbst für dieses Experiment vorgesehen. Alle anderen würden nur vergnügte Beobachter sein.

Ich freute mich wirklich darauf, denn ich hatte niemals zuvor eine vor Angst fast wahnsinnige Mutter gesehen, die um das Leben ihres Babys bangte.

Ein neues erwachsenes Spiel begann. Die Erregung darüber löste sofort Phantomschmerzen in meinem amputierten Fingerglied aus.

Persönliches:

Abiturklausuren

*25.03.2001 / 17 Jahre**

Es war von enormem Vorteil, die Abiturthemen vorher gekannt zu haben. Den Inhalt aller Klausuren kannte ich deshalb, weil der Direktor eine willig zu mir stehende, bildhübsche 16-jährige Schülerin seines Institutes bestiegen und ich davon Fotos gemacht hatte. Außerdem hatte er in diesem Jahr den Vorsitz der Prüfungskommission zur Auswahl der Abiturprüfungen innegehabt.

Elena wusste von der Existenz der Fotos nichts; ich hatte es ihr als Spiel vorgeschlagen und als Liebesbeweis, dass ich mir ihrer nur sicher sein konnte, wenn sie etwas völlig Absurdes tat.

Mit Scham und voller Ekel ließ sie den Direktor wie besprochen über sich ergehen. Ich hatte ihr gesagt, alles im Schrank sitzend beobachten zu wollen, was ich dann auch mit einer hochauflösenden Profikamera tat.

Ihr Preis für diesen Gefallen war direkt nach der Besteigung eine zärtliche Liebesnacht (das Hotelzimmer hatte freundlicherweise der Direktor übernommen), wobei mich der Gedanke nicht gerade beflügelte in jemandem zu sein, in dem zuvor der Direktor war. Ich benutzte ein Kondom.

Dieses eklige Gefühl ließ auch nicht nach. Drei Wochen später schickte ich sie aus einem nichtigen Grund in die Wüste. Die schüchterne, hübsche und ruhige Elena hatte durch mich eine wertvolle Lebenserfahrung gemacht.

Aufgrund meiner Position als Schulsprecher hatte ich immer wieder Einzelgesprächstermine mit dem Direktor. Wenn ich ihn anschaute, verbeugte ich mich innerlich vor Elena. Er war feist,

immer leicht schwitzend, hatte nur noch 20% seiner Haare auf dem Kopf, gestaltete sie aber als umzäunenden Kranz einer Glatze, die auch noch rosa glänzte. Sein dunkelbeiger Anzug saß schlecht und war ungebügelt, und sein Hemd hatte fast immer Flecken. Wenn er abends nicht irgendwelche blutrünstigen Dinge tat, musste es oft Tomatensoße am Vortag gegeben haben.
Er war am Tag nach der Besteigung ungeduldiger als sonst, was mir gegenüber normalerweise selten vorkam. Ich hoffte sehr für ihn, dass er kein ernsthaftes Problem hatte.
Besonders hässliche Menschen sonnten sich gerne im Glanze charmanter und schöner Gegenüber. Psychologisch ist das wohl damit zu erklären, dass sie hofften, im Dunstkreis dieser Menschen etwas von ihrem Glanz oder den ein oder anderen von den Übriggebliebenen abzubekommen. Was sich meinem Fall in Bezug auf Elena ja auch als richtig erwiesen hatte.
Ehrlicherweise musste man aber konstatieren: Schöner wurde Direktor Korn nicht, wenn er sich in meine Nähe begab. Er schaute sich auch nichts ab und meinem gutgemeinten Tipp, sich doch lieber eine Glatze zu scheren, begegnete er damit, dass er sich für drei Monate ein grünlich-graues Toupet zulegte.
Dieses trug er jedoch nicht mehr, nachdem es bei einer Schulfeier von einem Windstoß in den Fluss geweht und von einigen todesmutigen Schülern aus der Fünften gerettet worden war. Ich glaube aber nicht, dass er fortan aus ästhetischen Gründen auf das Toupet verzichtete, sondern deswegen, weil es von einer solch miserablen Verarbeitungsqualität war, dass er es auch nach mehrmaligem Trockenfönen nicht mehr benutzen konnte.
Dass mich Menschen wie Mücken umschwirrten, war ich gewohnt. Vor allem nach sportlichen Höchstleistungen oder nach Preisen, die meinem Intellekt zuzuschreiben waren, gab ich dem hässlichen Direktor durch meine Freundlichkeit das Gefühl, Teil des Triumphes zu sein. Das steigerte sein Selbstwertgefühl enorm, denn die Menschen, die mich mochten, und das waren eine

Menge, fingen an ihn zu respektieren, weil ich ihn – aus welchen Gründen auch immer – gerne zu mögen schien.
Als er mir gegenübersaß, merkte ich ihm seine Nervosität an.
„Wie geht´s, Herr Direktor", begann ich unser Gespräch.
„Bitte heute keinen Smalltalk, Jan-Nicklas, was gibt's, es geht so."
„Ich verspreche Ihnen etwas. Es wird Ihnen ganz sicher gleich noch viel schlechter gehen. Ich befürchte nämlich, Sie haben gerade eine kurzfristige Pechsträhne. Aber seien Sie sicher. Nach tiefsten Tälern kommen hohe Gipfel."
Ich strahlte ihn aufmunternd an und schlug ihm mehrmals auf seine fetten Schultern. Völlig irritiert glotzte er aus wässrigen Augen zurück.
„Sie wusste nichts von den Fotos. Es war meine Idee und ich habe sie umgesetzt. Ich will dafür die Abi-Prüfungen dieses Jahres", sagte ich, während ich ihm mit behandschuhten Fingern einen braunen Umschlag auf den Tisch legte.
Der braune Umschlag war eine Reminiszenz an meine Lieblingsserie aus den 80ern: Privatdetektiv Thomas Magnum auf Hawaii. Ich hatte mir sämtliche Videos gegen eine horrende Summe besorgt. Einmal hatte ich mir sogar einen Magnum-Schnurrbart wachsen lassen, was hochgradig schwachsinnig aussah, da ich blond war. Außerdem wirkte Magnum immer nur so cool, weil Jonathan Higgins III seinen Butler spielte. Ich rasierte den Schnurrbart nach vier Wochen wieder ab.
Korns Hände zitterten erbärmlich, als er den Umschlag öffnete.
„Sollte mir etwas zustoßen, gehen Kopien der Fotos über einen Notar an die Schulaufsichtsbehörde, an alle Klassenlehrer, Ihre Frau, Ihre Kinder und an die Elternvertreter."
Er blickte jedes einzelne Foto lange an, und ich hoffte inständig, dass sie ihn nicht erregten. Sein Gesichtsausdruck machte mir nicht den Eindruck.
Vielleicht fand er sich unvorteilhaft getroffen, aber er hatte schließlich einen so kleinen Penis, dass er im Vergleich zu seinem

fetten Körper auf den Bildern kaum zu erkennen war. Außerdem war Elena wirklich zierlich mit ihren kleinen Brüsten, was ihn auf den Fotos noch bedrohlicher erscheinen ließ.
Ich hatte mit Tageslicht gearbeitet, aus einem Loch im Schrank heraus, deswegen war vielleicht die Qualität nicht die, die er erwartet hatte. In der Fotografie/Video-AG hatte er uns als passionierter Fotograf und Video-Profi anderes beigebracht, und ich hoffte sehr, er würde mir nicht im Nachhinein meine Note ändern. Ich traute ihm allerdings zu, die Umstände, unter denen die Fotos gemacht worden waren und auch die Modellauswahl bei seiner Beurteilung zu berücksichtigen.
Plötzlich brüllte er wie von Sinnen:
„Raus! Raus! Raaaaaaaaus!"
„Entscheidung bis Montag bitte, drei Tage müssen reichen. Ich muss mich ja auch noch vorbereiten auf die Klausuren, Fehler einbauen können. Also, Direktörchen, schönen Tag dann noch. Und tun Sie bitte etwas gegen Ihren hohen Blutdruck. Das Rot sieht einfach ungesund aus und ich will mir keine Sorgen machen müssen."
Er brüllte wie ein Stier, und als seine Sekretärin ins Büro stürmte, sagte ich laut und deutlich:
„Ich würde mich freuen, wenn Sie ein mögliches Budget für unsere Abifeier in Miami doch noch einmal überprüfen könnten. Kein Grund so auszuflippen, Herr Direktor", und stapfte mit gespielter Wut und innerlich siegessicher aus seinem Büro.
Männer mit Fettleibigkeit, Machthunger und wenig Haaren neigen oft zu cholerischem Verhalten, deswegen machte sich seine Sekretärin wenig Gedanken über diesen Ausbruch. Es war ja nicht der erste gewesen. Zweimal in ihrer Amtszeit hatte sie einen Tacker und einmal eine Schere hinterhergeworfen bekommen, wovon sie allerdings nur einmal leicht getroffen worden war, was nicht gerade für das sportliche Talent des Direktors sprach.
Das Seltsame war, dass ich weder die Mathematik- noch die

Deutschprüfung hätte vorbereiten müssen. Als ich die vier Klausuren in meinen Händen hielt, sah ich auf den ersten Blick, dass ich sowohl in Mathe als auch in Deutsch die 15 Punkte auch ohne diesen Aufwand erreicht hätte.

Ich wollte aber nicht unvorbereitet in Situationen kommen, wenn sie doch so einfach planbar waren. Die Mathematikklausur hielt für mich keine Klippen bereit, die ich mit einer besonderen Vorbereitung hätte besser umschiffen können.

Bei der Deutschklausur war die Aufgabe 1 wie folgt formuliert:

Aufgabe 1

Johann Wolfgang von Goethe – Die Leiden des jungen Werther

1.) Analysieren Sie den Brief vom 23. Februar hinsichtlich seiner Struktur, des Rhythmus und der geschichtlichen Einordnung.

2.) Verfassen Sie einen Antwortbrief Wilhelms.

Das war absoluter Kinderfasching. Keine Vorbereitung notwendig. 15 Punkte garantiert.

Die zweite Aufgabe war sehr viel interessanter:

Aufgabe 2 : Literarische Erörterung

Thema:
„Genetische Vorbestimmung schlägt Sozialisation"
„Erziehung erreicht alles"

Arbeitsanweisungen
Erörtern Sie diese beiden Thesen am Beispiel von Sonja Sielmanns Philosophie-Epos „Entwicklung des originären Menschen"

Wir hatten in der Schule Sonja Sielmanns wirklich interessanten Roman gelesen, ich hatte ein ausführliches Exzerpt verfasst und kommentiert. Dies war im Übrigen Stoff, der mir mit exzellenter Vorbereitung den Literaturpreis des Landes Baden-Württemberg sichern konnte.
Die Recherche war nicht einfach. Ich las alle Aufsätze, alle Kommentare, alle Bücher und Kolumnen, die Sielmann jemals verfasst hatte. Für nahezu eine Woche war ich Stammgast der Universitätsbibliothek gewesen, die gerade glücklicherweise die gesammelten Werke Sielmanns als Leihgabe für drei Monate in ihrem Bestand hatte.
Das einzige Buch, das mir von ihr nicht gefiel, war ihr unbekanntestes, von ihr selbst sehr geschätztes und mit zahlreichen historischen Bezügen untermauertes Erstlingswerk „Philosophie im Mittelalter". Es war in einer ganz kleinen Auflage gedruckt worden, und der Verlag hatte sich angesichts der schlechten Verkaufszahlen geweigert, es noch einmal nachzudrucken.
Im Gegensatz hierzu stand die Meinung der Autorin, dies sei mit Abstand ihr bestes Buch. Diese Einschätzung gehörte ihr allerdings alleine. Mit der Zeit hatte sie einen solchen Erfolg, dass alle ihr seltsames Erstlingswerk vergaßen.

Ich hatte es mir nur deshalb angesehen, weil ich in einem ihrer Interviews davon gelesen hatte, aber es war in der Bibliothek nicht vorhanden und Bent besorgte es mir über ein Antiquariat.
Es war wirklich schlecht und flach, brachte aber einige interessante Erkenntnisse über die Autorin zum Vorschein, über ihr strenges Monogamieverständnis beispielsweise und über ihre antiquierte Vorstellung von Treue, Verrat und Liebe. Dies hatte sie historisch eingebettet, so dass beim intelligenten Leser die Frage aufgeworfen wurde, ob es nun um die Philosophie des Mittelalters oder um ihre eigene Lebensphilosophie ging. In diesem Buch war die Schreiberin nicht in der Lage gewesen, das genau abzugrenzen.
Mein fotografisches Gedächtnis half mir nun, mich genau an diese eine von Bettina Dahlmann im Wettbewerb über zwei komplette Absätze wortwörtlich genutzte Stelle wieder zu finden.

Kapitel 6:

Begegnung

*31.12.2002 / 18 Jahre**

Die wenigen Anrufe, die ich von den Pilzkulturenverkäufern erhielt, waren nicht gerade ermutigend. Die meisten sagten mir, dass sie keine weißen Knollenblätterpilze vorrätig hätten, aber gerne welche für mich züchten könnten. Allerdings mit vier bis sechs Monaten Lieferzeit.

Für die Zeitvorgabe von sechs Tagen lachten mich alle aus. Meine Frage, ob Geld etwas an der Situation ändern würde, verneinten alle. Kein Geld der Welt könne ihre Kulturen schneller wachsen lassen. Zwei wollten genau wissen, warum ich gerade weiße Knollenblätterpilze benötigte, und fragten so beharrlich nach, dass ich mich insgeheim fragte, ob sie nicht von der Polizei waren. Paranoia konnte ich allerdings am wenigsten in meiner Situation gebrauchen, und so erzählte ich ihnen von einem verrückten Kunden, der sich ein giftiges Pilzplateau anpflanzen wollte und dass er als Haustiere Schlangen und Alligatoren hielt und wimmelte sie freundlich und schnellstmöglich ab.

Der Durchbruch kam nach einem Anruf aus Italien, aus der Lombardei:
„Werden Sie sich leisten können, was ich Ihnen bieten kann?", fragte eine angenehme männliche Stimme mit starkem italienischem Akzent, aber auf Deutsch.
„Leisten kann ich mir alles, es kommt nur darauf an, ob es dem entspricht, was ich brauche."
„Ich mache Ihnen einen Vorschlag. Sie benötigen etwas sehr Spezielles, was Sie nicht bei normalen Pilzkulturenhändlern bekommen werden. Ich kann es Ihnen besorgen und werde auch nicht fragen, wofür Sie es brauchen. Ich bekomme dafür, was ich verlange."
„Haben Sie die Pilze in einer Pilzkultur?"
„Nein, aber ich würde sie an den feuchten Hängen des Po-Tales sammeln und in eine bestehende Kultur einpflanzen."
„Wann könnten Sie liefern, und würden die Kulturen den Transport überstehen?"
„Ich könnte in sieben Tagen liefern, Sie müssten sie aber abholen, weil sie einen Transport per Kurier nicht überstehen würden und außerdem in dem Zusammenhang zu viele Fragen mit den Behörden zu klären wären. Sie müssen äußerst vorsichtig in einem transportablen Feuchtbiotop per Auto überführt werden."
„Würden Sie sie mir liefern, wenn ich dafür extra bezahlen würde?", fragte ich ihn.
„Nein, kein Interesse, ich bin kein LKW-Fahrer. Die Deutschen sehen mich nicht so gerne in ihrem Land." Er lachte rau.
„Was wollen Sie für den Spaß haben?" fragte ich ihn.
„Für 150 eingepflanzte Pilze plus Einpflanzen in die Kultur und Biotop 2.500,- Euro."
Mit 5.000,- Euro für diese Pilze hatte ich nicht gerechnet, aber noch unangenehmer war für mich, selbst fahren zu müssen.
„Ich lege 3.500,- Euro drauf, wenn Sie jemand bringt", antwortete ich ihm, was er jedoch sofort ablehnte:

„Wir wollen niemanden einweihen, Sie nicht und ich auch nicht.“
„Besorgen Sie mir 100 Herbstzeitlose und 150 Maiglöckchen ohne die weißen Blüten und beides einblättrig und pflanzen Sie sie ebenfalls in ein Biotop.“ Ich hatte mehr geordert als benötigt, um Unwägbarkeiten mit abzudecken.
„Weitere 2.500,- Euro “, brummte er erstaunt wegen der großen Menge.
„OK.“
Er gab mir eine Adresse durch, an der wir uns sieben Tage später verabredeten. Die Hälfte des Geldes übergab ich noch am selben Tag einem von ihm ausgewählten Kellner eines italienischen Restaurants 250 Kilometer entfernt von Heidelberg an der schweizerischen Grenze. Er sah aus wie der nette italienische Kellner von nebenan und nicht wie ein Mitglied der Mafiafamilie.
Ich musste meinen Plan gehörig umstellen. Tag 6-8 war nun der Pflanzenbeschaffung gewidmet, immerhin musste ich aber die Grünpflanzen nicht mehr selbst beschaffen. Deswegen stellte ich die Reihenfolge um: Tag 2-4 Auspflanzen des Bärlauchs und der Wiesenchampignons, Tag 5 Sicherstellung und Wässern des Mistes. Tag 8 Einpflanzen der weißen Knollenblätterpilze, Tag 9-11 Einpflanzen der Herbstzeitlosen und Maiglöckchen. Der Rest blieb wie geplant.
Ich pflanzte an einem einzigen Tag 90% der Wiesenchampignons und 90% des Bärlauchs aus und behielt sie für mich, weil einem Gourmet wie mir sicher einige Verwendungsmöglichkeiten dafür einfallen würden.
Nun hatte ich zwei Tage Zeit, bevor ich den Mist sicherstellen und bewässern musste, eine Arbeit, die mich allergrößte Überwindung kosten würde. Ich ekelte mich davor, sobald ich nur daran dachte. Ich war extrem geruchsempfindlich und hatte mich einmal, als sich eine bildhübsche 25-Jährige neben mir ausgezogen hatte, aufgrund des unangenehmen Geruches, den sie ausströmte, direkt neben ihr übergeben müssen.

An Tag 3 und 4 reduzierte ich die Bärlauchpflanzen zu einem Sud, den ich über die giftigen Ersatzpflanzen geben wollte, um den typischen Geruch des Bärlauchs zu erhalten. Dies würde ich allerdings erst einen Tag vor Rückkehr der beiden Turteltauben machen.
Dann nutzte ich den Rest der verbliebenen Pflanzen und produzierte Bärlauch-Gewürzöl, -butter, -kräuterpaste, -quark und Bärlauch-Essig. Es stank so erbärmlich, als hätte ich eine Knoblauchplantage in meiner Wohnung betrieben.
Ich fror die Fertigprodukte ein. Mein Glück war, dass meine Vermieter drei Wochen über Ostern zu ihrer Tochter nach Kanada geflogen waren, denn diese Zeit benötigte ich fast vollständig, um den Gestank wieder aus dem Haus zu bekommen. Den Bärlauchquark, den ich im Kühlschrank ließ, konnte ich sowieso maximal eine Woche lang essen.
Nach meinen Desinfektions- und Reinigungsaktionen roch nichts mehr nach Bärlauch. Es roch, als ob ich in einer überdimensionierten klinisch reinen Toilette leben würde.
Nachdem ich mich mit einer Wiesenchampignons-Fressorgie par excellence am Vorabend auf Tag 5 eingestimmt hatte, fuhr ich zum Waldrand 18. Vor dem Haus war Bewegung, ein neues kleines Dach wurde als Regenschutz am Eingang montiert.
Ich sah einen der Nachbarn, der seinen großen Hund ausführte. Er schien einen Schlüssel für das Haus zu besitzen, denn er ging einfach hinein, um die Post auf den Tisch zu legen.
An keinem anderen Tag hatte ich ihn im Haus gesehen. Trotzdem hatte ich vorsichtshalber meine Haare ähnlich schneiden lassen, wie die von Lutz, trug seine Gärtnerei-Kleidung und arbeitete immer mit der gleichen Sonnenbrille wie er. Dies war nicht besonders schwierig, denn es war der Klassiker, Ray Ban Wayfarer, die man überall für 79,- Euro erwerben konnte. Sie war so out, dass ich mich beim Kauf fast geschämt hatte, für Lutz war es aber das Modischste, was ich je an ihm erblickt hatte.

Als ich das Haus passierte, winkte mir der Nachbar zu, ich winkte zurück und fuhr weiter. Nahezu zwei Stunden verharrte ich hinter dem Nachbarhaus, aber der Mann bemerkte mich nicht mehr. Er war anscheinend froh, etwas überwachen zu können, und wenn es nur Handwerkerarbeiten waren. Ich betete, dass er nicht auf die Idee kam, den Garten zu betreten.

Um 12:30 Uhr verließ ich die Gegend, denn es war mir zu gefährlich, von aufmerksamen Nachbarn doch noch notiert zu werden, also beschloss ich, den Mist-Tag auf den Zeitpunkt nach meiner Transportreise zu verschieben.

Ich fuhr am Tag 6 wie geplant über die Grenze in die Schweiz, hatte mir bereits an Tag 1 für 21 Tage einen der Pick-ups von Lutz „geliehen", was weiter nicht auffiel, denn Lutz wollte sich in den nächsten sechs Wochen auf seine Meisterprüfung vorbereiten und hatte die Gärtnerei geschlossen. Sämtliche Fahrzeuge waren auf einem Parkplatz außerhalb des Geländes abgestellt, nur ein Mitarbeiter kümmerte sich um die Gärtnerei, während ein weiterer für die Pflege unterschiedlicher Gräber verantwortlich war.

Auf dem von mir „ausgeliehenen" Fahrzeug war wie auf allen anderen eine eindrucksvolle Werbung für die Landschaftsgärtnerei von Lutz aufgedruckt.

Das hatte den Vorteil, dass ich bis an Annas Grundstück fahren konnte, weil den Nachbarn der Anblick des Pick-ups bekannt war und sie sich später sicher daran erinnern konnten, dass dieses Auto während Annas Abwesenheit jeden Tag vor dem Anwesen gestanden hatte.

Des Weiteren war der Wagen für den Transport der Pflanzen ausgezeichnet geeignet. Um Papiere für die Giftpflanzen zu bekommen, hatte ich 200 Wiesenchampignons und 100 Bärlauchpflanzen bei einem Pilzkulturhändler in der Schweiz bestellt, auf den Namen der Gärtnerei, und wollte deswegen etwas früher fahren, um diese Pflanzen zu bezahlen und sie auf dem Weg nach Italien abzuholen.

Freundlich lächelnd winkte mich der Zollbeamte wegen der vor der Grenze gekauften und mit Nivea-Milch „festgeklebten" Vignette an der Fensterscheibe mit einem freundlichen „Grüezi" durch. Ich erreichte das Tessin und sah den Schweizer Teil des Lago Maggiore.

Dort holte ich die bestellten Pflanzen beim Schweizer Händler ab, bekam die Papiere, zahlte mit meinen Fränklis und zerkleinerte und vernichtete die Pflanzen in einem einsamen und nahe gelegenen Wald. Jetzt hatte ich die Papiere, die ich für den Grenzübertritt zurück nach Deutschland brauchte.

Ich fuhr auf die Lombardei zu und überquerte, ohne einem Beamten zu begegnen, die Grenze nach Italien, wo ich mich abends in Brescia im Hotel Albergo Relais I Due Roccoli einquartierte.

Wir hatten uns für den Abend im Hotelrestaurant verabredet.

Enzo, oder wie immer er auch wirklich hieß, kam, und obwohl ich ihn vorher noch nie gesehen hatte, sah ich gleich, dass etwas nicht in Ordnung war.

„Wir haben ein Problem."

Es kotzte mich an, bevor er eine Erklärung abgeben konnte

„Welches", antwortete ich gereizt.

„Die Pilze sind noch nicht genug in der Kultur verankert. Fährst du heute, so wirst du sie nicht einpflanzen können."

„Warum zahle ich dir eigentlich so viel Scheißgeld, und dann klappt es nicht?"

„Hör zu, Arschloch. Ich könnte dich auch fahren lassen und dann wärst du daheim und würdest die Scheiße bemerken. Ich bin nicht der liebe Dio.

Wachsen tun die Pflanzen, wie sie wollen. Meinst du nicht, ich würde nicht gerne mein Geld und dich weit weg haben?"

„Wie lange dauert das Anwachsen?"

„Ein oder zwei Tage."

„Was kann passieren, wenn ich früher fahre?"

„Die Pilzkulturen gehen mit hoher Wahrscheinlichkeit kaputt.

Und du musst, egal wann du fährst, langsam fahren, auch falls sie morgen schon so weit sind."

Wer es gewohnt war, schnelle Autos schnell zu fahren, den konnte die Vorstellung nicht reizen, in einem Pick-up übervorsichtig mit 80km/h über die Landstraße oder die Autobahn zu zuckeln. Ich versuchte, meinen Adrenalinspiegel abzusenken, was mir den ganzen Abend nicht gelang.

Abends vögelte ich ohne Vorspiel eine in der Bar aufgegabelte, willige Italienerin hart. Es schien ihr außerordentlich zu gefallen. Am nächsten Morgen sagte sie zu mir:

„Gibst du mir mein Geld?"

„Welches Geld?"

„Meinst du, ich bin umsonst? Aber ich kann auch meinen Patron anrufen, dem gibst du es bestimmt."

Ich konnte mir einfach keinen Ärger leisten. Hasserfüllt schaute ich sie an. Es war das erste Mal, dass ich dafür zahlte. 400,- Euro. Ich lief purpurrot an vor Zorn.

Zu viele Kompromisse für Anna, zu viele Demütigungen.

Und wieder kam mir der zu bearbeitende Mist für den Bärlauch in den Sinn.

Um 14:00 Uhr kam Enzo ins Hotel. Ich hatte mich zuvor im Wellness-Bereich aufgehalten und versucht, meine zornige Anspannung wegzusaunieren, was mir erst nach einer anschließenden entspannenden Ganzkörpermassage und einem milchgefüllten Kleopatrabad gelang.

Die Spannung stieg sofort wieder an, als er durch die Hotellobby auf mich zukam.

„Wir können es heute Abend versuchen", sagte er mir, „es ist aber dein Risiko. Ich meine, es müsste gehen, wenn du die Pflanzen nicht bewegst und langsam fährst."

Die Vorstellung, den Abend und die Nacht lang durchfahren zu müssen, missfiel mir, weil ich nicht gerne müde in der Dunkelheit fuhr und weil ich mich anschließend direkt ans Arbeiten machen musste.

„Wir machen es jetzt gleich. Sag mir den Treffpunkt, ich checke aus und wir machen die Übergabe. Auf mein Risiko." Diese zwei Stunden konnten keinen Unterschied ausmachen.
Er nickte, gab mir eine Adresse und erklärte mir, wie ich dorthin kam.
Ich bezahlte das Hotel in bar, um keine elektronischen Spuren mit meiner Kreditkarte zu hinterlassen. Meine Anspannung stieg. Ich versuchte mich auf ein höheres Erregungsniveau zu bringen, um für Unvorhergesehenes gewappnet zu sein, aber es gelang mir nicht, da ich mein Koks in Deutschland gelassen hatte. Seit dem Tag, an dem ich Lutz getroffen hatte, hatte ich nichts mehr genommen, der natürliche Adrenalinausstoß und die harte Arbeit hatten es unnötig gemacht.
Jetzt wünschte ich mir aber eine Linie oder zwei, da ich mir nicht sicher war, was mich erwartete. Vielleicht wollten sie nur mein Geld, vielleicht auch alles andere. Ich begann mich extrem über mich selbst zu ärgern, dass ich den Stoff zu Hause vergessen hatte.
Als ich beim vereinbarten Treffpunkt ankam, sah ich, dass er zumindest alleine gekommen war. Sein kleiner Lieferwagen stand da, die Ladetür war offen. Ich stieg vorsichtig und langsam aus meinem Pick-up aus.
Er öffnete die Tür, und ich sah zwei riesige Kulturen, die genau das Vereinbarte enthielten. Ich hatte keinerlei Vorstellung, wie ich beide Kulturen in meinem Wagen unterbringen sollte.
Ich hatte ihm die genauen Maße meines Autos mitgeteilt und war mir meines exzellentes räumlichen Vorstellungsvermögens sicher. Ich sah sofort, dass der Platz nicht für beide Kästen ausreichte.
„Ich kriege von dir 8.000,- Euro", grinste er mich an.
„5.000,- Euro und keinen Cent mehr." Kalte Wut kroch in mir hoch. Es war definitiv das Wochenende der Abzocke, aber es hatten mich zu viele Menschen heute mit ihm gesehen und es durfte in

keinem Fall mehr zu irgendwelchen Verzögerungen kommen.
„Ich habe nur 7.500,- Euro dabei und ich muss noch tanken", zischte ich so beherrscht wie möglich.
„8.000,- Euro und das Zeug gehört dir, ansonsten vernichten wir es."
Aus dem hintersten Teil seines Sprinters kam ein zweiter Mann heraus, kein Italiener, vielleicht Albaner, der einen Knüppel in der Hand hielt.
Ich übergab ihnen das geforderte Geld, dann halfen sie mir, die Pilzkultur im hinteren Ladebereich zu verstauen. Ich stellte fest, dass die Ladefläche ca. 30cm zu kurz war für die zweite aufzuladende Grünpflanzenkultur.
Nach kurzer Beratung holte der Albaner eine Handsäge, sägte 35 cm des aufgefüllten Kastens ab, umklebte den Rand mit wasserfestem, stabilem Klebeband, und sie verstauten die beiden Kulturen so im Wagen, dass kein Zentimeter mehr Platz war für anderes. Mein Gepäck, den Dünger und die Wasserkanister stellte ich auf und vor den Beifahrersitz.
Beide Kulturen hatten jetzt Platz gefunden, aber der Nachteil war, dass ich meine als Reserve georderten Pflanzen mit der Kürzung des Kastens auch verlor.
Die Reise der todbringenden Pflanzen begann.

Kapitel 5:

Nadja

*01.11.2005 / 21,5 Jahre alt**

Nadja studierte an meinem Lehrstuhl Mathematik. Ein Teil ihrer Fröhlichkeit war langsam zurückgekehrt. Trotzdem spürte ich auch nach Monaten noch eine Traurigkeit, die in ihren Augen zu lesen war, meistens dann, wenn sie sich unbeobachtet glaubte. Immer wieder ertappte ich sie, wie sie unwillig den Kopf schüttelte, vielleicht, um das nicht zu Verstehende aus ihrem Kopf zu bekommen.

Sie trainierte nun regelmäßig engagiert in Ilvesheim im Lisanum Body Art, Yoga und Pilates, hatte ihre persönliche Trainerin, Ramona, und machte eine Musiktherapie, die ihr inneres Gleichgewicht nach dem für sie nicht zu begreifenden Verrat Katharinas wiederbringen sollte.

Sie versuchte verzweifelt, mit der Stimulierung ihrer Gefühle Zugang zu ihren tiefer liegenden und nicht kognitiv anzusprechenden Emotionen zu bekommen. Aber das war ein nicht zu verstehender Prozess, der ihre Balance – aus den nur mir bekannten

Gründen – überhaupt nicht wieder herstellen konnte. Wie sollte ihr tagtäglich durchs Leben selbst richtig trainiertes Gefühl plötzlich in der Lage sein, Falsches zu verstehen oder auch nur zu akzeptieren?

Ab dem Zeitpunkt, an dem mir klar wurde, was ich ihr angetan hatte, litt ich Höllenqualen, strafte mich bis hin zur körperlichen Züchtigung, was zwar physisch meinen Schmerz überdeckte, ihn jedoch psychisch weiterhin zuließ.

Ich war an einem Wochenende zu einer bekannten, exzellenten Psychologin, Dr. Claudia Hartschuh, nach München gefahren und hatte ihr unter dem Mantel der Verschwiegenheit von meinem Experiment berichtet und sie um Rat gefragt. Ihr ausführlich begründeter Rat, Nadja ehrlich alles zu gestehen, war das viele Geld nicht wert, das ich ihr bezahlte, da es für mich keine akzeptable Lösung war. Außerdem war es ein Fehler gewesen, eine Ratgeberin auszuwählen, weil Frauen immer ihre eigenen Wünsche in solche Situationen projizierten.

Ich verstand, warum von allen Berufsgruppen die Psychologen die höchste Suizidrate hatten. In der Regel studierten sie diese Disziplin nur deswegen, weil sie ihre eigenen inneren Konflikte lösen, und nicht, weil sie anderen helfen wollen. Wenn sie nach dem Studium trotzdem an der Auflösung ihrer Probleme scheitern, obwohl sie nun fachlich ausgebildet war, gibt es für sie nur noch diesen Ausweg.

Nadja war meine einzige, wahrhafte Liebe, und ich würde sie durch begangenen Verrat verlieren. Das hatte sie mir gesagt und in jedem darauffolgenden Telefonat wiederholt. Deswegen war ich nicht in der Lage, ihr wirklich zu helfen, denn die Wahrheit hätte unsere Beziehung beendet.

Sie war verletzlicher und anhänglicher geworden, was zwar einerseits wundervoll, andererseits aber auch schmerzvoll für mich war, weil ich Nadja ein wesentliches Stück ihrer Sicherheit genommen hatte. Weil ich sie gerne groß sah, so groß es überhaupt ging.

Sie war der einzige Mensch auf Erden, dem ich größere Größe als mir selbst wünschte. Ich schwöre bei Gott, dass ich alles dafür gegeben hätte, Nadja die alte Nadja zurückzugeben, weil ich nie auch nur einen Millimeter an ihr verändern wollte. Sie war perfekt gewesen mit all ihrem unerschütterlichen Selbstbewusstsein und ihrer Ruhe.

Ich wollte sie nicht verändern, hatte sie 100% so geliebt, wie sie war, und tat das jeden Tag mehr. Deshalb litt auch ich wie ein Hund, unternahm alles Mögliche, um ihr gutzutun, was ihre Liebe zu mir stärkte, ihr jedoch nicht bei der Lösung ihres Problems half.

In unzähligen Diskussionen hatte ich ihr erklärt, dass es immer eine Ausnahme von der Regel gab, und ihr dies an vielen Beispielen belegt. Sie aber wischte dieses Argument vom Tisch, indem sie darauf beharrte, dass es Systeme gab, die niemals fehlerhaft sein durften. Als Beispiel nannte sie die Atomkraftwerke, das konnte ich zwar widerlegen, aber sie sagte, sie würde nun eben wie die Atomindustrie nach Tschernobyl weiterleben: Anders und nicht mehr wie vorher.

Ich hatte ihr einen lupenreinen weißen 2-Karäter als Ring gekauft, hatte das verbunden mit einem romantischen Essen bei Enzo, der immer, wenn wir einen Tisch bestellten oder spontan in sein Restaurant kamen, sofort das Bild seines Fußball-Lieblings abhängte. Unser Tisch war so weit davon entfernt, dass Nadja es sowieso nicht bemerkt hätte.

An diesem Abend hatte ich kniend um ihre Hand angehalten, hatte ihr mit einer fast zu langen Kunstpause versehenes „Ja“ bejubelt, und wir hatten daraufhin beschlossen, die Hochzeit auf einem romantischen Schloss zu feiern, mit all unseren Freunden, Bekannten und unseren Familien. Sie bestimmte, dass wir am 07.07.2008 heiraten sollten, an meinem Geburtstag. Niemals konnte und wollte ich ihr etwas ausreden, wenn sie eine Entscheidung getroffen hatte.

„Ich will nach dem Vordiplom ein Baby von dir", sagte sie mir beim Tiramisu. Ein eigenes Kind war angesichts meiner Vergangenheit eigentlich unvorstellbar für mich, dennoch war es der schönste Satz, den mir jemals ein Mensch gesagt hatte. Es war, als ob ich in Ohnmacht fallen würde, und ich führte sie zu Enzo und sagte ihm: „Häng Beppo Inzhaghi wieder auf, bitte."
Sie schaute mich vor Glück strahlend an, lächelte und ergänzte: „Ja, Enzo, lassen wir das alberne Spiel, häng endlich unseren Beppo wieder auf." Sie blinzelte mir zu und sagte: „Danke für diese Geste, Vater meiner Kinder."
Erst viel später erfuhr ich, dass sie einmal mittags mit Freunden unangekündigt zum Essen gekommen war, Enzo war nicht dagewesen und sie hatte amüsiert mein Bild mit den beiden Schönheiten zur Kenntnis genommen.
„Ich gewähre dir heute Generalamnestie, du gehst straffrei aus, egal was es ist. Welche Geheimnisse verschweigst du mir noch? Beichte und es wird dir Absolution zuteil."
Es war die Chance, ihr das Ich zurückzugeben, und ich war für einige Sekunden wirklich bereit, ihr alles zu sagen. Aber gerade als ich mit allem Ernst anfangen wollte, ihr alles zu erzählen, trat Enzo von mir unbemerkt an unseren Tisch:
„Isch´ abe alles gesehen. Champagner für das Hochzeitspaar und für alle umsonst."
Die Restaurantbesucher standen auf, klatschten, sangen ein von Enzo angestimmtes Lied, und die einmalige Chance war für mich vertan.
Niemals zuvor hatte ich Nadja fröhlicher und geborgener gesehen. Mich eroberten Glücksgefühle, die mir in dieser Intensität völlig unbekannt waren. Das Leben hatte mich gefunden und ich war bereit, alles anzunehmen und alles dafür zu tun, dieses Glück festzuhalten.
Nadja telefonierte noch vom Restaurant aus mit allen, die ihr besonders wichtig waren, und allen, die ihr unwichtig waren, um

die frohe Botschaft zu verkünden. Als wir nach Hause kamen, zog sie sich und mich noch an der Haustür aus und ich sah, dass sie sich komplett weiße Dessous gekauft hatte, mit halterlosen Strümpfen. Sie sagte:

„Ich werde mich dir heute jungfräulich geben". Ich verstand diese sensible Geste. Woher bloß hatte sie gewusst, dass dies der Abend der Abende sein würde? Tränen des Glücks liefen mir über das Gesicht. Sie nahm mich in ihre Arme und flüsterte:

„Ich habe mich zum ersten Mal wieder auf mein Gefühl verlassen, Liebster. Weine nicht, ich werde dich von nun an immer halten, dir treu sein bis zum Tod, in guten wie in schlechten Zeiten."

Wir liebten uns die ganze Nacht so zärtlich, dass ich wieder weinen musste. Ich wusste nicht genau, ob es wegen der Gewissheit war, dass ich mein Leben ändern musste und wollte, oder wegen des so unglaublich reich über mich ausgeschütteten Glücks. Es war eine Mischung von beidem. Niemals waren sich zwei Menschen in ihrer körperlichen Vereinigung näher, als wir es in diesen Momenten waren. Noch Stunden danach blieben wir ineinander liegen und verstanden, dass dies die reine Liebe und die Vollkommenheit war.

„Es wird das schönste Baby auf der ganzen Welt", flüsterte Nadja, legte meine Hand auf ihre feste Brust und nahm meinen Finger in den Mund, bevor sie einschlief. Als ich aufwachte und meine Hand nach Nadja ausstreckte, stellte ich fest, dass sie schon zur Uni gegangen war. Im Bad fand ich einen handgeschriebenen Zettel:

Mein Alles,

warum nur haben wir dieses Glück verdient, wie nur haben wir uns gefunden, warum nur kann Liebe so sein, wie nur hat das Glück uns gefunden, warum haben wir uns verdient? Wodurch, mein Liebster, erkläre mir wodurch?

Die letzten 24 Stunden wären es wert gewesen, dafür zu sterben. Seit ich Dich kenne, würde ich immer sterben für Dich, jede Sekunde würde ich Dich verteidigen mit meinem Leben, Du darfst niemals, egal was auch immer kommen wird, an meiner unfassbaren Liebe zu Dir zweifeln. Sie wird nie mehr aufhören. Das ist unmöglich. Sie wird alles und jeden Schmerz überstehen. Sie ist unzerbrechlich.

Ich bin an dem Tag, an dem wir uns das erste Mal sahen, zu Deiner Frau geworden und ich werde es für immer bleiben. Ich kann und will nicht anders und habe nur vor einem Angst:

Wir werden genau fühlen, wenn wir irgendwann einmal unser Baby erlieben werden, die Nacht erkennen und wie nur, wie sollen wir dieses Glück jemals aushalten? Wir werden die ersten Menschen sein, die vor Glück sterben. Vor Glück gestorben – könntest Du, mein Poet, nicht vorsichtshalber schon einmal eine Todesanzeige für durch Glück Gestorbene schreiben?

Ich sterbe vor Glück auch deswegen, weil es Dir nicht anders geht. Du fühlst genau wie ich und immer mit mir.

Sei bereit für mich heute Abend, Schluss mit der Zärtlichkeit, fessle und benutze mich. Ich werde heute Deine Sklavin sein.

Deine überschäumend vor Glück Erfüllte

Ich bin´s nur,

Deine Frau Nadja

Niemals vor Nadja war ich in der Lage gewesen zu weinen, nicht wegen einer Frau, nicht wegen Schmerzen, nur dann, wenn es die Situation oder das Spiel erforderte.

Ich weinte nahezu eine Stunde, es löste sich aller Hass, sämtliche Spiellust, alles in mir. Ich weinte wegen der Menschen, die ich verspielt hatte, wegen meiner Manipulationen, aber zuallererst weinte ich, weil ich erkannt hatte, dass mich Nadja um meinetwillen liebte.

Nadja bedeutet übersetzt Hoffnung, und die Hoffnung, mein Leben ändern zu können, erfüllte mich. Ich rief den Sportpsychologen des Nationalkaders an, dem ich als Mitglied angehörte, und fragte ihn:

„Ich benötige den besten Psychotherapeuten, den es gibt, einen, der sich von mir nicht faszinieren lässt, der Vollprofi ist, der mehr vom Leben weiß, als alle anderen, der mit schweren Persönlichkeitsstörungen umgehen kann, völlig egal, was er kostet. Ich brauche ihn schnell und oft, und er muss hier in der Nähe sein. Wen kannst du mir empfehlen?"

Er dachte nach.

„Ich kenne einen, den will ich aber erst mal fragen, ob er dich nimmt. Er kostet 250,- Euro die Stunde, behandelt nur privat ist nie in einem Notfall für dich da, sondern immer nur nach terminlicher Vereinbarung. Es gibt keinen Besseren, nirgendwo in Deutschland."

Zwei Stunden später rief er mich an.

„Er nimmt dich, zweimal die Woche, du musst dich aber für eineinhalb Jahre festlegen. Kommst du nicht, musst du trotzdem bezahlen. Es wird immer eine Doppelstunde sein."

Ich sagte ohne zu zögern zu und rief Nadja an:

„Ab nächster Woche gehe ich zu meinem Onkel."

„Zu welchem Onkel?", fragte Nadja.

„Zu meinem Psychoonkel, dem besten, den es gibt."

Sie weinte am Telefon und ich fragte sie:

„Habe ich etwas gesagt, das dir weh tut, Liebste?"
Sie antwortete tief gerührt:
„Es gibt keinen Menschen, der stolzer auf dich sein kann, als ich es bin. Niemals hat mich ein Anruf glücklicher gemacht, Liebster. Das bedeutet mir mehr als der Ring mit zwei Karat, auch wenn ich ihn sehr gerne mag. Du hast es selbst erfühlt, du weißt wie ich, dass Änderungen notwendig sind, auch wenn ich dich genau so, wie du bist, heirate. Ich platze vor Stolz."
„Dein Brief hat es bewirkt, die Nacht, das Baby, unsere Liebe. Danke Nadja." Wir weinten glücklich zusammen am Telefon.
Nun würde alles für immer gut werden. Alles. Ich hörte unseren Lieblingssong von Katie Melua: "If you are a cowboy I would trail you...."

Kapitel 1:

Zu Hause?

24,5 Jahre alt / 06.12.2008*

Nachdem der Schließer Wasser und einen Lappen gebracht hatte, damit ich das Erbrochene wegwischen konnte, fragte ich meinen Anwalt teilnahmslos:

„Was hat denn die Staatsanwaltschaft, was wollen sie denn?"

„Es hat diese Tote gegeben, Anna Zimmermann. Du hast bestimmt davon gelesen. Ein aufsehenerregender Prozess vor ca. vier Jahren. Lebenslängliche Haft wegen Mordes bekam ein Lutz Baumgärtner. Die Anwälte des Verurteilten haben auf Wiederaufnahme des Verfahrens gedrängt, haben neue Beweise vorgelegt und dich mit reingezogen. Was weißt du davon?"

Neugierig lauernd schaute er mich an.

„Ich weiß nur zwei Dinge: Erstens war ich mit Lutz in derselben Schule und in der Basketballmannschaft, und zweitens... ", ich machte eine kleine Pause:

„habe ich sie umgebracht und die Beweise auf ihn gelenkt."

Ich dachte an Nadja, lächelte erleichtert und wusste, dass sie, wo immer sie jetzt auch war, auf diese Aussage stolz sein würde.

Da ich damals noch 19 gewesen war, was Jugendstrafe bedeutete, musste ich doch wohl annehmen, nicht aus dem Gefängnis herauszukommen, bevor ich die Mitte meines dritten Lebensjahrzehnts erreicht hätte. Die von Meyer ausgehandelte Verlegung in ein angenehmeres Gefängnis würde wohl auch nicht stattfinden, außerdem hatte ich einige unangenehme Gespräche vor mir.
Er war erschüttert.
„Wie hast du sie umgebracht? Ich unterliege der Schweigepflicht, aber wenn du nicht willst, musst du es mir natürlich nicht sagen."
„Weiße Knollenblätterpilze, Maiglöckchen und Herbstzeitlose."
„Am besten du schweigst zu allem. Du musst nicht aussagen. Jeder wird verstehen, wenn du nach diesem Prozess zu keinem neuen Vorwurf mehr Stellung nimmst. Dann kriegen wir dich da raus ohne Blessuren."
„Die Zeit des Spielens ist vorbei. Ich werde alles sagen. Machen Sie einen Termin mit der Staatsanwaltschaft. Ich übergebe Ihnen schriftliche Unterlagen, alles was Sie brauchen, beim nächsten Besuch."
Ich dachte an Nadja. Ich wollte auflösen, was aufgelöst werden musste. Wie sehr sie mir fehlte. Ich begann leise zu weinen.
Prof. Meyer verstand nicht, dass ich um sie trauerte, vermutete vielmehr, dass ich über den Mord verzweifelte. Er wusste nichts mehr zu sagen und hielt mir stattdessen sein Taschentuch hin, das ich aber kopfschüttelnd ablehnte.
Ich weinte um Nadja und darum, dass ich nicht früher verstanden hatte. Mir war jede Verurteilung egal: Aber es sollte niemand mehr unschuldig für mich eines Verbrechens bezichtigt werden.
Ich weinte auch, weil ich aus den mir im Überfluss geschenkten besonderen Fähigkeiten und Talenten nichts gemacht hatte, und mir kam plötzlich und unpassend in den Sinn, wie ich mich immer lustig gemacht hatte über den unfassbar hässlichen, fetten und rotbehaarten Tomi mit der dickglasigen Brille aus meiner Klasse. Wie oft hatte ich ihn, der keinerlei Talent besaß, leicht erregbar

war und von niemandem gemocht wurde, geärgert:
„Wenn es mir schlecht geht, roter Tomi, und ich denke an Selbstmord, dann denke ich immer daran, dass ich als Tomi mit roten Haaren am Sack wiedergeboren werden könnte, und dann hänge ich mich lieber doch nicht auf."
Meine Freunde hatten gelacht, gejubelt und gegrölt, hatten das kleine Lied vom dicken roten Alex gesungen, hatten ihn Chefchen genannt. Doch in welcher Lage war ich jetzt selbst?
Ich wollte mich nicht bemitleiden. Wenn das Leben irgendwann einmal wieder Sinn machen sollte, musste ich mein altes Leben jetzt komplett und um jeden Preis auflösen und die Schulden, die ich gemacht hatte, bezahlen, und kosteten sie mich noch so viele Jahre.
Im Affekt jemanden zu erschlagen, war sicher etwas anderes, als jemanden mit Vorsatz umzubringen. Auch wenn es für einen Angeklagten, der für seine alten Taten nach dem Jugendrecht verurteilt werden würde, egal warum und wie vielen er was angetan hatte, nicht mehr als zehn Jahre Haftstrafe drohte. Die Anzahl meiner Freunde würde sich aus diesem Grund reduzieren, zumal alle Lutz gemocht hatten und damals niemand verstanden hatte, warum er getan haben sollte, was er ja gar nicht getan hatte.
Sie würden sich von mir ab- und ihm wieder zuwenden, was bedeutete, dass Freundschaften per se nicht weniger wurden, nur mir entzogen und ihm unter zahlreichen Entschuldigungen wieder angetragen. Das ergab eine ausgeglichene Bilanz, was ich seltsam fand.
Es würde sicher ein ganz anders zu verarbeitender Schock sein für meine Eltern als der erste. Ich nahm mir vor, Bilanz zu ziehen, gnadenlos. Alles offenzulegen. Ich wollte nicht mehr. Nur noch für das geliebt werden, wie ich wirklich war. Oder gehasst. Aber nicht mehr schön spielen müssen.
Mein Anwalt schaute mich befremdet an, klopfte an die Zellentür, sagte mir auf Wiedersehen und ging.

Das Leben hatte mich gnadenlos eingeholt. Ich hatte ihm in den ersten 24 Jahren nicht zugehört. Hatte es verspottet und mit ihm jongliert. Jetzt pochte es auf sein Recht und ich würde es ihm gewähren.

Kapitel 6:

Begegnung

*31.12.2002 / 18 Jahre**

„Fahr vorsichtig, sonst kommt kein Pilz lebend an. Wo immer sie auch ankommen sollen. Die zwei Wasserkanister mit dem reinen Quellwasser sollten für die Fahrt ausreichen", riet mir Enzo mit etwas freundlicherem Gesichtsausdruck.
„Ich hoffe, mein von dir bezahltes Geschenk hat dir heute Nacht gutgetan. Sie hat ein bisschen gejammert nachher, aber ich habe ihr gesagt, dass Deutsche manchmal ein wenig grob sind."
Er grinste mich ein letztes Mal an und fuhr davon.
Ich stieg um 15:24 Uhr in meinen Wagen. Nach meinen heute im Hotel gemachten Berechnungen würde ich ca. 11,5 Stunden reine Fahrzeit benötigen. Vorsichtiges Fahren. Nach ca. 45 Minuten erreichte ich die Autobahnauffahrt nach Mailand.
Ungefähr 2,5 Stunden später war ich von diesem monotonen langsamen Fahren so müde, dass ich an einer Raststätte anhalten musste, um mir zwei doppelte Espressi einzuflößen.

Es war auch deshalb nervenaufreibender, als ich gedacht hatte, weil kein LKW-Fahrer daran dachte, die vorgeschriebene Geschwindigkeit einzuhalten, das Überholen für sie jedoch schwierig war, was bedeutete, dass einer nach dem anderen fast bis auf meine Stoßstange auffuhr, um mir klarzumachen, dass ich mein Tempo zu beschleunigen hätte, was ich für das Überleben der Pflanzen in keinem Fall tun konnte. Zweieinhalb Stunden mit dieser ewigen Huperei, dem Geschimpfe und Gestikulieren stressten mich so sehr, dass ich an einer Raststätte beschloss, ab sofort 100km/h zu fahren.
Nach ungefähr 4 Stunden und 25 Minuten fuhr ich langsam auf die schweizerische Grenze zu. Ich hatte gelernt, dass ausgestrahlte Energie dementsprechende Reaktionen zur Folge hatte, deswegen versuchte ich, eine innere Ruhe in mir aufzubauen, was mir allerdings nicht gelang. Je näher ich auf die Grenzbeamten zufuhr, desto nervöser wurde ich. Es war mir, so glaubte ich, nicht anzumerken.
Ich hatte meinen Personalausweis aus der Brieftasche herausgeholt, hielt ihn mit meinem charmantesten Lächeln aus dem Fenster in Richtung der Zollbeamtin, die mir kalt lächelnd bedeutete, an die Seite zu fahren.
„Von wo sind wir unterwegs und warum?" fragte sie. Was ging das diese Lattenbewacherin eigentlich an? Mit freundlichem Lächeln antwortete ich.
„Grünpflanzen und Wiesenchampignons holen aus einer Gärtnerei vom Lago Maggiore", strahlte ich sie ohne erkennbare Nervosität an. Meine inneren Handflächen begannen zu schwitzen. „Die Papiere bitte", sagte sie.
„Die für die Pflanzen, die Fahrzeugpapiere und Ihren Führerschein."
Sie nahm alles und verschwand im rechteckigen, dreckig grauen Häuschen, wo ich sie durch eine Scheibe beobachten konnte. Sie diskutierte mit einigen Kollegen und kam nach ca. 4-5 Minuten

mit drei von ihnen zurück, im Schlepptau, welche Ironie, ein deutscher Schäferhund.
„Bitte aussteigen und hier hingehen", forderte mich die Beamtin auf und wies auf eine Stelle, die ca. zehn Meter hinter dem Pickup war.
Plötzlich schlug der Hund an. Einer der Beamten zog seine Dienstwaffe und kam auf mich zu.
„Haben Sie Drogen im Auto?", fragte er mich. Als ich dies verneinte, sagte er:
„Der Hund hat auf Drogen angeschlagen, wir werden Ihr Auto genauer durchsuchen müssen."
So ruhig ich konnte, stimmte ich der Untersuchung zu. Die Beamten ließen die beiden Kulturen so hart auf den Boden fallen, dass es mir körperlich weh tat. Dann schleppten sie sie in das Häuschen und der Hund durchschnüffelte das ganze Auto nochmals und bellte noch zwei weitere Male.
„Wenn Sie nichts dagegen hätten, würden wir, bis wir die Pflanzen und den Wagen genau untersucht haben, einen Drogenschnelltest bei Ihnen vornehmen. Stimmen Sie dem zu?"
Ich beglückwünschte mich innerlich zu meiner Vergesslichkeit, weswegen ich kein Koks bei und in mir hatte, und stimmte zu.
„Sagen Sie lieber, wo Sie das Zeug haben, wir werden es sowieso finden. Den Richtern ist es lieber, wenn Sie kooperativ sind, das wirkt sich mildernd aufs Strafmaß aus."
„Ich habe noch nie Drogen genommen, werde nie Drogen nehmen, transportiere keine Drogen und habe somit auch nichts zuzugeben."
Ich begann mich einerseits unwohl zu fühlen und andererseits tierisch zu ärgern über dieses dumme pedantische Bergvolk, diese schnüffelnden schweizerischen Grenzbeamten auf der Suche nach Verbotenem und auch über den Drogen-Hund, der Herbstzeitlose, weiße Knollenblätterpilze und Maiglöckchen nicht von Stoff unterscheiden konnte, und begleitete die Beamten zu ihrem

„Wohnsitz". Vielleicht hatte Lutz irgendwann einmal mit diesem Auto Drogen transportiert. Auch wenn ich ihm das nicht zugetraut hätte. Aber er würde einen hohen Preis bezahlen, er benötigte keine zusätzliche Bestrafung.
Ein anderer Beamter fuhr meinen Wagen zur genauen Untersuchung in eine 150 Meter entfernt gelegene Garage. Ich betete still, dass keiner der Beamten ein verkappter Botaniker war und die in den Papieren falsch aufgeführten Pilze und Grünpflanzen erkannte. Es war gut gewesen, einige Tage zuvor noch in dem Wagen den Bärlauch transportiert zu haben. Es roch noch sehr nach Knoblauch, was für die auf den schweizerischen Papieren deklarierten Pflanzen sprach.
Die Beamtin forderte mich auf, mein Sweatshirt und mein T-Shirt auszuziehen, befeuchtete einen Teststreifen und zog mir den ersten unter meiner rasierten Achsel hindurch und den zweiten durch den Mund.
Dann warteten wir auf das Ergebnis. Es war ein neues, erst in diesem Jahr eingeführtes Verfahren mit vielen Unsicherheiten. Ich war außerordentlich erleichtert, dass auf den beiden Teststreifen keinerlei rote Färbung erschien.
„Stimmen Sie außerdem einem Bluttest zu?", fragte sie mich dann.
Ich tat völlig empört und wütend:
„Wissen Sie, so langsam habe ich die Nase voll von allem. Ich sitze hier seit fast einer Stunde, habe all das getan, was Sie wollten. Ich habe sensible Pflanzen, die ich bei einem wichtigen Kunden in weniger als acht Stunden einpflanzen muss, die Sie vielleicht durch unsachgemäßes Erschüttern abgetötet haben, bin sehr kooperativ, habe absolut nichts zu verbergen und nun soll ich auch noch einem Bluttest zustimmen.
Vielleicht wollen Sie mir noch zur besseren Aufklärung eine Glatze schneiden? Nein, ich stimme einem Bluttest nicht zu. Und warum? Weil ich etwas zu verbergen habe? Nein, weil ich Bluter

bin und weil eine Blutabnahme genau das gleiche Ergebnis bringen würde wie ihre feuchten Tests, nämlich keines, und nur um Ihren Wunsch zu befriedigen, werde ich mein Leben nicht aufs Spiel setzen."

Sie blickte mich wortlos an, und zum ersten Mal konnte ich leichtes Verständnis in ihrem Blick erkennen.

„Wir bräuchten eine richterliche Erlaubnis, sollten Sie nicht zustimmen, ohne Beweise."

Ungefähr eine weitere halbe Stunde später ließen sie mich die Pflanzen alleine wieder in den Pick-up heben und verabschiedeten sich freundlich. Ich brauchte nun wirklich kein Koks mehr, war hellwach, fuhr in der Schweiz exakt so schnell, wie ich durfte, aber nicht mehr als die vorher vereinbarten 100 km/h, passierte um 1:20 Uhr die Grenze bei Basel nach Deutschland ohne Kontrolle und fuhr nach Hause. Vorher hatte ich die Bodylotion-Vignette entfernt.

Um 4:17 Uhr kam ich zu Hause an, stellte mir den Wecker auf 8:00 Uhr und fiel in einen unruhigen Schlaf.

Ich träumte, Anna würde mir zum Geburtstag gratulieren und alle zwängen mich, ein Stück ihrer selbstgebackenen Bärlauchtorte zu essen, zu der es Salat von Wiesenchampignons gab. Als ich dabei war mich zu übergeben, erwachte ich schweißgebadet um 07:52 Uhr, nahm ein Bad und fuhr nervös zu Annas Haus.

Das Vordach war ordnungsgemäß angebracht worden und kein Nachbar weit und breit zu sehen. Die abzuladenden Pilze und Grünpflanzen waren stark gezeichnet von den nächtlichen Strapazen. Ich verfluchte Italiener, Schweizer und das nicht Planbare. Am Morgen hatte ich, fürs bessere Aufwachen und den bevorstehenden harten Arbeitstag, nachgeholt, was mir Gott sei Dank in Italien aufgrund meiner partiellen Vergesslichkeit nicht möglich gewesen war.

Ich fühlte mich frisch und bereit. Als ich den Garten durch die Hecke betrat, sah ich, dass niemand etwas verändert hatte. Der

präparierte Mist hatte die gleiche Konsistenz und Farbe, war nur etwas zu trocken, aber dem Einpflanzen der weißen Knollenblätterpilze stand nichts entgegen.
Jeden Pilz begann ich einzeln vorsichtig aus der Kultur herauszulösen und so einzusetzen, dass ein natürliches Ganzes entstand. Ich verglich die Maße und musste daran denken, was Enzo gesagt hatte:
„Du musst 2-3 Tage warten, dann siehst du, ob sie die neue Umgebung angenommen haben. Entweder sie sind dann unbrauchbar, oder sie verwachsen relativ schnell."
Ich hoffte nach all den Strapazen sehr, dass sie anwachsen würden und da ich gehört hatte, dass Pflanzen auf Streicheln und gutes Zureden reagieren, streichelte ich beim Einpflanzen jeden Pilz und redete ihm besser zu, als es vielleicht notwendig gewesen wäre.
Ich kam langsamer voran, als ich berechnet hatte.
Nachmittags wollte ich die Grünpflanzen wässern und sah, dass dort, wo das Klebeband gewesen war, die Erde komplett herausgefallen und mindestens 1/3 der Maiglöckchen durch die Fahrt vernichtet worden waren.
Ich kam mir vor, wie der Don Quichotte der Windmühlenpflanzen. Enzo hatte mir immer wieder eingebleut, die Pilze schnellstmöglich einzupflanzen. Es dauerte ca. eine Stunde, um den Behälter der Grünpflanzenkultur zu reparieren und abzudichten und die Grünpflanzen genauso zu bewässern, wie er es mir mit auf den Weg gegeben hatte. Vielleicht hatte er mir geholfen, weil ich ihm weitere Lieferungen in Aussicht gestellt hatte.
In der Zwischenzeit begannen die Pilze trockener zu werden und ich hatte bis zum späten Abend erst ca. 60% davon eingepflanzt. Der natürlich angelegte Teil der Pilzwiese, der fertig war, wurde Pilz für Pilz entsprechend der gemachten Fotos realisiert und verglichen, was einem räumlich überdimensionierten Puzzle entsprach.
Ich rief Enzo entgegen unserer Vereinbarung an.

„Was mache ich nun mit den noch nicht eingepflanzten Pilzen? Wie lagere ich sie?"
Am anderen Ende der Leitung hörte ich erregtes Atmen:
„Habe ich dir nicht gesagt, du darfst hier nicht anrufen? Soll ich meinen italienischen Freunden aus der Pizzeria Bescheid geben?", drohte er mir zornig und unverhohlen.
Im Nachhinein war ich froh, weder über den nachträglich erhöhten Preis diskutiert, noch mit der Nutte gestritten zu haben.
„Gib ein wenig von dem Dünger, den ich dir mitgegeben habe, in die Kultur und besprühe alle Pilze ordentlich mit dem destillierten Wasser, das du von mir mitbekommen hast. Hast du noch was davon?"
„Alles verbraucht."
„Al diavolo, stupido", fluchte er.
„Habt ihr irgendwo eine Quelle mit reinem Wasser?"
Ich erinnerte mich an eine und nickte laut.
„Das muss heute passieren, morgen ist alles kaputt."
„Ich ruf dich nicht mehr an."
„Ich weiß!"
Eine freundlichere Verabschiedung hielt niemand von uns beiden für notwendig. Ich löschte die Prepaidkarte, säuberte alles und legte sie unter die Fußmatte. Dann fuhr ich mit dem reduzierten Rest der Kulturen ca. 25 Kilometer zu dem Wald, wo sich eine exzellente Quelle befand, die ich für die Bewässerung nutzen wollte.
Es war stockdunkel und ich musste die letzten ca. drei Kilometer mitten durch den Wald zur Quelle fahren. An einer Tankstelle besorgte ich mir eine Taschenlampe.
Mir begegnete erfreulicherweise niemand unterwegs, und als ich an der Quelle ankam, stellte ich beide Kulturen vorsichtig auf die den Brunnen umgebende Steinmauer und bespritzte sie direkt mit dem Wasser, indem ich es in meine gewaschenen Hände gab und behutsam über jede übriggebliebene Grünpflanze und über jeden einzelnen Pilz träufelte.

Es war von Vorteil, dass ich als Kind vier Jahre lang Bonsaibäume gezüchtet und versorgt hatte. Schneller ging keine Pflanze kaputt als diese Miniaturbäume, und so hatte ich sicher ein grünes Händchen.
Ich füllte beide Kanister mit dem Quellwasser und trank selbst an die zwei Liter direkt aus der Quelle. Als ich wegfuhr, kam mir ein Dutzend dunkel gekleideter und schwarz geschminkter Jugendliche auf dem Waldweg entgegen, die sich aber aufgrund der Helligkeit der Autoscheinwerfer schnell wegdrehten. Sie waren auf dem Weg zur Heiligen Quelle und wollten wahrscheinlich genauso wenig erkannt und gesehen werden wie ich.
Um ca. 01:40 Uhr kam ich zu Hause an, ungewaschen, hatte den ganzen Tag vor Schufterei nichts gegessen. Plötzlich fiel mir siedend heiß ein, dass ich trotz der Hitze der letzten vier Tage vergessen hatte, den Mist zu wässern. Annas Brief lag wie zur Mahnung auf dem Kühlschrank, und mir wurde sofort wieder klar, dass keine Mühe zu viel sein konnte, um mein Urteil zu vollstrecken.
Das Bad tat mir und meinen müden Knochen gut. Danach aß ich den Rest des Salates aus Wiesenchampignons, Brot mit Bärlauchquark, trank eine gute Flasche Rotwein, stellte mir den Wecker auf 07:00 Uhr, schlief wie ein Baby ein und wachte am nächsten Morgen auf, ohne geträumt zu haben.
Tag 10, der 25.04.2003, war ebenso heiß wie die Tage zuvor. Es war Freitag, 08:00 Uhr und wieder traf ich niemanden in der Nähe des Hauses an. Sofort begann ich den Mist zu wässern, beendete sechs Stunden später die Pilzplantage, verglich sie am Ende Pilz für Pilz mit meinen gemachten Fotos und war auf eine Weise zufrieden, wie man es nur nach schwieriger, langwieriger und perfekt durchgeführter Arbeit sein konnte.
Es war erstaunlich wie beharrlich ich an diesem Projekt arbeitete und welche Mühe ich dafür auf mich genommen hatte. Nachdem ich weitere vier Stunden den Mist und den Dung um die Pilze

gestreut hatte, musste ich mich übergeben, allerdings nicht in die Pilzkultur.
Nichtsdestotrotz säuberte ich das Feld vom Erbrochenen, was mich nahezu ein zweites Mal dazu brachte, magenzersetzten Bärlauch von mir zu geben.
Um ca. 18:00 Uhr begann ich mit dem Einpflanzen der Herbstzeitlosen und der Maiglöckchen. Dadurch, dass Enzo nur einblättrige Maiglöckchen genommen und alle weißen Blüten entfernt hatte, würde nach dem Auftragen des feinen Bärlauchsuds niemand mehr erkennen können, dass es sich um giftige Ersatzpflanzen handelte. Ich durfte in keinem Fall vergessen, meine Hände ausgiebig zu waschen und lange zu desinfizieren. Und das Ganze mehrmals. Das Zeug war die Hölle.
Der noch im Feld belassene Bärlauch passte so exzellent zu den anderen Pflanzen, dass ich innerlich jubelte. Er hatte die gleiche Farbe und die gleiche Größe, und auch bei nahem Hinsehen sah man keine Unterschiede. Nach dem Einpflanzen konnte ich nur noch anhand der Erde erkennen, welche Pflanze was war. Sie waren so perfekt durchmischt, dass auch der Geschmack des Bärlauchs Eingang in die produzierten Speisen finden würde.
Ich musste um 22:30 Uhr die Arbeit beenden und hatte noch ca. zwanzig Maiglöckchen zu pflanzen. Ich beschloss samstags die restlichen zwanzig einzupflanzen und am Montag darauf die tags zuvor in heimischen Wäldern zu sammelnden Maiglöckchen hinzuzufügen.
Trotz der exzellenten Gleichheit der eingepflanzten Gewächse war ich mit mir nicht zufrieden. Änderungen eines erdachten und minutiös erdachten Plans brachten immer nicht Kalkulierbares mit sich, und das war etwas, was ich überhaupt nicht leiden konnte und was bei besserer Planung auch nicht notwendig gewesen wäre. Also nahm ich mir vor, irgendwann einmal ein mathematisches Modell zu programmieren, das die Wahrscheinlichkeiten von Unplanbarem mitberücksichtigen und berechnen würde.

Am Samstagmorgen um ca. 10:00 Uhr, ich war gerade nach dem Einpflanzen beim Gießen des Angelegten, trat der Nachbar aus der geöffneten Balkontür.

„Na Lutz, beim Gießen?", rief er mir aus der Entfernung lachend zu, und ich winkte zurück und nickte. Nicht sehr deutlich rief ich: „Muss ja alles perfekt klappen beim großen Fest. Muss gleich wieder weg, für den Meisterkurs lernen. Tschüs dann." Dabei versuchte ich, Lutz´ etwas tiefere Stimme zu imitieren.

„Denk dran, dass unser Garten nach der Meisterprüfung dran ist, wie versprochen." Ich nickte, er winkte mir zu und schloss die Balkontür.

Es hatte mich immer wieder Überwindung gekostet, mich so zu verkleiden, aber die Latzhose, die ich mir aus der Gärtnerei mitgenommen hatte, die Frisur und die Sonnenbrille (Lutz´ Augenfarbe war im Gegensatz zu meiner braun) hatten ihre Schuldigkeit getan. Ich zitterte zwar, aber etwas Besseres hätte meinem Projekt gar nicht passieren können, noch dazu zu diesem perfekten Zeitpunkt. Manchmal stieß der Körper eigene Botenstoffe aus, die genau denen von Rauschmitteln entsprachen. Es war eine Mischung aus Glücksgefühl, Euphorie, Allmacht und Können, das meinen Körper durchströmte.

Montags schloss ich die Bepflanzung komplett ab und vereinbarte für den Pick-up einen Termin (für den Tag 21) mit einem Auto- und Pflegeservice, der den Wagen am Parkplatz abholen würde. Den Schlüssel wollte ich verabredungsgemäß auf den rechten Hinterreifen und die 185,- Euro für die Aufbereitung und Desinfektion in den Wagen legen, so dass mir auch nach gründlichem Überlegen kein Indiz mehr einfiel, das nach diesem Tag auf mich als Benutzer hinweisen würde.

Einige Tage später kontrollierte ich das Ergebnis meiner Arbeit. Die Pilze und Grünpflanzen waren prächtig angewachsen, und durch das automatische Bewässerungssystem hatte ich nun nahezu nichts mehr zu tun.

Am 13. Mai, einem Dienstag, kam „Familie Anna" aus ihrem letzten gemeinsam verbrachten Urlaub in einen perfekt aussehenden Garten zurück.
Ich hoffte für sie und wünschte es ihnen von Herzen, dass sie ihre letzte Reise besonders genossen hatten. Der interessanteste Teil meines Urteils stand nun bevor. Die Hinrichtung.

Kapitel 7:

Geheimbund der erwachsenen Grenzen

*16.06.2003 / 19 Jahre**

Arnhelm Grün wurde an diesem Morgen um 08:30 Uhr von seinem Fahrer abgeholt. Sie fuhren gemeinsam nach Frankfurt, um Prof. Ludwig Streitferd, der aus London mit der Frühmaschine gekommen war, vom Flughafen abzuholen. Streitferd war einer der bedeutendsten Kunstexperten, der auch bei Streitfällen vor Gericht, endgültige Urteile abgab. Er unterrichtete an der Hochschule für Bildende Künste in Dresden und an der University of the Arts in London, war aber in der ganzen Welt unterwegs, um seine Expertenmeinung zu schwierigen Sachverhalten abzugeben.

Grün und Streitferd begrüßten sich herzlich. Der eine, weil er ohne den anderen die Echtheit der ihm angebotenen Fabergé-Eier nicht überprüfen konnte, und der andere, weil er die unkonventionelle Barzahlung ohne Rechnung und Erste-Klasse-Flüge

außerordentlich schätzte. Zudem waren sie beide geradlinig und trotz all ihrer Erfolge bodenständig geblieben, was sie unter ihresgleichen selten vorfanden.
„Dann werden wir uns das wohlgeformte Eichen mal ansehen, Arnhelm", sagte Ludwig Streitferd, nachdem sie in die Phaeton-Limousine eingestiegen waren. Grün lachte und freute sich darüber, dass Streitferd ihm half, seine wirklich konsistente und einigermaßen preisgünstige Sammlung aufzubauen.
Ihre Zusammenarbeit hatte bereits mit dem ersten von Grün erworbenen Ei begonnen. Prof. Streitferd nahm das Projekt vom ersten Tag an so ernst, als ob es seine eigene Sammlung wäre. Das hatte zwei Gründe: Trotz der horrenden Honorare wäre er selbst niemals in der Lage gewesen, auch nur eine der Kostbarkeiten zu kaufen. Und außerdem hasste er Russen, was damit zu tun hatte, dass sie seinen Großvater während des Kriegs bestialisch gefoltert und danach getötet hatten.
Jedes Kulturgut, das er ihnen wegschnappen und vor der Heimführung nach Russland retten konnte, war für ihn ein persönlicher Triumph, der sich in der Partnerschaft mit Grün dadurch steigerte, dass dieser seine Fabergé-Eier dauernd ausstellte, ihn als seinen Experten pries und den Russen damit vor Augen führte, was sie verloren hatten. Jeder Ausstellungstag gab dem Dozenten ein tiefes Gefühl der persönlichen Befriedigung.
Grün hatte ihm zwei Jahre zuvor eine weitere Genugtuung verschafft, nachdem einer der reichsten Oligarchen, Wladimir Jewtuschenkow, Grün ein Angebot für seine komplette Sammlung gemacht hatte, das um ein vielfaches bei weitem deren Wert überstieg. Grün wollte sofort absagen, aber Streitferd bat ihn, Verhandlungen führen zu dürfen, zum einen, weil er herausfinden wollte welcher Spielraum noch nach oben war, und zum anderen, weil es eine gute Möglichkeit war, die Russen vorzuführen.
So verhandelte er nahezu zwei Monate mit Jewtuschenkow, erhob immer neue Forderungen, die kaum zu erfüllen waren und

trotzdem akzeptiert wurden, und ließ ihm am Ende mitteilen, dass er nie daran interessiert gewesen war, die Sammlung zu verkaufen. Streitferd war in jedem Moment in der Lage, sich die herzliche Abneigung zu verdienen, die ihm jeder Russe am Kunstmarkt in der Zwischenzeit entgegenbrachte.

Um 12:00 Uhr erreichten sie das Hotel, warteten volle zwei Stunden und Grün ärgerte sich über sich selbst, dass er vergessen hatte, sich Simons Handynummer geben zu lassen, aber Simon hatte ja die seine. Um 14:00 Uhr verließen sie frustriert das Hotel. Streitferd ging davon aus, dass dies die russische Retourkutsche war, und nahm das alles nicht persönlich. Grün war untröstlich und ließ es sich nicht nehmen, Streitferd an den Flughafen nach Düsseldorf zu fahren und ihm im Auto trotzdem den vereinbarten Betrag für die Begutachtung zu geben. Auf der Fahrt zum Flughafen erreichte ihn ein Anruf auf dem abhörsicheren und abgeschirmten Telefon im Auto. Die Stimme war tonlos und gehörte seiner Frau.

„Fahr sofort nach Hause, egal wo du bist. Ich warte auf dich", flüsterte sie und legte auf. Sein Versuch, sie zurückzurufen, blieb erfolglos und Grün befahl dem Fahrer, auf seine Verantwortung hin alle Verkehrsregeln zu ignorieren, um so schnell wie möglich nach Hause zu kommen. Seine Frau reagierte nie hysterisch, es musste also etwas Schreckliches geschehen sein, dessen war er sich sicher. Er befahl dem Fahrer anzuhalten und bat Streitferd, ein Taxi zum Flughafen zu nehmen, was dieser wortlos und etwas beleidigt tat.

Das Entführungskommando „Baby Grün" hatte sich darauf geeinigt, mit nur zwei Personen zum Haus der Grüns zu fahren. Der Zeitpunkt um 09:15 Uhr war deswegen perfekt, weil sich außer Maria Grün niemand im Haus aufhielt. Die einzige fest angestellte Haushälterin begann erst um 11:00 Uhr mit ihrer Arbeit im Haus, da sie von 09:00-11:00 Uhr immer die notwendigen Einkäufe auf dem Frischmarkt tätigte.

Drei Tage vorher hatten wir bei DPD einen Lieferwagen gestohlen und diesen mit beim DPD existierenden, aber falschen Nummernschildern ausgestattet. Auch die Beschaffung der DPD-Berufskleidung war kein Problem gewesen, da Maximilians Fabrik sie herstellte.
Wir waren komplett unkenntlich. Jeder trug eine angeklebte Gummimaske, die mich persönlich 15 Jahre älter und grauer machte. Verena hatte ihr hübsches Gesicht von uns mit Farbe und Knetmasse gekonnt verunstalten lassen und ihre blonden, wunderschönen Haare unter einer braunen Echthaarperücke versteckt.
Wir fuhren mit dem weißen Lieferwagen direkt vor den Bungalow, der durch Kameras gesichert war, und klingelten. Eine weibliche Stimme ertönte aus der Gegensprechanlage, zusammen mit dem Schreien eines Babys: „Ja, bitte?"
„DPD, guten Tag. Wir haben ein Paket aus Modena für sie."
Das Baby schrie noch lauter und das Tor öffnete sich.
„Kommen Sie an die Haustür, ich hole es ab."
Als sie die Haustür öffnete, hatte sie das Baby auf dem Arm. Ich tat so, als wollte ich ihr das große Paket übergeben, was aber nicht gelang, weil sie auf dem Pad unterschrieb:
„Darf ich Ihnen das Paket ins Haus legen?"
Sie nickte, und dann ging alles blitzschnell. Als ich mit dem Paket hinter ihr stand, ließ ich es fallen, umfasste sie von hinten, drückte ihr den Mund zu und schob sie ins Haus. Verena fing das fallende Baby geschickt auf.
Der Eingang des Bungalows war nicht einsehbar, aber der Zugang zum Haus schon. Das bedeutete, wir hatten nur wenig Zeit. Trotz ihrer verzweifelten Gegenwehr zog ich sie ins Haus und klebte ihr Augen und Mund zu. Verena gab dem Baby flüssiges Valium, und es schlief 30 Sekunden später ein.
„Wenn du dich noch einmal bewegst, bringen wir dein Baby um."
Sie hörte, dass das Kleine aufgehört hatte zu schreien, und blieb sofort regungslos liegen.

„Wir sagen es dir nur einmal. Um 16:30 Uhr, eine Million Euro. Wenn ihr meint, die Polizei holen zu müssen, ist das Baby tot. Wir töten es, ohne mit der Wimper zu zucken. Hier haben wir ein Handy. Sprich mit deinem Mann, aber erzähl ihm nichts am Telefon. Ruf ihn im Auto an, damit er zurückkommt. Wir kontrollieren alle Telefone von euch."
Ihr liefen die Tränen aus den zugeklebten Augen, aber sie nickte. Ich rannte zu dem Recorder mit den Aufzeichnungen, nahm das Band, kappte alle Leitungen und steckte die wichtigsten Babysachen und die Decke in das vorbereitete Paket. Zum Schluss auch das Baby. Keine drei Minuten später verließen wir das Haus. Vor unserem Auto stand ein Mann mit einem Hund.
„Müssen Sie Ihre Autos immer mitten auf dem Gehweg parken?"
Wir entschuldigten uns und fuhren zu unserem sieben Kilometer entfernten Versteck. Am DPD-Lieferwagen wurden umgehend die Nummernschilder getauscht und der Wagen fuhr in Richtung Hamburg, wo eine Schrottpresse auf ihn wartete.
Unser Plan sah vor, den Grüns keinerlei Zeit zum Überlegen zu geben. Wir hatten fünf Minuten vom Haus entfernt einen Wachposten aufgestellt, der uns sagte, wann Grün an dieser Stelle vorbeifuhr.
Um 16:05 Uhr passierte er ihn, und um 16.15h riefen wir ihn unter Verwendung eines Stimmverzerrers an.
„Um 16:30 Uhr holen wir das Geld ab. Sie legen es neben den Briefkasten. Wir hören Ihre Telefone ab. Sollten Sie auch nur einen einzigen Anruf tätigen oder annehmen, dann verreckt Ihr süßer Fratz. Klappt alles zu unserer Zufriedenheit, werden Sie Ihr Baby eine Stunde später unversehrt wiederfinden."
„Ich habe nur 875.000,- Euro zu Hause."
„Registrierte oder unregistrierte Scheine?"
„Unregistrierte. Dollars, Schweizer Franken und Euros."
„OK, dann machen wir es so. Legen Sie das Geld und das Handy an die verabredete Stelle."

„Und woher habe ich die Gewissheit, dass mein Baby nicht doch noch getötet wird oder schon tot ist?"
„Im schlimmsten Fall sind Sie dann das Geld und das Baby los. Hören Sie zu. Warum, denken Sie, haben wir ein Baby genommen? Damit es uns nicht wiedererkennen kann. Ende des Gesprächs", sagte ich und legte auf.
Mir persönlich wäre es lieb gewesen, den direkten Kontakt zu den Eltern selbst gehabt zu haben. Ich hatte auch vorgeschlagen, als zusätzliche Warnung einen Daumen des Babys an die Grüns zu übergeben, aber das hatten die drei anderen am Projekt Beteiligten abgelehnt. Einer war es egal, die anderen lehnten es kommentarlos ab.
Das zweite Fahrzeug, das wir in Hamburg gestohlen hatten, war ein Audi S8. Wir hatten uns umgezogen, nur unsere angeklebten Gummimasken waren dieselben. Verena und ich fuhren um 16:30 Uhr vor dem Haus der Grüns vor. Neben dem Briefkasten lag ein Aktenkoffer, den ich behandschuht öffnete. Sollten wir uns bis 16:50 Uhr nicht melden, hatten die beiden anderen den Auftrag, das Baby sofort zu töten. Wir hatten zwei Prepaid-Handys, deren Herkunft und Besitzer für niemanden zu ermitteln waren. Eines hatte Fridolin und das andere ich. Die Handys waren aus den USA und die Prepaidkarten aus einem Media-Markt.
In dem schwarzen Samsonite-Aktenkoffer war ein braunes Päckchen, das ich sofort aufriss. Er war gefüllt mit Geld unterschiedlicher Währungen. Ich durchsuchte es auf eine versteckte Wanze oder Kamera hin, die jedoch kaum so schnell zu beschaffen gewesen wäre. Nichts davon fand ich, und so entnahm ich dem Koffer das Geld, stopfte es in eine vorbereitete Plastiktüte und ging seelenruhig zurück zum Auto. Den Aktenkoffer hatte ich unter dem Briefkasten gelegt.
Um 16:38h schalteten wir das Handy an, um den vereinbarten Anruf zu tätigen. Das Handy loggte sich jedoch nicht ins Netz

ein, so dass wir es erneut versuchen mussten. Wieder klappte es nicht, und ich fluchte laut vor mich hin.
„Wir müssen von einer Telefonzelle aus anrufen", sagte Verena. „Bitte!"
„Mit einem geklauten Auto? Ich glaube, du tickst nicht richtig."
Nach einer kurzen, aber heftigen Diskussion befahl ich ihr, das Auto zu den anderen zurückzufahren, um mich später vor der Telefonzelle abzuholen. Ich ging um 16:46 Uhr zu der leeren Telefonzelle und wartete exakt bis um 16:55 Uhr. Erst dann rief ich Fridolin mit aufgeregter Stimme an: „Fridolin, alles ok, ich hoffe, ihr habt noch nichts getan.
Hier war ein Arschloch vor mir in der Telefonzelle, deswegen konnte ich erst jetzt anrufen." Ich war mir sicher, dass die Kindstötung vollzogen worden war, das hätte dem Ganzen einen besonderen Kick und eine andere Dimension gegeben.
„Wir holen dich ab", sagte er aber und legte auf.
Damit war klar, dass sie das Baby nicht getötet hatten. Die Enttäuschung und der Zorn darüber krochen in mich hinein. Hätten sie keinen Kontakt zu Verena gehabt, hätten sie auch nicht wissen können, wo sie mich abholen sollten. Wie war es Verena nur gelungen, den Kontakt zu ihnen herzustellen?
Sie konnte unmöglich hingefahren sein, der Weg war viel zu weit. Die Strecke von Grüns Haus bis zu unserem Versteck dauerte mindestens zwölf Minuten und da musste man schon rasen. Es war mir ein völliges Rätsel. Irgendwann würde ich es auflösen und dann würde ich sie dafür büßen lassen.
Meine persönliche Spielfreude und mein soziologisches Interesse an den Reaktionen der Gruppenmitglieder nach einem solchen Babytod konnte ich also nun nicht mehr befriedigen.
Außerdem begann die Maske allmählich fürchterlich zu jucken, und ich musste mich extrem beherrschen, nicht daran herumzukratzen. Eine Viertelstunde später kam Fridolin und erzählte mir, die Mädchen hätten das Baby abgelegt und die Grüns benachrichtigt.

Ich explodierte förmlich: „Wir sind noch mit dem S8 unterwegs und die saublöden Hühner haben nichts Besseres zu tun, als das Baby abzuliefern? Was seid ihr nur alle für Dilettanten?"
Fridolin schaute mich erschrocken an und fuhr den S8 in die dafür vorgesehene Garage im Industriegebiet, wo wir ihn in seine Einzelteile zerlegen und begraben wollten.
Wir säuberten sorgfältig unsere Gesichter und stiegen dann in unsere Privatwagen um. Fridolin rief Martin an und sagte ihm die Losung: „Wollen wir uns um 17:30 Uhr zum Tennisspielen verabreden? Ich bringe dir dann auch die neuen Bälle mit."
Martin stimmte zu und ich verabschiedete mich von Fridolin mit einem miserablen Gefühl, weil nichts von dem passiert war, was mir wichtig gewesen wäre. Der Tag war verdorben und ich beschloss, in Zukunft nicht alle für mich interessanten Themen als Experimente in den Geheimbund einzubringen. Einige wollte ich für mich behalten.
Sechs Wochen später trafen wir uns im Royal. Nach unserem immer gleichen Start-Ritual verkündete Martin:
„Ich spreche dem Team für das Experiment 1 mein Lob und unser aller Anerkennung aus."
Zustimmendes Gemurmel unterbrach ihn für einen Moment.
„Unser von mir betreutes Vermögen hat sich um 873.226,- Euro erhöht, weil das Geld nicht gewaschen werden musste. Es war vollständig clean."
Martin hatte sich für die Feier unseres Experimentes, das sie für gelungen hielten, etwas Besonderes ausgedacht.
Als wir aus unserem Versammlungsraum zum Essen heraustraten, hingen von der Decke vier nackte, traumhaft schöne Mädchen mit den Köpfen nach unten und außerdem vier völlig durchtrainierte nackte Sportler, an allen Gliedmaßen mit weichen Tüchern gefesselt und mit verbundenen Augen. Ich bediente mich an beiden Geschlechtern und trotz des für mich unbefriedigten Ende der Entführung blieb immer noch

dieser äußerst anregende Genuss für uns alle.
Monate später erfuhr ich von Fridolin, dass Maria Grün von einem Sanatoriumsaufenthalt in der Schweiz immer noch verängstigt und labil zurückgekommen war und dass die Familie gerade aus ihrem Haus auszog. Grün hatte eine Villa am Schlosswolfsbrunnenweg in Heidelberg gekauft, die er zu einer Sicherheitsfestung ausbauen ließ. Er trat kaum mehr in der Öffentlichkeit auf und schien auch den Spaß an seiner Fabergé-Sammlung verloren zu haben. Weder kaufte noch verkaufte er irgendetwas davon. Er war jetzt auch Kunde eines VIP-Bodyguard-Service, in dem nur ehemalige Kämpfer verschiedener Eliteeinheiten ihren Dienst taten, die das Leben ihrer Anvertrauten mit ihrem eigenen schützten.
Fridolin bedauerte sehr, dass die Grüns keinerlei Einladungen mehr aussprachen. Als er seine Eltern danach fragte, wussten sie keine Erklärung dafür. Von der Entführung drang nie ein Wort nach außen, auch wenn ich über einen sicheren Kanal das Gerücht über die Entführung gestreut hatte.
Die Ausführungen über die Langzeitfolgen bei den Grüns kompensierten meinen Ärger über das Verpasste ein wenig. Vielleicht würde im Verlauf der kommenden Experimente doch noch irgendwann eine wirklich interessante Veranstaltung aus unserem Club werden.
Es gab z.B. noch die Möglichkeit der Eskalation, indem man innerhalb der am Geheimbund teilnehmenden Paare eine schmerzvolle Eifersuchtsdramaturgie aufbaute und sie in einem Projekt eskalieren ließ.
Die Zeit würde neue und bessere Ideen bringen, und so beschloss ich, gegen mein Naturell, einfach abzuwarten.
Das Projekt schien dann noch spannender zu werden, weil ich in dieser Zeit eine Website programmierte, die neue Talente anlocken sollte, mit denen wir dann unseren Spaß haben wollten. „Denn sie wissen nicht was sie tun“, schützte sie vor Strafe nicht.

Ich erschuf einen Eignungstext auf www.club-der-erwachsenen-grenzen.de, den ich in der finalen Version bei einem unserer Treffen vorstellte. Alle von uns zeigten sich von meiner Konzeption und der Umsetzung von unserer Idee ins wirkliche Leben angetan, und beschlossen die Adresse zusammen mit dem Codewort „Fidelio“, das Ines gewählt hatte, breit zu streuen, um möglichst viele Unbedarfte anzulocken.
Je mehr die Website anklickten und den Test durchliefen, desto mehr wirklich interessante Zielpersonen rekrutierten wir für unseren Club.
Wir nahmen ab dann unsere Beobachterposition ein, und schauten nur noch genüsslich zu, was die Interessenten so trieben und was mit ihnen geschah, denn von da an lief alles voll automatisiert ohne jegliche Eingriffsmöglichkeit unsererseits ab. Wir hatten einen neuen Level erreicht, und jeder der mutig oder dumm genug war konnte nun Teil unseres Spiels werden. Und das ohne dass sie wussten, für was das System sie vorgesehen hatte.

Kapitel 2:

Der Wettbewerb

19 3/4 Jahre alt / 06.06.2004*

Bettina und ich lagen mehr oder weniger entspannt – ich mehr, sie weniger auf dem Bett, sie weiterhin gezwungenermaßen an mich gekuschelt und verfolgten das Video. Die Technik war doch erstaunlich, und da ich den Laptop mit dem Fernseher verbunden hatte, konnten wir es doch in außerordentlich guter Qualität bestaunen. Sie war völlig fassungslos, weinte die ganze Zeit vor sich hin, was meine Laune immer mehr hob. Es machte richtiggehend euphorisch.

„Falsche Liga, falscher Mitspieler, falsche Strategie, falscher Ort, falsche Zeit."

Ich sinnierte laut vor mich hin, als sie mich wimmernd bat:

„Meine Eltern haben mehr Geld, als du ausgeben kannst, mein Vater liebt mich abgöttisch. Nimm mein Preisgeld, ich gebe dir 100.000,- Euro extra, bitte, bitte." „Seichte Frauenliteratur, dümmliches Emanzengesülze, das hättest du schreiben dürfen. Lies mir meinen Text laut vor, bitte, LIEBES."

Tränennass begann sie mein Manuskript zu lesen, unterbrochen von lautem Schluchzen, was bedeutete, dass sie die Stellen, die ich nicht genau verstand, wiederholen musste. So dauerte das Vorlesen dieser sechs Seiten lange 45 Minuten.

„Wie gefällt dir der Text, meine kleine Zucker-Lesbe?", fragte ich sie. „Wie war es, mir meine Zeit zu stehlen, nur damit du gewinnst? Wie ist es, andere zu manipulieren, Siege einzuheimsen, die einem nicht gehören?"

Voller Zorn schüttelte ich sie, bis sie keine Luft mehr bekam.

„Was bist du nur für ein Stück Dreck. Wie sehr hast du mich benutzt und dann weggeworfen!"

Sie war sich sicher, dass mein Hass auf sie durch unser intimes Zusammenseins während des Wettbewerbs und dem damit verbundenen Betrug kam, und versuchte, beruhigend auf mich einzuflüstern.

„Dein Text ist ein Traum. Du warst wundervoll heute Morgen, und es war wirklich keine Strategie."

Ich nahm wortlos das Telefonbuch und schlug es ihr mit voller Wucht auf den Kopf, so dass sie vom Bett fiel. Eine so herbeigeführte Kopfverletzung war äußerlich nicht nachzuweisen. Ich zerrte ich die fast Ohnmächtige an ihren Haaren hoch, hob sie auf das Bett und knallte sie mit dem Hinterkopf gegen das Bettende. Sie schrie auf und verlor das Bewusstsein. Als sie zu sich kam, sagte ich:

„Du bleibst hier, bis Morgen früh. Dann werden wir zusammen zu der Pressekonferenz gehen und du wirst ihnen sagen, dass du das Thema vorher gekannt hast. Dass du aus einem Buch deiner Freundin geklaut und mit ihr zusammen diesen Text gemacht hast. Dass du dich zutiefst bei uns anderen entschuldigst. Und dass du nie mehr schreiben wirst. Hast du das verstanden?", zischte ich sie mit dunkelrotem Kopf an.

„Ich tue alles, was du willst, aber lass bitte meine Freundin raus. Ich nehm alles auf mich, aber bitte, bitte lass sie raus. Ich bin das Schwein, nicht sie. Sie hat mit dem Betrug nichts zu tun. Sie hätte niemals mitgemacht, und alles, was ich hier tue, tue ich deswegen, damit sie Respekt vor mir hat und nicht aufhört, mich zu lieben."

„Ich habe dieses Video hier. Solltest du nicht genau das sagen, was wir hier besprechen, werde ich es deiner Freundin zusenden. Rehabilitiere uns und geh deines dreckigen Weges. Weiche vor der Pressekonferenz keinen Millimeter von meiner Seite. Wir holen jetzt deine Sachen aus deinem Hotelzimmer, du wirst dich hier frischmachen und mit mir frühstücken. Dafür lass ich deine Freundin aus der Geschichte raus."

Heimlich lächelte ich über ihre naive Dummheit. Sie wusste ja nicht, dass das Video die Adressatin bereits erreicht hatte.

Zwei Stunden später zwang ich sie, mit mir zu duschen, seifte sie ein und trocknete sie genüsslich ab, als es an der Hoteltür klopfte. Ich öffnete und Bent kam herein:

„Guten Morgen, kommst du mit mir frühstücken?", fragte er als Bettina nichtsahnend aus dem Bad trat.

„Oh, oh, entschuldigt bitte", sagte er verlegen, als er die nackte Bettina erkannte. Ich zwinkerte ihm zu, bevor ich die Zimmertür schnell verschloss.

Im Gegensatz zu Bettina hatte ich großen Appetit und benötigte für das reichhaltige Frühstück fast eine Stunde in bester Laune. Bettina trank vier Tassen Kaffee und stand kein einziges Mal auf. Ihr Handy und ihren Laptop hatte ich zur Sicherheit ausgeschaltet. Wir gingen zusammen zum umfunktionierten Presseraum.

Ich begrüßte freundlich alle Anwesenden. Bettina sah müde, um Jahre gealtert aus, vielleicht war sie doch nicht so wie ich gewohnt, sich die Nächte um die Ohren zu schlagen. Ich selbst dagegen fand mich blendend.

Es waren acht Journalisten, ein Kameramann, die Juroren, Suter, Bettina und ich anwesend. Frömmling, oder das was von ihm noch übrig war, lag im Krankenhaus, Frey hatten sie wegen üblen

Benehmens ja leider rausgeworfen, also blieben nur noch zwei der ursprünglich vier Protagonisten übrig. Das tat mir für Bent doch sehr leid. Was hatte er für diesen Event gekämpft! Ich saß direkt neben Martin Suter, der mich freundlich begrüßt hatte.
Bent eröffnete strahlend die Pressekonferenz, erklärte nochmals die Philosophie des Preises und dankte den Sponsoren. Er übermittelte dem durch einen Unfall verhinderten Frömmling Genesungswünsche von uns allen und beendete seine Rede mit dem Überleitungssatz für Bettina:
„Bettina Dahlmann möchte eine Erklärung abgeben, und sie bittet Sie, keine Fragen dazu zu stellen. Ich möchte Sie alle höflich bitten, dies zu respektieren." Aufmunternd lächelte er Bettina zu und alle schauten interessiert auf sie, die mit leiser stockender Stimme begann, ins Mikrophon zu stammeln:
„Das, was jetzt kommt, fällt mir nicht leicht. Es ist vielmehr das Schlimmste, was ich jemals im Leben tun will!"
Es war von besonderem Vorteil, dass ich der einzige war, der nicht Bettina, sondern die Reaktionen aller anderen ganz genau beobachten konnte. Es war mucksmäuschenstill im Saal. Fast hätte ich mich geräuspert, um die Reaktionen der Anwesenden zu testen. Ich konnte mich gerade noch beherrschen.
„Ich habe diesen Wettbewerb missbraucht, ich habe betrogen, gelogen und die anderen getäuscht. Ich habe elektronische Hilfsmittel benutzt und abgeschrieben."
Halt, halt, halt, das war nicht das, was wir abgesprochen hatten. Sie sollte sagen, dass sie das Thema vorher gekannt hatte, dass sie alles vorbereitet hatte.
„Es war aus meiner Verzweiflung heraus, aber es war auch von mir vorbereitet. Ich möchte mich bei allen Anwesenden, bei den Juroren, bei Martin Suter, Paul Frömmling...", mich kotzte die Reihenfolge unglaublich an „Jan-Nicklas Herzog und den Sponsoren entschuldigen. Mein Vater wird den Veranstaltern den materiellen Schaden, der durch mein Handeln entstanden ist,

ersetzen. Ich selbst werde nie mehr ein Buch veröffentlichen. Ich bin nicht gut genug. Als Erklärung kann ich Ihnen nur sagen, dass ich mich der Aufgabe nicht gewachsen sah, aber nach all dem, was gestern hier passiert ist, konnte ich meinen Betrug so nicht stehenlassen."

Bent sah mich aufmerksam an und ich zwinkerte ihm zu. Blut schoss ihm in den Kopf.

„Bitte haben Sie Respekt davor, dass dies der Tag ist, der für immer mein berufliches Leben zerstören wird. Und mein privates auch. Wenn ich schon dabei bin, möchte ich Ihnen noch etwas sagen, möchte etwas öffentlich machen, was ich hätte schon lange tun sollen und was ich jemandem zu lange schuldig bin. Ich möchte mich bei meinem Vater dafür entschuldigen, dass er es so erfährt. Ich bin lesbisch und liebe seit sieben Jahren aus tiefstem Herzen Sonja Sielmann. Ich werde mein Leben mit ihr verbringen, mit oder ohne den Segen meiner Eltern.

„Nichts wirst du", schrie eine hysterisch umkippende kreischende Stimme aus dem Saal.

„Nichts wirst du mit mir! Nie mehr!" Sonja Sielmann legte einen Stapel selbst kopierter CDs auf den Pressetisch, drehte sich um und ging. Was für ein unfassbar gelungener Auftritt.

In einem Film hätte man den Autor des Schwachsinns bezichtigt, eine Soap hätte man abgesetzt. Aber die Drehbücher, die das Leben selbst schrieb, waren unvergleichlich. Sie spendeten tiefen Trost und große Freude.

In mir war brasilianischer Karneval und ich hatte Bauchschmerzen von meinem verborgenen inneren Lachen.

Niemals hätte ich mich getraut, das so zu inszenieren, aber selbst Bent versuchte, sich eine der CDs zu sichern. Es war das völlige Chaos. Ich sah Bettina tief in die Augen, lächelte ihr aufmunternd zu und verschwand, ohne dass es jemand bemerkte. Was für ein unglaublicher Tag, und es war erst Teil eins meiner späteren Rache.

Der Freund, den es treffen sollte, rief mich am Nachmittag an: „Wo bist du?"
Ich erwiderte: „In Heidelberg, in einem Straßencafé, genieße ein Eis vor dem Basketball. Der Wettbewerb ist gestorben, tot, wird niemals wieder stattfinden. Vielleicht verklage ich den Veranstalter auf die Auszahlung des Preisgeldes", spöttelte ich vor mich hin.
„Was hattest du damit zu tun?", fragte er mich ruhig.
„Was hast du damit zu tun? Warum hast du mich in diese Scheiße reingezogen, warum hast du nicht auf mich aufgepasst, warum habe ich nicht gewonnen, obwohl ich Sieger war?"
Wortlos legte ich auf und schaltete mein Nokia 6230 ab.
Mein rachsüchtiger Zorn würde Bent treffen, unerwartet, an einer Stelle, die ich für den Fall der Fälle lange zuvor vorsichtshalber definiert hatte. Es war nur eine Frage der Zeit, und Bent würde für seinen Fehler teurer bezahlen, als er es sich in seinem Leben jemals hätte vorstellen können. Wenn er dachte, dass es vorbei war, irrte es sich. Es war immer erst dann vorbei, wenn ich es vorbei sein ließ.

PERSÖNLICHES

[14.12.2008]

Liebster Nicki,

gestern war Prof. Meyer bei uns, und er hat uns von dem Ermittlungsverfahren wegen Anna Zimmermann und Deinen Aussagen ihm gegenüber erzählt.

Mein lieber Nicki, Paps und ich wissen, wer Du bist, und fanden auch schon, dass Du viel zu viel im Prozess ausgesagt hast, was Dich belastet hat. Das hat Dein Strafmaß auf 10,5 Jahre nach oben geschoben. Hättest du gar nichts gesagt, das meint auch Prof. Meyer, so wärst Du vielleicht nach Jugendstrafrecht verurteilt worden und wärst mit der Hälfte weggekommen.

Du bist nicht in der Lage, einen Menschen aus Rache zu töten. Ich habe Dich geboren, Du bist mein Fleisch und Blut, ich habe Dich gestillt und wir haben Dich groß gezogen. Du bist ein guter Mensch, niemand weiß das besser als ich. Du hast keinen Menschen getötet.

Mein liebstes Kind, mein Sonnenschein, warum willst Du alles dafür tun, diese Schuld alleine auf Dich zu nehmen? Du weißt, wie sehr wir Nadja geliebt haben, aber Du weißt auch, dass sie schwierig sein konnte, dass sie Dich manchmal gereizt hat, und es ehrt Deinen unglaublichen Charakter, dass Du sie in Schutz genommen und alles auf Dich geladen hast,um ihre Angehörigen in Frieden zu lassen.

Nicki, warum willst Du Dir noch mehr Leid zufügen. Wir haben mit Prof. Meyer eine Strategie besprochen, dass Du einfach nicht aussagst. Er ist sich zu 100% sicher, dass dann nichts passieren kann.

Was ist mit Dir, dass Du Dich so schuldig fühlst, mein Kind? Könnte ich Dir doch nur etwas abnehmen, dürfte ich nur einen Teil Deiner Last tragen, am liebsten alles. Nicki-Engel, ich weiß nicht mehr weiter, Du bist auf einem Selbstzerstörungsweg, der Dich für viele Jahre mehr als notwendig ins Gefängnis bringen wird.

Prof. Meyer hat mir im Vertrauen gesagt, dass Du geschlagen worden bist im Gefängnis, dass Dein Gesicht zerstört ist, Du aber nichts gegen diese Kriminellen machen willst.

Warum nur denkst Du, dass Du das alles verdienst, warum nur und wofür willst Du Dich strafen, wolltest Du sogar Deine Eltern verlassen?

Niemals hast Du uns irgendwelchen Kummer gemacht, niemals hast Du Böses oder Unerlaubtes getan. Weil eine solche Tragödie passiert ist, willst Du Dich nun zerstören. Es wird niemandem helfen und noch mehr zerstören.

Liebster Nicki, was kann ich nur tun, dass Du meiner Liebe und meiner Menschenkenntnis vertraust? Du bist nicht böse. Es ist in einem Streit passiert. Lass Dich nicht büßen für diese Affekthandlung. Sie hat Dich zutiefst beleidigt und gedemütigt.

Bitte überlege Dir alles. Wenn wir Dir etwas bedeuten, dann vertraue uns, bitte.

Ich liebe Dich, bleib bei mir. Grüße von Paps.

Ich komme nächste Woche.

Deine Dich liebende Mutsch

P.S.: Soll ich Dir etwas mitbringen?

Kapitel 5:

Nadja

21,5 Jahre alt / 01.11.2005

Obwohl Nadja und ich noch mehr als vierzehn Monate Zeit hatten, war es seit diesem Abend unsere absolute Lieblingsbeschäftigung, unsere Hochzeit zu planen. Nadja liebte es, kein noch so kleines Detail ließ sie unberücksichtigt und ich konnte mich an ihrem Glück nicht sattsehen.
Ich hatte mich zwei Wochen zuvor bei ihren Eltern angemeldet, was fast im Fiasko geendet hätte. Schon als ich in der muffigen, ungelüfteten Wohnung in einem heruntergekommenen Stadtteil in der Nähe von Siegen angekommen war, begrüßte mich Nadjas Vater in angetrunkenem Zustand. Er war 54 Jahre alt, aber der Alkohol hatte ihn zu einem schlecht aussehenden 65-Jährigen degradiert.
Man konnte ihm ansehen, dass er bessere Zeiten erlebt hatte, vielleicht war er sogar, bevor er begonnen hatte, dieser Sucht zu verfallen, ein attraktiver Mann gewesen. Seine stahlblauen Augen passten jedenfalls nicht zum völlig verwahrlosten Rest.

„Entschuldigen Sie bitte die Unordnung. Wir waren nicht auf Besuch eingestellt", sagte Nadjas Mutter, eine nach wie vor attraktive 44-Jährige dunkelblonde Frau, bei der aber das Leid der letzten zehn Jahre begonnen hatte, Spuren in ihr ansonsten perfektes Gesicht zu zeichnen.

Ich hatte mich auf alles Mögliche eingestellt, hatte den Besuch mit meinem „Psychoonkel" mehrmals durchgesprochen und war von den Umständen bei Nadjas Eltern trotzdem tief schockiert. Nichtsdestotrotz wollte ich diesen Besuch, freundlich und ruhig hinter mich bringen und war mir sicher, es würde für Nadjas geschundene Seele tiefes Glück bedeuten. Das war das einzige, was für mich zählte.

Auf der Fahrt waren mir die letzten Monate durch den Kopf gegangen. Ich begann chronologisch bei meinem ersten Besuch bei Prof. Cemeiser. Er war habilitierter Psychiater, Psychologe, Psychotherapeut und hatte eine Coaching-Ausbildung für fünf Jahre in Boston absolviert.

Er war anerkannter Sachverständiger bei besonders grausamen Mordprozessen und hatte sein besonderes Spezialgebiet in der Kinder- und Jugendpsychologie. Er bildete Psychiater an der Universität aus.

Die ersten beiden Stunden in der extrem stilvoll eingerichteten, aber kleinen Praxis, Altbau, stuckverziert, waren nur von Formalien geprägt gewesen.

Bevor ich das Gebäude betreten hatte, hatte ich mir einen Zettel meiner Wahrheiten aufgeschrieben, den ich ihm mitbringen wollte. Darauf stand geschrieben:

1.) Ich habe immer gelogen.
Am meisten habe ich mich selbst belogen.
2.) Niemals war ich fleißig.
3.) Vor Nadja habe ich keinen Menschen geliebt.
4.) Ich habe jeden und jede nach meinen
Vorstellungen manipuliert.
5.) Ich habe Frauen missbraucht.
6.) Meine Experimente haben mindestens
4 Menschenleben gekostet.
7.) Einmal habe ich stundenlang selbst getötet.
8.) Ich fühlte in mir brutalste Rache, mehr,
als sich andere überhaupt nur vorstellen können.
Gegenüber mehr Menschen, als sich andere
vorstellen können.
9.) Ich habe Geld gestohlen.
10.) Niemals war ich irgendjemandem treu.
11.) Ich bin in mich selbst verliebt bis zur Selbstaufgabe.
12.) Ich hasse mich, so wie ich bin.
13.) Ich respektiere außer mir und Nadja niemanden.
14.) Ich bin äußerst intelligent.
15.) Ich habe Menschen immer be- bzw. ausgenutzt.
17.) Ich habe mir eine Millionenerbschaft erschlichen.
18.) Ich habe Autos angezündet.
19.) Niemand ist ein besserer Schauspieler als ich.
20.) Ich kann Menschen dazu bringen,
mich lieben zu müssen.
21.) Ich lasse Menschen aus Lust fallen und zerstöre sie.
22.) Ich hatte Spaß an der Zerstörung, an Destruktivem.
23.) Ich habe schwarze Messen gefeiert,
Tiere und Menschen geopfert,
Menschen in den Wahn getrieben.
24.) Ich habe keines meiner Talente wirklich genutzt.
26.) Ich habe Menschen bewusst verraten und
lächerlich gemacht.

Bevor ich klingelte, hatte ich ein leicht mulmiges Gefühl, vielleicht ähnlich wie vor dem ersten oder besser vor dem zweiten Zahnarztbesuch. Vielleicht würde der Bohrer noch präziser die faulen Stellen in meiner Seele finden und freilegen, vielleicht aber auch reparieren können. Die Schmerzen würden größer sein als beim Zahnarzt, selbst wenn ich es damit verglich, mich ohne Spritze behandeln zu lassen.

Der Professor war mir nicht gleich vom ersten Augenblick sympathisch. Recht besehen mag ich ihn bis heute nicht sonderlich! Er hatte wache und vorsichtige Augen, schien darauf zu achten, welche Reaktionen er bei seinem Gegenüber auslöste, gleichzeitig war es ihm aber wichtig, niemals die Distanz aufzugeben.

Er wollte nicht fasziniert sein von dem was er hörte, zugleich wollte er mich auch nicht ablehnen. Niemals zuvor hatte ich einen neutraleren Menschen getroffen. Er war die Professionalität in Menschengestalt. Er hatte lockige Haare, trug ein etwas Lehrerhaftes Sakko und braune Cordhosen. Cemeiser schien Familie zu haben. Er grenzte sich schneller ab, als ich zusehen konnte. Sein Sprechzimmer war geschmackvoll möbliert. Der Stuhl, auf den ich mich setzte, war bequem.

Ich begann mit meiner zurückhaltenden aber charmanten freundlichen Art, gab ihm die Hand, dankte ihm dafür, dass er mich in seinen prall gefüllten Terminkalender aufgenommen hatte. Er nahm es zur Kenntnis. Er zeigte keinerlei Reaktion, was ein seltsam neues Erlebnis für mich war. Menschen mochten mich in aller Regel, wenn ich es wollte, es gab jedoch auch welche, die mich überhaupt nicht mochten. Dazwischen gab es eigentlich niemanden.

„Ich möchte Sie bitten, zwei Fragebögen auszufüllen, den kleinen jetzt und den größeren bis zum nächsten Treffen." Er gab mir einen Stift und geleitete mich in ein klitzekleines Wartezimmer mit einem Sessel. Er hatte weder Sekretärin noch Assistentin, jeder Patient durfte also jeweils 5 Minuten vor der vollen Stunde

anrufen. Niemals rief er zurück obwohl er die Nummer meistens im modernen Display der Telefonanalage erkennen konnte. Wenn besetzt war, musste es der Patient eben noch mal probieren. Trotz 250,- Euro für 50 Minuten leistete er sich kein Personal.
Nachdem er mir einer der Fragebogen übergeben hatte, verschwand er in seinem kleinen Büro und schloss die Tür hinter sich zu. Ich hörte durch die geschlossene Tür, wie er am Telefon sprach. Schön, dass er sich von mir bezahlen ließ und damit auf meine Kosten telefonierte und noch dazu als vertrauensbildende Maßnahme die Tür schloss. Den Zwei-Jahresvertrag hatte ich ihm vorab zuschicken müssen, das war meine Eintrittskarte; er erwartete außerdem die Bezahlung eines halben Jahreshonorars im Voraus. Also überwies ich ihm 13.000,- Euro , bevor ich ihn auch nur einmal getroffen hatte.
Sekundenschnell überschlug ich sein Salär. 250,- x 8 x 5 x 3 Wochen bedeuteten 30.000,-/Monat. Dabei hatte ich schon jeweils eine Woche Urlaub eingerechnet jeden Monat, und jedes Wochenende war frei. Außerdem bekam er für seine Expertisen, denen oft tagelange Untersuchungen vorangingen, ebenfalls horrende Summen. Einer großen Nachfrage stand ein begrenztes Angebot in Form seiner zur Verfügung stehenden Stunden gegenüber.
Tatsächlich stellte es sich dann später so dar, dass er oft in Urlaub ging. Zu diesen Zeiten war er niemals zu erreichen. Für niemanden. Ebenso wenig für Notfälle. Ich wusste nicht wieso, aber ich hatte das Gefühl, dass er überhaupt kein Problem damit hatte, die Verantwortung beim Patienten zu belassen.
Ich begann mich dem Fragebogen zu widmen.

Sehr geehrte Patientin, sehr geehrter Patient,

bitte füllen Sie diesen Fragebogen so sorgfältig wie möglich aus. Ich benötige diese Informationen für eine optimale Behandlung.

Danke schön.
Prof. Martin Cemeiser

Rechnungsstellung

Name	
Anschrift	

Vorangegangene Psychotherapie(n):

(bitte ankreuzen)	□ Ja	□ Nein
Wenn ja, (bitte ankreuzen)	□ ambulant	□ stationär
Von wann bis wann	von	bis
Welches Verfahren? (bitte ankreuzen)	□ Verhaltenstherapie □ Psychoanalyse □ tiefenpsychologisch fundierte Psychotherapie	

Fragen zu ihrem Lebenslauf:

Bitte schildern Sie mit Ihren eigenen Worten die wichtigsten Probleme und Beschwerden. Geben Sie auch an, wie lange Sie schon unter ihnen leiden.

Warum suchen Sie therapeutische Hilfe?

Bitte schildern Sie mit Ihren eigenen Worten
Ihre wichtigsten Lebensstationen:

Angaben zur Mutter (oder Adoptiv-, Pflege-, Ersatzmutter, falls Sie nicht bei Ihrer leiblichen Mutter aufgewachsen sind):

Alter heute

Alter bei Ihrer Geburt

Erlernter Beruf

besond. Krankheiten

falls verstorben, Jahr

Ursache

Beschreiben Sie kurz die Persönlichkeit Ihrer Mutter und Ihre Beziehung während Ihrer Kindheit und Jugendzeit.

Wie erlebten Sie die Erziehung durch Ihre Mutter (Lob, Grenzsetzung, Bestrafungen)?

Angaben zum Vater
(oder Adoptiv-, Pflege-, Ersatzvater, falls Sie nicht bei Ihrem leiblichen Vater aufgewachsen sind):

Alter heute		Alter bei Ihrer Geburt	
Erlernter Beruf			
besond. Krankheiten			
falls verstorben, Jahr		Ursache	

Beschreiben Sie kurz die Persönlichkeit Ihres Vaters und Ihre Beziehung während Ihrer Kindheit und Jugendzeit.

Wie erlebten Sie die Erziehung durch Ihren Vater (Lob, Grenzsetzung, Bestrafungen)?

Wie war die Ehe der Eltern?
Welche Atmosphäre herrschte im Elternhaus?

Anzahl der Geschwister

Als wievieltes Kind wurden Sie geboren?

Alter und Geschlecht der Geschwister
(z.B. Bruder, 24 Jahre)

Wie ist Ihre Beziehung zu Ihren Geschwistern?

Gab es noch andere wichtige Bezugspersonen während Ihrer Kindheit (z. B. Großeltern, Verwandte, Freunde)? Welche Bedeutung hatte diese Beziehung für Ihre Entwicklung?

Wie alt waren Sie, als Sie zu Hause ausgezogen sind?

Wie ist Ihre derzeitige berufliche Situation?

Haben Sie Kinder? Wenn ja, wie viele und wie alt? Wie ist die
derzeitige Situation? Wie beurteilen Sie Ihre Erziehungskompetenz?

Partnerschaft/en – Sind Sie verheiratet oder leben Sie mit einem Partner/Partnerin? Wenn ja, Beruf und Alter des/der Partners/Partnerin. Skizzieren Sie kurz Ihre Beziehung und wichtige frühere Beziehungserfahrungen.

Unter welchen körperlichen Beschwerden leiden Sie häufiger?

- ☐ Kopfschmerzen
- ☐ Verdauungsstörungen
- ☐ sexuelle Probleme
- ☐ Schlaflosigkeit
- ☐ Schwindel
- ☐ Durchfall
- ☐ Herzklopfen
- ☐ Appetitlosigkeit
- ☐ Zittern
- ☐ Schwächegefühl
- ☐ Übelkeit
- ☐ Unruhe
- ☐ Angstzustände
- ☐ Schwitzen
- ☐ Verstopfung
- ☐ Panikattacken

Haben Sie Probleme mit Suchtmitteln (z. B. Alkohol, Drogen, Nikotin, Medikamente ...)? Wenn ja, welche und seit wann?

Haben Sie sich schon einmal selbst verletzt oder einen Selbstmordversuch unternommen? Wenn ja, wann und warum?

Zu wem haben Sie wichtige soziale Kontakte (Freundeskreis, Verein)?

Angaben zur Sexualität:
In welchem Alter kamen Sie in die Pubertät?
Wie verliefen Ihre ersten sexuellen Erfahrungen?
Ist Ihr momentanes Sexualleben befriedigend?
Wenn nicht, beschreiben Sie kurz warum.

Bitte führen Sie an dieser Stelle alle für Sie wichtigen problemrelevanten Ereignisse in Ihrem Leben auf, die von den vorhergehenden Fragen nicht erfasst wurden.

Wenn Sie abschließend sich selbst beschreiben sollen, mit welchen Eigenschaftsworten, Fähigkeiten und Eigenheiten lässt sich Ihre Persönlichkeit am besten beschreiben?

Was sind Ihre besonderen Talente?

Herzlichen Dank für die Beantwortung der Fragen.

Es ist für niemanden einfach, wesentliche, antrainierte Verhaltensweisen zu verändern, egal wie sehr man es will. Und man muss es wollen. Es reicht nie, dass andere es für einen wollen. Ändern können wir uns immer nur selbst, und wer immer noch Zeit damit verschwendet, andere ändern zu wollen, versteht nichts. Man kann die eigene Einstellung zum Partner verändern und mit der veränderten Einstellung verändert sich in aller Regel auch die Sichtweise des Partners. In welche Richtung allerdings weiß niemand genau vorauszusagen.

Mir fällt meine gute Freundin Sarah ein, die immer der Liebe und Anerkennung ihrer Eltern hinterhergelaufen, nein besser, -gerannt ist. Die es zutiefst verletzt hat, wie sie mit ihr umgehen, dass sie ihr Liebe und Anerkennung immer vorenthalten, egal was sie leistet, sie, die so gerne von ihnen bedingungslos geliebt werden würde.

Theoretisch verstehe ich das ja alles, deshalb habe ich ihr in vielen langen Gesprächen klarmachen können, dass, egal wie oft sie die gewünschten Änderungen bei ihren Eltern zu erreichen versuchte, ihre Eltern sich nur dann verändern würden, wenn sie es selbst wollten. Dass sie selbst ihre Abhängigkeit von der nicht gewährten Liebe verringern müsse.

Als ihr die Anerkennung und die Liebe ihrer Eltern allmählich egal waren und sie es schaffte, ihr Selbstbewusstsein aus sich selbst heraus zu entwickeln, veränderte sich schlagartig auch das Verhalten ihrer Eltern. Plötzlich zeigten sie ihr die Zuneigung, die sie so lange aus ihnen herauszupressen versucht hatte. Das Interessante war: Als sie sie schließlich bekam, war sie unwichtig geworden, weil sie sie nicht mehr für ihr Seelenheil benötigte.

Eine meiner besonderen Fähigkeiten war meine schnelle Auffassungsgabe und ich verstand relativ rasch, dass sie in der Psychotherapie der Lösung manchmal abträglich sein konnte, weil ich mich in eine imaginäre Situation die mir der Professor vorgab nicht hineinfühlte, sondern –dachte. Ein andere Begabung von mir war, mehr zu sein, als ich tatsächlich war. Auch sie war bei meinem „Onkel“ nicht gefragt. Aber ehrlich gesagt, wusste ich bei manchen Fragen gar nicht mehr, wer ich wirklich war, was ich nur aus mir gemacht hatte und wo ich tatsächlich stand.

Ich merkte, wie sich Traurigkeit und erste Erkenntnisse auf meine Seele legten und dass ich schon durch den Fragebogen einiges verstand. Was sind Ihre besonderen Talente? Ich erinnerte mich an ein Ereignis, das noch nicht lange her war und symptomatisch für meinen Willen zu ehrlicher Veränderung. Ich war mit meiner so schönen und süßen Nadja auf einem Katie-Melua-Konzert am 11. Dezember des Vorjahres in Paris. Bevor ich anfing, für die Liebe weicher zu werden und außer für mich auch für jemand anderen ehrliche Liebe empfinden konnte, mochte ich keine sanften Soul-Liebes-Lieder von Frauen.

Ich hatte Nadja eingeladen. Wir waren zusammen im Auto nach Paris gefahren, hatten philosophiert über Stunden, seelenverwandt und in vollkommener Einheit. Wir hatten das Auto als Fortbewegungsmittel gewählt, weil es intim Nähe zuließ für solche Gespräche und wir Zeit genug hatten.

Wir verbrachten ein traumhaft entspanntes Wochenende in Paris, liebten uns vollkommen, sanft und leidenschaftlich.

Nadja allein war mir genug, sie war perfekt, und mir war diese lächerliche Diskussion, ob Technik oder Ausprägung eines Gemächts wichtiger war, nicht aus dem Kopf gegangen.

Uns beiden war klar, dass unser Zusammensein an sich, die Möglichkeit und die Erlaubnis, überhaupt miteinander körperlich zusammen sein zu dürfen, schon alleine jede vorstellbare Glücksdimension sprengte, und manchmal lagen wir einfach nur für Minuten ineinander und kamen einfach so, ohne uns zu bewegen. So etwas hatte ich noch nie zuvor erlebt. Einfach so, ohne jede Bewegung. Es war unvorstellbar.

Wir erlebten die leidenschaftlichsten wildesten Momente, voller Gier und ohne Tabus. Ich liebte sie, ihren wunderschönen Körper;

ich war mir sicher, dass sie mir auch genug wäre, wenn sie eine Brust oder ein Bein weniger haben würde.
Im Dezember, während des Konzertes von Katie Melua spürte ich etwas Seltsames, aber ich konnte es nicht sofort zuordnen. Die Sängerin erzählte, dass sie in Georgien geboren sei und bis zu ihrem achten Lebensjahr dort gelebt habe und dass sie ihr bestes Lied geschrieben habe, als sie elf Jahre alt war. Sie sang es, und es war wunderschön. Ich war sehr berührt, verstand aber nicht warum. Dieses Konzert rührte an meiner innersten, verzweifelt verteidigten Festung.
Beim Ausfüllen des Fragebogens verstand ich, warum mich das Lied so sehr berührt hatte. Es kam mir bei der Frage: Welche besonderen Talente haben Sie? Ich formulierte die Frage zweimal für mich um: „Wie viele Ihrer Talente haben Sie verschleudert, verschwendet, zu falschen Zwecken missbraucht?" bzw.: „Sind Sie ab heute bereit, Ihre Talente wertzuschätzen, Kraft, Zeit und positive Energie in sie dauerhaft zu investieren, sie auch bei Rückschlägen zu achten und alles für sie zu tun?"
Die Antwort auf die erste Frage war leicht zu finden. Ja, ich hatte meine mir so zahlreich geschenkten Talente alle verschleudert, hatte sie verraten und mit Füßen getreten. Es war allerdings auch dem geschuldet, dass ich mit so vielen von ihnen ausgestattet worden war, was manchmal mehr Fluch als Segen war. Hätte ich nur eines gehabt, wäre es mir bei auftretenden Schwierigkeiten nie möglich gewesen, einfach auf ein anderes auszuweichen.
Die zweite Antwort brachte mich zum Weinen: Ja, ich wollte herausfinden, welches meiner Talente ich fördern wollte. Ich wollte nichts mehr wegwerfen, nichts mehr zerstören, wollte meine Fähigkeiten zum ersten Mal in meinem Leben nur noch dafür nutzen, um eine Familie zu gründen, um Hilfsbedürftigen zu helfen, um mich und andere weiterzubringen.
Ich war bereit, die dafür notwendigen Opfer zu bringen, bereit, einen tiefen Veränderungsprozess einzuleiten, wirklich

Tiefsitzendes anzugehen, egal wie schmerzhaft es werden würde. Ich spürte Beharrlichkeit und große Kraft in mir, als der Therapeut die Tür öffnete:
„Fertig mit dem Fragebogen?”, fragte der Professor. Ich antwortete:
„Noch gar nicht angefangen, aber eigentlich schon fertig.”
Ich hatte wie Nadja ein exzellentes Gespür für Energie und ich spürte, dass alles auf einem wirklich glücklichen Weg war.
Nadjas Vater rülpste mir zur Begrüßung eine übelriechende Alkoholfahne ins Gesicht.

Kapitel 6:

Begegnung

*31.12.2002 / 18 Jahre**

Ich ging ein enormes Risiko ein, aber ich wollte unbedingt die erste Begegnung Annas mit ihren Pflanzen mit eigenen Augen beobachten. Es war wichtig zu sehen, dass sie von der Umpflanzung nichts gemerkt hatte. Dafür war ich mit einem Tarnanzug, einem Überwurf, Schlafsack und einem Feldstecher in die dichte Baumkrone eines Baumes direkt neben dem Garten geklettert, um das gesamte Gelände einzusehen und außerdem in der Lage zu sein, das Gesprochene zu hören. Ich hatte mich wie bei der Bundeswehr getarnt, auch im Gesicht, und war über fünf Kilometer durch den Wald von der anderen Seite an das Haus herangeschlichen. Ich hatte Wechselkleider dabei und einen warmen Schlafsack, um es mir ein bisschen weicher zu machen, was leider nur unzureichend gelang.

Es war 11:00 Uhr am Morgen und seit nunmehr viereinhalb Stunden saß ich in diesem verfluchten Baum. Mir waren bereits verschiedene Gliedmaßen eingeschlafen, und so langsam begann ich meine geniale Idee zu hassen.

Ich sah, wie der nette Nachbar ein letztes Mal die Post zuerst sorgsam durchschaute und dann im Haus ablegte. Dann verließ er es und kehrte eine halbe Stunde später bepackt mit Lebensmitteltüten aus dem nahe gelegenen Feinkostgeschäft zum Haus zurück, was wahrscheinlich bedeutete, dass er einen Auftrag von Anna bekommen hatte, den Kühlschrank zu füllen. Vielleicht war er aber auch nur nett. Über eine Stunde blieb er im Haus, aber da ich nicht hineinsehen konnte, fragte ich mich, was er in ihm zu suchen hatte.
Mir wurde immer mehr klar, dass ich für mindestens weitere zehn bis elf Stunden in dieser Baumkrone verharren musste, und ich begann mich leise für meinen Perfektionswahn und meine Neugier zu verfluchen.
25 Minuten später hörte ich den metallic-schwarzen AMG ML 55 von Mercedes den Berg hinauffahren.
Das Tor öffnete sich automatisch und ich sah durch mein Fernglas, wie eine sonnengebräunte, lecker aussehende und fröhliche Anna aus dem Auto stieg.
Ihr Freund hielt ihr die Tür auf und ich hörte ein bekanntes Frauenproblem: „Ich muss dringend mal Pippi", sagte sie, lächelte ihn an und verschwand im Haus.
Er schleppte ca. sieben Koffer, Beauty- Cases und Sporttaschen ins Haus, und zehn Minuten später öffnete sich die Balkontür. Sie traten Hand in Hand heraus und Anna fragte ihn:
„Fred, wann musst du fahren?", und er antwortete:
„Ungefähr um 17:00 Uhr, der Flieger geht um 20:30 Uhr. Fährst du mich bitte nach Frankfurt? Ich will überhaupt nicht wieder eine Woche ohne dich sein!"
Dafür, dass sie sich bereit erklärte, ihn an den Flughafen zu fahren, erhielt sie einen langen und innigen Kuss.
Dann erreichten Schreie des Entzückens aus Annas Kehle meinen mühsam erklommenen Baumwipfel.
„Überragend, phantastisch, alles erntereif. Ich kann am Dienstag

alles vorkochen und mittags unser Festmahl schon einmal vorkosten. Und wenn du nächste Woche kommst, werde ich dir die Köstlichkeiten servieren, mein Löwe.”
Das größte ungelöste Problem hatte sich damit in Luft aufgelöst. Wann würde sie vorkochen? Dienstag war also der Tag der Tage. All der Dreck, den sie mit Absicht kübelweise über mich entleert hatte, die Schande und meine tiefen Wunden würden durch ihren Tod langsam gesühnt. Ich fühlte mich wie befreit und begann mir das zu erwartende Spektakel in freudiger Erwartung und in allen Einzelheiten genau vorzustellen und zu genießen.
Als Fred und Anna eine Stunde später das Haus verließen und mit ihrem Auto wegfuhren, nachdem sie vor dem Gewächshaus an einem durch die Naturplatten geschützten Tisch nur ungefähr sieben Meter entfernt von mir gegessen hatten, hatte ich mehr Informationen, als ich für meine Rache benötigte.
Sie hatten das Fest und seine Speisenabfolge besprochen. Sie wollten nur warme Pilz- und Fleischgerichte servieren, nämlich die eigenen schlachtreifen Stallhasen und Hühner. Allerdings würde Anna die Hasen beim Probemenü nicht kochen, da sie nur acht von ihnen hatte und der Schlachter erst einen Tag vor dem Fest erwartet wurde.
Mehr als für das Pilzbiotop und das Bärlauchfeld interessierte sich Anna für den Kräutergarten, das Salat- und Spargelfeld, die Zwiebeln, Kartoffeln und die Mohrrüben. Bärlauch würde sie kalt zubereitet servieren, als Sauce und Quark zum Fleisch und als Pesto.
Nachdem sie das Haus verlassen hatten, beschloss ich, trotz aller Risiken meinen Hochsitz zu verlassen. Da ich mir dieselbe Prozedur für den Dienstagvormittag wieder vorgenommen hatte, ließ ich Tarnnetz, Schlafsack, Proviant, Messer und Taschenlampe im Baumwipfel gut verschnürt zurück.
Ich wartete eine gute halbe Stunde, aber niemand war weit und breit zu sehen. Ich stieg langsam vom Baum und sprang in den

Wald. Nach einigen hundert Metern schminkte ich mich ab, wechselte die Kleidung und rannte in Richtung meines Autos, das ich an einem McDonald´s Restaurant hinter dem Waldrand, nahe einer Tankstelle abgestellt hatte.
Plötzlich stand ein kleiner grau gefleckter Jagdhund vor mir und bellte wie verrückt. Ich packte ihn an der Schnauze und hielt ihm seine Kehle zu, bis er aufhörte, sich zu wehren. Eine Stimme rief: „Benson, Benson, was ist los, hierher, hiiiiiiiiiiiiier her!!!"
Nach fünf Minuten entfernte sich die Stimme, ich schleuderte den Hund in hohem Bogen durch den Wald, hörte seinen Aufprall und sein Winseln und rannte in Richtung meines Autos. Als ich die Lichtung erreichte, sah ich, dass mich die Töle gebissen hatte. Ich blutete leicht an der Hand, aber das Adrenalin hatte mich keine Schmerzen spüren lassen.
Ich verstaute meine Sachen, bestellte im Drive-in des McDonald´s ein Big-Mac-Menü und fuhr nach Hause.
Dienstag war ein traumhafter Tag, zu warm und zu sommerhaft für die Jahreszeit. Ich war um 04:30 Uhr auf meinen Baumwipfel geklettert und wäre dabei fast vom Zeitungsausträger überrascht worden. Meine Utensilien waren heute andere und ich war ungeschminkt.
In meiner Tasche befanden sich die Streichhölzer und das Asthmaspray von Lutz, ein Messer, Chloroform, Äther und ein weiches Tuch. Bevor ich den Baum erstiegen hatte, hatte ich mir ein „Ganzkörperkondom" angelegt. Ich hatte mir einen Anzug der Spurensicherung besorgt, so dass ich keinerlei Spuren am Tatort hinterlassen würde. Außerdem zog ich mir Gummihandschuhe an. Das Tragen dieses kleidsamen Anzugs war bei den Temperaturen nicht angenehm. Außerdem hing eine kleine Kamera um meinen Hals.
Schon früh ging Anna in den Garten, erntete, was sie für ihr Probekochen benötigte, und um 10:00 Uhr saß sie bereits wieder vor dem von der Straße, nicht aber vom Baum uneinsehbaren Gewächshaus in der Sonne. Nach wie vor war sie eine traumhaft

schöne Frau und ihre Fröhlichkeit wäre ansteckend gewesen, hätte es nicht die Vergangenheit und den klaren Tötungsplan gegeben.
Um ca. 12:45 Uhr tischte sie alles auf. Es gab das Pilzgericht mit den frischen Kartoffeln, Bärlauchquark, Pilzsalat, Bärlauchsauce und Gemüse. Dazu hatte sie eine Hasenkeule vorbereitet. Auf dem Tisch standen Dutzende von Gewürzen. Sie fing an, den Pilzsalat zu essen.
Er schien ihr gut zu schmecken und sie notierte, nachdem sie die Verkostung beendet hatte, einiges auf ihrem Zettel.
Plötzlich klingelte ihr Telefon:
„Ja, Schatz, ich sitze hier im Garten und esse gerade, was wir alle essen werden bei unserem Verlobungsfest. Pass bitte auf dich auf, ich brauche dich. Bis morgen, ruf bitte an, fahr vorsichtig", hörte ich sie sagen, bevor sie das Gespräch beendete.
Dann aß sie ein klein wenig Hasenkeule mit warmen Pilzen, die sie, in einer Sahnesauce geschwenkt, in einem kleinen Kupferpfännchen bereitgestellt hatte. Hier schien sie mit ihrer Vorbereitung weniger zufrieden zu sein. Sie würzte ca. sechsmal mit unterschiedlichsten Gewürzen nach, wobei sie in der Pfanne sechs verschiedene Pilzhäufchen gemacht hatte, wahrscheinlich, weil sie die verschiedenen Gewürzkombinationen ausprobieren wollte.
Während des Würzens probierte sie nach und nach alle Varianten, nur eine schien ihr absolut zuwider zu sein. Häufchen zwei und drei waren ihre Favoriten, sie aß nahezu alle Variationen, bis auf eine, und probierte nur zweimal die Pilze in Kombination mit der Hasenkeule.
Dann machte sie eine Pause und ich dachte schon, sie sei wegen der großen Menge, die sie verzehrt hatte, bereits satt und würde das feine Bärlauchpesto und den Bärlauchquark verschmähen. Aber nach einer halben Stunde begann das Prozedere von neuem. Sie aß mit großem Genuss, und das war schöner anzusehen, als wenn jemand im Essen nur herumstocherte. Nachdem sie fertig war, klingelte erneut ihr Telefon:

„Nein, keine Lust, ich lege mich gleich in den Garten", sagte sie und legte das Telefon auf den Beistelltisch. Danach stellte sie den Sonnenstuhl direkt vor das Gewächshaus, nahm einige der Teller und ging noch mal ins Haus.

Diesen Augenblick nutzte ich, um behende von meinem Baum herunterzuklettern und mich im Gewächshaus hinter der Tür zu verstecken. Als sie es betrat, um sich eine weiche Unterlage für den Sonnenstuhl zu holen, umfasste ich sie und presste ihr das mit Äther und Chloroform getränkte Tuch auf ihren zum Schrei geöffneten Mund. Es dauerte fast zwei Minuten, bis sie ohnmächtig wurde. Ich verharrte noch eine weitere Minute mit dem Tuch vor ihrem Mund, bis ich sicher war, dass sie nicht wieder zu sich kam. Obwohl ich eineinhalb Minuten lang fast überhaupt nicht atmete, war mir selbst von dem Geruch so schwindelig, dass ich mich einen Moment hinsetzen musste.

Dann zog ich ihr das Bikiniunterteil aus, fesselte und knebelte sie und legte sie auf den Liegestuhl aus Holz. Ich erkannte, dass sie ihre Schamhaare entsprechend ihrer roten Haare nachgefärbt hatte. Anna achtete eben auf jedes Detail. Die weiche Unterlage legte ich nicht auf den Stuhl, es ging ja schließlich nicht um bequemes Sterben.

Ich spreizte ihre Beine und machte erste interessante Fotos. Die Halsfessel hatte ich mit verschiedenen Seilen und Zelthaken in den Boden gerammt, so dass sie sich umso mehr strangulieren würde, je mehr sie zappelte. Dies sollte ihren Bewegungsdrang auf natürliche Weise reduzieren, wobei es natürlich allein ihre freie Entscheidung blieb, sich zu bewegen oder nicht.

Als sie zu sich kam, begann sie zu zucken, zu husten und am Knebel zu reißen, und ich hatte schon Angst, sie könnte mir frühzeitig ersticken. Deswegen ohrfeigte ich sie, damit sie aufhörte, sich unsinnig zu bewegen.

Auch hiervon machte ich Fotos, um mein fotografisches Gedächtnis in Zukunft mit realen Fotos zu füttern. Ehrlich gesagt, war die Aufwachphase eher weniger schön, weil ihr immer röter oder besser gesagt leicht blau anlaufender Kopf farblich nicht so gut zu ihrem weichen, rotblonden Haar passte.

Jetzt begann sie, ihre Situation zu realisieren: Zum einen wurde sie immer klarer, und zum anderen hatte sie mich erkannt. Außerdem schien sie Schmerzen im Unterbauch zu haben. Zur Beruhigung streichelte ich ihr Gesicht mit meinen Handschuhen, was einen Zuckanfall nach sich zog, der sie fast erdrosselt hätte.

„Du bist doch schlau, meine liebste Anna. Hör doch jetzt bitte endlich auf, dich zu bewegen, ersticken wird dir keinen Spaß machen. Wir probieren das Ruhigliegen jetzt einmal."

Und ich schob ihr Bikinioberteil zur Seite und streichelte ihre Brust. Es folgte keine Reaktion, und ich sah, dass sie verstanden hatte.

„Du hast ja phantastisch gekocht, kriege ich was davon ab?" Sie nickte panisch und ich ging zu der Pfanne und dem Quark und den anderen Köstlichkeiten.

„Anna, meine liebe Anna, du weißt und hast gelesen, was ich für dich empfinde, hast mir ja auch schön zurückgeschrieben. Nochmals danke dafür, auch dass du so viele Menschen informiert hast, darüber habe ich mich sehr gefreut. Wirklich. Aber du glaubst doch nicht ernsthaft, dass ich diesen Dreck zu mir nehmen werde?" Sie sah mich voller Angst fragend an:

„Ich sehe doch auf den ersten Blick, dass du mir hier Maiglöckchen, Herbstzeitlose und einen der giftigsten Pilze, nämlich den weißen Knollenblätterpilz, aus dem von Lutz gepflanzten Garten servieren willst. Hast du mit dem Brief nicht genug angerichtet? Willst du mich jetzt auch noch umbringen?"

Sie realisierte sofort, dass ich die Wahrheit sagte. Sie konnte es an ihren brutalen Schmerzen spüren. Tränen schossen ihr in die Augen und liefen in ihren Knebel.

„Jetzt sei doch nicht so hysterisch, Liebste. Du hast noch ein paar Stunden."

Ich nutzte die Tränen für ein paar Aufnahmen. Es erregte mich, wie sie so gedemütigt und fast nackt dalag.
Ich schob sie mitsamt der rollbaren Liege in das Gewächshaus, schloss die elektronischen, blickdichten Jalousien und ließ sie dort eine Stunde alleine. Das sollte ihre Angst verstärken und unserem Dialog eine neue Qualität verleihen. Irgendwie machte es mir nicht so recht Spaß, alleiniger Teilnehmer unseres Dialoges zu sein. Die Zeltheringe, die den Stuhl fixiert und die Atmung erschwert hatten, hatte ich für die Umbettung aus dem Erdreich gezogen, und Hände und Arme unterhalb des Stuhls gefesselt, damit sich Bewegungen ähnlich wie bei den Stahlhaken direkt auf ihr Atemzentrum auswirken würden.
Ich verstaute fast alle übriggebliebenen Pfannen, Teller und die Lebensmittel in der Küche, säuberte sorgfältig den Gartentisch und dachte dabei an meinen morgendlichen Anruf bei Lutz aus einer Telefonzelle, bei dem ich hören wollte, was er tat und wo er war:
„Gehen wir heute Mittag joggen?"
Er hatte mit dem Hinweis, Tag und Nacht lernen zu müssen, abgelehnt.
„Ich sehe seit vier Wochen nahezu niemanden mehr, dieses Mal muss ich die Prüfung schaffen. Aber danach wäre es phantastisch, wenn wir zusammen laufen oder wie früher die Stadt unsicher machen könnten."
Ich war mir auf alle Fälle sicher, eine solche Verabredung einhalten zu können, hatte ihm deswegen zugestimmt und zufrieden unser Gespräch beendet.
Ich legte das Asthmaspray unter die Toilette, spülte zweimal und begann meine Utensilien im Garten zu sortieren und zusammenzubinden. Lediglich das Messer und die Streichhölzer legte ich auf den Tisch.
Nach 55 Minuten kehrte ich in das Gewächshaus zurück. Anna blickte mich flehentlich und röchelnd an. Ich sagte zu ihr:

„Das ist doch kein Leben mit so wenig Luft. Ich kann dir den Knebel abmachen, aber beim ersten Schrei drücke ich dir die Kehle mit zwei Fingern zu."
Zum besseren Verständnis machte ich es ihr für fünf Sekunden vor.
„Hast du das verstanden?"
Verzweifelt um Luft ringend, nickte sie.
„Ich verstehe das so, dass du lieber ohne Knebel mit mir sprichst, Liebste."
Wieder nickte sie sofort.
„Ich werde dir jetzt den Knebel abnehmen. Wenn du einen Mucks machst, werde ich dich würgen, loslassen, würgen, bis du verreckst."
Brutale Wut kroch wieder in mir hoch.
„Hat Lutz davon gewusst?", war ihre erste Frage, nachdem sie genügend Sauerstoff zum Atmen eingesogen hatte.
„Was meinst du denn, wie ich ansonsten hätte hierherkommen können?
„Nur weil ich ihn abgewiesen habe?"
„Was hast DU mir denn getan, dafür, dass ich dich damals nicht genommen habe, du rotblonde Softwarekuh. Meinst du, so eine dreckige Racheaktion ist nicht wie sterben?"
„Ich bin schwanger." Das war ja eine interessante Neuigkeit.
„Herzlichen Glückwunsch, genieß die Schwangerschaft die nächsten zwei Stunden. Weiß es dein Hasenpeter schon?"
Sie schüttelte ihren hübschen, etwas verquollenen Kopf. Und wieder begann sie verzweifelt zu weinen:
„Warum hast du mich damals kaputtgemacht in der Bank. War es der Kick, dass ich mich dir geschenkt hatte und du mich damit alleine lassen konntest?"
Ich sah sie nachdenklich an:
„Was könnte es denn noch gewesen sein?"
„Ich kann nicht mehr richtig sehen, mir ist sauschlecht", jammerte sie. „Sind das die Pilze?"

„Nein es sind die Maiglöckchen, die Pilze fangen erst nach vier Stunden an zu wirken."
„Hilf mir bitte. Bitte. Bitte."
„Die Pilze sind bereits durch deinen Magen und einen Teil des Darmes gewandert und werden ihre toxische Wirkung in den Organen entfalten. Das ist irreversibel. Selbst wenn ich es wollte, könnte ich das nicht mehr umkehren.
Ich hatte mich in diesem Sommer damals, als du auf der Bankakademie warst, plötzlich in eine andere verliebt und wollte dir nicht weh tun. Deswegen habe ich mich nie mehr gemeldet. Es war eine Art Liebesbeweis an dich."
Die Tatsache, dass der Todeskampf unumgänglich war, schien sie ruhiger zu machen.
„Mach mir die Handfesseln los, bitte, ich laufe nicht weg, ich habe es verstanden."
Ich löste ihre Handfesseln. Sie machte keinen Versuch, die Situation auszunutzen.
„Ich würde gerne zwei Briefe schreiben. Einen an Fred, einen an Thomas. Glaubst du, dass du mir das erlauben kannst?"
Es war fast so, als ob unsere Freundschaft und unser Vertrauen niemals unterbrochen worden wären.
„Ich glaube inzwischen, ich bin an dieser Situation auch selbst schuld. Du warst damals alles für mich und ich war zu jung. Diese Situation hat mich gebrochen für alle, die danach kamen. Ich bin so voller Trauer gewesen, dass mich der Hass auf dich zerfressen hat. Und alles, alles, was du im Leben tust, hat Konsequenzen. Du bekommst es zurückbezahlt, niemals ist irgendetwas umsonst. Besorgst du mir Papier und Bleistift, solange ich noch schreiben kann?", bat sie und lächelte mich wirklich an.
Die beiden Briefe, die ihre Adressaten niemals erhalten würden, erleichterten sie. Ich musste ihr versprechen, sie an diesem Ort zu lassen, was ich gerne und aus voller Überzeugung zusagte.

Sie röchelte. „Mein Herz...", und ich beobachtete sie, bis sie wieder etwas ruhiger atmen konnte.
„Das sind Herzrhythmusstörungen, die kommen auch von den giftigen Grünpflanzen."
„Warum konnten wir das nicht anders regeln?", fragte sie mich traurig. „Warum konnten wir das nie für uns beide auflösen?"
„Das liegt daran, dass kein Mensch sich im Leben des anderen befindet. Dass nur wir selbst in uns leben, auch wenn jemand uns wirklich gut zu kennen glaubt. Und dann beginnt unsere Geschichte ein Eigenleben zu bekommen. Einbildung mischt sich mit falschen Gedanken. Aber wir leben 24 Stunden am Tag in uns, daran liegt es. Ich kann nicht in deinem Körper und in deiner Seele leben, du nicht in meinem. Also sind wir auf Spekulationen angewiesen, wissen nie, ob das, was wir denken, wahr oder falsch ist. Weil wir unsere Gedanken nie kannten, endet es jetzt so."
Ich hielt ihre Hand und sie die meine. Sie war nicht mehr in der Lage zu sprechen, hatte große Atemnot und röchelte, als ich sie lange danach verließ. Wann genau sie starb, weiß ich nicht, aber ich wusste genau, dass ich das Sterben als finalen Akt nicht mehr zu meiner Befriedigung benötigte.
Ich war mit mir im Reinen und fuhr zu einem großen Müllcontainer nach Heilbronn, in den ich alle verdächtigen Sachen warf. Ich hatte hierfür Müll von zu Hause mitgebracht, der die Spuren tarnte. Warum war es nur so, dass die Vorfreude auf etwas oft größer war als das, was dann tatsächlich geschah? Einen Mensch zu töten, hatte ich mir wesentlich aufregender vorgestellt. Fast tat sie mir ein wenig leid. Lutz hatte ich schon vergessen.

Kapitel 2:
Der Wettbewerb

19 Jahre alt / 06.06.2004*

Bent rief mich einige Tage später an.
„Lass uns diese ganze Scheiße einfach vergessen, bitte, ich habe genug Ärger und Aufregung deswegen. Im Aufsichtsrat haben sie sogar über meine Absetzung als Geschäftsführer diskutiert. In meinem eigenen Verlag!"
Er bedauerte es sicherlich, dass er das Aufsichtsratsgremium mit unabhängigen Prominenten besetzt und diese mit weitreichenden Befugnissen ausgestattet hatte. Diese Promis mussten sehr darauf aufpassen, Teil des Mainstreams zu bleiben, mussten die öffentliche Meinung vertreten und konnten nicht einfach Gnade vor Recht ergehen lassen.
„Sie haben mich zwar unter strengeren Auflagen im Amt bestätigt. Aber jetzt muss ich acht Stunden pro Tag im Verlag anwesend sein. Jede Entscheidung, die mehr als 15.000,- Euro kostet und alles Strategische wird in Zukunft ein vierköpfiges Expertengremium absegnen. Ich mag nicht mehr. Außerdem haben sie dazu eine Pressekonferenz im Fernsehen gegeben und die Beschlüsse auch

noch öffentlich bekannt gemacht. Was für eine Demütigung!"
Ich genoss Bents jetzige Situation, aber sie reichte mir als Genugtuung nicht im Ansatz aus. Ich war mir sicher, dass jedes Treffen mit Bent ab jetzt eine lästige und unangenehme Angelegenheit werden würde, aber es blieb mir nichts anderes übrig, als gute Miene zum bösen Spiel zu machen.

„Das, lieber Bent, tut mir wirklich sehr leid. Natürlich vergessen wir unseren Streit, ich bin ja dein Freund. Trotzdem hat mir dieser Wettbewerb und die Umstände drum herum sehr weh getan."

„Können wir uns treffen, morgen?", fragte er mich zögerlich.

„Du hast doch Anwesenheitspflicht", stichelte ich boshaft, „da hast du keine Zeit mehr für außerbetriebliche Treffen und für deinen Sport."

„Ich werde ihnen sagen, dass ich dich als Jungautor verpflichten möchte, dann ist das eine betriebliche Veranstaltung. Bitte."

Mich nach allem was passiert war als Jung-Autor zu verpflichten. Was war er nur für ein armer Wicht, und außerdem begann er schon wieder, mich mit diesem dämlichen Vorschlag zu beleidigen. Er musste lügen, um mich sehen zu können, das würde bedeuten, dass ich gegebenenfalls auch lügen musste. Ein eisernes Prinzip von mir war, niemals für andere zu lügen.

„Dann möchte ich aber auch nur Betriebliches mit dir besprechen. Und wenn ich mehr als 15.000,- Euro Honorar bekomme, wirst du es dir genehmigen lassen müssen."

Ich lachte kurz und schlug den kommenden Nachmittag um 15:00 Uhr vor, weil ich wusste dass er zu diesem Zeitpunkt nun täglich mit einem Vertreter des Aufsichtsrates das Tagesgeschäft und die anstehenden Entscheidungen diskutieren musste.

Ich erklärte ihm, dies sei für mich am morgigen Tag die einzig mögliche Uhrzeit, und überlegte gleichzeitig, wie ich meinen komplett leeren Tag füllen sollte. Er sagte zu und wir verabredeten uns im Café Gecko.

Ich kam zu spät, was ihn sichtlich nervös machte.

„Stell dir vor, die haben tatsächlich Theater gemacht, weil ich den Termin verlegen musste. Ich bin nicht mehr Herr in meinem eigenen Haus." Nachdenklich und müde bestellte er einen doppelten Espresso.

„Das beruhigt sich sicher wieder, Bent", tröstete ich ihn und nahm ihn kurz in den Arm, was mich einiges an Überwindung kostete. Dankbar ruhte er sich einen Moment an meiner Anteilnahme aus und lehnte sich dann zurück.

Für meine unbarmherzige Vergeltung benötigte ich einige wichtige Informationen. Der Racheplan war klar, aber die Umsetzung noch zu schwammig.

Persönliches:

Freund-Feind-Erkennung

Es ist mir unbegreiflich, dass Menschen keinerlei Frühwarnsystem in sich tragen. Es existiert bei vielen keine funktionierende Freund-Feind-Erkennung. Sie liefern sich bereitwillig Feinden aus und vertrauen wirklichen Freunden nicht. Im Leben können die Rollen schnell wechseln, und deswegen ist es so wichtig, diese beiden Pole permanent aufmerksam zu beobachten.

Prinzipiell sagen einem alle menschlichen Schauspieler, Feinde und Lügner immer die Wahrheit, wir hören ihnen nur oft genug nicht zu. Warum ist das so? Manche Menschen sind nicht stark genug für Veränderungen, sie akzeptieren jede noch so demütigende Situation, um nicht hinschauen oder sich verändern zu müssen. Sie suchen und finden Geborgenheit, egal wie schlecht ihre Situation auch sein mag.

Ich dachte an eine gute Freundin von mir, Elena, die mir auf meine Frage, warum sie sich immer wieder von ihrem Freund, den sie abgöttisch liebte, schlagen und an andere Männer gegen Geld verleihen ließ, antwortete:

„Wenn er mich schlägt, spüre ich, wie sehr er mich liebt. Würde er mich nicht lieben, wäre ich es ihm nicht wert, dass er mich schlagen würde. Niemals fühle ich mich ihm näher, als wenn er mich schlägt."

Sie meinte damit, dass sie diese Form der negativen Emotion als Form der Wertschätzung erkannte und sie für sich nutzte. Natürlich schlug einen niemand halb tot, wenn man ihm egal war, aber darauf eine Beziehung aufzubauen und nicht zu begreifen, dass dies keinerlei funktionierende Grundlage einer Partnerschaft sein konnte, war mir mehr als fremd.

Ich passte diesen feigen Schläger vermummt und zusammen mit Freunden ab, wir schlugen ihn ordentlich zusammen, damit er ebenfalls einmal diese Form der Anerkennung am eigenen Leib spürte. Er wehrte sich nicht eine Sekunde und urinierte vor Angst in seine Hose, was einen stinkenden dunklen Fleck hinterließ.
Zum Schluss zog ich ihn an seinen Haaren ganz nahe an meine Maske heran und sagte: „Elena weiß nichts davon, aber das ist die Strafe dafür, dass du sie schlägst. Solltest du ihr noch einmal ein Haar krümmen, holen wir uns deine Schwester zu dritt, vergnügen uns mit ihr und danach töten wir dich."
Er wimmerte und nickte, und schlug sie nie wieder. Elena verließ ihn sieben Wochen später und liierte sich mit einem zu lebenslanger Haft verurteilten Totschläger. Im Übrigen war sie Studentin der Pädagogik.
Jeder Wechsel innerhalb einer Freundschaft deutet sich vorher an. Keiner kann seine Emotionen immer und überall kontrollieren. Weil Menschen sich mitteilen und durch Handlungen ihren Charakter offenlegen, ist es einfach, eine Veränderung zu erkennen.
Wenn Menschen Angst vor Veränderungen haben, wollen sie nicht glauben, was sie tief in sich längst wissen. Sie lügen sich selbst an und lassen sich durch einfachste Beschwichtigungen ruhigstellen. War jemand aber bisher ein wirklich guter Freund, so kann er sich auch zu einem richtig guten Feind entwickeln. Alle Richtungen sind immer und jederzeit möglich. Aber wer will das schon wahrhaben und sich einen solchen Verrat eingestehen?
Während derjenige, der sich weigert, der Wahrheit ins Auge zu sehen und sie zu akzeptieren, keinerlei Vorsichtsmaßnahmen ergreift, greift der neue Feind bereits unerbittlich und mit voller Härte an. Gibt er nach seinem brutalen Angriff freundschaftliche Erklärungen ab, sind viele wiederum bereit, diese sofort zu akzeptieren, um aus Verklärungs-Gründen die nicht mehr existierende Freundschaft zu erhalten. Das geht so lange gut, bis selbst der Letzte erkennen muss, was tatsächlich passiert.

Das Geheule ist dann groß, und es kommt gleich die Rede von der ungerechten Welt und dass einem immer so etwas passieren muss. Aber das ist falsch. Es passiert deswegen, weil man nicht auf sich aufgepasst hat, und man hätte es verhindern können.
Egoismus ist ein durch und durch negativ besetztes Wort, aber für mich hieß es in allererster Linie, mich selbst zu schützen. Wie sollte ich gut zu anderen sein, wenn ich nicht gelernt hätte, auf mich selbst aufzupassen? Ich gebe zu, dass diejenigen recht haben könnten, die meinten, dass ich manchmal etwas zu hart reagierte, aber es war eine vorwärts gerichtete Verteidigungsstrategie. Eliminiere, was dir schaden könnte! Erkenne die ersten Zeichen und sei auf der Hut. Es gab auf diesem Weg den einen oder anderen Kollateralschaden, wie z.B. Lutz, aber ich war sicherlich auch schon das eine oder andere Mal ungerechtfertigt an der Reihe gewesen.
Wer es mit mir zu tun bekam und Fehler im Umgang mit mir beging, wurde bekämpft, bevor er mich bekämpfen konnte. Unerbittlich, so lange, bis ich als Sieger feststand. Danach konnte ich immer noch entscheiden, wie es weiterging. Ich beschützte mich gut. Nicht so wie viele andere.

Kapitel 2:
Der Wettbewerb

19 Jahre alt / 06.06.2004*

Hätte Bent besser aufgepasst, hätte ihm aufgrund meines Charakters und meiner Reaktionen klar sein müssen, dass sich für mich durch sein Vorgehen beim Wettbewerb seine Rolle vom Freund zum Feind gewandelt hatte. Unwiderruflich.

In diesem Fall half mir, dass Bent mich als Freund benötigte und deswegen nicht glauben wollte, dass ich mich wegen eines solchen Vorgangs von ihm abwenden könnte. Er beurteilte immer das Ganze, währenddessen mir Einzelereignisse wichtiger waren. Er hatte als Indiz dessen, was möglich war, meine Reaktion ihm gegenüber und meine Rache Bettina gegenüber gesehen, beides hatte ihn sehr erschreckt und war ihm fremd gewesen. Er hatte doch gesehen, wie ich ihn ohne Vorwarnung in die Pressekonferenz laufen ließ, und hätte doch spüren müssen, wie alleine und hilflos er gewesen war.

Trotzdem wählte er mich als seinen ersten Ansprechpartner, als Seelentröster, machte sich schutzlos und angreifbar, obwohl er aus dem Ablauf mit Bettina und dem Video hätte sehen müssen, wozu ich fähig war. Woher nahm er nur diese arrogante Gewissheit,

es würde ihn nicht treffen? Dass ich ihn verschonen würde. Er war mehr Auslöser als Bettina gewesen, er war schuldiger und hätte meine Blamage als Freund verhindern müssen. Er wusste, dass meine Freunde nicht versagen durften, hatte oft genug mit mir zusammen versucht, zu harte Entscheidungen zu hinterfragen. Aber anscheinend dachte er, er sei für mich ein unantastbarer Heiliger.
„Bist du wenigstens in den nächsten Monaten ein paar Tage auf Geschäftsreise, damit du denen entkommen kannst?", fragte ich ihn mit meinem wärmsten Lächeln.
„Ich bin im nächsten Monat vom 13.-18. in Cannes und vom 21.-24. in Hamburg. Eigentlich wollte ich Chris ja mitnehmen, aber das werde ich jetzt vielleicht nicht tun, was meinst du?"
„Mach dich doch ein bisschen rar! Du hast doch übernächsten Monat Hochzeitstag, wir stellen euch gemeinsam eine Reise zusammen, die alles, was ihr bisher gemacht habt, übertrifft. Aber bis dahin, liebster Bent, das muss ich dir ganz ehrlich sagen, würde ich nichts anderes tun als arbeiten, bis sie die Wachhunde wieder abziehen. Chris versteht das alles. Zwei Monate Gas geben, in der Gewissheit, dass sie dich nach eurem Urlaub in Ruhe lassen.
Du solltest mit Chris aber vor der Reise nichts Zusätzliches unternehmen. Du weißt ja, dass sie solche besonderen Erlebnisse immer erst einmal einordnen muss. Nachher glaubt sie noch, du hättest irgendetwas zu verbergen! "
Er schaute mich staunend und dankbar an. „Genauso mache ich es. Ich danke dir dafür, dass du mir nicht mehr böse bist und mich in dieser Scheißsituation unterstützt. Ich habe zwar Karten für die Oper, beste Plätze, am 12., aber die bekommst du. Übrigens, gute Performance auf dem Video."
Ich hätte ihn am liebsten mit meinen eigenen Händen erschlagen. Er grinste, zahlte unsere Getränke, umarmte mich und ging zurück zum Verlag.

Mein Plan war klar. Es standen tiefgreifende Änderungen in Bents Leben bevor. Ohne dass er es ahnte, schritt er gerade auf eine durchaus schwierige Zeit zu, aber das Leben würde weitergehen, und niemand außer ihm würde sich für sein persönliches Schicksal interessieren. Außerdem bot alles Schlimme die Möglichkeit der persönlichen Weiterentwicklung, und wer konnte ihm eine solche Chance besser schenken als sein bester Freund?
Bei manchen Experimenten war es gut, die betreffenden Personen auch nach ihrer Bestrafung weiterhin zu begleiten. Es ermöglichte einem intensivere Einblicke in ihr Leid, das war ein wesentlicher Grund, sich besser zu fühlen. Außerdem konnte das von großem Vorteil für mich sein, bezüglich späterer Strafaktionen.
Aber Leid war natürlich immer personenbezogen, hatte zwar ähnliche Muster, wurde jedoch individuell unterschiedlich empfunden. Jeder ging anders mit ihm um, und es war wirklich schwer, im Vorhinein einzuschätzen, zu welcher Kategorie der Bestrafte gehörte. Aus diesem Grund beschloss ich, eine Testreihe mit real existierenden Personen meiner Top-30-Liste durchzuführen, denen ich jeweils das Gleiche antun wollte, um in einer Diskrepanzanalyse die Unterschiede des Leidempfindens feststellen und analysieren zu können.
Am nächsten Morgen rief ich Bents Frau an:
„Hallo Chris, mal wieder Lust, Tennis mit mir zu spielen?"
„Wie komme ich denn zu dieser Ehre?
Gerne, Montag nächster Woche um 14:00 Uhr?"
Ich hatte mir einen früheren Termin erhofft und jeder anderen hätte ich abgesagt, aber ich ließ mir nichts anmerken und lächelte sie charmant durchs Telefon an. „Gerne, Süße, gerne. Wir sehen uns dann."
Sie würde durch ihre Ehe mit Bent automatischer Teil seiner Strafe sein, und so musste ich nicht reagieren auf diese kleine Respektlosigkeit. Man musste sich schließlich selbst aussuchen, wen man ehelichte und wie man ihn erzog.

Bis zur vereinbarten Trainingsstunde rief ich Bent jeden Tag an, motivierte ihn durchzuhalten, traf ihn viermal nach Feierabend, um ihn von zu Hause fernzuhalten, und wartete erfreut auf das Treffen mit Chris.
Montag Vormittag ging ich zum Friseur, kaufte mir neue Tennis-Klamotten und stand fünf Minuten zu früh vor dem Tennisheim der TSG 78 Heidelberg. Die Tennisplätze lagen direkt am Neckar, eingebettet in ein altes, aber wunderschönes Leichtathletikstadion, das mit seiner Aschenbahn antiquiert an den alten Zeiten festhalten wollte. Die ganze malerische Anlage war von einem alten Baumbestand eingerahmt und die Atmosphäre war familiär.
Chris war eine bemerkenswert schöne wie elegante Frau, die mich zwar nicht als Frau ansprach, aber alle Attributen von Schönheit auf sich vereinte. Sie war 1,68m groß, hatte lange schwarze Locken, eine sehr weibliche Brust, braune Augen und einen wohlgeformten Po, auf den die meisten Männer auch deswegen starrten, weil sie ihn wie Jennifer Lopez stolz und aufreizend trug. Sie war immer Ton in Ton gekleidet, von den Strümpfen und Schuhen über die passenden Hosen oder Röcke und Oberteile, bis hin zu den Handschuhen, die sie immer beim Autofahren trug. Ob das auch die Unterwäsche betraf, konnte ich nicht mit Gewissheit sagen.
Sie wirkte, obwohl elegant und stilvoll gekleidet, nie distanziert, sondern blickte jeden offen und freundlich an, was Männer oft falsch verstanden. Geübt durch jahrelanges Training, war Chris dann jedoch fast immer in der Lage, die notwendige Distanz durch wenige Worte, einen strengen Blick oder durch ihre Körperhaltung zu verdeutlichen. Einmal hatte ein Mann auch das nicht verstanden bzw. nicht verstehen wollen und hatte, nachdem er ihr zu nahe gekommen war, eine Ohrfeige von ihr erhalten.
Was die wenigsten wussten: Chris hatte sich in ihrer bosnischen Heimat den höchsten Karate-Dan erkämpft, der je einer Frau auf dem Balkan verliehen worden war. Sie hatte in Bosnien

Selbstverteidigungskurse für bedrohte Frauen geleitet, bevor sie ihrer deutschen Mutter und ihrem bosnischen Vater, die während des Krieges geflohen waren, nach Heidelberg folgte. Sie sprach akzentfrei Deutsch und hatte Bent tief romantisch zum ersten Mal an Weihnachten in einer Barockkirche getroffen. Sie wusste nicht, wer er war, aber sie wusste, dass sie ihn haben wollte.
Vielleicht hatte sie einen kleinen Vaterkomplex, aber Bent war körperlich und geistig ungefähr acht Jahre jünger, als es seinem Lebensalter entsprach. Mit Chris versuchte er diese Grenze immer weiter nach unten zu verschieben, was sie ihm liebevoll abzugewöhnen versuchte, da sie ihn exakt so liebte, wie er war. Sie liebte, das er sie als Frau wahrnahm, sie förderte wo er konnte und ihr immer zur Seite stand. Und das, ohne sie spüren zu lassen, wie erfolgreich er war. Bent war groß genug, neben sich andere ebenfalls groß sein zu lassen, und er war so voller Liebe und Stolz auf seine Frau, dass er jedes ihrer Projekte in vollem Umfang unterstützte.
Sie hatte begonnen, zusammen mit Künstlern und dem bosnischen Fernsehen, Benefizkonzerte für Waisenkinder zu organisieren, sammelte Millionen an Spendengeldern, und investierte sie in sinnvolle Projekte.
Sie war eine warmherzige Frau, manchmal vielleicht ein Tick zu stolz, manchmal sehr wild, und Bent war klug genug, sie nicht in einen goldenen Käfig zu sperren, sondern sie fliegen zu lassen und darauf zu vertrauen, dass sie wieder nach Hause fand. Chris genoss diese Kombination aus Geborgenheit, Sicherheit und leidenschaftlicher Liebe, und ihre Gefühle wurden immer stärker. Ihre Liebe zu Bent hatte sich gewandelt, hatte an Tiefe und Kraft gewonnen, und es war ihr klar, dass sie das so für immer haben wollte. Nur selten treffen sich zwei Suchende zum genau richtigen Zeitpunkt am genau richtigen Ort und finden einander. Genau so war es bei den beiden gewesen, und so war es heute immer noch. Denn es kommt ja viel öfter vor, dass sich Menschen treffen, von

denen der eine mehr als der andere fühlt, die sich zum falschen Zeitpunkt treffen, weil entweder der eine zu weit oder der andere noch nicht weit genug ist, wo unterschiedliche Lebenspläne und -vorstellungen das gemeinsame *WIR* unmöglich machen.

Chris und Bent hatten sich im Dezember das erste Mal gesehen. Schon zwei Monate später heirateten sie in wundervollem Rahmen. Sie hatte die Hochzeit in dieser kurzen Zeit alleine bis in jede Einzelheit liebevoll und mit all ihrer Energie geplant, und als Bent in akzentfreiem Bosnisch die Hochzeitsrede hielt und ihr ein selbstgeschmiedetes Schmuckstück anlegte, weinte die so starke schwache Chris zehn Minuten lang.

Sie, die sich nie feiern lassen wollte, überraschte er an ihrem 30. Geburtstag, nachdem er ihr gesagt hatte, dass sie gemeinsam mit einem befreundeten Ehepaar essen gehen würden, mit einem rauschenden Fest, mit einer wundervollen Weinprobe in altem Gemäuer und mit einem Buch, das er für sie geschrieben hatte.

Ich kannte kein Ehepaar, das perfekter zueinander gepasst hätte, das sich tiefer und ehrlicher liebte. Es war Zeit, diesen Zustand auf eine ernste Probe zu stellen. Wenn ich es richtig anstellte war ich mir sicher, dass die Ehe dies in keinem Fall überstehen konnte. Aber in letzter Konsequenz oblag es ihnen selbst.

Kapitel 5: Nadja

21,5 Jahre alt / 01.11.2005*

Der Tisch war zauberhaft gedeckt. Er stand mitten am Strand, eingerahmt von Kerzen, die durch ein Glas vor dem warmen Wind geschützt wurden. Sie hatten braune Aladin-Kerzen um das ganze Areal herum aufgestellt. Auf dem Tisch, der für vier Personen gedeckt war, lag ein großes schneeweißes Tuch. Zwei ca. 30 Zentimeter breite rote Tücher lagen parallel zueinander oben drauf und wurden von einem genauso breiten roten Tuch gekreuzt, so dass sie ein überdimensioniertes „H“ bildeten. An jedem Platz standen symmetrisch angeordnet Kerzen, deren Ständer unten aus Silber war und oben in einem roten Glas endete. Der ganze Tisch war wunderschön mit unterschiedlichen Gläsern gedeckt. Vor jedem Platz stand ein kleiner Brotkorb, der selbstgebackenes Brot, Butter und in der hoteleigenen Bäckerei hergestellte, dünne Brotstangen enthielt. Auf dem Tisch stand ein riesiger Rosenstrauß, der um diese Jahreszeit in Ägypten nicht einfach zu beschaffen gewesen war.

Die Szenerie schien wie aus einem Bilderbuch entnommen. Hinter dem Tisch, der dem Meer zugewandt stand, war eine kleine Holzhütte, aus der das dezente Personal die frischen Speisen und den Wein servierte. Das Personal war in alles eingeweiht, und fast hatte man den Eindruck, dass sie sich genauso freuten wie der Hauptdarsteller. Sie hatten mich bei meinem Plan bestmöglich unterstützt, und die Vorbereitungen waren von allen Beteiligten optimal umgesetzt worden. Es hätte einfach nicht schöner sein können.

Vor Weihnachten war Nadja mit Tränen in den Augen zu mir gekommen und hatte mir erzählt, ihre krebskranke Tante Inge, die wie eine zweite, bessere Mutter immer für sie gesorgt hatte, wünsche sich so sehr, einmal noch ans Meer und in die Sonne zu fliegen. Es war nicht klar gewesen, ob sie das Weihnachtsfest erleben würde, und ich liebte sie für das, was sie für Nadja in ihrer Kindheit und auch später getan hatte. Sie war ein wirklich guter Mensch, versorgte ihre kranke Mutter und arbeitete im Polizeipräsidium, für das sie vermisste Kinder suchte. Wir unterstützten sie mit allen Medikamenten, die sie brauchte, mit aller Liebe und allem Guten, das wir für sie tun konnten.

Als sie entgegen jeder Prognose das Gröbste überstanden hatte, wollten wir sie mit diesem besonderen Weihnachtsgeschenk überraschen.

Am Weihnachtsmorgen sagte ich zu Nadja: „Ich habe für euch drei eine Woche Sharm el Sheikh gebucht. Alles vom Feinsten, tolles Hotel, ein romantisches Dinner am Strand. Allerdings werde ich nicht mit euch kommen können, weil ich Klausuraufsicht habe.“ Sie hatte mir zwei mögliche Termine aufgeschrieben, die für ihre Tante, die wegen der Krankheit fast ein halbes Jahr im Job ausgefallen war, in Frage kamen. Inge wollte ihren kleinen Enkel mit in die Sonne nehmen, zu dem sie eine außerordentlich innige und gute Beziehung pflegte.

Für ihn hatte ich das gleiche Programm gebucht, auch wenn er erst acht Jahre alt war. Er war ein wirklich süßer, hübscher, intelligenter, wohlerzogener braunhaariger Junge, der mehr schlaue Fragen stellte, als ich sie jemals zuvor von allen anderen Kindern zusammen gehört hatte.

Nadja hatte sich gefreut und war gleichzeitig traurig gewesen. Gefreut über das großzügige Geschenk für ihre Tante und traurig darüber, dass sie alleine fliegen mussten. Sie flogen an einem Donnerstag von Frankfurt nach Düsseldorf, morgens um 06:00 Uhr, und ich hatte es mir nicht nehmen lassen, sie an den Flughafen zu bringen. Aber da es einen Streik gab, verpassten sie fast den Anschlussflug in Düsseldorf. Es gab große Hektik, und sie rief mich an, um mir Minuten vor dem Flug noch alles zu berichten. Ehrlicherweise vermisste ich sie seit der Minute, in der sie in das Flugzeug gestiegen waren, und mir war nicht wohl bei dem Gedanken, sie alleine fliegen zu lassen. Am späteren Morgen rief sie an, um mir begeistert von dem Hotel und der Freude ihrer Tante zu berichten, die freudig wie ein kleines Kind zum ersten Mal am Roten Meer stand und darüber überglücklich gewesen war.

Am übernächsten Tag musste ich zur Umsetzung meines Planes früh aufstehen, denn ich hatte eine weite Reise vor mir. Ich flog nach Düsseldorf, nahm dort mein Gepäck in Empfang und flog nach Sharm el Sheikh, fuhr von dort im Taxi zum Hotel und verlangte, den General Manager zu sprechen. Wir vereinbarten, dass er mich abends an den Strand führen würde, sobald sie mit dem Aperitif begonnen hatten.

Ich hatte das Zimmer schräg gegenüber von ihnen gebucht und das Personal achtete darauf, dass niemand in den Gängen war. Dann führten sie mich mit einer Decke bedeckt in meine Suite.

Nun musste ich sechs Stunden warten, bis ich das Hotelzimmer wieder verlassen durfte.

Ich stellte mich hinter den Vorhang vor das Fenster, um das Meer betrachten zu können. Plötzlich und völlig unvermittelt kam Nadja direkt auf mich zu, umwickelt nur mit einem langen Tuch über ihrem schwarzen Bikini.Ich dachte schon, sie hätte mich hinter der Scheibe erkannt. Aber sie bog in ihr Hotelzimmer ab, und ihr Gesichtsausdruck verriet keinerlei Erstaunen.
Ich duckte mich, zog den schweren undurchlässigen Vorhang zu und rief sie an.
„Liebste, ich halte es hier nicht mehr aus ohne dich. Was machst du gerade? Freust du dich schon auf das romantische Dinner?"
Sie antwortete:
„Ohne dich gehe ich nie mehr in den Urlaub. Ich vermisse dich mehr als jemals zuvor, und heute Abend werde ich überhaupt nicht glücklich sein."
„Ich werde in Gedanken bei dir sein und dir meine Energie schicken. Du wirst mich sehr nahe fühlen und wirst glücklich sein. Versprochen!"
Sie seufzte.
„Gut, ich will schauen, was sich machen lässt. Sie bereiten das Ganze schon seit heute Mittag vor, das wird wunderschön."
„Machst du ein paar gute Fotos für mich, Liebste, bitte? Ich würde gerne eine Vorstellung haben von dem, was ich gebucht habe."
„Wie geht´s Inge und Clemens?"
„Die sind glücklich und sagen mir jedes Mal, dass ich dir danke sagen soll, wenn wir telefonieren."
„Ich werde mich heute Abend auch schön machen und essen gehen, genau zum gleichen Zeitpunkt wie ihr, um euch so nahe wie möglich zu sein. Bitte vergiss auf keinen Fall, an mich zu denken, bitte."
„Lass uns Schluss machen, es ist doch sonst alles zu teuer heutzutage."
„Ruf mich bitte genau dann an, wenn du gehst. Ich will dann auch unsere Wohnung verlassen, das hat was Romantisches."

Mit Liebesschwüren, telefonischen Zärtlichkeiten endete unser Gespräch.
Ich sah von meinem abgedunkelten Hotelfenster aus, wie die drei ihr Zimmer um 20:00 Uhr verließen und zum Strand gingen. Vorher hatte ich den verabredeten Anruf von ihr erhalten. Nadja ging barfuß in einfachen Slippern, ein indisches Tuch gegen den Wind um den Hals gelegt. Sie hatte ein graues Kleid an, das im Dekolleté von feinen Schnüren am Hals gehalten wurde und raffiniert und sexy aussah. Das Kleid war durchwoben und unterlegt mit bordeauxroten Elementen. Clemens hatte ein rosa Ralph-Lauren-Hemd an, einen beige-braun gestreiften Pullunder und eine weiße Hose. Er sah süß aus.
Inge trug ein braunes Kleid und einen weißen Pulli und bestaunte dieses unwirklich romantische Szenario.
Einige Minuten später brachten mich die Hotelangestellten zu der kleinen Holzhütte. Ich war komplett weiß gekleidet, hatte eine hellbeige, leichte Daunenweste wegen des Windes mitgenommen und beobachtete durch eine Ritze das ganze Geschehen. Nadja lief ohne Schuhe umher und machte Photos, von dem Tisch, den Kerzen, dem Strand, den Gläsern, von Inge, sich selbst und Clemens und ließ sich auch von Inge fotografieren, während das Personal absprachegemäß den Champagner und für Clemens den Apfelsaft servierte. Er sah mich zuerst. Obwohl ich meinen Finger auf den Mund legte, um ihn zum Stillschweigen zu ermahnen, sagte er in derselben Sekunde zu Nadja:
„Nadja, Jan-Nicklas."
Nadja realisierte nichts. Als sie sich umdrehte und ich sie an die Hütte gelehnt fragte, ob sie denn mit dem Champagner nicht auf mich hätte warten wollen, benötigte sie einige Sekunden, bis sie begriffen hatte, dass ich tatsächlich da war.
Sie fiel mir um den Hals, weinte süßeste Tränen, küsste und umarmte mich immer wieder und streichelte völlig fassungslos mein Gesicht. Dann wurde das phantastische Essen serviert.

Inge war genauso überwältigt, und wir waren so voller süßester Gefühle, dass wir nach dem Essen alle zusammen am Strand tanzten und dann nach einem Absacker in unser Hotelzimmer gingen. Nadja und ich verbrachten eine zärtliche Nacht, die das gute Essen noch übertraf.

Immer wieder beteuerten wir, dass wir uns verdienten, dass es auf der ganzen Welt nicht noch einmal etwas Vergleichbares geben könne. Wir malten uns die Hochzeit in allen Farben aus und eine gute Idee verdrängte die nächste.

In dieser Nacht erzählte ich Nadja von meiner Erbschaft, nicht komplett alles, aber wie es dazu gekommen war und dass ich das auch so gewollt hatte.

Ich sagte ihr natürlich nicht, dass ich Hannah Withelm nicht geholfen hatte, als sie gestürzt war, aber alles andere erzählte ich ihr in vollem Umfang, was sie noch empfänglicher und weicher machte. Sie nahm mich in den Arm und streichelte mich für nahezu zwei Stunden. Immer dann, wenn ich ihr einen schwierigen Charakterzug oder ein für andere Menschen schwierig zu akzeptierendes Ereignis von mir mitteilte, liebte sie mich für meine Offenheit, Verletzlichkeit und Angreifbarkeit, die ich ihr zeigte, umso mehr.

Das hatte zur Folge, dass ich ihr immer mehr von mir erzählen wollte, weil es den Anschein hatte, dass sie mit dem ganzen Jannick klarkommen konnte und mich damit Stück für Stück meiner wirklichen Änderung näherbrachte.

Dabei legte sie keinen Wert darauf, mich zu ändern, aber sie öffnete mich. Nie kritisierte sie mich unsinnig, sie stellte mir Fragen, die ich mit meiner Intelligenz nur eindeutig beantworten konnte, wodurch die Veränderungsprozesse zwangsläufig anfingen. Durch ihre unerschütterliche Loyalität, die nichts Schwaches hatte, zeigte sie mir, dass sie zu mir hielt. Weit weg von dem, was ich jemals für möglich gehalten hätte. Sie war die perfekte Ergänzung zu Prof. Cemeiser. Nach jedem Besuch

bei ihm musste ich sie anrufen, um ihr von den besprochenen Themen zu erzählen und ihr zu zeigen, dass mich jeder Besuch entspannter und glücklicher machte.
Sie hatte mir in einem ernsten Gespräch mitgeteilt, wie sehr sie mein Entschluss, professionelle Hilfe in Anspruch zu nehmen, berührt und gefreut hatte. Sie machte mir auch klar, dass sie immer meine Partnerin, aber niemals meine Therapeutin sein wollte. Dass sie meine beste Freundin war, sah ich jeden Tag. Es war für Nadja sehr wichtig, dass ich ihre Freundschaft benötigte, mich ihr öffnete wie niemandem zuvor. Trotzdem kamen wir ab und zu an einen Punkt, an dem sie das Gefühl hatte, dass ich zur Auflösung meiner Fragen Prof. Cemeiser benötigte. Sie grenzte unglaublich treffsicher die Linie zwischen ihrer Freundschaft zu mir und der Aufgabe meines Therapeuten ab.
In den letzten drei gemeinsamen Tagen in Ägypten schnorchelte ich mit Clemens, der sich auf meinen Rücken legte. Ich zeigte ihm die Unterwasserwelt. Er vertraute mir und ich bemühte mich, auf ihn aufzupassen. Das Seltsame war für mich, dass das einherging mit völlig neuen und zärtlichen Gefühlen, wie ich sie nie bei Kindern empfunden hatte. Wir spielten zusammen Wasserball und genossen Sonne und Wasser, die uns in den Wintermonaten gefehlt hatten.
Als wir aus dem Hotel auscheckten, wurde mir plötzlich klar, wie sehr Glück für mich dauerhaft geworden war. Es kam ein Gefühl in mir auf, das ich nicht zu beschreiben und noch viel weniger einzuordnen wusste. Etwas zwischen Dankbarkeit, Glück und der Gewissheit, dass etwas Besonderes in meinem Leben passiert war und dauerhaft Bestand haben würde. Als ich mit Nadja darüber sprach, erklärte sie mir dieses in mir neue Gefühl. Es hieß Demut.
Demütig wollte ich sicherstellen, dass mein Leben in genau diesem Fluss blieb. Um dies zu erreichen, wollte ich alles tun. Und der bis zur Unkenntlichkeit zerkaute und ständig zitierte Nina-Ruge-Spruch kam mir in den Sinn: „Alles wird gut".

Kapitel 6:

Begegnung

*31.12.2002 / 18 Jahre**

Anna wurde einen Tag später tot von ihrem Nachbarn gefunden. Er war von Fred alarmiert worden, da er Anna morgens nicht wie verabredet telefonisch erreicht hatte. Es hatte nach dem schönen Sommertag ein heftiges, lang anhaltendes Gewitter gegeben und der Anblick von Anna war kein schöner gewesen.
Die Spurensicherung fand keinerlei verwertbare Spuren, weder im Haus noch außerhalb. Als die Mordkommission eintraf, waren nur Speisereste, Teller und Ähnliches zu finden. Annas Todeskampf schien, wie ich später hörte, kein angenehmer gewesen zu sein, das verrieten ihre verkrampften Hände und die aus dem Mund gelaufene Flüssigkeit. Von ihrer Schönheit war in diesem Moment wenig übrig.
Schon einen Tag später war durch die Untersuchung der Essensreste klar, dass eine Vergiftung Ursache ihres Tod war, und es erstaunte nicht, dass der Hauptkommissar und der Mediziner am Tatort das genauso vermutet hatten.

Die Presse und das Fernsehen stürzten sich wie die Hyänen auf diesen im idyllischen Heidelberg einmaligen Fall. Sprach man in Deutschland oder in der Welt sonst über Heidelberg, kamen einem normalerweise die älteste Universität Deutschlands, die längste Fußgängerzone Europas, das altehrwürdige Schloss, das Neckartal oder der Philosophenweg in den Sinn, der große Dichter zu romantischen Betrachtungen veranlasst hatte, manchmal vielleicht auch die Liberalität, die durch die vielen Studenten über Jahrhunderte den Geist dieser traumhaft schönen Stadt geprägt hatte. Nur selten sprach man über Gewaltverbrechen, dafür war eher das nahe Mannheim zuständig. Schnell war allen Beamten klar gewesen, dass dies kein Unfall gewesen war.

Die Ermittlungsbeamten befragten am Schlossberg sämtliche Nachbarn und Geschäftsinhaber, verteilten Plakate und machten Lautsprecherdurchsagen, in denen sie die Bevölkerung zur Mithilfe aufriefen.

Vier Tage später wurde Lutz verhaftet und in Untersuchungshaft genommen. Dass er seine Unschuld immer wieder beteuerte, machte ihn nicht weniger verdächtig.

Die Aussage der unmittelbaren Nachbarn, er sei in den letzten 2-4 Wochen nahezu jeden Tag von früh bis spät bei Anna gewesen, führte schließlich zu seiner Festnahme, obwohl sie immer wieder betont hatten, er sei ein äußerst netter und zuvorkommender Mann. Ebenfalls nicht hilfreich war seine unwahre Beantwortung der Frage, ob er Anna schon von früher gekannt hatte. Anna hatte Fred, der extrem eifersüchtig war, nichts von dem Vorfall aus der Vergangenheit erzählt, hatte aber ihre beste Freundin, eingeweiht, die dies der Polizei mitteilte. Als die Polizisten schließlich noch die alten von Lutz im Zorn geschriebenen und von Anna gut verwahrten Briefe fanden, war alles klar.

Die Polizei lud mich ebenfalls vor, weil sie von einer anderen Freundin Annas erfahren hatte, was zwischen Anna und mir vorgefallen war. Ich war bei der Vernehmung entspannt, charmant und hatte keinerlei Mühe, sie von meiner Unschuld zu überzeugen. Mein Aussehen hatte ich am Tag nach ihrem Tod durch einen Kurzhaarschnitt so verändert, dass mich niemand mit Lutz verwechseln konnte.

Sosehr die Staatsanwaltschaft Lutz auch zuredete, er legte kein Geständnis ab, und je mehr sich die Schlinge zuzog, desto mehr leugnete er. Ich durfte ihn in der Untersuchungshaft besuchen und fragte ihn sogar, warum er dies getan habe. Er flehte mich an, ihm zu glauben, aber schon in der Schule war Lutz oftmals unbeherrscht gewesen und so beschloss ich bei mir, dass er log, und hätte meine Lüge beinahe selbst geglaubt.

Es wurde ein reiner Indizienprozess, allerdings mit stichhaltigen Argumenten. Ich hatte es mir als alter Schulkamerad und Freund nicht nehmen lassen, an allen Verhandlungstagen anwesend zu sein, und lächelte ihm immer wieder aufmunternd zu. Man musste schließlich in solch schweren Zeiten zusammenhalten. Keiner der anderen aus der alten Clique war anwesend, an keinem Tag.

Ich glaube im Nachhinein, dass ihm das Gärtnerei-Auto, das Asthma-Spray und die Streichhölzer in ihrem Schlafzimmer das Genick brachen, weil er gleichzeitig immer wieder beteuerte, niemals im Haus gewesen zu sein, und ihm dies niemand bei der Größe des Auftrags abnahm. Dass Anna aus alter Angst darauf bestanden hatte, nur in seinem Büro Planerisches mit ihm zu besprechen, glaubte ihm keiner, zumal Fred aussagte, sie hätte Lutz als Gärtner und Mensch immer sehr gemocht.

Auch Fred zahlte mit dem Tod seine Schuld an Thomas, Annas früheren Mann, der sich enttäuschenderweise weder vor der Presse äußerte noch zum Prozess erschien. Er lebte inzwischen mit seiner Freundin und deren Tochter zusammen. Vielleicht war die Trennung tatsächlich „die Chance seines Lebens" gewesen, wie Anna es ihm bei ihrem Abschied mitgeteilt hatte. Fred zahlte seine Schuld also an Thomas, Lutz zahlte spät für seine

Rachegelüste und seinen schriftlich niedergelegten Zorn aus der Vergangenheit, und Anna zahlte an alle.
Höhepunkt der Verhandlung war der Racheschwur Freds gegenüber Lutz, er werde ihn umbringen, worauf ihn das Gericht von der weiteren Verhandlung ausschloss.
Ich hoffte inständig, dass Fred später nicht auch für diese Unbeherrschtheit würde zahlen müssen! Das Leben war in seiner Bestrafung doch manchmal unerbittlich.
Lutz wurde am 29.04. nach 19 Verhandlungstagen nach Erwachsenenstrafrecht zu lebenslanger Haft verurteilt. Die besondere Schwere der Schuld wurde festgestellt. Das bedeutete, dass er auch in 15 Jahren nicht wieder freikam, was mir für ihn leidtat.
Aber hatte uns irgendjemand versprochen, dass das Leben keine Aufgaben für uns bereitstellte? Dass es fair war? Vielleicht war es ja seine Aufgabe, etwas ganz anderes zu tun, als zu gärtnern und vielleicht würde er seine Bestimmung im Gefängnis herausfinden. Zeit genug hatte er nun dafür.
Vielleicht war ja solange in der Gefängnisgärtnerei eine Stelle für ihn frei. Die Gefangenen erzählten später tatsächlich, er habe einen grünen Daumen.

Kapitel 2:

Der Wettbewerb

19 Jahre alt / 06.06.2004*

Chris fuhr am Sportgelände des Rugby-clubs entlang, bog in die Einfahrt des Tennisplatzes ein und stieg aus ihrem BMW 645i Cabriolet aus. Sie war wie immer perfekt gekleidet, eine lachsfarbene Kombination, die ihre Figur so betonte, dass es nicht billig aussah, aber jeden Mann reizte.

Ich hatte mehr die lässige Schlampigkeit eines Tennisrevoluzzers gewählt, der aber sicher auch seinen Reiz hatte. Auf dem Platz erschien eine äußerst interessante Kombination zweier Tennisspieler.

„Ich habe es Dich schon mal gefragt: Wie komme ich zu der Ehre, das haben wir ja schon eine Ewigkeit nicht mehr gemacht, Herr Tennislehrer", lächelte sie mich spöttisch an und angelte sich mit Schwung ihre Tennistasche vom Hintersitz. Mein Hochzeitsgeschenk an sie waren damals Tennisstunden gewesen, und da sie zu diesem Zeitpunkt nur wenige Kontakte hatte, war sie mir sehr dankbar dafür. Eigentlich mochte ich sie nicht besonders, weil sie nichts hatte, was angreifbar war. Sie war klar und offen, machte nie Fehler, war immer so gut wie perfekt und nach 12 Monaten spielte sie in der 2. Damenmannschaft. Aber es war Teil meines Planes, unsere alte Vertrauensbasis wiederherzustellen. Es würde mir gelingen.

„Bent hat mir von seinem Stress im Beruf und den Aufpassern erzählt, deswegen dachte ich, es könnte nichts schaden, wenn ich mich ein bisschen um dich kümmere, damit du dich nicht so alleine fühlst."

Ein trauriger Ausdruck erschien für einen kurzen Moment auf ihrem Gesicht, der mir zeigte, dass meine Strategie, ihn abends unter der Woche mit unseren Treffen von zu Hause wegzulotsen, ihr Ziel nicht verfehlt hatte. Ihm taten die Abende gut, weil er seine Sorgen loswerden konnte und wir zusammen die imaginäre Reise für ihn und seine Frau planten.

„Ihr seht euch ja viel im Moment, hat er mir gesagt, das tut ihm sehr gut. Du weißt, was du für ihn bist." Prüfend schaute sie mich an. Es gelang mir für eine Sekunde einen fragenden Ausdruck in mein Gesicht zu zaubern, um ihr die Zustimmung, was die gemeinsamen Abende von Bent und mir betraf, zu verweigern. Ich beherrschte das perfekt. Danach zog ich das, was sie gesagt hatte, etwas ins Lächerliche.

„Ja, Mama, das weiß ich. Ich bin gut für ihn", antwortete ich ihr ausweichend. Als sie daraufhin versuchte, mir ihre Tennistasche in die Kniekehle zu rammen, hielt ich diese für einen kurzen Moment so fest, dass sie ihre Balance verlor – was sie zum Fallen gebracht hätte, hätte ich sie nicht aufgefangen. Vielleicht hielt ich sie eine Sekunde zu lange fest und schaute sie dabei lange und nachdenklich an.

„Und liebe Chris, wieder mal oder immer noch Winterspeck auf den Rippen oder schon fit?", stichelte ich und sprang ohne die Querstange zu berühren aus dem Stand mit meinen Tennisschlägern und ihrer Tennistasche über die ca. 1,20m hohe Absperrung.

Ich sah an dem Blick, mit dem sie sich selbst kurz von oben bis unten musterte, einen Hauch von Zweifel. Es war wie das gelungene Abarbeiten eines Drehbuchs.
„Komm, Süße, zeig´s mir", forderte ich sie heraus, was sie zum gleichen Sprung animierte. Sie war unglaublich sportlich.
„Respekt, Respekt, schauen wir mal, ob Deine Vorhand auch noch funktioniert", lobte ich sie und bewegte mich ruhig zum Platz 1. Vor der Umkleidekabine war ein Restaurant, das uns nach dem Match unter Bäumen dazu einlud, Erfrischungsgetränke und eine Kleinigkeit zu essen zu uns zu nehmen. Wir diskutierten ihre Technik, unterhielten uns vertraut und ausgiebig, bis sie nach insgesamt drei Stunden mich auf beide Wangen küsste, wieder äußerst anmutig in ihren Sportwagen stieg und davonbrauste. Das ratlose Misstrauen über Bents Abwesenheit bekam sie während dieser ganzen Zeit nicht mehr aus ihrem Blick.
Bent war überglücklich gewesen, als ich ihm den Vorschlag gemacht hatte, mich um Chris zu kümmern, damit er mehr Zeit in seinem Unternehmen und mit mir verbringen konnte. Er genoss meine fürsorgliche Gesellschaft, fast schien es ihm, als ob seine persönliche Niederlage eine neue Dimension in unsere Freundschaft gebracht hätte. Für mich war sie einfach Teil meines perfiden Plans.
Es war der 12., einen Abend bevor er nach Cannes aufbrach, als ich ihn anrief: „Heute brauche ich dich einmal dringend." Ich klang erschüttert.
„Heute brauche ich dich wirklich", wiederholte ich noch mal eindringlicher und begann zu weinen.
„Wann wollen wir uns treffen und wo?"
Am Morgen war ich mit Chris Tennis spielen gewesen, diesmal kam es aber nicht zu einem unserer witzigen und unterhaltsamen Gespräche, die wir uns sonst immer nach dem Tennisspielen gönnten, da sie mir verraten hatte, sie habe ein romantisches Hummer-Dinner geplant, mit dem sie ihren Mann vor der Cannes-Reise überraschen wollte. Sie hatte feinsten Veuve Clicquot

Jahrgangschampagner gekauft, obwohl sie selber kaum ein Gläschen trank, und freute sich darauf wie ein kleines Kind.
„Um 19:00 Uhr bei mir, bitte”, weinte ich und legte auf.
Er hatte Chris nämlich versprochen, allerspätestens um 20:00 Uhr zu Hause zu sein und ging davon aus, es trotz unseres Treffens zu schaffen. Ich hingegen war mir sicher, dass daraus nichts wurde, weil ich einem Nachbarsjungen 100,- Euro dafür gegeben hatte, aus allen vier Reifen von Bents BMW-Jeep die Luft abzulassen.
Er war um Punkt 19.00h da und fand mich völlig aufgelöst weinend auf meiner Couch.
„Was ist, Jannick, was ist nur los?”, fragte er, während er schon ins Bad eilte, um mir Taschentücher zu suchen. Währenddessen nahm ich sein Handy aus der Tasche und schaltete es ab.
Ich tat fast eine Stunde lang so, als wäre ich nicht in der Lage, mich zu beruhigen, erzählte schluchzend von einer universitären Intrige, die dazu geführt hätte, dass mich mein Professor entlassen würde und begann von neuem, bitterlich zu weinen.
Er nahm mich für mehr als eine Stunde in den Arm, holte nasse Lappen, um mich zu beruhigen, währenddessen ich auch seinen Geldbeutel aus seiner Jacke entwendete.
Um 21:00 Uhr verließ er mein Penthouse. Kurz zuvor hatte ich mich schlafen gelegt, nachdem er mir zwei Schlaftabletten gegeben hatte. Er schloss leise die Tür, um ungefähr fünf Minuten später Sturm zu klingeln und an die Tür zu klopfen: „Jan, bist du wach, mach bitte auf, ich habe mein Handy vergessen und meinen Geldbeutel! Jan!”
Er versuchte es fast zehn Minuten, bis er aufgrund meines vermeintlichen Tiefschlafs entnervt aufgab und ging.
Es war 22:45 Uhr, als ich durch das abgedunkelte Fenster sah, wie ein ADAC-Abschleppwagen Bents BMW auflud und zur nächsten Tankstelle schleppte. Es würde nach Mitternacht werden,bis Bent nach Hause kommen würde. Ich hatte ihm reichlich billigen Silberglitter und Lipgloss auf seinen hellen Sommermantel geschmiert und ihm für zu Hause viel Glück gewünscht.

Chris war eine intelligente Frau, die ihren gut angezogenen Mann erst zu einem modischen Trendsetter gemacht hatte, was für einen Verleger eines hippen Lifestyle-Magazin beste Werbung war: Sie kümmerte sich komplett um seine Kleidung, kaufte sie ein, brachte sie zur Reinigung und legte ihm jeden Morgen bereit, was für ihn passend war.

Wie er mir später berichtete, war sie so betrunken, als er an jenem Abend nach Hause kam, dass sie ihn lallend angegriffen hatte und er ins Schlafzimmer flüchten musste. Nicht, dass er sich nicht hätte wehren können, aber er konnte sie ja schlecht schlagen und für seinen wichtigen Auftritt in Cannes konnte er sich auch keine Kratzer oder Veilchen im Gesicht leisten. Als sie schließlich eingeschlafen war, schlich er sich ins Wohnzimmer, wo er ein Schlachtfeld aus Hummer-Stückchen, Champagner und zerfetzten Köstlichkeiten vorfand. Das Wohnzimmer sah kaum besser aus, und er begann sich ernsthaft Sorgen zu machen. Chris schlief so fest, dass er sie ins Schlafzimmer trug, zärtlich küsste und zudeckte.

„Was machst du bloß für Sachen, mein Engel, was ist denn da passiert? Bald fahren wir zusammen in Urlaub, alles wird wunderschön. Ich liebe dich so sehr."

Am nächsten Morgen um 05:00 Uhr verließ er das Haus, nahm Bargeld aus der Kasse und den Reisepass, um seinen gebuchten Frühflug nach Paris überhaupt nehmen zu können. Nicht ohne eine rote Rose aus dem Garten abzuschneiden und sie ihr auf das Kopfkissen zu legen.

Chris war eineinhalb Wochen zuvor wirklich enttäuscht gewesen, weil er sie entgegen seines früheren Plans und aus nicht ganz nachvollziehbaren Gründen nicht mit nach Cannes nahm. Insgeheim freute er sich über ihre Enttäuschung, weil so viel Besseres auf sie an ihrem gemeinsamen Hochzeitstag erwartete. Jan hatte schon recht. Chris durfte man mit Gutem nie überfrachten, weil sie sich immer zu viele Gedanken machte.

Als sie am Morgen aufwachte, hatte sie einen Geschmack im Mund, der sie an verfaulte Socken erinnerte.
Ihr war hundeelend und sie musste permanent einen hartnäckigen Brechreiz unterdrücken. Im Bad verlor sie schließlich entnervt diesen aussichtslosen Kampf und übergab sich fast 20 Minuten lang.
Als sie das Chaos in der Küche sah, beschloss sie, einen Wellness- und Kosmetik-Tag einzulegen. Sie rief ihre Putzfrau an und bat sie außerplanmäßig am Morgen zu kommen, zog sich an und verließ, ohne sich noch einmal die Unordnung angesehen zu haben, das Haus. Kaum saß sie im Auto, versuchte sie Bent zu erreichen. Er nahm das Gespräch aber nicht an und drückte sie weg. In ihrem fast makellosen Gesicht bildete sich eine böse Zornesfalte. Sie wusste nicht, dass zu diesem Zeitpunkt ich der Besitzer des Handys ihres Mannes war. Normalerweise sagte er ihr in Momenten, in denen er nicht telefonieren konnte, dass er sie später zurückrief, das hielt er aber nach dem gestrigen Abend anscheinend nicht für notwendig. Er spielte wohl den Beleidigten, obwohl er entgegen seines Versprechens nicht nach Hause gekommen war und es auch nicht für nötig befunden hatte, wenigstens kurz bei ihr anzurufen. Sie hätte gerne auf ihn gewartet.
Von seiner Assistentin hatte sie erfahren, dass er um 18:30 Uhr den Verlag verlassen hatte, um sich zu Verhandlungen mit Jan-Nicklas Herzog zu treffen. Sie wollte Bents besten Freund nicht in ihre Auseinandersetzung ziehen und rief ihn deshalb nicht an. Bent und sie waren erwachsen.
Trotzdem durchzogen eine Menge Gefühle und wirre Gedanken, gepaart mit den Auswirkungen ihres Katers, durch ihren Körper. Niemals war er bisher gegangen, ohne sie geküsst zu haben. Immer hatte er ihr wenigstens einen Brief oder ein Zeichen seiner Liebe hinterlassen und großen Wert darauf gelegt, nicht im Streit zu gehen. Sie war eine temperamentvolle Frau. Sie erinnerte sich nur vage daran, was in der Nacht passiert war. Offensichtlich war sie in der Lage gewesen, sich auszuziehen und ins Bett zu legen.

Chris war jetzt in einer Verfassung, wo es schnell dazu kommen konnte, sich und Bent zu schaden.
Weil sie das wusste, versuchte sie den Rest des Tages ihre innere Balance wiederherzustellen, was ihr allerdings erst nach einer langen, heißen Stein- und Ölmassage gelang. Als sie sechs Stunden später das Haus betrat, war es aufgeräumt, sauber und roch besonders frisch. Die Putzfrau hatte ihr eine einzelne Rose aus dem Garten abgeschnitten und in eine Vase gestellt. Welch nette Geste für das Chaos, mit dem sie sie alleine gelassen hatte!
Sie war relaxt genug, wieder einen Anruf bei Bent zu versuchen, es wiederholte sich jedoch das Gleiche wie am Vormittag. So langsam begann sie sich wieder wirklich zu ärgern.
Bent hatte mich genau eine Stunde zuvor angerufen und gesagt, er habe sein Handy und seinen Geldbeutel wohl bei mir vergessen, und er berichtete mir nochmals davon, was in der Nacht geschehen war.
Ich gab vor, beides für ihn in meiner Wohnung zu suchen, es aber leider nicht finden zu können, und teilte ihm das mit großem Bedauern mit.
„Dann haben die mir das im Verlag geklaut. Kannst du bitte Chris anrufen und ihr sagen, dass mein Handy weg ist, dass sie sich bitte keine Sorgen machen soll und dass ich sie nirgendwo erreichen kann. Aber sie ist wahrscheinlich noch von gestern ziemlich weggetreten."
Es war in diesem Fall von Vorteil für die Situation, dass die Putzfrau strikte Anweisung hatte, nicht ans Telefon zu gehen und Bent Chris Handynummer tatsächlich nicht auswendig konnte. Ein bisschen Anstrengung durfte man in einer besonderen Ehe eigentlich erwarten. Ich selbst wusste noch nichts von der wunderbar verlaufenden Entwicklung.
„Jetzt konzentrier dich doch mal auf Cannes, mein Lieber, mit Chris regle ich schon alles. Ich geh bei ihr vorbei und sag ihr das, und heute Abend rufst du sie an und ihr klärt das."

„Du bist ein Schatz, Jan, wenn ich dich nicht hätte."
Er bedankte sich erleichtert und legte auf.
Chris fühlte sich im Haus wieder wohler, und auch der Kater ließ mehr und mehr nach. Sie begann, ihre Kleidungsstücke für die Reinigung zu sortieren, und als sie damit fertig war, tat sie dasselbe mit Bents.
Den hellen Sommermantel wollte sie nur zum Lüften aufhängen, als ihre feine Nase ein schweres Frauenparfüm erschnupperte, was sie dazu veranlasste, sich den Mantel näher anzusehen. Ein bisschen Rouge oder dergleichen war bei der Bussi-Bussi-Gesellschaft, in der sich Bent bewegte, normal. Aber Lippenstift und Silberglitter in einer solchen Ausprägung versetzten ihr einen scharfen Stich in der Herzgegend.
Zwischen einem der unteren Mantelsäume steckte ein festeres Papier, das sich bei näherem Hinschauen als Visitenkarte entpuppte. Sie war aus der inneren Manteltasche nach unten gerutscht und im Saum hängen geblieben. Was sie darauf las, ließ ihr Blut in den Adern gefrieren:

Villa PERFECTION

First Class Service,
internationale Spitzenfrauen,
Models
18-21 Jahre

Lassen sie sich ins Reich der Sinne und Gelüste entführen. Weg vom tristen Alltag, Komplett tabulos, sie werden erbeben. Eintritt nur mit Empfehlung und Passwort.

Panoramastraße 366, Heidelberg
www.Perfection-high-class-modells.de

Auf die Visitenkarte hatte jemand mit rotem Lippenstift ein Herz gemalt.

Chris war in diesem Moment intellektuell nicht in der Lage, das Geschriebene zu verstehen. Es war so, als ob ihr Verstand ihr zu verbieten versuchte, die Worte zu erfassen. Immer und immer wieder las sie die Karte, aber es war nicht möglich, den Worten einen Sinn zu entlocken. Minuten später tippte sie mechanisch die Web-Adresse in die Tastatur und ihr Verstand beschloss, die Blockade aufzugeben und das Gelesene zu verarbeiten. Die letzten Wochen mit den häufigen Abwesenheiten am Abend begannen plötzlich einen Sinn zu ergeben. Er schien seine Degradierung im Verlag auf besondere Weise zu kompensieren.

Auf der Webseite waren Fotos von ungefähr 20 Frauen zu sehen, alle waren halbnackt oder nackt, in lasziven, hocherotischen Posen und alle blutjung und traumhaft schön.

Sie las eine Beschreibung eins der Mädchen, deren wohlgeformter Po einziger Mittelpunkt des zentralen Fotos war:

„Vanessa, 20 Jahre alt, blutjung und doch erfahren in allem, was Sie niemals zu träumen gewagt hätten. Genießen Sie sie z.B. mit Ihrem Geschäftspartner, in Swingerclubs, mit Modelfreundin. Sie ist durch und durch tabulos bis hin zum völlig natürlichen Sex, ohne dass sie sich vor ihrem puren Vergnügen schützen wird. Sie ist verruchtester Engel und weiblichste Nymphe. Nie mehr werden Sie von ihr lassen können."

Sie erinnerte sich daran, wie sie sich einmal zu Beginn ihrer Liebe nach einem wundervoll erotischen Abend im Bett über Vergangenes unterhalten hatten, wie Bent ihr von ausschweifenden sexuellen Spielen mit anderen Frauen und Geschäftspartnern erzählt hatte und dass sie ihn nach wenigen Minuten stoppen musste, weil sie Angst hatte, diese Bilder nicht mehr aus ihrem Kopf zu bekommen. Sie wollte nicht, dass Bent eine Vergangenheit vor ihr hatte und wollte auch keinerlei Informationen über seine erste Ehe haben. Sie war nur glücklich, dass sie kirchlich heiraten konnten, denn Bent hatte das erste Mal nicht kirchlich geheiratet. Sie hatte die Schmerzen über seine stolzen Erzählungen, nichts im Leben verpasst zu haben, verdrängt. Als er merkte, was seine Vergangenheit in ihr lostrat, hatte er sie beruhigend in seine Arme genommen und ihr sämtliche Zweifel sanft weggeliebt, -geküsst und -geredet. Sie spürte, dass sie für ihn etwas ganz Neues und Einzigartiges war, dass er sie mehr liebte als alles, was er zuvor genossen hatte. Sie hatte ihn trotzdem leise gebeten, diesen Teil seiner Vergangenheit nicht mehr zu erwähnen, was er auch stets respektiert und eingehalten hatte.

Der Schmerz dieser Visitenkarte und der Webseite brannte so tief in ihr, dass sie tatsächlich das Gefühl hatte, Wasser trinken zu müssen, um nicht in Ohnmacht zu fallen. Sie war nahe dem Delirium und die letzten unglücklichen Wochen seit dem Wettbewerb kamen ihr wieder in den Sinn.

Ihr Verstand sagte ihr, dass dies alles unmöglich wahr sein konnte. Seit ihren Kriegserlebnissen war sie nicht mehr in der Lage gewesen, richtig zu weinen. Es war, als ob ihr das Gehörte und Gesehene, all das Abscheuliche damals die Tränen für immer genommen hätten. Ihr kam ein Gedanke.

Zuerst versuchte sie, Bent zu erreichen, aber sein Handy war ausgeschaltet. Dann rief sie mich an und versuchte, so unbefangen wie möglich zu wirken, aber ich war vorbereitet:

„Und, spielen wir mal wieder Tennis, Jan?"

Ihre Stimme zitterte stark, was mich sehr erfreute.

„Gerne, meine Liebe, wann denn?"

Ich verstand, dass wir auf dem richtigen Weg waren.

„Vielleicht morgen?" fragte ich.

„Ja, gerne, du klingst aber nicht gut. Was hast du denn gestern gemacht?"

„Würde dich sowieso langweilen. Ewige theoretische Diskussionen mit meinem Mathe-Prof bis weit nach Mitternacht. Und ich weiß so genau, wie recht ich habe. Aber er kann es nicht zugeben,

weil ich auf diesem Gebiet besser bin als er." Ich seufzte tief. „Chris, Chris bist du noch da?"
Unter dem Vorwand, sich um das Essen auf dem Herd kümmern zu müssen, beendete sie das Gespräch und kollabierte. Als sie wieder zu sich kam, setzte sie sich auf das Sofa. Dort saß sie auch noch, als das Telefon klingelte. Sie nahm es mechanisch ab, aber als sie Bents zuckersüße, sorgenvolle Stimme hörte, legte sie einfach wieder auf, nahm ihre Tasche und fuhr zur Panoramastraße 366 nach Heidelberg.
Das Gebäude sah exklusiv und stilvoll aus. Am Namensschild stand nur „Villa". Sie klingelte, und es öffnete sich eine kleine Klappe, durch die man nur ein wenig hindurchschauen konnte, aber ein wohlgeformter, weiblicher, stark geschminkter Mund fragte zart:
„Empfehlung und Passwort, bitte!"
„Entschuldigen Sie bitte, könnte ich die Chefin spreche, es wäre mir sehr wichtig."
Die Stimme wurde sofort unangenehm: „Empfehlung und Passwort!!"
Die Klappe schloss sich und öffnete sich auch auf minutenlanges Klingeln nicht mehr. Chris wurde schwindelig und sie setzte sich erschöpft auf die Treppe. Ihr Blick war auf kein festes Ziel gerichtet, aber plötzlich sah sie in einer dunklen Ecke des Treppenhauses etwas Schwarzes liegen. Da es ihr Geschenk zu Bents 50. Geburtstag gewesen war, erkannte sie es auf den ersten Blick. Es war seine Brieftasche.
Als sie nach zweistündiger Irrfahrt durch Heidelberg, Mannheim, Ludwigshafen und Darmstadt nach Hause kam, stand ihr Entschluss fest. Er war unumstößlich.
Nachdem sie fertig gepackt hatte, legte sie einen alten Schmierzettel auf den Tisch, auf den sie fast unleserlich gekritzelt hatte: „Such mich nicht. Es ist vorbei. Nie mehr in meinem Leben, ich schwöre es Dir, bei allen, die ich liebe, werde ich ein einziges

Wort mit Dir sprechen. Du hörst von meiner Anwältin. Ich lasse mich scheiden. Ich will nichts von Dir. Ich kam als stolze Bettlerin und gehe als die gleiche."

An diesem Tag, es war genau 16:56 Uhr, zog sie mit exakt den gleichen Dingen, mit denen sie gekommen war, aus ihrem Haus aus. Alles, was sie mitnahm, passte in einen einzigen Koffer. Es war derselbe, mit dem sie bei Bent eingezogen war. Sie war fast erfreut gewesen, als sie den Koffer in der Nacht auf dem Dachboden wiederfand, und beglückwünschte sich zu ihrer Sentimentalität.

Sie hatte Autoschlüssel, Schmuck, Ehering, Kleidung, Dessous, Gekauftes und Erarbeitetes, alle möglichen Geschenke und Einrichtungsgegenstände, Hochzeitsgaben und alle Kunst im Haus auf einem Haufen gelegt. Er war riesig. Den Hausschlüssel legte sie auf den abgerissenen Zettel, auf den sie ihre Botschaft geschrieben hatte. Genau in die Mitte. Daneben seinen Geldbeutel. Die Visitenkarte hatte sie angeekelt vor dem Edelbordell weggeworfen.

Egal, was er sagte, und völlig egal, was er tun würde, sie würde nie mehr zu ihm zurückkehren. Ihre Ehe war an diesem Tag aufgrund einer nicht begangenen Verfehlung unwiderruflich und für immer beendet. Ich war nicht alleine schuld, immerhin hätten sie ja miteinander reden können und es wäre der Versuch wert gewesen, ihre nun etwas verkorkste Ehe zu retten.

Als sie mich weinend anrief und sich verabschiedete, weil ich ja Bents Freund war und sie auch aus diesem Grund mit mir keinen Kontakt mehr haben wollte, war mir klar, dass alles noch so Glückliche planvoll zerstört werden konnte.

Am Abend gönnte ich mir einen aus Bents Weinkeller „geliehenen" Tropfen und wünschte ihm in Abwesenheit das Allerbeste. Wir waren wieder quitt. Der Fortsetzung unserer guten Freundschaft stand nichts mehr im Wege.

Ich beschloss, mir am nächsten Abend noch mehr exklusiven Nachschub aus dem Weinkeller zu holen, da Bent sich ja noch

in Cannes befand und das Haus verwaist war. Zudem war es für Bent nicht gut, wenn zu viel Alkohol im leeren Haus zur Verfügung stand. Man musste immer auf seine Freunde aufpassen.
Zudem wollte ich sicherstellen, dass Chris nichts Falsches zu Hause hinterlassen hatte, was doch noch Rettung für die Beiden hätte bedeuten können. Aber so wie ich das sah, war das nun nur noch das Zuhause von meinem Freund Bent.

Kapitel 5: Nadja

01.11.2005

Die rülpsende Begrüßung von Nadjas Vater entsprach nicht gerade dem, was ich mir vorher schon trotz meiner schlimmsten Vorstellungen ausgemalt hatte. Aber ich hatte mit Hilfe von Prof. Cemeiser gelernt zu fokussieren.
„Das macht nichts, Frau Saalmann, ich bin ja nicht vom Reinigungskontrolldienst." Sie lächelte gequält und ihr Mann stierte stumpf vor sich hin.
„Kann ich Ihnen etwas zum Trinken anbieten? Aber wir haben nur Bier, Wein oder Leitungswasser. Was darf es denn sein?"
„Gerne ein Glas Leitungswasser, und es wäre nett, wenn sie Jan und du zu mir sagen könnten. Dann fühle ich mich nicht so alt", lächelte ich sie an und sie lächelte zurück.
Ihr Gang wirkte gehetzt und ihre Haare waren unordentlich. Aber es war eindeutig Nadjas Mutter. Ich spürte langsam Wut in mir aufsteigen, begann aber sofort, mich zu kontrollieren.
„Wo ist mein Flaschenöffner? Schon hundertmal habe ich gesagt, der muss neben meiner Flasche stehen. Wo ist er?", schrie plötzlich ihr versoffener Mann.

„Wenn Sie mir sagen, wo er liegt, hole ich ihn gerne", sagte ich leise zu ihr.
„Auf dem Küchentisch", antwortete sie und zeigte mir mit dem Arm die Richtung.
„Meinst du nicht, dass du genug hast?", fragte sie ihren Mann und erhielt eine bösartige, laute Antwort.
Ich brachte ihm den Flaschenöffner und wollte ihm die Flasche aufmachen. Er schlug ihn mir unvermittelt aus der Hand und brabbelte:
„Haben wir schon zusammen getrunken, dass du meine Flaschen aufmachen darfst, du Rotzer?" Er lachte laut wegen seines vermeintlich gelungenen Witzes.
„Nein, haben wir nicht und werden wir wahrscheinlich auch nicht."
Es waren Momente wie diese, an denen ich mein Koks vermisste, das ich mir seit meiner ersten Begegnung mit Nadja verbot.
Am Anfang war es wirklich schwer gewesen, aber zunehmend fiel es mir leichter.
„Es gibt einen Grund, warum ich hier bei Ihnen bin, und mir ist der Besuch hier sehr wichtig."
Ich versuchte, meine vorbereiteten Worte so einfach wie möglich zu gestalten, da seine 2,5 Promille in die Aufnahmefähigkeit miteinbezogen werden mussten.
„Wir können nichts bezahlen, egal was sie angestellt hat", kreischte er unkontrolliert und lallte weiter. „Gar nichts. Oder sieht das hier so aus, als ob wir zahlen könnten?"
Ich atmete langsam und tief und begann:
„Nadja hat Ihnen vielleicht erzählt, dass wir uns begegnet sind und wir uns lieben."
Abwartend schaute ich sie an, aber es gab außer dem glucksenden Geräusch des Biertrinkens keine wahrnehmbare Reaktion. Ich hoffte inständig, als mich Nadjas Vater erneut anrülpste, dass er seine anderen Körperöffnungen besser im Griff hatte.
„Nadja ist die tollste Frau, die mir je begegnet ist. Wir lieben uns.

Wir haben beschlossen zu heiraten, und ich möchte Sie bitten, uns Ihren Segen hierzu zu geben und bei unserem Fest am 07.07.2008 anwesend zu sein."
Meine wenigen Worte mussten langen, um mein Ziel zu erreichen.
„Wieviel ist dir das wert?", stieß Nadjas Vater hervor.
„Bruno, bitte, bitte..."
„Wieviel ist dir das wert, Junge? Wieviel ist dir Nadja wert?"
Ich holte tief Luft:
„Alles, was ich habe."
„Wieviel hast du?"
„Mehr als Sie brauchen können. Wie viel wollen sie?"
„25.000,- Euro."
Sein Blick war lauernd, und als ich nickte, ergänzte er:
„Und alle Hochzeitskosten."
Und wieder nickte ich. Er schien sich einen Moment darüber zu ärgern, nicht mehr verlangt zu haben, aber die Freude über den unerwarteten Geldsegen obsiegte.
Nadjas Mutter war dies alles derart peinlich, dass sie aufstand und mein Glas in die Küche brachte. Ich folgte ihr und fragte sie:
„Bitte, haben wir Ihren Segen?"
Sie fragte mich, während ihr die Tränen über die Wangen liefen:
„Wirst du immer aufpassen auf meine Kleine? Versprichst du mir, immer auf sie aufzupassen und dafür zu sorgen, dass ihr nichts passiert und es ihr immer gutgeht?"
Mit einem Kloß im Hals antwortete ich: „Ich verspreche, dass ihr nie etwas passieren wird, weil ich immer auf sie aufpasse, weil es ihr immer gutgehen wird mit mir, weil ich dafür Sorge tragen werde, dass sie glücklich ist. Das verspreche ich bei allem, was mir heilig ist."
„Mach das nicht mit dem Geld, Nadja würde es dir nie verzeihen."
Sie drehte sich um und verließ die Küche. Ich verabschiedete mich, und ohne das Gezeter von Nadjas Vater zu beachten, verließ ich die muffige Wohnung. Ich hatte das, was ich für uns

gewollt hatte und was in dieser Situation möglich gewesen war. Die Zustimmung von Nadjas Mutter.

Als ich nach Hause kam, war Nadja gerade dabei, unsere Grünpflanzen zu pflegen und zu beschneiden. Sie sprach mit ihnen, was mich immer an meine ehemaligen Grünkulturen erinnerte. Niemals mehr danach war ich in der Lage, meine Pflanzen nur noch regelmäßig zu gießen, und auf Nadjas Nachfrage warum nicht, erklärte ich ihr, ich hätte bis heute jede Pflanze zerstört und wenn sie einverstanden wäre, dürfe sie sich nun für ihr Überleben zuständig fühlen. Von diesem Tag an sorgte sie liebevoll für unsere Pflanzen und sie entwickelten sich prächtig. Sie kaufte ein paar wenige dazu, fragte mich vorher nie nach meiner Meinung, traf jedoch unseren Geschmack blind.

Obwohl Nadja ihr Zimmer in einer 2-er WG in der Altstadt nahe dem Kornmarkt behalten hatte, war sie praktisch bei mir eingezogen. Mein Penthouse war so groß, dass sie sich zwei eigene Zimmer einrichten konnte, die ich vorher von unnützem Krempel befreit hatte.

„Und wo warst du heute, du Geheimniskrämer?" fragte sie mich gut gelaunt.

„Ich habe mir bei deinen Eltern den Segen für unsere Hochzeit geholt", antwortete ich so leicht wie möglich.

Sie warf ihr Schneidewerkzeug vor Wut auf den Boden und schrie mich an:

„Was hast du getan? Was, du Lügner?" Sie schrie wie von Sinnen: „Du hast mir gesagt, dass du bei deinem Onkel bist.“

Ich war völlig perplex:

„Liebes, ich dachte, du würdest dich freuen."

Sie fuhr mich mit schneidender Stimme an:

„In diesem Fall war Denken nicht deine Stärke. Du hättest mich fragen müssen, das ist meine Welt, die geht dich einen Scheißdreck an! Halt dich bloß aus meinem Leben raus, du Wichtigtuer!"

Sie war völlig außer Kontrolle, Tränen schossen ihr in die Augen, und ich verstand, dass ich ungefragt in ihre tiefste Wunde eingedrungen war.

„Gut gemeint kann beschissen gemacht sein, Nadja. Ich habe nicht genug nachgedacht. Es tut mir unendlich leid, wenn ich deine Grenze überschritten habe, Liebste. Ich bitte dich ehrlich um Verzeihung."

Nach einigen Minuten kam sie auf mich zu, nahm mich in ihre Arme und weinte bitterlich. Später als sie auf dem Sofa in meinen Armen lag, schlief sie erschöpft ein und als sie aufwachte, fragte sie mich leise:

„War es sehr schlimm?" Ich antwortete:

„Ich habe bekommen, was ich wollte. Den Segen deiner guten Mutter. Von deinem Vater konnten wir ihn nicht erwarten, aber er hat sich einigermaßen gut geschlagen. An seinen Tischmanieren sollten wir vielleicht noch etwas arbeiten bis zur Hochzeit."

Nadja lächelte gequält.

„Ich würde sehr gerne etwas für deine Mutter tun. Können wir den beiden nicht eine Eigentumswohnung kaufen?"

„Darüber werden wir an einem anderen Tag nachdenken, Liebster, in mir hat das alles alte Wunden aufgerissen, und von der ganzen Heulerei bin ich fix und fertig."

„Komm, dann lass uns hochgehen, ich werde dich ein bisschen durchvögeln, das wird dich auf andere Gedanken bringen."

Über die Absurdität meines Vorschlages lachte sie ein wenig und wir gingen früh ins Bett. Eng an mich gekuschelt schlief sie ein, aber bevor sie einschlief, sagte sie völlig ernsthaft zu mir:

„Du bist jetzt meine Familie."

Es brach mir fast das Herz, sie so zu sehen.

Am nächsten Morgen war das Thema keines mehr und sie fragte mich:

„Liebster, können wir uns am Freitag mit Jo und Bärbel treffen? Bärbel hat angerufen und sie würden sich freuen."

Mir wurde heiß und kalt zugleich, weil mir der Termin mit dem

Geheimbund in den Sinn kam: „Ich habe mein sechswöchig stattfindendes Treffen, die Männerrunde, geh doch du allein aus mit ihnen."
Sie schaute mich still an, wie jedes Mal, wenn ich dorthin ging, und nickte. „Ok, dann mache ich was mit ihnen. Wohin geht ihr denn dieses Mal?"
„Zu Rainer nach Hause, Liebes."
Das stimmte nicht, aber es ging nicht anders.
Es stand das finale Treffen an, an dem ich erfahren sollte, welches Urteil über mich gesprochen worden war.

KAPITEL 7:

Geheimbund der erwachsenen Grenzen

*16.06.2003 / 19 Jahre**

Wir trafen uns in dieser Zusammensetzung, wie ich hoffte, zum letzten Mal im Royal. Martin führte den Vorsitz und sie hatten sich wie üblich, eine Stunde vorher zur Urteilsfindung eingefunden. Ich war in den vergangenen fünf Jahren bei ausreichend vielen dieser Sitzungen anwesend gewesen und konnte jeden einzelnen von ihnen gut einschätzen.
Es gab durchaus welche, die miteinbeziehen konnten, wie ich in eine Situation zu kommen, in der man aus dem Geheimbund austreten will. Anderen, wie z.B. mir selbst in den ersten drei Jahren, war so etwas völlig egal und sie wollten nur ihre maximale Grenzerfahrung. Martin würde darauf achten, dass das Urteil weder in die eine noch in die andere Richtung ausschlug. Er wollte keine

zu milden und keine zu unbarmherzigen Urteile. Es hatte seit dem ominösen 16.06.2003, dem Tag der Gründung, drei Austritte bzw. Ausschlüsse gegeben. Alle hatten wirklich brutale Strafen erhalten, und ich fand keinen Grund, dass es mir anders ergehen sollte. Einmal hatte sich ein Mitglied geweigert, das Urteil anzunehmen, was zu seiner sofortigen Liquidierung durch Martins Kontakte geführt hatte. Egal, was es war: Ich musste mein Urteil also in jedem Fall akzeptieren.
Und in der jetzigen Entwicklungsphase meines Lebens, in der momentanen glücklichen Lebenssituation, in der ich mich befand, war ich hierzu bereit.
Es war mir kaum mehr möglich zu verstehen, was mir einmal den Kick gegeben hatte, Mitglied dieses Irrsinns zu sein. Es war die gelangweilte Dekadenz, sinnlose Verschwendung guter Energien für Böses. Die wenigsten hatten das Glück, das mir mit Nadja widerfahren war. Tiefgreifende und dauerhafte Entwicklung zum Positiven. Empfinden eines bleibenden Glücksgefühls. Erfüllung in einer wirklich perfekten Beziehung. Das Fehlen einer Sinnhaftigkeit in ihrem Leben war der Grund, warum sich Menschen, die sich alles leisten konnten, zu solch Krankem hinreißen ließen. Die nur noch Befriedigung jenseits aller üblichen Grenzen finden konnten. Die damit ihre eigenen Grenzen immer weiter hinausschoben und irgendwann überhaupt keine Befriedigung mehr empfanden. In mir kroch kalte Übelkeit hoch, wenn ich daran dachte, während der letzten zwei Jahre noch zwangsweise an einer Orgie und an einem völlig widerlichen Experiment teilgenommen zu haben. Sarah hatte es initiiert und alle hatten dem zugestimmt.
Oftmals gab es bei den Experimenten einstimmige Ergebnisse, denn keiner wollte sich innerhalb der Gruppe eine Schwäche zugestehen. Es war auch strategisches Kalkül. Wenn sich in der kontroversen Diskussion eine klare Mehrheit abzeichnete, wäre eine Gegenstimme sinnlos gewesen und man wollte schließlich

nicht immer dagegen sein. So hatte auch ich dem Experiment zugestimmt, ohne jedoch aktiver Teilnehmer sein zu müssen. Dadurch, dass ich erfolgreich am ersten Experiment teilgenommen hatte, würde ich erst wieder im Herbst 2008 an der Reihe sein. Vielleicht würde auch mein Aussteigen vor der aktiven Teilnahme an einem weiteren Experiment meine Strafe verschärfen. Ich hatte keine Ahnung.

Sarah wollte mit ihrem Experiment die immerwährende Frage testen, ab wann jemand käuflich war. In ihrem direkten Bekanntenkreis gab es ein schwerreiches Ehepaar, das keine Kinder bekommen konnte. Sarah hatte ihnen gesagt, sie könne ein hochintelligentes und bildhübsches Baby besorgen.

Der Spender war kein Problem gewesen. Leon. Sein Sperma wurde unter dem Vorwand, an einer Studie teilzunehmen, in der Klinik von Rainer abgezapft. Dies geschah über fünf Wochen und immer mit der Vorgabe, fünf Tage vorher keinen Sex gehabt zu haben. Leon war Sarahs bester Kommilitone, der sich schon immer für sie interessierte, aber nie den Hauch einer Chance hatte. Er sah exzellent aus, hatte dreimal eine Klasse übersprungen und war, wie gesagt, bester Student im Fachbereich Jura. Er hatte nur ein Problem: keinerlei gesellschaftliches Ansehen und obendrein kein Geld. Sarah hatte ihm gegenüber beiläufig erwähnt, einen Arzt zu kennen, der für eine wichtige internationale Studie einen intelligenten und gutaussehenden Spender von Spermien brauche und dass es hierfür 20.000,- Euro gab.

Er war sofort Feuer und Flamme gewesen. Sie sagte, dass sie gar nicht an ihn gedacht hätte, gab ihm aber trotzdem die Adresse und stellte den Kontakt zu Rainer her. Die Hälfte des Geldes wechselte nach dem Probesperma den Besitzer, davon ließ sich Sarah in das angesagteste Restaurant der Stadt einladen, bestellte Wein, Kaviar und Hummer für sagenhafte 2.500,- Euro, gab dem Jungen abends einen Kuss auf die Wangen und verabschiedete sich mit gespielter Entrüstung, weil er mehr wollte.

Große Experimente konnten mit kleinen Sozialstudien verbunden werden und der Abend hatte Sarah einen zusätzlichen kleinen Kick verschafft. Je mehr sie spielte, desto mehr begehrte sie der schöne Leon.
Diejenige, die das Kind austragen sollte, zu finden, war ein weitaus schwierigeres Unterfangen. Marc, der unser Experte für Medien war, weil er ein riesiges IT-Unternehmen besaß, das eine Quasi-Monopolstellung bei der IT-Sicherheit für an der Börse gehandelte Unternehmen innehatte, schaltete die Anzeige in der FAZ, der WamS und der Süddeutschen Zeitung und bezahlte wie immer in bar.
Der Text lautete wie folgt:

Unabhängige Frau, 21-27 Jahre alt, bildhübsch, gesucht für 12-monatiges Auslandsprojekt. Bezahlung außergewöhnlich exzellent. Telefon: 069/12347777.

Die Telefonnummer sah zwar aus wie eine aus Frankfurt, sie wurde aber über die Cayman-Inseln geschaltet und war für keinen Cracker der Welt nachvollziehbar. Das Telefon, das von Martin, Rainer, Sarah und Martina abwechselnd zwölf Stunden am Tag bedient wurde, klingelte unablässig. Von der einfachen Toilettenfrau bis hin zu Promovierten und Damen der Gesellschaft war alles dabei, was das Land zu bieten hatte. Die beiden Frauen, die sich die Hauptarbeitszeit teilten, gingen vorsichtig vor, baten zuerst einmal um ein digitales Foto und prüften, was die Teilnehmerinnen unter bildhübsch verstanden.
Sie kamen sich dabei vor wie Dieter Bohlen bei DSDS.
Nach dem Zusenden der Bilder (es kamen auch hüllenlose Ganzkörperfotos an) mussten ca. 90% der Kandidatinnen mangels fehlender Qualifikation von der Liste gestrichen werden. Sie bekamen ihre Bilder zurück mit einem netten Anschreiben eines nicht existierenden Geschäftsführers einer Limited-Gesellschaft aus Uruquay.

Die restlichen Bewerberinnen hatten anscheinend nicht verstanden, dass 21-27 nicht 18-20 oder 28-50 bedeutete. Wiederum mindestens die Hälfte schied deswegen aus. Es blieben genau 17 Damen übrig. Sie anzurufen, war die Aufgabe unseres Supercharmeurs Rainer mit seiner so butterweichen männlichen Stimme. Er begann die Gespräche jeweils mit:

„Noch niemals habe ich eine Ohrfeige durchs Telefon bekommen und es wäre nett, wenn Sie nicht die erste wären, die sie mir verpassen würde. Das Angebot, das ich Ihnen machen werde, ist für 12 Monate 250.000,- Euro wert, steuerfrei. Die ein Hälfte sofort, die andere Hälfte auf ein Sperrkonto. Sicher werden Sie verstehen, dass Sie dafür nicht Topflappen häkeln müssen. Vielleicht verwundert es Sie dann auch nicht, dass Sie bildhübsch sein sollen." 15 der 17 herausgefilterten Damen waren außerordentlich interessiert.

Rainer rückte nicht heraus damit, was genau sie für das versprochene Geld zu leisten hatten, und so bewegten sich die Spekulationen der Damen zwischen arabischen Orgien und Haremsdamen bis hin zu Edelbordellen.

Er traf sich mit sechs von ihnen, bis er die Richtige gefunden hatte. Er traf sie in abgedunkelten Hotelzimmern. Bei den ersten vier gab es unterschiedliche Gründe, warum es nicht klappte. Die erste wollte sofort nachverhandeln und schied damit schneller aus, als sie gekommen war.

Die zweite hatte einen auf den Fotos wegretuschierten Unterbiss, der es ihr ermöglicht hätte, volle Gläser auf dem Unterkiefer zu servieren. Ihr musste er auch nicht erzählen, was genau ihre Aufgabe gewesen wäre.

Die dritte war wunderschön, aber als sie hörte, worum es ging, versuchte sie die am Telefon verbetene Ohrfeige nachzuholen und wurde von zwei Bodyguards aus dem Hotelzimmer geworfen, nicht ohne den Hinweis, dass sie beim geringsten Ausplappern auf der Stelle unangenehmen Besuch bekäme.

Die vierte war perfekt. Eine ebenmäßige Schönheit mit einem feinen Gesicht, lange Beine, blaue Augen, eine hinreißende Figur und gutes Benehmen. Sie sprach Englisch, Russisch und ein wenig Französisch und war sofort bereit, sich 12 Monate in Quarantäne zu begeben. Auch Rainers Hinweis, er würde sie probevögeln, erschreckte sie nicht im Geringsten. Er traf sie in Berlin. Beatrix war aus Ost-Berlin und hatte keinerlei Verwandtschaft mehr. Sie war zwei Monate zuvor aus einer sechs Jahre dauernden Beziehung ausgestiegen. Sie hatte keinen Job und war bereit, sofort anzufangen. Rainer schickte die Bodyguards raus und sie hatten eineinhalb Stunden lang harten verhüteten Sex.
Der Deal beinhaltete, dass sie das Haus während dieser 12 Monate nicht verlassen und keinerlei Kontakt zur Außenwelt haben durfte. Auch nicht den geringsten. Ihr „zu wem sollte ich denn Kontakt haben" nahm Rainer wohlwollend zur Kenntnis. Sie würde einen Fernseher, Fitnessraum, Wellnessbereich und eine persönliche Masseurin zur Verfügung gestellt bekommen, die allerdings kein Deutsch, Englisch oder Russisch sprechen würden. Die junge Frau war mit allem einverstanden und erklärte lediglich, dass sie kein Fleisch, wohl aber Fisch esse.
Die Wahl war eindeutig, und so machten sich die Beteiligten im Privatjet auf nach Davos, um das Baby erst zu zeugen und dann auszutragen. Rainers Vater besaß dort ein Haus, das er in den letzten neun Jahren nicht mehr besucht hatte und in das er einen Operationssaal hatte einbauen lassen.
Experimente heißen Experimente, weil ihr Ergebnis nie genau vorhersehbar ist. Ab dem 4. Schwangerschaftsmonat begann sich Beatrix zu langweilen, und wollte unbedingt wegfliegen, was ihr Rainer, der sie begleitete, erlaubte. Sie flogen für zwei Wochen nach New York und ließen es sich richtig gutgehen. Dann flogen sie wieder nach Davos. Beatrix blieb entspannt und wartete, bis der errechnete Geburtstermin nicht mehr weit entfernt war. Trotz des Risikos flog Rainer in einem Privatjet

mit ihr nach Berlin, um rechtzeitig zur Geburt im Hotel zu sein. Sie hatten für drei Wochen die schusssichere Präsidentensuite im Adlon gebucht mit dem Hinweis auf absolute Diskretion. Sie kostete pro Nacht 20.000,- Euro und wurde im Voraus in mit einer Prepaid-Kreditkarte bezahlt.
Alle Transporte, alle Flüge und sämtliche Autofahrten fanden mit Augenbinde oder mit absolut blickdichter Sonnenbrille statt. Beatrix wusste nicht, wo sie war, und hatte auch niemanden um sich herum, der Deutsch, Russisch oder Englisch sprach, mit Ausnahme von Rainer, den sie Andreas nannte. Sie wusste weder, wo genau sie untergebracht war, noch wer sie betreute.
Rainer kannte einen befreundeten Arzt, der die Geburt vornehmen sollte. Als es soweit war, ging alles sehr schnell. Nach fünfundfünfzig Minuten war es erledigt. Sarah wartete aufgeregt auf den Arzt, der jedoch leichenblass aus dem Entbindungszimmer kam. Er flüsterte: „Apert-Syndrom." Sarah verstand nicht und ging hinein.
Sie schrie entsetzt auf und brüllte Rainer an: „Die Zehen und Finger sind alle zusammengewachsen, außerdem sieht er aus wie ein Alien."
Die drei am Experiment Beteiligten waren vollkommen geschockt. Sie zogen ihre Perücken auf, nahmen die 125.000,- Euro, die als zweite Rate für Beatrix gewesen waren und verließen das Adlon. Sie mussten auf ihren Privatflieger warten und flogen erst Stunden später. Beatrix und das Apert-Syndrom blieben in Berlin. Wie konnte nur aus zwei so perfekt scheinenden Menschen ein solches Baby entstehen? Der Arzt hatte ihnen beim Rückflug erklärt, man hätte das bei einer Fruchtwasseruntersuchung ab der 8. Woche feststellen können.
Sie berichteten vor dem Geheimbund schonungslos über das Geschehene. Sarah rief die erwartungsvollen Möchtegern-Eltern an, die ihnen eine Mio Euro im Voraus gegeben hatten, und bot ihnen an, entweder das Apert-Baby oder überhaupt keines zu

bekommen. Niemanden aus diesem Kreis verwunderte es, dass sie auf das Baby verzichteten. Auf die Frage nach der Million klärte sie Sarah darüber auf, dass sie einer gerichtlichen Auseinandersetzung gelassen entgegensehen würde.
Das vergleichsweise milde Urteil für die vier bestand darin, die Million zu ersetzen und das Experiment zu wiederholen, was das Ehepaar nach kurzer Beratung allerdings ablehnte. Jedoch mussten sich alle an dem Experiment Beteiligten einer Zungencutting-Operation von Rainer unterziehen, der mehr und mehr Routine bekam bei solchen Eingriffen. Es gab keine weiteren Komplikationen. Von Beatrix hörten sie nichts mehr, und auch in der Presse lasen sie nichts über den Vorfall. Das war für mich der letzte Anstoß gewesen, aus dem Geheimbund auszusteigen. Meine Hoffnung, der Geheimbund würde irgendwann im Sand verlaufen, hatte sich nicht wie erhofft erfüllt.
Meine Erinnerungen wurden unterbrochen, als die Tür zum Saal aufging. Das Warten auf mein Urteil hatte ein Ende. Ich nahm am Schweigeritual teil, wohl wissend dass, was auch immer sie entschieden hätten, an meinem Körper zu entfernen, Nadja meine Wunde bemerken würde. Ich stellte mich zur Urteilsverkündung mitten in den Kreis:
„Der Geheimbund der erwachsenen Spiele hat sein Urteil gefällt. Es unterliegt der Schweigepflicht gegenüber allen, und ein Nicht-Einhalten dieses Urteils hat deinen sofortigen Tod zur Folge. Niemals mehr darf ein Mitglied dieses Bundes ein Wort mit dir sprechen. Wer sich dem widersetzt, über den wird selbst geurteilt werden.
Als Primus inter pares verkünde ich nun das Urteil und es wird innerhalb der nächsten beiden Wochen vollzogen: Der Geheimbund hat beschlossen, dir die Freiheit des Schweigens zurückzugeben. Du warst in den letzten zwei Jahren nicht mehr mit deinem vollen Geist und deinen Fähigkeiten anwesend. Nun hast du uns aus persönlichen Gründen um deinen Austritt gebeten."

Die langwierige Erklärung begann, mir auf die Nerven zu gehen.
„Du wirst den Jahresbeitrag fürs nächste Jahr bezahlen und innerhalb der nächsten zwei Wochen wirst du bei Rainer einen Termin zur Sterilisation machen. Wirst du dieses Urteil annehmen?"
Innerhalb einer Sekunde wurde mir der Boden unter den Füßen weggezogen. Ich wurde ohnmächtig und erwachte durch lautes Schreien einiger Mitglieder und weil mir Martin mit dem Eimer eiskaltes Wasser in das Gesicht schüttete.
„Wirst du dieses Urteil annehmen?"
Ich antwortete: „Ich nehme das Urteil demütig an" und wurde wieder ohnmächtig. Als ich zu mir kam, lag ich auf dem Bordstein vor dem Club. Nadja beugte sich gerade über mich, ein Krankenwagen stand bereit, aber ich schüttelte unwillig den Kopf und weigerte mich einzusteigen.
„Liebster, was ist passiert, wie bist du hierher gekommen?"
„Ich erzähle es dir später. Bring mich nach Hause. Bitte."
Als wir zu Hause ankamen, erzählte ich ihr ehrlich die halbe Wahrheit. Dass wir, drei Jahre, bevor ich sie kennen gelernt hatte einen Geheimbund gegründet hatten, dass niemand so ohne weiteres da herauskam, ich erzählte ihr das Aufnahmeritual und dass sie heute ihr Urteil über mich gesprochen hatten. Ich erzählte ihr auch, dass sie mich umbringen würden, wenn ich ihr letztes Urteil nicht erfüllte. Als sie wissen wollte, welches Urteil das war, sagte ich ihr, was ich mir zurechtgelegt hatte: Nämlich dass mir eine Hode entfernt würde.
„Ok, das überleben wir", antwortete sie tapfer und lächelte mich unter Tränen an. „Danke, dass du ehrlich zu mir warst. Das bedeutet alles für mich."
Hätte sie das wirkliche Urteil in vollem Umfang gekannt, hätte sie dem niemals zugestimmt.
Ich hatte keinerlei Vorstellung mehr, wie es weitergehen sollte. In meiner Tasche fand Nadja einen Zettel mit dem Operationstermin.

Er war sechs Tage später und ich nutzte die Zeit, um, sooft es nur ging, meine Spermien abzugeben und sie bei einer Samenbank einfrieren zu lassen. Zu einem späteren Zeitpunkt konnte ich so tun, als ob diese Schweine die Sterilisation ohne mein Wissen vorgenommen hätten. Nadja liebte Kinder wie ihr eigenes Leben. Sechs Tage später kam ich in der Klinik an, um mich meiner gesunden Fortpflanzungsfähigkeit berauben zu lassen. Es war nicht zu beschreiben, was in mir ablief, aber es fühlte sich so an, als ob ein wesentlicher Teil meiner Männlichkeit verlorenging. Ich hatte auf einen Zettel geschrieben:
„Bitte entferne die kleinere meiner beiden Hoden auch. Ich will sie nicht mehr haben."
Als ich aus der Vollnarkose aufwachte, die Rainer in der Zwischenzeit beherrschte, las ich auf einem Zettel, den mir die Schwester gab: „Du bleibst vier Tage hier, der linke Hoden entfernt, du selbst sterilisiert." Der linke war mein größerer gewesen. Nach vier Tagen und vielen aufmunternden SMS kam ich bei Nadja an. Sie umarmte mich. Ich hatte eine ausländische Bestätigung aus einem österreichischen Krankenhaus dabei, die mir einen Mountainbike-Unfall mit Hodenamputation bescheinigte und mich zur Nachuntersuchung anmeldete. Ich war frei. Frei von funktionierenden Spermien, frei von einem Hoden und frei vom Geheimbund.
Ich war mir sicher, trotz des hohen Preises genau das Richtige getan zu haben. „Sie haben mir gesagt, dass ich in zwei Wochen wieder topfit bin", lächelte ich Nadja an und sie blickte mich völlig verzweifelt, tapfer und traurig an.
„Ich brauche meine Kranken-Bilder für morgen früh, kannst du sie mir aus meinem Zimmer im Schrank holen?", fragte ich sie, bevor ich mich vorsichtig auf den Weg machte, um Brötchen zu holen. Ich wollte so schnell als möglich wieder fit werden.

Als ich zurückkam, lag ein Zettel auf dem Tisch: „Musste weg, fahr bitte mit dem Taxi zum Arzt." Ich packte alles in eine Tasche, wartete auf das Taxi und fuhr die 40 Minuten bis zum Arzt.
Ich war zwar leicht beunruhigt wegen der Kürze der Nachricht, verstand aber nicht im Geringsten, dass gerade meine größte Lebens-Katastrophe ihren Lauf nehmen sollte.

Persönliches:
Vorgespulter Lebensfilm

Nahezu jedes Ereignis könnten wir verhindern, wüssten wir die Konsequenzen vorher. Oftmals malte ich mir aus, wie es sein würde, wenn wir ein Frühwarnsystem für Situationen in unserem Leben hätten, das uns die Auswirkungen unserer Handlungen wie in einem Film vorführen könnte. Es wäre trotzdem noch möglich, die Erfahrung sozusagen mit offenen Augen zu machen, aber wenigstens hätten wir die Konsequenzen vorher gekannt. Vielleicht würden wir trotzdem nicht auf die tollste Nacht unseres Lebens verzichten, auch wenn wir im Vorhinein wüssten, dass diese Frau uns irgendwann das Herz bricht.
Eventuell könnten durch das Wissen, was kommt, die Qualität und der Genuss der einzelnen Ereignisse eine andere Dimension bekommen. Wüssten wir immer, dass wir nach diesem einen Mal das allerletzte Mal mit jemandem schlafen dürften, wären das Gefühl und die Anstrengung dabei sicher eine andere.
Oftmals war zu große Eile eines der Probleme, die ein vorgespulter Lebensfilm hätte beheben können. Wer würde noch einmal so schnell eine Entscheidung treffen, wüsste er, welch katastrophale Auswirkungen dies haben würde? Beim konkreten Fall des gefundenen Zettels von Katharina hätte das Lebensorakel an mehreren Stellen eingreifen können:
Chronologisch gesehen zuletzt hätte ich die Katastrophe verhindern können, wenn ich Nadja nicht nach den Operationsbildern gefragt hätte, weil ich damit den Fund des Post-it-Zettels hätte abwenden können. Davor wäre es diesem Frühwarnsystem möglich gewesen, mir mitzuteilen, mein perverses Ablagesystem gänzlich aufzulösen (allerdings dachte ich in den letzten zwei

Monaten oft darüber nach, es vielleicht gewollt zu haben, dass Nadja es eines Tages fand, um wirklich ehrlich zu ihr sein zu können). Gut wäre auch gewesen, hätte mir der vorgespulte Lebensfilm gezeigt, dass es besser gewesen wäre, dieses Gespräch mit Nadja über meine Strafe zu unterlassen. Wieder einen Schritt zuvor hätte mein Lebensrettungssystem eingreifen und mich daran hindern können, Katharina diese Aufgabe, einen solchen Brief zu schreiben, überhaupt zu übertragen. Davor hätte mich jemand lehren können, die Freundschaft zu Katharina nur ehrlich und mit meinen wirklichen Fähigkeiten zu verdienen. Und es wäre schön gewesen, wenn ich verstanden hätte, den ersten schönen Abend, an dem mich Nadja um diesen Gefallen mit Katharina bat, nicht mit einem solchen Experiment zu verbinden, sondern einfach nur zu helfen.

Wie oft war es so, dass Menschen den Wunsch in sich trugen, Geschehenes wieder ungeschehen zu machen? Wie viel Verrat und Betrug, wie viel Kriminalität und Leid hätten wir uns ersparen können, wenn uns das Leben vorab aufgezeigt hätte, welche Auswirkungen unser Handeln haben würde? Wie viele Menschen waren umsonst gestorben, weil sie zur falschen Zeit am falschen Ort waren, wie viele wären lieber ein Flugzeug später oder einen Zug früher gefahren? Warum starben kleine Kinder auf der Straße, unfähig zu verstehen, dass unkontrolliertes Handeln ihren Tod bedeuten konnte? Warum war es nicht möglich aufzuzeigen, dass es gerade ein schlechter Tag war, um auszugehen, oder im Urlaub den falschen Menschen zu begegnen.

Wäre es nicht besser, das Leben würde uns nur kleine schmerzhafte Erfahrungen machen lassen und uns die, die tiefe Narben auf unsere Seele zeichneten, ersparen? Warum verstanden wir nicht ohne die Lektion des Lebens, dass Alkohol am Steuer Menschenleben kostete und negative Energie schlimme Krankheiten nach sich ziehen konnte? Warum waren wir nicht in der Lage, dem Leben zuzuhören, die Geschichten, die anderen passiert waren, zu verstehen und sie mit aller Kraft für uns selbst zu verhindern? Warum haben wir verlernt, dem Leben zuzuhören, die Aufgaben, die es uns stellt, zu verstehen und sie zu lösen? Ich selbst hatte nie zugehört, war immer stolz gewesen, alles alleine hinzubekommen. Ich hatte Gott gespielt. An jedem jämmerlichen Tag meines Lebens, bis ich Nadja traf. Und selbst dann noch für kurze Zeit.

Wenn ich die Katastrophe retrospektiv betrachte, auf die ich gerade unaufhaltsam zusteuerte, wäre es besser gewesen, innezuhalten und meine Intelligenz zu nutzen, um nachzudenken. Ich war auch immer der Meinung, es sei hilfreicher, Erfahrungen selber zu machen, als Lebensfilme anderer anzuschauen, aus denen man lernen konnte oder auch nicht.

Was bei einem solchen Wunsch ebenso problematisch war, war die Tatsache, dass unser Lebenssystem so komplex war, dass bei jeder wichtigen falschen Entscheidung viele andere auch betroffen waren. Das Leben hätte das, was kommen würde und die Auswirkungen auf alles mögliche andere einbeziehen müssen, und jede neue Entscheidung hätte wiederum Auswirkungen auf alle anderen gehabt, die mit uns lebten. Außerdem war es so, dass in jeder schwierigen Lebenssituation auch unendlich viele Chancen lagen. Vielleicht entwickelte sich wahre Kraft ja doch nur im Erleben.

Kapitel 5:
Nadja

Auf dem Nachhauseweg von der Nachuntersuchung spürte ich zum ersten Mal seit längerer Zeit nervöse Anspannung in mir. Schnell zahlte ich das Taxi, verabschiedete mich und öffnete die Tür. In der Sekunde, als ich die Wohnung betrat, erfasste ich, was geschehen war.

Auf dem Tisch lag der gelbe Post-it-Zettel von Katharina, auf dem sie mir geschrieben hatte, dass sie mit dem Liebesbrief an mich die Wettschulden wegen der exzellent bestandenen Klausur einlösen würde, was mich fast schockgefror. Weniger dachte ich daran, wie Katharinas Nachricht Nadja in die Hände gefallen war, sondern mir war von der ersten Sekunde an klar, wie dramatisch dieses Ereignis war.

Wie groß die Gefahr war, sie damit für immer zu verlieren. In mir drehte sich alles.

Jeder, der Geheimnisse verbirgt lebt mit der Angst, entdeckt werden zu können und so traf es mich nicht völlig unvorbereitet. Ich stürzte ins Ankleidezimmer und erkannte sofort, wie auch nebenan im Bad, dass es Nadja in noch nicht einmal drei Stunden gelungen war, komplett auszuziehen. Dass sie einen Schlussstrich gezogen hatte, dokumentierte sie auch dadurch, dass sie mir allen Schmuck, die beiden Ringe, die Uhr und die Wohnungsschlüssel auf den Tisch gelegt hatte. Es war weder Brief noch Nachricht für mich da. Ich verstand mit brutalster Verzweiflung sofort, was in ihr vorgegangen sein musste wegen meines miesen Verrates.

Ich hatte den Wettlauf mit der Zeit verloren. Die Erlösung, die ich seit der Begegnung mit Nadja und den regelmäßigen Behandlungen bei Prof. Cemeiser erlebt hatte, hatte den Kürzeren gezogen, gegen das, was ich in meiner Vergangenheit getan und anderen in meinem Leben angetan hatte. Und es schien so, als ob damit noch lange nicht alles ausgeglichen war. Ich erinnerte mich an manche kaum sichtbare Reaktionen von Prof. Cemeiser zu Beginn der Behandlung, dem es aufgrund meiner Brutalität und der Erbarmungslosigkeit meines Bestrafens nicht immer leichtzufallen schien, meiner schonungslosen Abrechnung mit mir selbst zuzuhören.

Als ich mir mein Archiv ansah, verstand ich nun auch, warum Nadja den Zettel von Katharina gefunden hatte. Ich hatte den Post-it-Zettel unter dem Stichwort Operation in meinem privaten Archiv abgeheftet, und morgens musste Nadja unter genau diesem Stichwort meine Operationsbilder, um die ich sie gebeten hatte, gesucht haben, die nicht in meiner Privatablage, sondern in meiner geschäftlichen Ablage zu finden gewesen wären, was sie nicht wissen konnte, weil ich es ihr nicht gesagt hatte.

Als sie den Zettel gefunden hatte, suchte sie nicht weiter, sondern schloss das Schieberegister fein säuberlich.

Immer war ihr meine und ihre Privatsphäre äußerst wichtig gewesen und sie blieb sich auch im tiefsten Schmerz, den sie wegen dieses Verrats und wegen des Verlusts unserer Liebe empfinden musste, zu 100% treu.

Als ich das sah, versank ich im tiefsten Erdloch meines Ichs. Hunderte Gedanken schossen mir gleichzeitig durch den Kopf. Ich versuchte mir, wie ich es gelernt hatte, Zeit zu lassen, aber das war fast unmöglich. Alles schrie nach Kontakt, nach Verzeihung, nach dem Betteln um unsere einmalige Liebe. Zum ersten Mal gab ich bei etwas so Wichtigem nicht meinem ersten Impuls nach, sondern kämpfte um den richtigen Weg. Ich musste in aller Ruhe überlegen, was das Richtige sein konnte. Als allererstes rief ich Prof. Cemeiser an, der, weil es 12:56 Uhr war, sogar den Hörer abnahm. Ich schilderte kurz, was geschehen war, aber er konnte oder wollte mir keinen außerplanmäßigen Rat und auch keinen zusätzlichen Termin geben. Er empfahl mir, falls meine Verzweiflung schlimmer werden würde, eine psychiatrische Sprechstunde aufzusuchen, in der auch Akutpatienten behandelt würden. Vielleicht hätte er uns retten können, wenn ihm sein Wochenende und dann sein Urlaub nicht so heilig gewesen wäre, wenn er mir hätte helfen wollen.

Dass er dazu in der Lage gewesen wäre, stand für mich außer Frage, aber er wollte nicht oder vielleicht war es auch nicht seine Aufgabe.

Ich versuchte alle mir bekannten destruktiven Reflexe zu unterdrücken. Ich machte auch keinen Sport, bis ich zusammenbrach, nahm keine Drogen und quälte niemanden, der nichts dafür konnte.

Am nächsten Tag lag ein Brief von Nadja im Briefkasten:

Lieber Jan-Nicklas,

dies ist der letzte Brief, den ich Dir schreibe, und zwar deswegen, weil es kein WIR mehr gibt, nie mehr in unserem Leben geben wird.

Es ist nicht so, dass ich während unserer drei Jahre alles durch die rosarote Brille betrachtet habe, aber ich dachte immer, eine Liebe wie unsere könnte dich heilen. Ich sehe jetzt klar, dass Dein egoistisches Interesse an einer kleinen miesen Intrige und Deine perverse Befriedigung daran größer sind als Deine Liebe zu mir und dass es Dir komplett egal ist, dass Du mich und die Freundschaft zu meiner besten Freundin Katharina zerstört hast.

Du bist planvoll vorgegangen, hast nichts dem Zufall überlassen und mich in meiner Verletztheit für Deine Experimente benutzt.

Wahrscheinlich sitzt Du heute in Deinem Penthouse und bist stolz, dass ich auf Dich hereingefallen bin. Vielleicht schreibst Du auch eines Deiner Gedichte und freust Dich, endlich wieder Kokain nehmen oder Heroin spritzen zu können.

Es ist nicht wichtig, ob Du stolz darauf bist, mich zerstört zu haben, weil ich in mir Ruhe und auch meinen Glauben an die Menschheit nicht verliere, nur weil ich an ein so charakterloses mieses Exemplar wie Dich geraten bin. Du wirst mich nicht zerstören, weil ich stark bin, weil ich mir mein Leben und meine Träume nicht nehmen lasse von Dir und Deinen kranken Phantasien. Ich habe lange um mich gekämpft und werde nie zulassen, dass ein Mensch wie Du einer bist, mich mit Füßen tritt.

Du weißt, dass nicht einmal das, was Du getan hast, das größte Problem ist. Das Problem ist, dass Du ein notorischer Dauerlügner bist, und wie Du weißt – ich habe es Dir oft genug gesagt – entferne ich jeden Lügner aus meinem Leben. Rigoros, wie Abfall. So dass ich ihn nicht mehr riechen muss.

Ich war nie käuflich, weder mit wertvollen Geschenken, noch mit echten oder vorgespielten Gefühlen. Ich bin immer ich selbst gewesen. Ich bin mir treu geblieben und werde das auch weiterhin so handhaben. Es gibt eine Menge anderer Männer, die einen ehrlichen Charakter haben und das auch an mir schätzen werden.

Ich werde weiterhin an Menschen glauben, muss mich durch Dein Ego, Deine Schönheit und Deine ab heute fehlende Fürsorge nicht mehr einengen lassen. Ich werde jetzt ein Urlaubssemester in Kanada einlegen, bei einem Freund, Abflug wird am 05.07. sein. Von wo ich fliege, sage ich Dir nicht, sonst muss ich mir Dein Gejammer und Deine Lügen noch weiterhin antun. Ich will Dich auch ein Jahr einfach mal nicht auf dem Campus sehen. Danach wirst Du Dich hoffentlich in anderen Jagdgründen bewegen.

Oft habe ich Dir gesagt, dass es besser wäre, Du würdest Dinge nachhaltig tun, und es wäre eine große Geste gewesen, hättest Du die Geschichte mit Katharina erklärt, als Du gesehen hast, wie schlecht es mir damit ging. Wahrscheinlich hast Du viel zu lachen gehabt mit der naiven Nadja, die an Dich geglaubt hat, die Dich mittragen wollte, und bei Dir sein. Es gibt genug, die mich auf Händen tragen wollen.

Aber das kann und werde ich jetzt alles genussvoll nachholen. Ich werde nicht mehr auf Deine kranke Seele aufpassen müssen. Ich sollte Dir vielleicht den Rat geben, beim nächsten Urteil von obskuren Tralala-Bünden nicht zuzustimmen, weil ansonsten Deine letzte Hode auch noch weg ist. Vielleicht beruhigt die Operation dich ja auch ein wenig, was gut wäre, so etwas wie eine halbe Kastration, nur noch halb so viel Testosteron.

Ich will nicht sarkastisch werden, aber in allem Schlechten gibt es viel Gutes, und mein Gutes lautet: Ich bin frei von Dir und werde es mir gutgehen lassen.

Wenn dir wenigstens ein Rest an mir liegt, dann lass mich von nun an in Ruhe, bis ich weg bin.

Sag bitte unsere im Wahn geplante Hochzeit an Deinem Geburtstag ab. Vielleicht wolltest Du ja nur die Erfahrung machen, wie ich vor allen Menschen auf ein „Nein" von Dir reagiert hätte.

Trotzdem wünsche ich Dir alles Gute. Du bist es nicht wert, von mir gehasst zu werden.

Nadja

Jede Minute kämpfte ich darum, mein Sterben zu überleben, dachte nur noch von Stunde zu Stunde, kämpfte wie ein Löwe um mich, nicht ohne meine Verzweiflung laut hinauszuweinen. Es waren viele Sätze in dem Brief, die mich noch ein halbes Jahr vorher zum Racheengel hätten werden lassen, aber ich verstand Nadja in jedem Satz. Sie hatte recht.
Das war unsere Abmachung gewesen und sie hatte sich, wie ich, zu 100% darauf eingelassen. Kein gesunder und normaler Mensch konnte nachvollziehen, was in meinen kaputten Hirnwindungen vorgegangen war. Ich selbst war gerade dabei, mich zu verstehen und davon zu lösen, hatte verstanden, warum ich so geworden war und befreite mich Millimeter für Millimeter von diesen mir selbst angelegten Fesseln.

Ich war am Gesunden und liebte Nadja mehr, als jemals ein Mensch einen anderen lieben konnte. Ich liebte so sehr, dass ich nicht in der Lage war, meinem fotografischen Gedächtnis zu befehlen, mich nicht an jedes Detail zu erinnern, um mich damit zu schützen. Diese Fähigkeit brachte mich fast um, weil jede unserer zärtlichen gemeinsamen Szenen auf meiner biologischen Festplatte eingebrannt war.

Ich erinnerte mich daran, wie ihr erstes Guten-Morgen-Lächeln jeden Tag ein warmes Glücksgefühl in mir ausgelöst hatte und den ganzen Tag über nicht hatte verschwinden lassen. Überall in der Wohnung waren Erinnerungen an die Vorbereitungen der Hochzeit, die mich so heftig schmerzten, dass ich Angst hatte, an gebrochenem Herzen sterben zu müssen.

Als mich meine Mutter sah, weinte sie und bat mich, zu ihnen zu kommen. Ich hatte ihr lediglich erzählt, dass sich Nadja von mir getrennt hatte, weil mir ein riesiger Fehler unterlaufen sei. Sie versuchte mich damit zu trösten, indem sie mir immer wieder sagte, sie sei sich sicher, dass diese Liebe eine zweite Chance verdiene und bekommen werde, und ich merkte, wie ihre Gedanken wie immer bestimmt wurden von dem was sie sich erhoffte. Da ich diese Durchhalteparolen nicht länger ertragen wollte, bat ich sie sehr ernst, aber in freundlichem Ton, mich alleine zu lassen. Immer noch nicht hatte ich gelernt, im richtigen Moment zuzuhören.

Ich musste ihr versichern, mir nichts anzutun, und nach einem letzten prüfenden Blick küsste sie mich und verließ die Wohnung. Sie versprach mir, sich um die Absage aller Festivitäten zu kümmern, was mich erneut in Tränen ausbrechen ließ. Sie fing ebenfalls an wieder zu weinen, weil sie es nicht kannte, mich so traurig zu sehen.

Am nächsten Abend hatte ich keinerlei Kraft mehr es zu unterlassen und schrieb Nadja einen Brief.

Über alles geliebte Nadja, [Heidelberg, 17.06.2008]

ich danke Dir für Deinen Brief. Er hat mir weh getan, aber ich verstehe Dich in allem, was Du mir geschrieben hast.

Du hast mit allem recht: Ich habe Dich angelogen, habe Spiele veranstaltet, die kein Mensch jemals verstehen wird. Ich selbst bin gerade dabei, mich dem Ganzen zu stellen, aber das weißt Du ja. Wie Du es gewollt hast, habe ich unsere Hochzeit am 07.07.2008 abgesagt, und wenn Du tatsächlich wegfliegen wirst, wird dies der traurigste Geburtstag meines Lebens werden. Jetzt, nachdem ich mich zum ersten Mal darauf gefreut hatte.

Dass ich es mehr als ernst genommen habe mit meiner inneren Veränderung kannst du sehen, wenn ich nackt in die Badewanne steige.

Ich will Dir aber auch gleich sagen, dass sie mir nicht nur den einen Hoden entfernt haben, sondern sie haben mich bei dieser Operation auch sterilisiert. Ich habe zwar sehr viele Spermien von mir einfrieren lassen, aber trotz allem sollst Du es wissen, wenn es irgendeine Chance geben sollte, für uns.

Ich werde jetzt in einer Lebensbeichte alles, was ich je getan habe, niederschreiben, werde Dir damit auch zeigen, wie ernst es mir ist und war mit Dir. Vor allen Dingen muss ich dies auch für meinen Seelenfrieden tun, egal wie Du Dich entscheiden wirst. Ich weiß, Liebste, Du hast Dich längst entschieden.

Die Entscheidung, ob eine solch traumhaft perfekte Frau, wie Du es bist, jemals wieder etwas mit mir zu tun haben will, fällst Du alleine. Ich werde nur warten können. Ich werde jedoch zu Gott beten, dass er mir dabei hilft, Dich von uns zu überzeugen. Es wäre mir Jahre wert und ich würde auch zehn Jahre darauf warten, wieder eine Chance bei Dir zu bekommen. Und das schreibe ich nicht nur so.

Ich habe seit acht Tagen überhaupt nicht und danach im Schnitt nur eine halbe Stunde pro Nacht geschlafen. Es fühlt sich alles mehr tot als lebendig an, hier ohne Dich. Jedes Detail unserer für mich so erfüllenden Liebe hindert mich daran, einzuschlafen. Ich habe auch deswegen Angst vorm Einschlafen, weil ich so Angst davor habe, aufzuwachen. Zu akzeptieren, dass ich Dich vertrieben habe, dass ich es auch während unserer Zeit nicht geschafft habe, meine Experimente seinzulassen. Experimente aus meinem gegebenen Versprechen gegenüber dem Geheimbund und manche, weil ich einfach daran gewöhnt bin, in meinem Leben zu leben, und weil meine Veränderung leider mehr Zeit brauchen wird, als die, die wir hatten.

Vielleicht hätte hundertprozentige Ehrlichkeit mein Leben mit Dir gerettet, aber ich war nicht mutig genug, hatte zu viel Angst, Du könntest gehen. Jetzt bist Du gegangen und ich würde alles geben, allen Mut aufbringen, um Dich zurückzugewinnen. Ich hätte Deinen Rat gebraucht, aber ich war zu feige, Dich zu fragen. Meine Liebe zu Dir hat es mir verboten. Wenn Du daran interessiert bist, gebe ich Dir meine Lebensabrechnung zu lesen und ich stelle es Dir frei, damit zu tun, was Du möchtest. Ich gehe auch ins Gefängnis dafür, wenn Du es für richtig hältst. Ich lege mein Leben in Deine Hände.

Wenn Du es nicht lesen willst, werde ich selbst entscheiden, was ich damit tue. Es ist wahrscheinlich, dass es mich sehr einsam machen wird.

Aber auch frei. Und die Menschen, die dann noch zu mir halten – wenn es überhaupt noch welche gibt auf dem Weg, den ich mit benutzten Menschen gepflastert habe – werden für immer bleiben.

Ich kann Dir nur sagen, dass kein einziges meiner Gefühle für Dich gespielt war. Du bist mein Leben, mein Traum und meine Realität. Du bist alles, was ich mir jemals vorgestellt und gewünscht habe, hast mich auf den Weg gebracht und hast mich mit Dir eins werden lassen. Niemals vorher hat mich das Leben oder eine Liebe auch nur annähernd für einen einzigen Moment so glücklich gemacht, niemals vorher habe ich mir vorstellen können, wie es auf der Erde sein könnte, niemals war ein Kind, dem ich mich schenken könnte, überhaupt nur denkbar, bis Du als mein Engel in mein Leben gekommen bist. Seitdem lässt mich der Gedanke an ein gemeinsames Kind vor Glück innerlich weinen.

Du hast mir die Liebe gezeigt und das Leben erklärt. Ich habe es in der ersten Sekunde verstanden und damals, als Du noch nicht alle Facetten von mir kanntest, Du auch.

Ich habe keinen Ausgang gefunden für all das, was ich getan habe, hatte keine Lösung parat, weil es die richtige sein sollte und habe gedacht, dass ich Vergangenes nicht mehr verändern, aber auf die Zukunft aufpassen kann. Das war ein Irrglaube, weil ich Dir dadurch nicht die eigene Wahl gelassen habe. Ich habe für Dich mit entschieden, weil mir ein Leben ohne Dich nicht mehr vorstellbar war. Weil es ohne Dich nicht mehr vorstellbar ist.

Das alles ist keine Erklärung dafür, warum ich auch noch während unserer Zeit dieses Experiment mit Katharina begonnen habe. Es ist mir im Nachhinein unerklärlich und widert mich zutiefst an. In der Sekunde, als ich Deine Reaktion auf Katharinas Brief sah, verstand ich, was ich getan hatte. Ich habe keine Lösung gefunden. Es tut mir so unglaublich leid. Es hat mich wie Dich fast umgebracht. Die einzige Erklärung, die ich habe, ist die, dass unsere Liebe mich erst nach und nach für wirkliche Veränderungen vorbereitet hat.

Mein ganzes Leben war, ohne ersichtlichen Grund, immer auf Krieg, auf Vorwärtsverteidigung, mit lauteren aber auch mit unlauteren Mitteln eingestellt. Irgendwann habe ich mich ohne richtige intellektuelle oder sportliche Herausforderung und ohne wirklich ernsthaftes Gefühl für irgendjemanden darin verfangen und habe meine Grenzen immer weiter hinausgeschoben. In Bereiche, die für Dich in ihrer Dimension vielleicht überhaupt noch nicht vorstellbar sind.

Sie werden es sein, wenn ich Dir meine Aufzeichnungen zu lesen gebe, wenn Du sie lesen willst. Wenn Du sie nicht gleich oder überhaupt nicht willst, werde ich sie ein Jahr aufbewahren und dann damit tun, was ich zu tun habe.

Das einzige, worum ich Dich bitte, ist, auf Wiedersehen sagen zu dürfen. Bevor Du fliegst, noch einmal mit Dir sprechen zu dürfen, ohne irgendeine Erwartung. Du sollst mir keine Absolution erteilen oder mir verzeihen, sondern mir nur Lebewohl sagen in einem ruhigen Gespräch, solltest Du mir keine weitere Chance mehr geben wollen.

Liebste Nadja, ich entschuldige mich so sehr bei Dir für die Schmerzen, die ich Dir bereitet habe, mir fehlen die Worte für die Traurigkeit, die in mir ist, weil ich Dir das angetan habe. Ich, danke Dir für alles, was Du jemals für mich getan hast, und wünsche mir nichts sehnlicher als eine zweite Chance, die Du mir vielleicht nie mehr geben wirst. Das hast Du mir immer vorher gesagt.

Pass bitte auf Dich auf, es gibt keine zweite wie Dich auf dieser Welt. Nie werde ich aufhören Dich zu lieben, wie ich es vom ersten Tag an tat.

Für immer Dein Jannick

Eine Woche später lag eine Notiz in einem unfrankierten Briefumschlag in meinem Briefkasten. Der Gedanke, dass Nadja mir so nahe gewesen war, traf mich wie ein Schlag, so dass ich fast ohnmächtig wurde.

Ich hatte in den Wochen seit unserer Trennung weniger als acht Stunden insgesamt geschlafen und hatte trotzdem wieder begonnen, exzessiv Sport zu treiben.

Jeder, der mich sah, sagte mir, wie beschissen ich aussah, und ich hatte bereits neun Kilogramm abgenommen. So wie ich aussah, hatte ich mir immer das Ergebnis misslungenen Beamens vorgestellt.

Hallo Jannick,

wenn Du Dir das unbedingt geben willst, komm vor meinem Abflug in die Wohnung von Katharina, bei der ich wohne, bis ich nach Toronto gehe.

Versprich Dir nichts davon. Du bist Geschichte für mich. Wenn es sein muss, sei am 05.07.2008 um 20:00 Uhr da.

Nadja

Es war für mich nahezu unmöglich, die Zeit bis zu diesem Montag zu überleben. Ich wurde zum durchgeknallten Szenariendenker. Jede aller Möglichkeiten durchdachte ich mit mathematischer Präzision in sämtlichen Variationen und diese mehrmals. Es war wie eine Endlosschleife unsinniger, nicht zu stoppender Denkvorgänge um das immer selbe Thema.
Mehr denn je stimmte, dass ich mein Sterben überlebte. Dass Prof. Cemeiser Urlaub hatte, machte alles noch viel schlimmer. Ich wollte keine Schlafmittel nehmen, weil ich jeden Tag Angst hatte, dass ich meinen todmüden Restverstand in einem Moment brauchen würde, in dem ich dann von Schlafmitteln zugedröhnt wäre.
Normalerweise schlief ich 8,5 Stunden, die ich zur Regeneration auch benötigte. Seit unserer Trennung hatte ich im Durchschnitt aber nicht mehr als eine halbe Stunde pro Nacht geschlafen und je länger dieser Zustand anhielt, desto öfter hatte ich halluzinative Momente. Ich schottete mich ab, ließ niemanden mehr in die Wohnung, aß kaum und trank zu wenig. Die Wohnung verließ ich nur für das Fitnessstudio und für Einkäufe. Das Telefon hatte ich jedoch nicht abgestellt, weil ich immer die Hoffnung hatte, dass Nadja doch noch anrief. Alle Anrufe von Freunden nahm der Anrufbeantworter entgegen, auf dem immer noch die Ansage mit Nadjas süßer Stimme war, was mir jedes Mal einen Stich mitten ins Herz versetzte. Ich vegetierte nur noch bis zu jenem Moment des versprochenen Wiedersehens.
An diesem unheilvollen Montag sah ich aus wie ein wiedergeborener Zombie. Jan-Nicklas Schönheit existierte nicht mehr. Als mich meine Vermieterin das Haus verlassen sah, sprach sie mich an:
„Herr Herzog, Sie sehen ja ganz fürchterlich aus, kann ich denn etwas für Sie tun?"
Ich antwortete nicht, schüttelte nur den Kopf und hetzte aus dem Haus. Den Weg zu Katharinas Wohnung kannte ich blind und ich war ungefähr dreißig Minuten zu früh da. Die Fenster ihrer Wohnung standen offen und laute Musik drang heraus.

Ich hoffte sehr, dass Nadja alleine war. Irgendwie wusste ich nach ihren lapidaren Zeilen nicht mehr, was ich ihr zu dem, was ich bereits geschrieben hatte, noch sagen sollte, zumal mein Gehirn den Schlafentzug schon lange nicht mehr kompensieren konnte. Ich war mehr tot als lebendig und bewegte mich auch nicht mit meiner üblichen Geschmeidigkeit, sondern stolperte alle paar Meter, was mich zusätzlich verunsicherte.

Als ich um 20:00 Uhr klingelte, summte der Türöffner und ich drückte die Tür auf, um die Treppen nach oben zu gehen. Die Wohnungstür stand offen und es drangen laute Stimmen heraus. Ich trat in die mir so wohlbekannte Wohnung ein und sah zuerst Katharina. Sie tanzte mit einem anderen Mädchen und ein früherer Kommilitone war auch da. Sie blickte mich eisig an und überschrie die Musik:

„Nadja, Süße, schlechter Besuch für Dich!"

Die Musik wurde leiser gedreht und ich ging ins Wohnzimmer. Als erstes bemerkte ich das kurze Erschrecken in Nadjas Augen, als sie meinen Zustand realisierte. Es waren sechs Studentinnen und drei Studenten da, die mit ihr zusammen feierten. Da es plötzlich leiser geworden war, bekam das, was Naja sagte, eine besondere Lautstärke:

„Du wolltest mit mir reden, also fang an."

Ich stammelte leise:

„Nadja, können wir uns irgendwo alleine unterhalten?"

Sie antwortete: „Das sind meine wirklichen Freunde", und küsste einen von ihnen. „Die dürfen alles hören."

So etwas wie Hass oder Bosheit flackerte kurz in ihr auf.

„Nadja, bitte."

Die anderen schien dies zu amüsieren. Es konnte am Alkoholspiegel liegen oder an dem, was ihnen Nadja vorher über uns gesagt hatte. Jedenfalls lag zwischen uns, eine gespenstische und feindselige Stimmung.

„Hier, vor allen, oder gar nicht."

Ich wusste nicht weiter, weil sie es ernst zu meinen schien. Ich stand vor dem Kamin. Ich versuchte meine Worte zu sammeln und mich zu konzentrieren, und doch war alles vernebelt und irreal.
„Hast du dir überlegt, was ich dir geschrieben habe? Das, was ich dir aufgeschrieben habe, und zum anderen meine Bitte um eine zweite Chance?"
Vor Scham wäre ich am liebsten auf der Stelle tot umgefallen. Meine Stimme zitterte und ich fürchtete, weinen zu müssen.
„Wollen wir seine Lebensbeichte lesen, und sollen wir ihm eine zweite Chance geben?" fragte Nadja höhnisch in die Runde, und alle grölten durcheinander, bis sie schließlich alle gemeinsam im Chor skandierten:
„Chance! Chance! Chance! Lesen! Lesen! Lesen!"
Ich startete einen neuen Versuch: „Nadja bitte."
„Ich will von dir nichts mehr sehen, nichts mehr lesen und nichts mehr hören. Wenn du so scharf darauf bist, werden wir das so machen wie bei einem deiner Leseabende, oder?"
Davon hatte ich Katharina einmal erzählt, nachdem sie mich gefragt hatte, was das Böseste gewesen war, was ich jemals in meinem Leben getan hätte. Nadja hatte jedes Recht, es zu benutzen.
„Lies es uns allen vor, damit wir alle was davon haben."
„Lesen! Lesen! Lesen!", schrien die Angetrunkenen.
Ich hielt meine Lebensbeichte in Händen, hätte sie Nadja als Geschenk meiner Wahrheit anvertrauen wollen, wollte ihr zeigen, wie ernst ich alles meinte, und brach emotional in all meine Einzelheiten auseinander. Ich legte sie wie in Zeitlupe auf das Bücherregal. Auf dem Kamin stand die Nachbildung der Oscar-Statue, die Katharina vor einem Jahr von einem Freund zum Geburtstag geschenkt bekommen hatte. Sie war golden und massiv. Das Gebrüll der mich im Chor Auslachenden kam in meinem Gehirn immer lauter an. Wie in Trance und in völligem Nebel nahm ich die kalte, glatte Statue und ging mit einem irren Lachen auf den lautesten Schreihals zu, eben jenem, der sie vorher geküsst hatte.

Ich wollte sein demütigendes Gekreische, all die schrillen Stimmen zum Schweigen bringen. Ich musste diese Stimmen ausschalten, um Ruhe in mich zu bekommen zum Nachdenken.
Als ich mit meiner allerletzten Kraft weit ausholte, warf sich Nadja dazwischen und schrie verzweifelt: „Nicht, Jannick, nicht, bitte, ich...", aber der Schlag war schon auf dem Weg in das Gesicht dieses Lautschreiers. Ich konnte die Wucht nicht mehr abbremsen und die Statue zertrümmerte meiner Nadja den Schädel. Sie schaute mich verwundert, aber doch liebevoll an bevor das Blut anfing, über ihr Gesicht zu laufen. Sie wollte noch etwas sagen, aber brachte keinen Ton mehr über die Lippen. Das Blut rann aus ihrem Mund. Ich hatte ihren kompletten Schädel mit einem einzigen Schlag so zertrümmert, dass er um nahezu ein Drittel eingebrochen war.
Völlig fassungslos und wie im Nebel nahm ich sie in meine Arme, stellte die Statue ab, als mich drei von den Anwesenden niederschlugen und versuchten, mich festzuhalten, was ich aber überhaupt nicht mehr mitbekam. Vier Polizisten waren Minuten später nicht in der Lage, sie mir aus den Armen zu nehmen, und erst als der Notarzt mir eine krampflösende Spritze gab, ließ ich sie selig lächelnd los.
Für die nächsten vier Wochen war ich überhaupt nicht ansprechbar, zog mich in der geschlossenen Anstalt der Psychiatrischen Klinik wie ein Autist in meine eigene Welt zurück, ohne realisieren zu können, was passiert war. Ich erkannte niemanden, bekam stärkste Medikamente und wurde sogar für eine Woche ins künstliche Koma versetzt.
Ab dem 07.08.2008 begann ich wieder unter den Lebenden zu weilen, und je mehr ich wieder am Leben teilnahm und mich stabilisierte, desto mehr verstand ich durch die vorsichtige Mitteilung meines Professors, was an diesem Abend passiert war. Ich hatte einen totalen Blackout, aber die Briefe von Nadjas Mutter, ihrer Schwester und meinen Eltern zeigten mir überdeutlich, dass alles tatsächlich so vorgefallen sein musste.

Zuerst wollte ich das Gehörte nicht aufnehmen, als ob mein Gehirn mir eine dümmliche Schutzhülle des Nicht-Verstehens umgelegt hätte, die mich vor dem Schock bewahren sollte. Meiner Seele schien klar zu sein, dass ich die ganze Wahrheit nicht auf einmal überlebt hätte. Tag für Tag lichtete sich dieser Nebel, und die kindlich naiven Fragen, die ich meiner Mutter und Manuela, die mich jeden Tag besuchten, stellte, waren die eines geistig Minderbemittelten.

Mehr und mehr integrierte sich aber die Wahrheit in mein Ich und löste dort all meine Gefühle, die ich in den letzten Monaten und Jahren gehabt hatte, wieder aus. Ab diesem Zeitpunkt wollte ich niemanden mehr sehen, wollte nur noch alleine sein mit meinen Schmerzen. Als einzigen ließ ich den Gutachter zu mir, der zu dem Fall eine qualifizierte gerichtsverwertbare Expertise erstellen sollte. Ich war zu ihm völlig offen und ehrlich und schilderte ihm, was ich fühlte, was passiert war und woran ich mich noch erinnerte.

Alles, was schlimmer nicht hätte passieren können, war passiert. Und die volle Verantwortung trug ich selbst. Ich empfing keinen Besuch mit Ausnahme meiner Mutter, einmal von Katharina und meines Anwaltes und zweimal, von Manuela. Ich wollte sehen, ob ich für Lisa etwas empfinden konnte, aber in mir war nicht das geringste Gefühl für meine 9-jährige Tochter, was ich Manuela ehrlich gestand. Es veränderte nichts an Manuelas Gefühlen mir gegenüber, auch nicht, als ich ihr mitteilte, sie nicht mehr sehen zu wollen.

Die einzige Aufgabe für mich war es, mit krankhaftem Zwang das Manuskript zu überarbeiten und es meinem Anwalt zur Weiterleitung an die Staatsanwaltschaft zu übergeben. Daran arbeitete ich wie besessen, Tag und Nacht, weil es schnell gehen sollte. Katharina hatte mir gesagt, sie werde Nadjas letzten Willen mit Abscheu erfüllen und nichts gegen mich unternehmen. Sie hatte das Manuskript nicht gelesen, was auch ihrem Naturell entsprach.

Die Beamten hatten es im Bücherregal liegengelassen, weil sie es wahrscheinlich für ein Studienmanuskript hielten.
Als ich alles schonungslos aufgeschrieben hatte, rief ich meinen Anwalt an, erklärte ihm, was ich tun wollte, und war bereit für den letzten sinnvollen Schritt, den ich gehen konnte. Er sagte mir, er habe am 25.12. einen Besuchstermin bekommen, und sicherte mir zu, alles genau so zu erledigen, wie ich es wünschte.

Persönliches

[25.12.2008]

Es war der 25.12.2008 und ich war ungefähr vier Monate vorher aus der Psychiatrischen Klinik in die Haftanstalt nach Stuttgart verlegt worden. Der Prozess wegen Nadjas Totschlag war seit zwei Monaten beendet.
Ich bereitete alle meine Aufzeichnungen für den heutigen Besuch zur Übergabe vor. Ich wollte befreit sein für mein einsames Leben, egal welche Konsequenzen es haben würde. Es waren mehr als 200 Seiten Lebensbeichte, die ich ihm mitgeben wollte. Nichts geschönt, nichts verharmlost, alles Jannick pur.
Die Zellentür ging auf und mein Anwalt, Prof. Dr. Meyer, kam herein.
„Ich danke Ihnen für Ihren Besuch. Ich habe – wie besprochen – Arbeit für Sie mitgebracht", sprach ich ihn an.
„Sie sollten das wirklich nicht tun, ich habe es Ihnen gesagt."
„Ich denke hier ist Stoff für fünf bis sechs weitere Verfahren gegen mich. Würden Sie bitte zwei Kopien machen, eine meinen Eltern geben, eine der Staatsanwaltschaft, und das Original ist für Sie selbst, zur Vorbereitung auf die Prozesse. Sie können dann selbst entscheiden, ob sie mich weiterhin vertreten wollen oder nicht."
Bevor ich den Satz beendet hatte, wusste ich, dass er niemals einen so publicityträchtigen Fall abgeben würde. Es war sicher einer der spektakulärsten, die er jemals vertreten hatte. Eine Menge Gelegenheit zu glänzen, Abscheu und Faszination des Publikums für neue Mandate zu nutzen. Es war mir vollkommen egal.
„Der Brief hier ist für Sie", sagte er. „Sie müssen ihn lesen."
„Ich werde überhaupt nichts lesen", erwiderte ich erschöpft.
„Er ist von Nadja und lag an Ihrem Geburtstag vor fünfeinhalb Monaten in Ihrem Briefkasten. Ihre Mutter hat ihn damals gefunden, hatte aber Angst, ihn weiterzugeben, und ihn deshalb

leider bei sich behalten und mir erst heute gebracht. Wir denken, dass Sie ihn jetzt lesen sollten, aber wir wissen nicht, was darin steht. Der Arzt sagt, Sie seien stabil genug, um ihn zu lesen."

Auf dem Brief, den er mir gab, klebte eine Briefmarke. Ich übergab ihm im Gegenzug meine Lebensbeichte und er versprach mir, das Schriftstück wie gewünscht noch heute an die von mir benannten Adressaten zu übergeben. Ich nickte ihm abwesend zu und bedeutete ihm, meine Zelle zu verlassen, damit ich alleine sein konnte. Wortlos und voller Angst öffnete ich den weichen und wattierten Umschlag. Er duftete auch jetzt noch nach ihrem Lieblingsparfüm:

Mein einziger Jannick, *[Heidelberg, 07.07.08]*

heute hätten wir normalerweise geheiratet, an Deinem Geburtstag, hätte ich diesen Zettel von Katharina nicht durch Zufall gefunden.

Du leidest wie ein geschlagener Hund, weil ich Dir gesagt habe, dass ich gehen werde. Dass ich unser Leben und unsere Liebe verlassen werde. Für immer. Dass ich nicht mehr Deine Frau bin nach diesem Vorfall. Nie mehr sein werde.

Zuerst einmal will ich Dir sagen, dass es Dich ehrt, dass Du nicht weiter gelogen hast, dass Du mir erklärt hast, wie Du hineingeschlittert bist in dieses Experiment mit Katharina (und mit anderen). Dass Du es gerne wieder gutgemacht hättest, nachdem es passiert war, und Du nur Angst vor dem Ende unserer Beziehung hattest. Dass Du mir Dein Leben aufgeschrieben hast.

Du hast vorher den Preis gekannt, hast gewusst, wie hoch er sein könnte, wenn Du so etwas tust und nicht mit mir darüber sprichst.

Du weißt, dass nicht das Experiment selber, sondern Deine fehlende Ehrlichkeit unser Problem ist. Du weißt, dass Du mir hättest alles sagen können, auch wenn Du z.B. jemanden getötet hättest, meine Liebe und mein Zu-dir-Halten hätten sich trotzdem nicht verändert.

Ich sagte Dir bei unserer ersten Begegnung, dass mir nichts Menschliches fremd ist, dass ich mit allem leben kann und werde. Weil mir nur Deine Gefühle für mich wichtig sind, alles andere kann man zusammen auflösen.

Ich möchte Dir noch drei Dinge sagen:

Erstens habe ich meine Sicherheit wieder und werde nie mehr gegen mein innerstes Gefühl arbeiten. Ich habe mein Selbst zurückbekommen und das macht mich neben aller Traurigkeit unglaublich glücklich. Es war so schlimm, als ich Selbst-los war.

Zweitens: Ich habe meine Katharina wieder, meine beste Freundin, und drittens: Ich habe über mich nachgedacht, denn ich weiß, wie sehr Du mich ehrlich liebst. Wenn Du nicht in der Lage warst, mir das alles mitzuteilen, habe ich Dir auch nicht klar genug vermitteln können, immer zu Dir zu stehen, nicht weil ich Dir hörig bin wie andere Frauen, nein, weil Du mir immer tiefste und reinste Liebe geschenkt hast. Ich weiß, dass mein Glück immer Dein größter Herzenswunsch war und ist.

Ich sage Dir jetzt, was ich mir überlegt habe:

Erinnere Dich an den Brief, den ich Dir nach Deinem Heiratsantrag gegeben habe. In ihm steht alles und für immer.

Ich habe Dich nur, um Deine Heilung zu unterstützen, für einige Wochen Dein Spiel am eigenen Leib spüren lassen.

Du solltest nur hart an Dir selbst spüren, wie es ist, einen solchen Schmerz aushalten zu müssen. Wie es wäre ohne mich, wenn Du einfach so weitermachen würdest. Ich habe Dich missachtet und schlecht behandelt, werde Dich auch noch vor ein paar Freunden demütigen, wenn Du zu mir kommst, um Dich von mir zu verabschieden, damit Du endlich einmal verstehst, wie es ist, wenn Menschen beginnen, mit anderen Menschen zu spielen.

Du kannst diese Lektion, so unglaublich weh sie mir an meinem eigenen Leib getan hat und tun wird, leider nur durch mich und in aller Ernsthaftigkeit verstehen. Dafür würden Worte nicht ausreichen.

Doch heute ist es endlich an der Zeit, das Spiel aufzulösen. Zuerst einmal möchte ich mich für die Schmerzen der letzten Wochen entschuldigen. Sie haben mir mehr wehgetan als Dir. Vergiss, was ich geschrieben, was ich gesagt und was ich getan habe. Es war Teil Deines schmerzhaften Lernens.

Ich habe Dir bis zu diesem Brief nicht gesagt, dass ich für mich verstanden habe, dass Deine Liebe zu mir, Dein Ehrlichsein (soweit Du es bis hierher konntest) und Dein ehrliches Bemühen nach tiefer Veränderung in Dir für mich ausreichen und ich zu Dir – unter einigen Bedingungen – zurückkehre.

Das kann UNS auf eine neue Ebene stellen, wir werden wirklich in aller Konsequenz versuchen, alles gemeinsam zu leben. Es wird unsere einmalige Lebens-Chance sein.

Meine Bedingungen sind: zuerst ein ehrliches und komplettes Bilanzziehen über alles, was jemals geschehen ist, mit Deinem Manuskript, das ich natürlich lesen will. Es ist unglaublich, welches Vertrauen Du mir damit entgegenbringst. Ich danke Dir sehr dafür.

Außerdem das Fortsetzen der Psychoanalyse und -therapie und das Wiedergutmachen von Dingen, die Du getan hast. Sollte das aus bestimmten oder rechtlichen Gründen nicht möglich sein, so schließen wir sie zusammen in einem Ritual ab, damit sie Dich nicht weiter verfolgen.

Wenn Du die Experimente für eine gewisse Zeit noch nicht lassen kannst, dann möchte ich, dass sie vorher besprochen und gemeinsam mit mir durchgeführt werden. Außerdem möchte ich das Einlösen unseres Ja-Wortes am 06.12. dieses Jahres, weil Du mein Mann bist. Vielleicht gibt Dir das zusätzliches Vertrauen für den Weg, den Du noch gehen musst.

Und nie mehr irgendwelche Drogen. Aber ich glaube, das lässt Du schon, seit wir zusammen sind!? (Sagt mir jedenfalls mein Gott sei Dank wiedererlangtes Gefühl...)

Wir gesunden gegenseitig, mein Liebster. Mit Hilfe von außen schaffen wir das, und irgendwann wirst Du ohne Manipulation und ohne Experimente glücklich und befreit leben.

Wenn Du nur in Dir verstehen würdest, wie viel Du sein kannst, wie viel Du bereits bist. Es würde Dich für immer heilen.

Ich werde dafür sorgen, dass Du diesen Brief an Deinem 24. Geburtstag in Deinem Briefkasten finden wirst.

Sei dann heute Abend um 20:00 Uhr in der Trattoria Mamma. Und vergiss nicht, noch einmal um meine Hand anzuhalten.

Herzlichen Glückwunsch zum Geburtstag, Liebster,
mein Leben. Ich schenke Dir mich.

Ich lebe.

Danke.

Ich bin´s nur,

Deine Frau,

Nadja

P.S: Keinen Champagner, bitte. Mein Frauenarzt hat eindringlich empfohlen, in den nächsten sieben Monaten auf keinen Fall zu rauchen und auch keinen Tropfen Alkohol zu trinken ...!